AGATHA CHRISTIE COMPLETE COLLECTION

PASSENGER TO FRANKFURT

AGATHA CHRISTIE COMPLETE COLLECTION

PASSENGER으 FRANKFURT

프랑크푸르트행 승객 애거서 크리스티 장편 소설 | 허형은 옮김

PASSENGER TO FRANKFURT

Copyright © 1970 Agatha Christie Limited.
All rights reserved.

AGATHA CHRISTIE, the Agatha Christie Signature and the AC Monogram Logo
are registered trademarks of Agatha Christie Limited in the UK and elsewhere.
All rights reserved.
www.agathachristie.com

Korean Translation Copyright © Minumin 2013, 2025

Korean translation edition is published by arrangement with
Agatha Christie Limited through Shinwon Agency.

이 책의 한국어판 저작권은 신원 에이전시를 통해
Agatha Christie Limited와 독점 계약한 ㈜민음인에 있습니다.

저작권법에 의해 한국 내에서 보호를 받는 저작물이므로
무단 전재와 무단 복제를 금합니다.

정식 한국어 판 출간에 부쳐

나는 한국에서 우리 할머니의 작품을 정식으로 출간한다는 소식을 듣고 무척 기뻤다. 할머니가 1920년부터 1970년 무렵까지 오랜 세월에 걸쳐 집필한 작품들은 21세기인 지금 읽어도 신선하고 재미있다. 등장 인물들이 워낙 자연스러워서 요즘 사람들과 다를 바 없고 이들이 등장하는 상황과 장소가 전 세계 사람들의 애정과 향수를 자극하기 때문이다. 한국 독자들은 이번에 새로 나온 정식 한국어 판을 통해 그동안 접하지 못했던 애거서 크리스티의 일부 작품들을 읽을 수 있을 것이다. 덕분에 한국에 새로운 세대의 애거서 크리스티 팬들이 탄생할지도 모르겠다는 생각을 하면 가슴이 벅차다.

애거서 크리스티는 대표적인 두 명의 주인공으로 기억되는 작가이다. 14권의 작품에 등장하는 마플 양은 영국의 작은 시골 마을에서 평온한 나날을 보내며 뜨개질과 수다로 소일하는 미혼의 할머니이지만, 놀라운 기억력과 날카로운 두뇌 회전으로 주변에서 벌어진 살인 사건을 해결한다.

그리고 마플 양과 상반되는 성격을 지닌 에르퀼 푸아로는 자신만만하고 콧수염을 포함한 자신의 외모와 벨기에라는 국적에 대한 자부심이 상당하다. 그는 이집트와 이라크를 비롯한 세계 각지에서 수수께끼를 해결하며 『오리엔트 특급 살인 Murder On The Orient Express』, 『나일 강의 죽음 Death On The Nile』, 『애크로이드 살인 사건 The Murder Of Roger Ackroyd』 등 애거서 크리스티의 여러 대표작에 모습을 드러낸다.

황금가지의 대담하고 참신한 표지와 전반적인 디자인 덕분에 작품의 성격이 잘 살아난 것 같아 기쁘다. 또한 한국 독자들이 할머니의 원작이 지닌 참된 묘미를 느낄 수 있도록 충실한 번역을 위해 애써 준 점도 높이 사고 싶다.

할머니의 작품이 20세기의 그 어떤 작가들보다 많이 팔리고 있는 이유는 나이와 국적에 상관없이 읽을 수 있는 재미와 감동을 갖추었기 때문이다. 모쪼록 한국 독자들도 황금가지에서 선보이는 애거서 크리스티 작품들을 즐겁게 감상하기를 바란다.

매튜 프리처드
애거서 크리스티의 손자
ACL 이사장

마거릿 기욤에게

리더십은 위대한 창조의 동력이지만,
때로 사악한 방향으로 작용하기도 한다.

― 얀 스머츠(전 남아프리카 공화국 수상 ― 옮긴이)

차례

정식 한국어 판 출간에 부쳐 — 5
작가 서문 — 13

1부 중단된 여정

프랑크푸르트행 승객 — 23
런던 — 40
세탁소에서 온 사람 — 52
에릭과의 저녁 식사 — 68
바그너 오페라의 모티프 — 87
여인의 초상화 — 97
마틸다 할머니의 조언 — 111
대사관 만찬 — 122
고달밍 근처의 저택 — 141

2부 지크프리트를 찾아서

슐로스의 여인 — 169
젊음과 아름다움 — 197
궁정의 어릿광대 — 210

3부 국내 사정과 해외 사정

파리 회의 — 221
런던 회의 — 232
마틸다 할머니, 요양을 가다 — 251
파이커웨이의 보고 — 271
헤르 하인리히 슈피스 — 278
파이커웨이 대령의 추가 기록 — 300
스태퍼드 나이 경을 찾아온 방문객 — 305
블런트 제독, 옛 친구를 방문하다 — 318
프로젝트 벤보 — 333
후아니타 — 337
스코틀랜드로 — 344

에필로그 — 371

작가 서문

작가는 말한다.

사람들이 작가에게 직접 혹은 편지로 가장 먼저 던지는 질문은 이것이다.

"어디서 아이디어를 얻습니까?"

그럴 때면 "해로즈 백화점에 자주 들락거리면서요."라든가 "육해군 전용 상점을 구경하면서 주로 얻지요." 혹은 "막스 앤드 스펜서 매장을 천천히 돌아다녀 보세요."라고 대답하고 싶은 마음이 굴뚝같다.

사람들은 작가가 마음만 먹으면 기적의 아이디어 샘에서 언제든 아이디어를 퍼 올릴 수 있다고 믿는 모양이다.

그렇다고 엘리자베스 여왕 시대로 돌아가서 다음과 같이 셰익스피어의 말을 인용해 대꾸해 줄 수도 없는 노릇이다.

말해 주오, 공상은 어디에서 오는지.

마음으로부터요, 아니면 머리로부터요?

어떻게 생겨나서 어떻게 자라나는 거요?

대답해 주오, 대답해 주오.

그저 단호하게 이렇게 말할 수밖에 없다.

"다 내 머리에서 나옵니다."

물론 그런 대답은 조금도 궁금증 해소에 도움이 되지 않는다. 질문한 사람의 진지한 표정이 마음에 들면 조금 더 나아가 이렇게 설명해 줄 수도 있다.

"어떤 아이디어가 먹음직스럽게 보이고 그걸 가지고 어떻게 주물러 볼 수 있겠다 싶으면, 이제 그걸 공중에 휙 던졌다가 장난도 쳐 보고 떡이 되도록 조몰락거려도 보고 부드럽게 반죽하면서 점차 형태를 잡아 갑니다. 그런 다음에는 물론 쓰기 시작해야 합니다. 보는 것만큼 재미있는 작업이 아닙니다. 아주 힘들죠. 아니면, 일이 년 후에 다시 끄집어내 쓸 생각으로 그 아이디어를 어딘가 고이 처박아 둘 수도 있고요."

그럼 두 번째 질문으로 (질문이라기보다는 사람들이 그냥 뱉는 말에 가까운데) 이런 얘기가 나온다.

"등장인물은 대부분 실제 인물에서 따온 거죠?"

말도 안 되는 그런 질문에는 적당히 화난 척하며 이렇게 부정해 주면 된다.

"아니, 그렇지 않습니다. 다 내가 만들어 낸 겁니다. 그들은 내 거라고요. 온전히 나의 창조물이어야 합니다. 내가 원하는 대로 움직이고 내가 원하는 성격을 가진 인물. 그들은 나를 위해 생명력을 띠며, 때때로 자기 생각을 갖기도 하지만 그것도 다 내가 그 인물들을 사실적으로 만들었기 때문에 가능한 거지요."

자, 이제 작가는 아이디어와 등장인물을 생산해 냈다. 이제 세 번째 필수 요소가 있어야 한다. 바로, 배경이다. 앞서 두 가지 요소는 작가의 머리에서 나오지만, 세 번째 요소는 외부에서 도출된다. 이미 존재하는 것이라야 한다는 뜻이다. 작가가 창조하는 게 아니라 이미 있는 것, 실재하는 것이다.

작가가 나일 강 유람 여행을 해 보았고 그 경험을 생생히 기억하고 있다고 치자. 작가가 지금 쓰고자 하는 이야기에 딱 맞는 설정이다. 첼시 카페에서 식사를 했다. 그런데 옆에서 마침 여자 둘이 머리끄덩이를 잡고 싸움을 하고 있다. 다음 책의 도입부로 써먹기에 딱 좋다. 오리엔트 특급열차를 타고 여행을 한다. 지금 구상 중인 책의 한 장면으로 만들어 넣으면 얼마나 흥미롭겠는가. 친구를 만나러 찻집에 나갔는데, 도착하는 순간 친구의 오빠가 읽고 있던 책을 탁 덮고 내려놓으며 이렇게 말한다.

"나쁘진 않은데. 근데 도대체 왜 에번스를 부르지 않은 걸까?"

그럼 곧 작업에 들어갈 책의 제목은 '왜 에번스를 부르지 않았지?'로 즉석에서 정해진다.

에번스가 누군지는 작가도 아직 모른다. 그래도 상관없다. 때가 되면 떠오를 테니까. 중요한 건 제목이 정해졌다는 것이다.

그러니 어찌 보면 배경은 작가가 창조해 내는 게 아니라 외부에, 주변에 이미 존재하고 있는 것이다. 따라서 그저 손을 뻗어 하나를 골라 가져오기만 하면 되는 것이다. 기차 혹은 병원, 런던의 호텔, 카리브 해변, 시골 별장, 칵테일 파티, 여학교 등등. 얼마나 많은가?

지켜야 할 룰은 단 한 가지다. 반드시 실재하는 것이라야 한다는 것. 실제의 사람들, 실제의 장소여야 한다. 특정한 시공간에 존재하는 특정한 장소. 일단 배경을 이 시대, 이곳으로 정했다면, 이제 어떻게 정보를 얻을 것인가를 생각해 보아야 한다. 내 눈과 귀를 통해 얻는 정보 이외의 것을 말한다. 대답은 의외로 간단하다.

매일같이 배달되는 신문의 주요 기사만 읽어도 충분하다. 조간신문 1면에서 정보를 수집하라. 지금 세계 곳곳에서는 어떤 일이 벌어지고 있나? 요즘 사람들은 어떤 이야기를 하고, 어떤 생각을 하고, 무슨 일을 할까? 신문 1부가 1970년 영국의 모습을 고스란히 보여 준다.

한 달 동안 매일매일 신문 1면을 훑고, 메모를 하고, 그것을 깊이 곱씹고 분류하라.

매일 살인 사건이 일어난다.

여자 아이가 교살당한다.

힘없는 할머니가 강도를 당해 얼마 되지도 않는 돈을 빼앗긴다.

젊은 청년과 어린 소년 들이 폭행을 하거나 폭행을 당한다.

건물과 공중전화 부스는 허구한 날 부서지고 유리창이 박살난다.

마약 밀수.

약탈과 폭행.

실종되는 아이들, 그리고 집에서 멀지 않은 곳에서 발견되는 끔찍하게 살해당한 아이들의 시체.

이것이 영국의 실상인가? 이것이 진정 영국의 모습이란 말인가? 마치 세상이……. 아니, 아직은 아니다. 하지만 그럴 수도 있다.

두려움이 인다. 앞으로 닥칠지도 모르는 것에 대한 두려움. 실제 일어나고 있는 일들이 아니라 그런 일들을 벌어지게 하는 원인을 떠올렸을 때 드는 두려움이다. 그 원인은, 명확히 드러난 것들도 있지만 드러나지는 않았으나 분명하게 느껴지는 것들도 있다. 게다가 영국에서만 이런 현상이 벌어지는 것도 아니다. 신문의 다른 면에 조그맣게 실린 기사들을 샅샅이 훑어보라. 유럽 소식도 있고 아시아 소식, 아메리카 대륙 소식도 있다. 전 세계 뉴스가 신문 1부에 다 실려 있다.

비행기 공중 납치.

유괴.

폭력.

폭동.

증오.

무정부주의.

모든 것이 점점 강도를 더해 가고 있다.

모든 것이 파괴에 대한 찬양, 잔악함이 주는 쾌락으로 귀결되고 있다.

이게 다 무엇을 의미할까? 엘리자베스 여왕 시대를 살았던 한 사람이 인생에 대해 노래한 구절이 떠오른다.

> 그것은
> 어느 바보가 지껄인 이야기.
> 요란한 소음과 분노로 가득 찼지만
> 아무 의미도 없다.
> (셰익스피어의 『맥베스』의 한 구절 ― 옮긴이)

그래도 사람들은 누가 말해 주지 않아도, 우리가 사는 이 세상에 얼마나 많은 선함이 존재하는지 잘 안다. 우리는 누가 시키지 않았는데도 친절과 정을 베풀고, 동정심을 보이고, 이웃을 돕고, 소년 소녀들은 노인을 부축해 준다.

그렇다면 어째서 이런 비현실적이고 공상적인 느낌을 주는 사건들이 매일 신문을 장식하는 걸까?

서기 1970년인 현재의 이야기를 쓰기 위해서는 현재의 배경을 받아들여야 한다. 배경이 아무리 터무니없다 해도 이야기는 그 배경을 그대로 수용해야 한다. 때문에 이야기는 공상 문학, 터무니없는 이야기가 될 수밖에 없다. 배경 설정이 일상의 공상적 사실을 그대로 담고 있어야 하는 것이다.

그렇다면 작가는 과연 그럴듯한 공상적 대의를 구상해 낼 수 있을까? 권력을 독차지하기 위한 비밀 조직 운동은 어떨까? 한 사람의 광적인 파괴 욕구가 새로운 세상을 만들어 낸다는 설정은 가능할까? 한 걸음 더 나아가, 너무나 공상적이고 있을 법하지 않은 방법으로 그 세상을 구원하는 것으로 이야기를 마무리하면 어떨까?

불가능이란 없다고, 이미 과학이 여러 차례 우리에게 가르쳐 준 바 있다.

앞으로 전개될 이야기는 본질적으로 공상에 불과하며, 그 이상도 그 이하도 아니다.

그러나 이야기 속에 나오는 사건들은 실제로 일어났거나 혹은 일어날 가능성이 충분히 있는 사건들이다.

절대로 있을 수 없는 이야기가 아니라 그저 공상적 성격을 띠는 이야기라는 뜻이다.

제1부
중단된 여정

프랑크푸르트행 승객

I

"안전벨트를 착용하시기 바랍니다."

방송이 나오자 기내 듬성듬성 앉은 승객들은 굼뜬 동작으로 지시에 따랐다. 모두 벌써 제네바에 도착했을 리는 없다고 생각하고 있었다. 졸린 승객들은 신음을 하며 하품을 했다. 승무원들이 돌아다니며 졸음을 못 이기고 곯아떨어진 승객들을 일일이 깨워 일으켰다.

"안전벨트를 매 주십시오."

태노이 스피커 장치에서 흘러나온 무뚝뚝한 목소리가 위압적으로 지시했다. 이어서 잠시 기상 상태가 좋지 않아 기체가 흔들릴 것이라고 독일어, 프랑스어, 영어로 차례로 안내했다. 스태퍼드 나이경은 입을 있는 대로 벌려 하품을 하면서 똑바로 등을 펴고 앉았다. 고국의 어느 강에서 신나게 낚시하는 꿈을 꾸다 깨어난 참이었다.

스태퍼드 나이 경은 보통 키에 연한 갈색 얼굴을 깔끔하게 면도한, 45살의 신사였다. 깔끔하게 손질하는 대신 다소 괴상한 옷차림을 즐겼는데, 부족할 것 없는 점잖은 가문 출신이었음에도 그런 식의 기분과 복장을 즐기는 데에 전혀 거리낌이 없었다. 자신의 차림새가 보수적인 옷차림을 고수하는 동료들의 눈살을 찌푸리게 만들면 오히려 더 좋아했다. 그에게는 남의 시선을 받는 것을 즐기는, 18세기 한량 같은 면이 있었다.

그가 여행할 때 특히 좋아하는 차림은 옛날에 코르시카에서 구입한, 무법자에게나 어울릴 만한 망토였다. 겉감은 보랏빛이 감도는 짙은 푸른색에 안감은 진홍색이었고, 모자가 달려 있어서 바람이 심할 땐 머리에 뒤집어쓸 수도 있었다.

스태퍼드 나이 경은 그동안 영국 외교계 바닥에서 실망스러운 존재로서 명성을 쌓아 왔다. 청년 시절부터 다방면에서 재주가 특출해 기대를 한 몸에 받았음에도 유독 이 방면에서는 기대를 저버렸던 것이다. 특유의 별나고 심술궂은 유머 감각이 가장 심각해야 할 순간에 툭툭 튀어나오는 것이 문제였다. 중대한 순간이 오면 항상 진지해지기보다 장난꾸러기처럼 뒤틀린 심술을 부리는 쪽을 택하게 되는 것은 스태퍼드 경 자신도 어쩔 수가 없었다. 스태퍼드 경은 애써 저명인사가 되려고 하지 않았는데도 벌써 세상에 많이 알려진 인물이었다. 그러나 사람들은 스태퍼드 나이를 굉장히 명석하긴 해도 신중하지는 못한 인물로 보았고, 백날이 지나도 신중해지지 않을 것이라고 믿었다. 요즘처럼 국제 정세가 복잡미묘한 때, 특히나 그 바닥에서 대사급 지위에 오를 야심이 있는 사람이라면, 명석함보다는 신중함이 더 필요했다. 때문에 스태퍼드 나이 경은 변방으로 밀려나 가끔씩, 정교한 술수가 요구되지만 중대하거나 너무 공공연하지 않은 성격의 임무만 맡았다. 기자들은 때때로 나이 경을 '외교계의 다크호스'라 칭했다.

자신이 출세하지 못한 것에 스태퍼드 경이 실망했는지 어쨌는지는 아무도 알지 못했다. 아마 스태퍼드 경 자신도 모르리라. 그는 허영심이 다분했지만 동시에 장난기를 발휘하는 것을 무척 즐기는 사람이었다.

지금 스태퍼드 나이 경은 말레이시아에서 열린 조사 위원회에 참석하고 돌아오는 길이었다. 참으로 지루하고 별 볼 일 없는 회의였다. 경이 보기에 다른 동료들은 시작도 하기 전에 이미 판결을 어떻게 내릴지 마음이 정해져 있었다. 열심히 보고 듣기는 했지만 그들의 선입관은 꿈쩍도 하지 않았다. 스태퍼드 경은 일부러 몇 번 훼방을 놓았는데, 어떤 확고한 신념이 있어서라기보다는 그냥 어떤 반응이 나올까 궁금해서 그런 것이었다. 다른 건 몰라도 회의에 활기를 더한 것은 분명했다. 그럴 기회가 더 생기기를 내심 바랄 정도였다. 회의에 참석한 동료들은 다들 성실하고 믿음직한 이들로, 하품이 날 정도로 재미없는 친구들이었다. 심지어 약간 정신이 나갔다고 소문이 난, 유일한 여성 멤버인 너새니얼 에지 여사마저도 소위 '명백한 사실'을 다루는 문제에서는 예외가 아니었다. 보고 들은 것을 토대로 뻔한 결론을 내려 몸을 사리는 쪽을 택한 것이다.

스태퍼드 경은 전에도 너새니얼 에지 여사를 본 적이 있었는데, 외교 문제를 해결하러 발칸 반도 어느 나라의 수도에 파견되었을 때였다. 거기서도 스태퍼드 나이 경은 참지 못하고 몇 가지 흥미로운 의견을 내뱉고 말았다. 짭짤한 가십 씹기를 좋아하는 《인사이드 뉴스》는 발칸 반도 어느 국가의 수도에 스태퍼드 나이 경이 나타난 이유가 그곳 정세와 밀접한 연관이 있으며 경이 극도의 신중을 요하는 비밀 임무를 띠고 온 것이라고 은근히 암시하는 기사를 냈다. 한 친구가 그 기사에 줄까지 쳐서 잡지를 보내 줬고, 기사를 읽은 스태퍼드 경은 전혀 당황하지 않고 오히려 흐뭇해했다. 기사가 사실과 달라도 너무 다른 게, 그렇게 우스울 수가 없었다. 사실 소피아(불가리아 수도—옮긴이)에 간 것은 그놈의 희귀 야생화 때문이었다. 희귀 야생화라면 사족을 못 쓰는 나이 지긋한 친구 레이디 루시 클레곤이 급히 오라고 해서 간 것이었는데, 레이디 루시 클레곤은 실물 크기가 장황한 라틴어 학명에 반비례하는 그 수줍은 아름다움을 직접 보기 위해서라면 어디든 달려가 지치지도 않고 암벽을 기어오르고 기꺼이 물웅덩이에 뛰어들 정도로 정력이 대단한 노인네였다.

열정 넘치는 식물학자 부대가 야생화를 찾아 산속을 뒤지고 다닌 지 열흘쯤 됐을 무렵, 스태퍼드 경은 잡지 기사가 사실이 아닌 것이 아쉬워지기 시작했다. 야생화 타령에 조금, 아주 조금 싫증이 나기 시작한 데다, 비록 루시를 좋아하긴 하지만 이 할머니가 예순이 넘은 나이에도 불구하고 자신을 앞질러 쏜살같이 산길을 올라가 버리

곧 하니 짜증이 날 만도 했다. 그렇게 매번 앞질러 올라가니 루시의 감청색 바지 엉덩이 부분이 계속 눈에 들어올 수밖에 없었는데, 솔직히 루시가 다른 데는 비쩍 말랐지만 감청색 코르덴 바지를 입기엔 엉덩이 부분이 조금 펑퍼짐한 게 사실이었다.

'어디 여기 말고 외국에 흥미진진한 건수 없나. 한 건 물어서 실력 발휘하면 딱 좋을 텐데…….'

그때 스태퍼드 경은 속으로 이렇게 중얼거렸다.

기내 스피커에서 다시 안내 방송이 나왔다. 제네바 상공의 짙은 안개 때문에 프랑크푸르트로 선회하여 착륙했다가 거기서 다시 런던으로 가겠다는 내용이었다. 제네바행 승객들에게는 프랑크푸르트에서 최대한 빨리 새로운 운항 편을 제공하겠다고 했다. 스태퍼드 나이 경은 어떻게 되든 개의치 않았다. 런던 상공에 안개가 끼었으면 스코틀랜드의 프레스트위크 공항으로 가면 되지. 그렇게 생각하면서도 스태퍼드 경은 사실 그렇게 되지 않기를 바랐다. 프레스트위크에 한두 번 가 봤는데, 절대로 다시 가고 싶은 곳이 아니었기 때문이었다. 인생은, 그리고 비행기 여행은, 끔찍하리만치 지루하군. 그는 속으로 중얼거렸다. 다만…… 모르겠다. 다만 뭐?

II

프랑크푸르트 공항의 환승 라운지 안이 그런대로 따뜻해서 스태퍼드 나이 경은 망토를 열어 젖혔다. 그러자 망토의 붉은 안감이 어깨 위에 드라마틱하게 펼쳐졌다. 스태퍼드 경은 맥주 한 잔을 앞에 놓고 홀짝이며 안내 방송에 반쯤 귀를 기울였다.

"모스크바행 4387번 비행기. 이집트와 콜카타행 2381번 비행기."
지구 곳곳을 아우르는군. 듣기에는 얼마나 로맨틱한가. 그러나 어느 공항이든 환승 라운지에는 그런 로맨틱한 기분에 찬물을 끼얹는 뭔가가 있었다. 일단 사람이 너무 많고, 쇼핑할 것도 많고, 비슷비슷한 색의 의자도 너무 많고, 플라스틱도 너무 많고, 인간이 너무 바글바글하고, 우는 애들도 너무 많다. 갑자기 누가 한 말이 떠올랐다.

내가 인간을 사랑했더라면.
인간의 우스꽝스러운 얼굴을 사랑했더라면.
(월터 롤리 경의 시「내가 인간을 사랑했더라면」중에서 — 옮긴이)

체스터턴의 시였던가? 하여간 반박의 여지가 없는 진실이다. 사람들이 오글오글 모여 있으면 그 얼굴이 그 얼굴 같아서 징그러운 기분이 들었다. 특이한 얼굴이 하나쯤 있었다면 보기에 얼마나 상큼했을까. 스태퍼드 경은 화려하게 화장을 하고 자기네 나라(영국인 것 같았다) 승무원 유니폼인 짧은 미니스커트를 입은 젊은 두 여자와 화장을 더 진하게 하고 요새 유행하는 치마바지라고 하는 옷을 입은 또 다른 젊은 여자(이 여자는 사실 꽤나 예쁜 얼굴이었다)를 경멸하는 표정으로 번갈아 바라보았다. 저 여자는 패션에서 한 발 더 나갔군.

세상에 널린 게 예쁜 여잔데 예쁜 여자를 또 한 명 보고 싶지는 않았다. 좀 다른 얼굴을 보고 싶었다. 그때 스태퍼드 경이 앉아 있는, 등받이에 비닐을 씌운 긴 인조가죽 의자로 누군가 다가와 스태퍼드 경 바로 옆에 앉았다. 스태퍼드 경은 그 여자의 얼굴에 즉시 눈길이 갔다. 독특한 인상의 얼굴이라서 그런 건 아니었다. 사실 어디서 본 것 같은 얼굴이었다. 이런 데서 아는 얼굴을 보게 되다니. 언제, 어디서 봤는지는 모르지만 분명 낯익은 얼굴이었다. 나이는 스물대여섯쯤 되는 것 같고, 콧대가 높은 매부리코에 숱이 풍성한 검은 머리칼은 어깨까지 내려왔다. 앞에 잡지를 펼쳐 들고 있지만 신경은 전혀 딴 데 가 있는 것 같았다. 정확히 말하면, 열의가 넘치는 듯한 표정으로 스태퍼드 경을 쳐다보고 있었다. 이윽고 여자가 갑자기 입을 열었다. 거의 남자 음성과 맞먹는 콘트랄토 목소리였고, 말투에는 희미하게 외국 악센트가 묻어났다.

"얘기 좀 해도 될까요?"

스태퍼드 경은 대답하기 전에 여자의 얼굴을 가만히 살폈다. 아니, 이건 사람들이 오해할 만한 그런 접근이 아니야. 나를 유혹하려는 게 아니라고. 다른 뭔가가 있어.

"안 될 이유가 뭐 있습니까. 어차피 시간 좀 죽여야 할 것 같은데요."

"안개 때문이에요. 제네바 상공에 안개가 끼어서요. 어쩌면 런던에도. 여기저기 안개네요. 어쩌면 좋을지 모르겠네요."

스태퍼드 경이 자신 있게 말했다.

"아, 걱정 마십쇼. 목적지가 어디든 꼭 갈 수 있을 겁니다. 이 사람들, 꽤 믿을 만하거든요. 어디로 가시지요?"

"제네바로 가는 길이었어요."

"흠, 그럼 어떻게든 제네바에 가게 되겠지요."

"지금 당장 가야 해요. 일단 제네바까지만 가면 괜찮을 거예요. 누가 마중 나오기로 되어 있거든요. 거기 가면 안전할 거예요."

"안전하다니요?"

스태퍼드 경은 희미한 미소를 지었다.

"요새는 사람들이 안전에 별로 관심을 갖지 않지요. 하지만 안전은 굉장히 중요한 거예요. 적어도 저한테는 그래요."

그러더니 갑자기 여자는 이렇게 덧붙였다.

"이 비행기를 놓쳐서 제네바까지 가지 못하면, 혹은 아무 준비 없이 이 비행기를 타고 런던까지 간다면 저는 십중팔구 살해당할 운명이거든요."

여자는 스태퍼드 경을 날카롭게 쳐다보았다.

"제 말 안 믿으시겠죠."

"믿기 어려운 얘기군요."

"하지만 사실이에요. 사람들은 가끔 진실을 말하기도 하거든요. 아니, 매일 그러죠."

"당신을 죽이려는 사람이 누굽니까?"

"상관있나요?"

"나한테는 상관없죠."

"제 말 믿으셔도 돼요. 제 이야기는 사실이에요. 도와주세요. 안전하게 런던까지 갈 수 있도록."

"어째서 도와줄 사람으로 나를 고른 겁니까?"

"왜냐하면 죽음에 대해 어느 정도 아는 분으로 보였거든요. 죽음을 경험했고, 어쩌면 누가 죽는 걸 코앞에서 직접 보신 분으로요."

스태퍼드 경은 날카로운 눈으로 여자를 쳐다보다가 시선을 돌렸다.

"다른 이유는 없습니까?"

"있어요. 이거예요."

여자가 연한 갈색 손을 뻗어 스태퍼드 경의 두터운 망토의 접힌 부분을 살짝 건드렸다.

"이거요."

스태퍼드 경은 처음으로 호기심이 생겼다.

"무슨 뜻이죠?"

"특이한 옷이에요. 개성적이죠. 보통 사람들이 입는 외투가 아니에요."

"그건 그렇죠. 내가 아끼는 물건 중 하납니다."

"그 아끼는 물건이 제게는 아주 유용한 물건이 될 수 있어요."

"무슨 말입니까?"

"부탁을 하나 하겠어요. 아마 거절하시겠지만, 어쩌면 들어주실 수도 있죠. 선생님은 모험을 좋아하는 분으로 보이니까요. 저도 모험을 하는 여자거든요."
"어떤 계획인지, 한번 들어나 봅시다."
스태퍼드가 희미한 웃음을 띤 채 대꾸했다.
"선생님의 망토를 빌리고 싶어요. 여권하고 비행기 표도요. 조금 있으면, 한 20분 후에, 런던행 비행기의 탑승을 알리는 안내 방송이 나올 거예요. 그럼 저는 선생님의 망토를 입고 선생님의 여권을 가지고 그 비행기를 타서 무사히 런던으로 가는 거예요."
"내 행세를 하겠다, 이겁니까? 이런, 이런, 아가씨."
그러자 여자는 핸드백을 열고 조그맣고 네모난 손거울을 꺼냈다.
"보세요. 제 얼굴을 본 다음 거울을 들여다보세요."
스태퍼드 경은 그동안 간질거리기만 하고 명확하게 떠오르지 않던 것을 마침내 깨달았다. 20년쯤 전에 세상을 뜬 누이, 패멀라였다. 패멀라는 스태퍼드와 생김새가 굉장히 닮았었다. 누가 봐도 남매라는 걸 한눈에 알 정도였다. 패멀라의 얼굴은 약간 남성적인 데가 있었다. 스태퍼드의 얼굴은 (지금은 달라졌을지 몰라도) 특히 어렸을 적엔 약간 여자 같은 얼굴이었다. 둘 다 콧날이 높은 오뚝한 코에 눈썹 끝이 드라마틱하게 꺾였고, 웃으면 입술 한쪽이 치켜 올라가는 것도 똑같았다. 패멀라는 176센티미터 정도로 여자치고 키가 꽤 컸고, 스태퍼드 경도 178센티미터였다. 스태퍼드 경은 자기에게 거울을 내민 여자를 찬찬히 들여다보았다.
"우리 얼굴이 굉장히 닮았다는 걸 말하고 싶은 거죠? 하지만 나를 알거나 당신을 아는 사람은 속아 넘어가지 않을 겁니다."

"그거야 물론이죠. 중요한 건, 그럴 필요까지는 없다는 거예요. 저는 바지 차림이에요. 선생님은 망토 모자로 얼굴을 가린 채로 여행하고 계시고요. 제가 긴 머리를 잘라 신문지에 싸서 어디 쓰레기통에 버리기만 하면 돼요. 그리고 선생님의 망토를 두르고 후드를 뒤집어쓴 다음 선생님의 탑승권과 티켓, 여권을 가져가는 거예요. 선생님을 잘 아는 분이 이 비행기에 없는 한 저는 선생님으로 위장하고 안전하게 목적지까지 갈 수 있어요. 그런데 지인이 있었다면 벌써 선생님께 말을 걸었을 테니까 여기에 선생님을 아는 분이 없다고 추정해도 되겠죠. 필요할 때 선생님의 여권을 내보이고, 망토 후드를 뒤집어써서 눈코입만 내놓고 나머진 다 가릴 거예요. 제가 이 비행기에 탑승한 줄 아무도 모를 테니까 목적지에 닿으면 저는 안전하게 공항에서 빠져나갈 수 있어요. 무사히 빠져나가서 런던의 군중 속에 섞여 사라져 버리겠어요."

"그럼 나는 어떻게 합니까?"

스태퍼드 경이 여전히 웃음기 머금은 얼굴로 물었다.

"배짱이 있으시다면, 제가 한 가지 제안을 하겠어요."

"제안해 보시죠. 제안은 언제든 들어줄 용의가 있으니까요."

"여기서 조금 떨어진 곳으로 가서 잡지나 신문을 사거나 아니면 선물 가게에서 선물을 사세요. 망토는 자리에 두고 가셔야 해요. 구입한 물건을 가지고 여기로 돌아오시면, 이 자리 말고 다른 자리에 앉으세요. 반대편 벤치 맨 끝 자리가 좋겠네요. 앞에 유리잔이 놓여 있을 거예요. 아마도 이 잔일 거예요. 잔에 든 걸 마시면 곯아떨어질 거예요. 조용한 구석 자리에서 한숨 주무세요."

"그러면 어떻게 되죠?"

"선생님은 강도 사건의 피해자가 되는 거예요. 누군가 선생님의 잔에 약물을 타서 잠들게 한 다음 지갑을 훔쳐 간 걸로 수사가 마무리될 거예요. 아니면 그 비슷한 시나리오로요. 선생님은 그냥 신분을 밝히고 여권과 지갑을 도둑맞았다고 하시면 돼요. 신분 증명이야 금방 될 테니까요."

"내가 누군지 아십니까? 내 이름을 아세요?"

"아직 모르지요. 여권을 아직 못 봤으니까요. 선생님의 정체는 전혀 모릅니다."

"그런데 뭘 믿고 내가 쉽게 신분 증명을 할 수 있다고 하는 거죠?"

"저는 사람 보는 눈이 정확한 편이에요. 중요한 사람은 한눈에 알아볼 수 있죠. 선생님은 중요한 사람으로 보이거든요."

"하지만 내가 왜 아가씨 말대로 해야 합니까?"

"인간으로서 다른 한 인간의 목숨을 구하기 위해서라고 해 두죠."

"너무 허무맹랑한 이야기라는 생각, 안 듭니까?"

"물론 들죠. 믿기 어려운 이야기죠. 근데 제 이야기를 믿으세요?"

스태퍼드 경은 여자를 찬찬히 살피다가 대답했다.

"당신, 말하는 게 꼭 누구 같은지 알아요? 스릴러 소설에 나오는 아름다운 스파이 같아요."

"그럴지도 모르죠. 하지만 저는 아름다운 여자는 아니에요."

"그리고 스파이도 아니고?"

"어쩌면 스파이라고 정의할 수도 있겠죠. 정보를 좀 가지고 있거든요. 노출하면 안 되는 정보. 절 믿으세요. 이건 선생님의 조국에도 굉장히 중대한 가치가 있는 정보예요."

"얼마나 황당하게 들리는지 알고 하는 소리예요?"

"저도 알아요. 만약 이런 얘기를 소설로 쓰면 허무맹랑하게 들렸겠죠. 하지만 터무니없게 보이는 것들이 진실인 경우도 많아요. 안 그래요?"

스태퍼드 경은 다시 한번 앞에 앉은 여자를 찬찬히 들여다보았다. 분명 패멀라와 굉장히 닮은 얼굴이었다. 약간 외국 악센트가 섞이긴 했지만, 목소리조차 패멀라와 비슷했다. 이 여자의 제안은 너무나 허무맹랑하고 터무니없고 거의 불가능할 뿐더러 위험하기까지 했다. 스태퍼드 경에게 위험하다는 얘기였다. 그러나 불행하게도 스태퍼드 경은 허무맹랑하고 위험한 것에 끌리는 타입이었다. 이런 제안을 하다니! 제안에 따르면 과연 어떻게 될까? 그걸 알아내는 과정은 분명 흥미진진할 터였다.

"그렇게 해서 내가 얻는 건 뭡니까? 그걸 알고 싶습니다."

여자는 생각에 잠긴 얼굴로 스태퍼드 경을 바라보다가 대답했다.

"전환이요. 반복되는 일상으로부터의 전환이랄까? 지루한 일상의 활력소라고도 할 수 있겠군요. 시간이 얼마 없어요. 모든 것은 선생님께 달렸어요."

"당신 여권은 어떻게 되는 겁니까? 나더러 가발이라도 구입하라는 겁니까? 가발을 파는지도 의심스럽지만, 내가 여장을 해야 하는 겁니까?"

"아니에요. 서로 신분을 바꿔치기하는 건 어럼도 없어요. 선생님은 강도를 당하고 정신을 잃지만 신분을 위장할 필요는 없어요. 결정하세요. 시간이 없어요. 곧 가 봐야 해요. 가서 변장을 해야 하니까요."

"당신이 이겼습니다. 이렇게 있을 법하지 않은 제안을 하면 거절할 수가 없죠."

"그렇게 말씀하시길 바랐어요. 확률은 반반이었지만."

스태퍼드 나이는 주머니에서 여권을 꺼내 입고 온 망토의 겉주머니에 옮겨 넣었다. 그리고 일어서서 크게 하품을 하고는, 주위를 둘러보고 시계를 흘끔 확인한 후 잡다한 상품이 진열되어 있는 선물가게로 어슬렁어슬렁 걸어갔다. 뒤는 한 번도 돌아보지 않았다. 먼저 염가판 소설 한 권을 산 다음, 털이 복슬복슬한 조그만 동물 인형들을 괜히 툭툭 건드려 보았다. 아이들 주기에 딱 좋은 선물이었다. 한참 보다가 결국 판다 인형을 골랐다. 그런 다음 라운지를 휘둘러보고 아까 있던 자리로 돌아왔다. 망토는 사라졌고 여자도 온데간데없었다. 테이블에 맥주 반잔이 놓여 있었다.

모험을 할 순간이야. 스태퍼드 경은 잔을 들고 몇 걸음 옆으로 옮겨 가 맥주를 들이켰다. 너무 빨리는 곤란하고, 천천히. 아까 마셨을 때랑 맛이 별반 다르지 않았다.

스태퍼드 경이 중얼거렸다.

"자, 이제 어떻게 될까. 과연 어떻게 될까."

스태퍼드 경은 라운지 구석 자리로 갔다. 옆에 한 가족이 앉아 시끄럽게 웃고 떠들고 있었다. 그 근처에 자리 잡고 앉아 하품을 하고 쿠션에 머리를 툭 떨구었다. 테헤란행 비행기의 탑승 안내 방송이 흘러나왔다. 승객들이 우르르 일어나 지정된 번호의 게이트 앞으로 가 줄을 섰다. 그래도 라운지는 반쯤 차 있었다. 스태퍼드 경은 소설책을 펴 들고 다시 한번 하품을 쩍 했다. 슬슬 졸음이 쏟아지기 시작했다. 이거, 너무 졸린데……. 어디 가서 자면 좋을지 궁리해 봐야지. 어디 편하고 안전한 곳으로 가서…….

안내 방송이 트랜스유러피언 항공 런던행 309번 비행기의 탑승을 알렸다.

III

방송을 듣고 여기저기서 승객들이 자리에서 일어나 움직이기 시작했다. 그러나 그동안 라운지에는 다른 비행기의 환승객들이 더 많이 들어와 있었다. 제네바 상공의 안개와 다른 문제들로 인한 비행기 연착 안내가 방송에서 끊임없이 흘러나왔다. 붉은 안감을 댄 군청색 망토를 두르고 요새 젊은이들이 하고 다니는 머리보다는 깔끔한 스타일로 짧게 친 머리에 후드를 푹 뒤집어 쓴, 보통 키의 늘씬한 남자가 성큼성큼 걸어가 탑승객 줄에 섰다. 잠시 후 그 남자는 비행기 표를 보이고 9번 게이트를 유유히 빠져나갔다.

안내 방송이 계속해서 흘러나왔다. 스위스 항공 취리히행 비행기. 브리티시 유러피언 항공 아테네 경유 키프로스행 비행기. 이어서 다른 종류의 안내 방송이 울려 퍼졌다.

"제네바로 가시는 다프네 테오도파너스 양, 탑승구 데스크로 와 주시기 바랍니다. 제네바행 비행기가 안개로 인해 이륙이 지연되고 있습니다. 승객 여러분께서는 아테네를 경유하는 비행기에 탑승해 주시기 바랍니다. 곧 비행기가 이륙할 예정입니다."

이어서 일본행과 이집트행, 남아프리카행을 비롯하여 세계 곳곳으로 향하는 항공편의 안내 방송이 흘러나왔다. 남아프리카행 승객 시드니 쿡 씨는 메시지가 있으니 탑승구 데스크로 와 주기 바란다는 방송. 그리고 다프네 테오도파너스 승객이 다시 호출되었다.

"309번 비행기 탑승의 마지막 안내입니다."

환승 라운지의 한구석에서 어린 소녀 하나가 벤치의 등받이 쿠션에 고개를 떨어뜨리고 곯아떨어진 진한 색 양복 차림의 남자를 뚫어져라 쳐다보고 있었다. 남자의 손에는 털이 복슬복슬한 조그만 판다 인형이 들려 있었다.

소녀가 판다를 향해 손을 뻗자, 소녀의 엄마가 말했다.

"얘, 조운, 함부로 만지면 안 돼. 아저씨가 주무시고 계시잖니."

"이 아저씨는 어디로 가는 거야?"

"아마 우리처럼 호주에 가시나 보지."

"이 아저씨한테도 나 같은 딸이 있어?"

"그런가 봐."

소녀는 한숨을 쉬며 판다 인형에 다시 눈길을 주었다. 스태퍼드 나이 경은 아무것도 모르고 계속 잠만 잤다. 꿈속에서 스태퍼드 경은 사냥총으로 표범을 쏘려고 하고 있었다.

"아주 위험한 녀석이죠. 굉장히 위험한 동물이라고 들었습니다. 표범 앞에선 절대로 마음을 놓아선 안 돼요."

스태퍼드 경은 동행한 사파리 가이드에게 설명했다.

그 순간, 꿈이 종종 그렇듯, 장면이 확 바뀌었다. 이번에는 외종조모(外從祖母)인 마틸다 할머니와 차를 마시며 그녀의 이야기를 알아들으려 애쓰고 있었다. 옛날보다 귀가 더 먹었잖아! 깊이 잠이 든 스태퍼드 경은 처음에 나온 다프네 테오도파너스 양을 찾는 안내 말고 다른 방송은 전혀 듣지 못했다. 소녀의 엄마가 중얼거렸다.

"승객이 행방불명될 때마다 도대체 어떻게 그런 일이 있을 수 있나 궁금했는데. 공항에 갈 때마다 어김없이 승객 찾는 방송이 나오거든. 항상 누군가 사라지곤 하지. 안내 방송을 못 듣고 비행기를 놓치는 승객이 꼭 한 명씩 있더라고. 어떤 사람일까 궁금했었지. 뭘 하느라 못 오는 건지, 도대체 뭣 때문에 안 나타나는 건지 말이야. 근데 지금 이름 불린 여자도 보아하니 비행기를 놓칠 것 같은데. 그럼 그 여자는 어떻게 될까?"

그러나 사정을 아는 사람이 아무도 없기에, 그 질문에는 아무도 답을 해 줄 수가 없었다.

런던

스태퍼드 나이 경의 아파트는 상당히 쾌적했다. 창문으로는 바로 그린 파크가 내려다보였다. 스태퍼드 경은 커피 머신의 스위치를 켜 놓고, 오늘 아침엔 어떤 우편물이 와 있나 확인하러 갔다. 언뜻 보니 흥미로운 편지는 없는 듯했다. 편지 몇 통과 청구서 한두 통, 영수증 한 장, 흥미 안 가는 소인이 찍힌 또 다른 편지 몇 통을 대충 확인한 후 한데 모아서, 지난 이틀간의 우편물이 잔뜩 쌓여 있는 책상 위에 아무렇게나 올려놓았다.

'빨리 일을 시작해야겠는걸.'

스태퍼드 경은 속으로 중얼거렸다. 몇 시가 될지는 몰라도 오후에 비서가 출근하기로 되어 있었다.

스태퍼드 경은 부엌으로 가 커피 1잔을 따라 책상으로 가지고 왔다. 그리고 어젯밤 집에 돌아오자마자 열어 본 편지 두어 통을 집어

들었다. 그중 하나를 읽는데, 얼굴에 저절로 미소가 떠올랐다.

"11시 반이라고. 적당한 시간이군. 어떻게 될지 궁금한데. 하여튼, 쳇윈드를 만나려면 준비를 단단히 해야겠어."

그때 누군가 우편함에 뭔가 밀어 넣는 소리가 들렸다. 스태퍼드 경은 홀로 나가 조간 신문을 주워 왔다. 뉴스라고 할 만한 것은 별로 없었다. 사소한 정치 분쟁 몇 건에, 언뜻 심각해 보이지만 스태퍼드 경이 보기엔 별거 아닌 외신 기사가 몇 건 있었다. 담당 기자가 울분을 토하며 과장해서 기록해, 별것 아닌 것이 중대한 기사로 둔갑한 데 불과했다. 독자들에게 읽을거리를 줘야 한다는 사명감에 불탔는지도 모르지. 공원에서 목 졸려 숨진 채 발견된 소녀. 요새는 걸핏하면 여자아이들이 목 졸려 숨진다니까. 하루에 한 명씩 꼬박꼬박. 오늘 아침엔 납치 강간당한 어린이 소식은 없군. 의외인데. 스태퍼드 경은 토스트 한 조각을 구워 커피와 함께 먹었다.

얼마 후 아파트 건물에서 나와 공원을 가로질러 화이트홀(런던의 관청가 — 옮긴이)로 향했다. 입가에 저절로 미소가 떠올랐다. 오늘 아침은 기분이 좋군. 스태퍼드 경은 쳇윈드를 떠올렸다. 쳇윈드는 미련하게 무게만 잡는 사람이었다. 외양도 그럴듯하게 가꾸고 항상 심각한 표정을 짓고, 뭐든 의심부터 하려 들었다. 쳇윈드와 대화할 생각을 하니 은근히 즐거웠다.

약속 시간보다 넉넉잡고 7분쯤 늦게 정부 청사에 도착했다. 쳇윈드보다 내가 더 중요한 사람인데 이 정도는 지각해 줘야지. 스태퍼드 경은 속으로 중얼거렸다. 사무실로 들어가자 쳇윈드가 서류 더

미 그득한 책상 뒤에 앉아 기다리고 있었고, 옆에 비서도 서 있었다. 쳇윈드는 여느 때처럼 자기가 꽤나 중요한 사람이라도 되는 양 심각한 표정을 짓고 있었다.

"안녕하신가, 나이."

쳇윈드가 잘생긴 얼굴에 미소를 떠올리며 인사했다.

"돌아오니 좋지? 말레이시아는 어땠나?"

"뜨겁더군요."

"그래. 아무래도 거긴 덥겠지. 정세 말고 날씨 말한 것 맞지?"

"아, 순전히 날씨 얘기였습니다."

스태퍼드 나이는 담배 1대를 받아 들고 자리에 앉았다.

"보고할 만한 성과는 없었나?"

"별거 없습니다. 적어도 성과랄 만한 것은 없었죠. 이미 보고서를 제출했습니다. 언제나 그렇듯이 쓸데없는 말만 잔뜩입니다. 레이즌비 수상은 어쩌고 있습니까?"

"뭐, 항상 그렇듯이 여기저기 걸림돌만 되고 있지. 앞으로도 그럴 테고."

"그 인간이 변하길 바라는 게 잘못이죠. 바스콤하고는 같이 임무를 수행해 본 적이 없는데, 같이 일하기 재밌는 친구 같던데요."

"그 친구가? 나는 그 친구 잘 모르네. 뭐, 자네가 그렇다면 그런 거겠지."

"자, 자. 다른 소식 없습니까?"

"아니, 아무것도 없어. 자네 구미가 당길 만한 소식은."

"저를 왜 보자고 하신 건지는 편지에 안 쓰셨던데요."

"몇 가지 확인할 게 있어서 그런 거지. 별거 아니야. 혹시 자네가 거기서 기밀 정보라도 입수한 게 아닌가 해서. 터질 게 있으면 미리 준비를 해 둬야지, 안 그런가? 의회에서 질의가 나올 수도 있고."

"아, 물론이죠."

"항공편으로 귀국했지? 사소한 문제가 있었다던데."

스태퍼드 나이는 태연하게 미리 생각해 뒀던 표정을 지었다. 조심하지 못한 것을 후회하는 동시에 그런 자신에게 약간 짜증이 난다는 표정이었다.

"벌써 들으셨군요? 참 황당한 일이었죠."

"그래. 그런 것 같더군."

"신기하죠. 언론에 이야기가 얼마나 왜곡돼서 나오는지. 오늘 조간신문 속보란에 그 일과 관련해서 기사가 실렸더군요."

"안 실렸으면 했나?"

"체면이 구겨지잖습니까? 솔직히 말하면요. 게다가 이 나이에요!"

"정확히 무슨 일이 있었던 건가? 기사는 좀 과장된 것 같던데."

"건수 물었다고 아주 신나게 써 댄 것 같던데요, 뭐. 그런 종류의 여행이 어떤지 잘 아시잖습니까. 몸이 배배 꼬이도록 지겹죠. 제네바 상공에 안개가 끼어서 다른 공항으로 선회해야 했습니다. 그런데다 또 프랑크푸르트에서 이륙이 2시간 늦춰졌고요."

"거기서 일이 발생한 건가?"

"그렇습니다. 공항 라운지에서 환승을 기다리는 게 얼마나 눈물

빠지도록 지겨운 일인지 잘 아시죠. 비행기는 계속 이착륙하지. 스피커에서 안내 방송은 줄창 나오지. 홍콩행 302번 비행기, 아일랜드행 109번 비행기, 어쩌고저쩌고. 여기저기서 사람들 우르르 일어나서 우르르 떠나고. 거기서 혼자 하품이나 쩍쩍 하면서 앉아 있어 보십쇼."

"그래서 어떻게 된 건가?"

쳇윈드가 캐물었다.

"그게, 맥주 1잔 앞에 놓고 앉아 있는데요. 맥주는 필즈너였을 거예요. 하여튼, 뭐 읽을거리라도 있어야겠더라고요. 가져간 건 벌써 다 읽었고 해서 서점으로 가서 유치한 염가판 소설을 1권 샀습니다. 추리 소설이었던 걸로 기억해요. 그리고 조카애한테 주려고 동물 인형도 하나 샀고요. 자리에 돌아와서 맥주를 다 마시고 책을 펴 들었는데 저도 모르게 잠이 든 거예요."

"그래, 거기까진 알겠네. 잠이 들었다 이거지."

"그러는 것도 이해할 만하잖습니까? 제가 탈 비행기의 이륙 방송이 나왔나 본데, 그걸 못 들었습니다. 그 상황이라면 누구라도 못 들었을 겁니다. 저는 공항에서도 잘 자는 타입인데, 그런가 하면 제가 들어야 할 안내 방송은 놓치지 않고 잘 듣는 편입니다. 그런데 이번에는 못 들었다 이 말입니다. 겨우 깼을 때, 아니, 의식이 돌아왔을 때, 응급 요원들이 저를 둘러싸고 있었어요. 누군가 제 맥주에 수면제 같은 걸 탄 게 틀림없어요. 책을 사러 갔을 때 탄 게 분명해요."

"드문 일이지, 안 그런가?"

"어쨌든 저는 이런 일은 처음입니다. 다시는 겪지 않기를 바랄 뿐이죠. 바보가 된 기분이 들거든요. 머리가 깨질 듯 아픈 건 둘째 치고요. 의사 1명과 간호사로 보이는 여자가 몇 명 있었어요. 뭐, 크게 잘못된 건 없는 것 같았습니다. 현금이 약간 든 지갑하고 여권을 도둑맞았어요. 물론 당황스러웠죠. 다행히 돈은 얼마 안 들어 있었고, 여행자 수표도 재킷 안주머니에 넣어 둬서 안전했어요. 여권을 잃어버리면 까다로운 절차를 피하기 힘들죠. 근데 저는 위임장도 있고 해서 신분 확인이 비교적 쉽게 이루어졌어요. 얼마 안 있어 문제가 다 해결됐고, 저는 다시 비행기에 탑승할 수 있었습니다."

"그래도 꽤나 짜증스러웠겠군. 자네 정도의 지위를 가진 사람 입장에선 말이야."

"그렇죠. 이래 가지고야 좋은 인상을 주기가 힘들 거 아닙니까? 제, 어…… 지위가 지위니 만큼 점잖게 처신해야 하는데 말이에요."

그렇게 말하면서도 스태퍼드는 자못 우습다는 표정이었다.

"이런 일이 또 발생한 적은 없는지 조사해 봤는가?"

"자주 일어나는 일은 아닌 것 같습니다. 종종 일어날 수도 있죠. 손버릇이 나쁜 사람이라면 잠들어 있는 사람을 보고 슬쩍하려고 하지 않겠어요? 게다가 소매치기 솜씨가 뛰어나다면 특히 지갑 같은 걸 노려서 한몫 챙기려 하겠죠."

"거기다가 여권까지 잃어버리다니, 어이가 없군."

"예, 그렇잖아도 새 여권 신청해야겠네요. 여기저기 해명하고 다니게 생겼군요. 아까도 말했지만 참 황당한 일입니다. 솔직히 말씀해 주십쇼, 쳇윈드. 이렇게 됐으니 제가 좋은 평가 받는 건 물 건너간 일 아닙니까?"

"자네 잘못이 아니니 걱정 말게. 걱정 말라고. 누구한테든 일어날 수 있는 일이니까."

"그렇게 말씀해 주시니 감사합니다."

스태퍼드 나이가 넉살 좋게 씩 웃으며 대꾸했다.

"실실거리고 다녔더니 정신 번쩍 차리게 해 주네요, 그렇죠?"

"혹시 누군가 여권을 노리고 그런 것이라고는 생각 안 해 봤나?"

"그럴 리가요. 도대체 누가 제 여권을 노리겠습니까? 저를 짜증나게 하려고 꾸민 짓이 아니라면요. 근데 그럴 가능성도 희박하고요. 아니면 제 여권 사진을 꼭 손에 넣고 싶었다거나. 근데 그건 더 있을 법하지 않은 일이잖아요!"

"혹시 거기서, 어디라 그랬지? 프랑크푸르트 공항에서 아는 얼굴은 못 봤나?"

"아뇨. 아는 사람 없었습니다."

"누구와 대화를 나누진 않았나?"

"특별히 대화랄 것까진 없었습니다. 아이 달래는 뚱뚱한 아주머니한테 뭐라고 말을 걸긴 했는데요. 위건(영국 잉글랜드 그레이터맨체스터 주 북서부의 도시 — 옮긴이)에서 왔다던가. 호주로 간다고 했어요. 그 아주머니 말고 다른 사람은 잘 기억이 안 납니다."

"확실한가?"

"어떤 여자가 와서는 이집트에서 고고학 공부를 하려면 어떻게 해야 하는지 저한테 물어보더군요. 그 분야에 대해선 아는 바가 없다고 대답해 줬죠. 대영박물관에 문의하는 게 낫겠다고요. 그리고 어떤 남자와 짧게 얘기를 나눴는데, 생체 해부 반대론자인가 그랬어요. 아주 격렬하게 반대론을 펼치던데요."

"이런 일이 생기면 혹시 배후에 다른 음모가 있는 게 아닌지 의심하게 되지."

"이런 일이라니, 어떤 일 말씀입니까?"

"자네한테 일어난 일 말이네."

"이런 일에 음모가 있을 수가 있나요. 기자들이 음모 비슷한 이야기를 얼마든지 꾸며 낼 순 있겠죠. 하지만 아까도 말했다시피 그냥 어처구니없는 사건에 불과합니다. 제발, 그냥 잊어버리자고요. 신문에 기사까지 났으니 만나는 친구마다 죄다 질문 공세를 하겠네요. 그나저나 레일런드는 어떻게 지냅니까? 요새 뭐 하고 지내죠? 출장 가서 그 친구 얘기를 좀 들었거든요. 레일런드는 쓸데없이 말을 너무 많이 하는 경향이 있어요."

한 10분간 이런저런 가벼운 얘기를 나누다가 스태퍼드 경은 자리에서 일어섰다.

"오늘 아침엔 잔일이 많네요. 친척들 줄 선물 사야 하거든요. 말레이시아에 간다고 하면 다들 선물 사 오라고 난리예요. 리버티 상점에 가 봐야겠어요. 거기는 동양 골동품 도자기 따위가 많으니까요."

스태퍼드 경은 기분 좋게 방에서 나가 복도에서 아는 사람 몇몇에게 가볍게 목례를 하면서 사라졌다. 스태퍼드 경이 자리를 뜨자 쳇윈드는 수화기에 대고 비서에게 지시를 내렸다.
"먼로 대령님께 지금 뵐 수 있냐고 물어봐요."
잠시 후 먼로 대령이 키가 큰 중년 남자 1명과 함께 들어왔다.
먼로 대령이 말했다.
"호샴을 아시는지 모르겠군. 정보국 요원인데."
"한번 만났던 것 같은데요."
"방금 나이가 왔다 갔지? 프랑크푸르트 건에 대해 뭐 털어놓은 거 있나? 우리가 조사해 봐야 할 만한 것이 있나 해서 그러네."
"없는 것 같습니다. 좀 신경이 쓰이는가 보더군요. 자기가 바보가 됐다나 뭐라나. 맞는 말이긴 하지만."
호샴이라는 자가 고개를 끄덕이며 끼어들었다.
"이번 일을 그렇게 본단 말이지요?"
"흠, 아무렇지 않은 척하려는 것 같았습니다."
"그렇다 해도 그자가 절대 바보가 아니라는 건 잘 알고 계시죠?"
호샴의 질문에 쳇윈드가 어깨를 으쓱하며 대답했다.
"이런 일이 있을 수도 있지요."
먼로 대령이 말했다.
"암, 잘 알지. 그렇다고는 해도, 나이는 좀처럼 어디로 튈지 모르는 사람이라는 인상이 강해서 말이야. 어떤 면에서 보면, 뭐랄까, 생각하는 게 정상이 아닌 것처럼 보이기도 하거든."
호샴이라는 자가 다시 끼어들었다.
"개인적인 감정이 있어서 그런 건 아닙니다. 적어도 우리 쪽에서는 트집 잡을 게 없습니다."

쳇윈드가 대꾸했다.

"어허, 시비 건다고 뭐라고 한 건 절대 아닙니다. 그 친구는, 뭐라고 말해야 좋을까…… 심각한 걸 너무 싫어한다는 게 문제죠."

호샴 씨는 콧수염을 기르고 있었는데, 평소에 그 콧수염은 쓸 데가 많았다. 예를 들면 지금처럼 미소를 가리는 데에도 아주 유용했다. 먼로가 말했다.

"나이는 바보가 아닐세. 사실 굉장히 똑똑하지. 설마 그 친구가 그러니까…… 뭔가 숨기고 있는 건 아니겠지?"

"스태퍼드 나이가요? 그럴 리가."

"이 일에 대해 따로 조사를 해 봤나, 호샴?"

"그게, 시간이 충분치 않았습니다. 하지만 지금까지 조사한 바에 따르면 중대한 음모 같은 건 없습니다. 그래도 나이의 여권이 사용된 건 확실합니다."

"사용됐다고요? 어떻게요?"

"히스로 공항 입국 심사대를 통과했습니다."

"누군가 스태퍼드 나이 경으로 위장하고 들어왔단 말인가요?"

"아뇨, 아뇨. 딱히 신분을 위장한 건 아닙니다. 그랬다면 우리가 조사하기 훨씬 쉬웠겠죠. 여권은 다른 여권들과 같이 수속을 통과했습니다. 수배자 경고 같은 건 울리지 않았고요. 나이는 그 당시 완전히 정신을 잃고 있었던 걸로 압니다. 수면제인지 뭔지에 완전히 곯아떨어져서요. 아직 프랑크푸르트에 있었죠."

"근데 누군가 그 여권을 훔쳐서 그걸로 비행기를 타고 영국에 들어왔다 이겁니까?"

이번엔 먼로가 대답했다.

"그렇다네. 일단 그렇게 추정하고 있지. 누가 지갑을 훔쳤는데 그 안에 돈과 여권이 들어 있었거나 아니면 여권이 필요했는데 스태퍼드 나이 경이 가장 쉬운 타깃이었거나, 둘 중에 하나일 걸세. 앞에 음료가 떡하니 놓여 있으니 약물을 타기도 쉬웠을 테고, 곯아떨어질 때까지 기다렸다가 여권을 훔쳐 되든 안 되든 그걸로 비행기에 타 본 거겠지."

"하지만 어쨌든 간에 타고 내릴 때 심사대에서 여권을 검사하지 않습니까. 본인이 아니라는 걸 알아채야 정상 아닙니까?"

쳇윈드가 따지자 이번에는 호샴이 대답했다.

"굉장히 닮은 사람이었던 모양입니다. 아직 나이 경이 실종됐다고 보고가 된 것도 아니었고 또 나이 경의 여권에 특별히 감시 명령이 떨어져 있었던 것도 아니었으니까요. 연착 비행기가 줄줄이 도착해서 승객이 한꺼번에 우르르 쏟아져 들어온다고 생각해 보세요. 그런 상황에서라면 여권 사진과 비슷하게만 생겨도 통과되는 겁니다. 그걸로 끝이에요. 흘긋 보고, 여권 돌려주고, 통과. 게다가 공항 직원들이 주의해서 보는 대상은 대개 외국인들이지 자국민은 아니잖습니까. 짙은 색 머리카락에 진한 파란색 눈동자, 면도한 얼굴, 170센티미터가량 되는 키. 여기에 대충 들어맞으면 더 자세히 볼 필요 없는 거예요. 불법 체류자로 블랙리스트에 올라 있다거나 그런 것만 아니면 된다, 이거예요."

"알아요, 나도 압니다. 하지만 그래도 지갑을 슬쩍하거나 그냥 돈만 훔칠 생각이었다면, 여권까지 사용하는 건 좀 지나친 감이 있잖습니까. 걸리면 일이 커질 위험이 있으니."

"그렇죠. 예, 그게 바로 흥미로운 점입니다. 물론 그 부분에 대해서는 벌써 조사를 진행하고 있습니다. 여기저기 찔러 보고 있죠."

"호샴 씨 개인적인 의견은 어떻습니까?"

"너무 일찍 입을 열고 싶지는 않습니다. 진득하게 상황을 지켜봐야지요. 이런 일은 서두르면 안 되는 법이거든요."

호샴이 방에서 나가자 먼로 대령이 입을 열었다.

"저치들은 다 똑같아. 정보국 인간들, 웬만해서는 입도 뻥끗 안 한다니까. 단서를 찾아내서 이미 뒷조사를 하고 있으면서도 절대로 귀띔을 안 해 줘요."

"흠, 그러는 게 당연하지요. 말했다가 틀리면 어떡합니까."

이 바닥에 몸담고 있는 사람이 할 만한 대답이었다.

"호샴은 괜찮은 친구일세. 본부에서도 좋은 평가를 받고 있지. 저 친구는 틀리는 일이 거의 없어."

세탁소에서 온 사람

 스태퍼드 나이 경이 집으로 돌아오자 몸집이 큰 여자가 좁은 부엌에서 뛰어나오며 인사를 했다.
 "무사히 돌아오셨군요. 비행기는 원체 불안해서요. 무슨 일이 일어날지 모르니까요."
 "그렇긴 그렇죠, 워릿 부인. 비행기가 2시간이나 연착됐어요."
 "자동차랑 똑같아요. 어디가 어떻게 고장 날지 아무도 모르잖아요. 근데 비행기를 타면 공중에 떠 있으니까 걱정이 더 될 뿐이죠. 문제가 생겼다고 갑자기 가던 걸 멈출 수도 없고요, 자동차처럼. 하늘에 떠 있으니까요. 나 같으면 비행기를 타야 할 일이 생겨도 절대로 타지 않겠어요."
 워릿 부인은 한 박자도 안 쉬고 계속했다.
 "몇 가지 식료품을 주문해 놨어요. 잘한 짓인지 모르겠네요. 계란

하고 버터, 커피, 차……."

부인은 파라오 궁전의 역사를 설명하는 근동 지역 여행 가이드 못지않은 말발로 쉴 새 없이 읊어 대더니, 마침내 숨을 골랐다.

"자, 필요한 건 그 정도인 것 같네요. 프렌치 머스터드도 주문해 뒀어요."

"디종 머스터드 아니죠? 주문할 때마다 디종으로 갖다 준다니까."

"누구 이름이 붙은 머스터드인지는 모르지만, 에스터 드래곤 머스터드예요. 좋아하시는 상표 맞죠?"

"맞아요. 역시 부인은 대단하세요."

워릿 부인은 기분 좋은 표정으로 부엌으로 돌아갔고, 스태퍼드 나이 경은 침실로 들어가려고 문손잡이를 잡았다.

"세탁물 가져가려고 온 남자분한테 몇 벌 맡겼는데, 괜찮지요? 지시를 안 하고 나가셔서요."

"무슨 옷이요?"

스태퍼드 경이 들어가다 말고 멈칫하며 물었다.

"양복 2벌을 맡겼다고 하던데요? 전에 맡겼던 트위스와 보니워크라는 집이었어요. 제 기억이 맞는다면, 화이트 스완 세탁소하고 문제가 좀 있었잖아요."

"양복 2벌이라고요? 어느 양복이요?"

"우선, 출장 갔다 돌아오실 때 입고 계셨던 거 있죠? 둘 중 하나는 그거일걸요. 다른 하나는 잘 모르겠는데, 파란색 가는 세로 줄무늬 양복일 거예요. 출장 가실 때 어떻게 하라는 말씀을 안 남기고 가셔서요. 보니까 때가 좀 탔고 또 오른쪽 소맷부리가 헐었더라고요. 그래도 선생님이 안 계실 때 제 맘대로 하기는 좀 그래서요. 저는 절대로 그러지 않아요."

워릿 부인이 자랑스러운 듯 당당하게 말했다.

"그래, 누군지는 몰라도 그 사람이 양복 2벌을 가져갔다고요?"

"제가 잘못한 게 아니면 좋겠네요."

워릿 부인은 조금 걱정이 되는 모양이었다.

"파란색 줄무늬 양복은 아무래도 좋아요. 아니, 세탁소에 보내신 게 잘하신 거예요. 근데 출장 갔다 돌아올 때 입었던 옷은 좀……."

"그 양복은 너무 얇아요. 요즘 입기에는. 출장 가신 곳은 더운 나라니까 거기서는 괜찮았을지 몰라도요. 게다가 아무래도 세탁을 해야겠더라고요. 선생님이 전화해서 그렇게 말씀하셨다던데요. 세탁소에서 나온 사람 얘기가 그랬어요."

"그 사람이 내 방에 들어가서 직접 옷을 꺼내 갔나요?"

"예, 그러는 게 나을 것 같아서요."

"흥미롭군. 응, 아주 흥미로워."

스태퍼드 경이 중얼거렸다.

스태퍼드 경은 방으로 들어가 안을 둘러보았다. 방 안은 깨끗하게 잘 정돈되어 있었다. 워릿 부인이 다녀간 증거로 침대는 시트가 단정하게 정돈되어 있었고, 전기면도기는 충전기에 꽂혀 있었으며, 화장대 위의 잡동사니들도 깔끔하게 정리되어 있었다.

옷장 문을 열고 안을 들여다보았다. 창문 옆의 벽에 붙여 세워 놓은 발 달린 2단 장롱의 서랍도 차례로 전부 열어 보았다. 모든 것이 단정하게 정리돼 있었다. 아니, 전보다 더 단정했다. 돌아와서 짐을 푼 게 바로 어젯밤이었는데, 그냥 대충대충 넣어 두었던 것이다. 속옷을 아무렇게나 팽개쳐 뒀고, 옷가지도 서랍에 넣긴 했지만 잘 개어서 넣은 건 아니었다. 제대로 정리하는 건 오늘이나 내일 할 생각이었다. 워릿 부인이 대신 정리한 건 아닌 것 같았다. 부인은 옷가지를 항상 있던 자리에 내버려 두곤 했으니까. 그렇게 됐다가, 출장이든 여행이든 스태퍼드 경이 돌아온 다음에야 날씨나 다른 상황에 맞춰 옷가지를 꺼내고 옷장을 정리하는 게 일상이었다. 그렇다면 누군가 여기 들어와서 둘러보고 서랍을 열어 내용물을 재빨리 살핀 뒤 황급히 제자리에 되돌려 놨는데, 너무 서두르는 바람에 오히려 원래 있던 것보다 더 깔끔하게 정리를 해 놓았다는 얘기였다. 재빨리, 조심조심 방을 뒤진 후 적당한 이유를 대고 양복 2벌을 들고 튄 것이다.

스태퍼드 경이 출장 갔을 때 입은 게 분명한 양복 1벌과 출장 가서 입었다가 가방에 넣어 가지고 왔을지도 모르는 양복 1벌. 하지만 도대체 왜?

"왜냐하면……."

스태퍼드 경은 생각에 잠겨 자문자답했다.

"왜냐하면 뭔가 찾고 있는 게 있기 때문이지. 그게 뭘까? 무엇 때문에 찾는 걸까?"

그렇다. 일은 점점 흥미로워지고 있었다.

스태퍼드 경은 의자에 앉아 골똘히 생각에 빠져 들었다. 이윽고 시선이 침대 옆 테이블로 향했다. 그 위에는 조그맣고 털이 복슬복슬한 판다 인형이, 어딘지 건방져 보이는 모습으로 앉아 있었다. 경은 전화기가 있는 곳으로 가 어딘가로 전화를 걸었다.

"마틸다 할머니? 스태퍼드예요."

"어머나, 애야, 돌아왔구나. 아이고, 반갑기도 하지. 어제 신문 보니까 말레이시아에 콜레라가 기승을 부린다던데. 기억이 잘 안 나지만 어쨌든 말레이시아였던 것 같구나. 항상 헷갈린다니까. 언제 한 번 놀러 오지 않으련? 바쁘다는 핑계는 댈 생각 마라, 애야. 365일 바쁘진 않을 거 아니니. 그런 말은 한창 기업 인수 합병에 열 올리는 실업계 거물들이나 하는 거잖니. 솔직히 요새 사람들이 바쁘다고 하면 도대체 무슨 뜻인지 모르겠더구나. 옛날에는 바쁘다고 하면 그냥 자기 일 열심히 한다는 걸 뜻했는데, 요새는 핵폭탄이나 아니면 공장에서 뭘 만들고 있다는 걸 뜻하더라고."

마틸다가 흥분해서 쏟아 놓았다.

"게다가 그 끔찍한 컴퓨터는 사람을 황폐하게 만드는 건 둘째 치고, 골격을 얼마나 비뚤어지게 만드는지 아니? 정말이지, 요새는 사는 게 어쩜 그렇게 복잡하고 힘이 드는지 모르겠어. 내 은행 계좌를 보면 너도 놀라서 입이 벌어질 거다. 내 주소는 또 얼마나 복잡해졌는데. 나 같은 늙은이는 이제 죽어야 하나 보다."

"그런 생각은 하지 마세요! 다음 주쯤 찾아봬도 돼요?"

"괜찮다면 내일이라도 오려무나. 저녁때 교구 목사님이 오시기로 돼 있는데, 그런 약속이야 취소하면 되지."

"어이쿠, 그러실 필요까진 없고요."

"필요 있다마다. 그 목사님이 얼마나 짜증 나는지 아니? 새 오르간이 필요하다나 뭐라나. 지금 있는 것도 멀쩡한데. 가만 보면 문제는 오르간이 아니라 오르간 연주자야. 연주자가 말할 수 없이 형편없더구나. 그 사람이 극진히 모시던 어머니가 얼마 전에 돌아가셔서, 딱한 사정 봐주느라 자르지 못하고 있는 모양이야. 근데 어머니를 잘 모시는 사람이라고 오르간도 잘 연주하는 건 아니잖니? 아무리 불쌍해도 현실을 직시해야지."

"옳으신 말씀입니다. 그래도 다음 주에나 갈 수 있겠는데요. 처리해야 할 일이 몇 가지 있어서요. 시빌은 어떻게 지내요?"

"어찌나 귀엽게 재롱을 떠는지! 말썽꾸러기지만 지켜보기는 재미있단다."

"그 애 주려고 판다 인형 사 왔어요."

"아이고, 마음 씀씀이도 따뜻하지."

"마음에 들어 했으면 좋겠네요."

판다와 눈이 마주친 스태퍼드 경은 약간 불안한 마음이 들었다.

"뭐, 맘에 안 든다 해도 예의 바른 애니까 그런 소리는 안 할 거다."

마틸다 할머니가 아리송하게 대답했다. 스태퍼드 경은 그 대답이 썩 마음에 들지 않았다.

마틸다 할머니는 다음 주에 방문할 때 몇 시 기차를 타면 좋을지 알려 주면서, 기차 운행 일정이 취소되거나 바뀌는 일이 자주 있으니 조심하라고 주의를 주었다. 아울러 올 때 꼭 카망베르 치즈 한 덩어리와 스틸턴 치즈 반 덩어리를 사 달라고 부탁했다.

"요새 여기서는 당최 물건을 구할 수가 없어. 단골 상점 주인이 아주 좋은 사람이긴 해. 사려 깊고 손님이 뭘 원하는지 잘 알고 말이야. 근데 갑자기 가게를 슈퍼마켓으로 바꿨지 뭐니. 크기가 6배로 커졌고 내부 수리까지 싹 했는데, 원하지도 않는 물건까지 잔뜩 담으라는 건지 바구니와 카트가 잔뜩 구비돼 있지, 애 엄마들은 자기 애 잃어버려서 울고 히스테리 부리지. 한번 가면 진이 빠진다니까. 어쨌든, 곧 보자꾸나."

할머니는 전화를 뚝 끊어 버렸다. 곧바로 전화벨이 울렸다.

"여보세요? 스태퍼드? 에릭 퓨일세. 말레이시아에서 돌아왔다고 들었어. 오늘 저녁 같이 하는 거 어떤가?"

"그거 좋지."

"잘됐군. 림피츠 클럽에서 8시 15분쯤 괜찮지?"

스태퍼드 경이 막 수화기를 내려놓는데 워릿 부인이 숨을 헐떡이며 들어왔다.

"아래층에 웬 신사분이 와 계세요. 아니, 차림새는 하여간 신사였어요. 오셨다고 말씀 전하면 선생님께서 보자고 하실 거라고 하던데요."

"이름이 뭐죠?"

"호샵이랍니다. 브라이튼(영국 남부의 해변 휴양지 — 옮긴이)으로 가는 길에 있는 그 동네 이름하고 똑같아요."

"호샴이라고."

스태퍼드 나이는 적잖이 놀랐다.

스태퍼드 경은 방에서 나와 반 층 아래의 커다란 응접실로 갔다. 워릿 부인의 말이 맞았다. 방에 기다리고 있는 사람은 분명 호샴이었다. 1시간 전에 본 모습 그대로 듬직한 체구에 믿음직한 얼굴, 보조개처럼 가운데가 움푹 갈라진 턱과 발그레한 두 볼, 숱 많은 회색 콧수염이 어우러져 쉽게 건드리지 못할 분위기를 풍기고 있었다.

"너무 큰 실례가 아니었으면 합니다."

자리에서 일어서며 호샴이 넉살 좋게 말했다.

"뭐가요?"

"아까 봤는데 이렇게 금방 또 찾아온 것 말입니다. 고든 쳇윈드 씨 사무실 문 앞에서 잠깐 마주쳤는데, 기억하십니까?"

"전혀 실례가 아니니 걱정 마십쇼."

스태퍼드 나이 경은 테이블 위에 놓인 담뱃갑을 호샴 쪽으로 밀며 권했다.

"앉으십시오. 뭐 잊으신 거라든지 아니면 꼭 해야 할 말씀이라도 있습니까?"

호샴이 운을 뗐다.

"좋은 사람이죠, 쳇윈드 씨는. 마침내 입씨름이 진정된 것 같더군요. 쳇윈드 씨하고 먼로 대령님요. 그 일 때문에 조금 신경이 곤두선 모양입니다. 선생님 일 말입니다."

"그렇습니까?"

스태퍼드 나이는 자리에 앉아 미소를 띠고 담배를 피우며 헨리 호샴의 얼굴을 가만히 들여다보았다.

"이제 어쩔까요?"

"제 질문이 큰 실례가 안 된다면, 어디로 가실 건지 여쭈어봐도 되겠습니까?"

"기꺼이 말씀드리죠. 제 외종조할머니인 레이디 마틸다 클렉히튼 댁을 방문할 생각입니다. 원하신다면 주소도 알려 드리죠."

"이미 알고 있습니다. 흠, 현명한 결정인 것 같군요. 무사히 여행에서 돌아온 걸 보고 할머니가 안심하실 테니까요. 큰일 날 뻔했잖아요?"

"먼로 대령님하고 쳇윈드 씨가 그렇게 말합디까?"

"이 바닥이 어떤지 아시잖습니까. 잘 아시면서 그러시네요. 그쪽 사람들은 항상 신경과민이잖아요. 지금도 선생을 믿어도 좋을지 고민하고 있습니다."

"날 믿어도 좋을지 의심한다고요? 그게 정확히 무슨 뜻입니까, 호샴 씨?"

스태퍼드 나이 경이 노한 음성으로 되물었다.

호샴은 조금도 동요하지 않고 오히려 씩 웃어 보였다.

"선생은 모든 일을 가볍게 생각하는 경향이 있잖습니까."

"아하. 또 나를 변절자나 공산당 첩자로 의심한다는 줄 알았죠."

"어이쿠, 아닙니다. 다만 선생이 너무 가벼운 태도로 일관해서 그러는 겁니다. 장난이나 농담을 너무 좋아하는 것 같아서 걱정이 되나 봅니다."

"매사를 심각하게 대하면서 평생을 살 순 없잖습니까."

스태퍼드 나이가 못마땅하다는 듯 대꾸했다.

"그렇지요. 하지만 꽤나 큰 위험을 무릅쓰신 건 맞지요."

"무슨 말씀이신지 전혀 모르겠는데요."

"설명을 드리죠. 가끔은 일이 틀어질 경우도 있잖습니까. 그런데 꼭 배후의 인물이 조종을 해서 그렇게 되는 게 아닐 때도 있다 이겁니다. 전지전능한 그분이 손을 쓰거나, 아니면 뿔 달리고 뾰족한 꼬리 달린 그분이 손을 쓰거나 해서 일이 틀어지는 경우도 있다는 말이죠."

스태퍼드 나이가 재미있다는 투로 물었다.

"제네바 상공의 안개를 말씀하시는 겁니까?"

"바로 그겁니다. 제네바에 안개가 끼었고, 그것 때문에 사람들의 계획이 다 틀어졌습니다. 그중 누군가는 유난히 지독한 곤경에 처하게 됐죠."

"더 자세히 말씀해 보시죠. 무슨 이야긴지 나도 알고 싶으니까요."

"그게, 어제 선생이 타셨어야 할 비행기가 프랑크푸르트에서 이륙했을 때 승객 1명이 실종됐습니다. 선생은 맥주를 마시고 한쪽 구석에 홀로 앉아 세상모르고 곯아떨어져 있었죠. 그런데 여자 승객 1명이 안 나타나서 안내 방송이 나갔고, 그래도 안 나타나자 방송이 또 나갔습니다. 결국 비행기는 그 승객을 안 태우고 그냥 이륙했고요."

"아, 그래서 그 여자는 어떻게 됐는데요?"

"그걸 알면 저도 정말 좋겠습니다. 다른 건 몰라도 선생의 여권은 히스로 공항에 입국했습니다. 선생은 없이 선생의 여권만."

"그 여권은 지금 어디 있습니까? 돌려받을 수 있는 겁니까?"

"아뇨. 안 될 겁니다. 그렇게 되면 얘기가 너무 쉽죠. 그나저나 그 수면제는 꽤나 괜찮은 약물 같더군요. 이런 경우에 사용하기 딱 좋아요. 곯아떨어지게 만들면서 심각한 부작용은 없으니까."

"아니, 다음 날 머리가 얼마나 아팠는지 아세요?"

"그거야 뭐, 어쩔 수 없는 거고요. 이런 상황에서는."

"그럼 하나 물어봅시다. 모든 걸 꿰뚫고 계신 것 같으니 말이오. 내가 누군가 나한테 했을지도 모르는…… '모르는'이라고 했습니다. 그 제안을 거절했다면, 어떻게 됐을 것 같습니까?"

"그랬다면 아마도 메리 앤은 죽었겠지요."

"메리 앤? 메리 앤이 누구죠?"

"다프네 테오도파너스 양입니다."

"그건 어디선가 들어 본 적 있는 이름인데, 공항 안내 방송에서 나온 이름 아닙니까?"

"그렇습니다. 여행할 때 그 가명을 사용하더군요. 우리는 메리 앤이라고 부릅니다."

"누굽니까? 요주의 인물인가요?"

"그 바닥에서는 거의 일인자라고 볼 수 있죠."

"그 바닥이 어딘데요? 우리 쪽입니까, 저쪽입니까? '저쪽'이 누굴 말하는지 아시겠지요. 요새는 사람을 딱 봐도 어느 쪽인지 분간하기가 참 어렵더군요."

"예, 옛날만큼 쉽지 않죠? 중국 놈들이랑 러시아 놈들도 모자라서, 여기저기서 터지는 학생 운동의 배후 조직들로도 모자라 신(新)마피아까지 기승을 부리고, 남아메리카 대륙에는 비교적 오래된 세력이 골치를 썩이고 있지요. 거기다가 금융계 거물들까지 뭔가 꿍꿍이가 있는 것처럼 수상쩍게 굴고 있어요. 예, 요새는 옛날만큼 쉽지 않아요."

스태퍼드 나이가 생각에 잠겨 중얼거렸다.

"메리 앤이라. 별명치고 메리 앤은 너무 안 어울리는 이름인데요. 특히나 다프네 테오도파너스가 진짜 본명이라면."

"모친은 그리스계고 부친은 영국인이었습니다. 그리고 조부는 오스트리아인이었고요."

"만약 내가 그 여자에게 어떤 옷가지를 빌려주지 않았다면, 어떻게 됐을까요?"

"그 여자는 살해당했을지도 모릅니다."

"맙소사. 정말입니까?"

"요새 우리는 히스로 공항을 주시하고 있습니다. 최근에 의심스러운 사건들이 몇 번 일어났거든요. 그날 그 비행기가 계획대로 제네바를 경유해 갔다면 문제가 없었을 겁니다. 메리 앤은 미리 준비해 둔 대로 철저히 보호를 받았을 테니까요. 그런데 이렇게 되면, 이건 전혀 대비 못한 시나리오인 데다가, 요새는 누가 어느 편인지 분간하기 어려우니까요. 다들 이중, 삼중, 때로는 사중 첩자로 활동하거든요."

"놀라운 이야긴데요. 그래도 그 여자는 괜찮은 거지요? 그 말씀을 하시려는 거죠?"

"괜찮기를 바랄 뿐입니다. 아직 아무 보고도 안 들어왔어요."

"도움이 될지 모르겠습니다만, 오늘 아침 내가 잠깐 사무실에 나가 동료들을 만나는 동안 누가 여기 다녀갔습니다. 내가 세탁소에 전화해서 호출했다고 하면서, 어제 입었던 옷하고 다른 양복 하나를 더 가져갔습니다. 물론 내 옷이 너무 탐이 나서 가져갔거나 아니면 금방 외국에 다녀온 사람의 옷을 수집하는 취미가 있어서 가져갔을 수도 있겠죠. 아니면…… 음, 혹시 그럴듯한 변명 있습니까?"

"뭔가 찾고 있었을 수도 있지요."

"예, 제 생각도 그렇습니다. 누군가, 뭔가 찾고 있는 게 있었던 거예요. 방을 도로 깔끔하고 단정하게 정리를 해 놓고 갔습디다. 원래보다 더 깨끗하게요. 좋아요, 뭔가 찾고 있었다고 칩시다. 그렇다면 그게 뭘까요?"

"저도 모르겠습니다."

호샴이 천천히 말했다.

"그게 뭔지 알면 얼마나 좋겠습니까. 뭔가 일이 벌어지고 있어요……. 어디선가. 그 단서가 여기저기서 나타나고 있습니다. 마치 엉터리로 포장한 꾸러미처럼. 여기서 내용물이 조금 보이고 저기서 또 비어져 나와요. 바이로이트(독일 남부 바이에른 주에 위치한 도시. 매년 여름 음악제가 열린다 — 옮긴이) 축제에서 뭔가 벌어지고 있다고 생각하면, 다음 순간 남아메리카 어느 지역에서 사건이 발생하고, 또 그런가 하면 갑자기 미국에서 단서가 튀어나온단 말이죠. 곳곳에서 수상쩍은 일들이 발생하고 있어요. 이러다가 조만간 큰일이 터지고 말 겁니다. 정치적 소요 사태가 발생할지도 모르고, 아니면 정치와 전혀 무관한 사태가 일어날지도 모르죠. 아마도 돈과 관련된 일일 겁니다."

호샴이 갑자기 물었다.

"로빈슨 씨라고, 아시죠? 아니, 로빈슨 씨 쪽에서 스태퍼드 경을 안다고 한 것 같은데."

"로빈슨이라고요? 로빈슨이라. 전형적인 영국인 이름이군."

스태퍼드 나이 경은 머릿속에서 그 이름을 굴려 보았다. 그러고는 호샴을 똑바로 바라보며 말했다.

"얼굴이 크고 피부가 누런 사람 아닌가요? 뚱뚱하고? 보통 재계에서 큰손으로 불리는? 그 사람도 착한 편에 속하는 인물입니까? 그런 얘기를 하고 있는 겁니까, 지금?"

"착한 편이 누군지는 모르겠지만. 우리가 국내에서 곤경에 처했을 때 한 번도 아니고 여러 번 구해 준 사람입니다. 쳇윈드 씨 같은 부류는 그 사람에게 도움을 잘 청하지 않습니다. 너무 비싸다고 생각하는 모양입니다. 그렇게 굴면 인색하다는 평판을 피할 수 없죠. 쓸데없이 적을 만들기 십상입니다."

"옛날 같으면 쳇윈드는 '가난하지만 정직하다'는 소릴 들었겠죠."

스태퍼드 나이가 신중하게 받아쳤다.

"호샴 씨는 다르게 보시는 것 같군요. 오히려 로빈슨 씨가 '비싸지만 정직한' 사람이라고 보시는 거죠. 아니, '정직하지만 비싸다'고 하는 게 더 맞겠군요."

스태퍼드 경은 한숨을 푹 쉬더니 하소연하는 투로 말을 이었다.

"정확히 무슨 일인지 말씀해 주시면 좋겠는데요. 뭔가 복잡한 일에 말려든 듯한데 그게 뭔지도 모르고 있으니 답답하잖습니까."

그러면서 기대하는 눈빛으로 헨리 호샴을 바라봤지만, 호샴은 고개를 저었다.

"우리 중 아무도 모릅니다. 정확한 것은요."

"도대체 내가 뭘 숨기고 있다고 생각했기에 속여서까지 이 집에 들어와 찾으려고 했을까요?"

"솔직히 말하면 저도 짐작도 안 갑니다, 스태퍼드 경."

"그거 안됐군요. 왜냐면 저도 짐작도 안 가거든요."

"하지만 선생의 말씀대로라면 선생은 아무 정보도 가지고 있지 않은 거죠? 누구한테 어떤 물건을 받았다거나, 그걸 어디로 가지고 갔다거나, 뭔가 지니고 있다거나, 그런 게 아니죠?"

"절대 아닙니다. 메리 앤 얘기라면, 목숨을 구해 달라고 한 게 답니다."

"석간 신문에 살인 사건 기사가 실리지 않는다면, 메리 앤은 스태퍼드 경이 구해 주신 게 맞습니다."

"이야기의 한 장이 마무리된 것 같군요. 아쉽습니다. 막 호기심이 발동하기 시작했는데. 다음에 이야기가 어떻게 펼쳐질지 궁금하네요. 댁들은 상당히 비관적인 쪽으로 보고 있는 것 같은데."

"솔직히, 맞습니다. 이 나라 정세가 비관적인 쪽으로 치닫고 있으니까요. 걱정되지 않습니까?"

"무슨 뜻인지 압니다. 저도 가끔가다 걱정됩니다."

에릭과의 저녁 식사

I

"몇 가지 물어봐도 되겠나, 친구?"
에릭 퓨가 말문을 열었다.
스태퍼드 나이 경은 에릭을 쳐다봤다. 에릭 퓨를 안 지는 꽤 오래 됐지만, 둘은 그다지 가까운 사이는 아니었다. 스태퍼드 경이 생각하기에 에릭은 재미없는 친구였지만, 믿음직한 면이 있었다. 게다가 다소 입심이 부족하긴 해도, 이 바닥에서 정보통으로 소문난 친구였다. 사람들이 털어놓는 얘기들을 잘 기억해 두었다가 적시에 유용한 정보를 끄집어내 도와주는 일이 왕왕 있었다.
"말레이시아 회의에서 돌아온 거지?"
"그래."
"흥미로운 이야기라도 나왔나?"

"평소랑 다를 거 없지, 뭐."

"아. 그냥 혹시나 해서 물어본 거야. 알지? 혹시 동네 시끄럽게 할 만한 일이라도 일어났나 해서 말이야."

"회의에서? 아니, 안타깝게도 만날 있는 일들뿐이었어. 다들 빤한 얘기만 했는데, 불행하게도 한 마디로 끝내면 될걸 모두들 열 마디씩 하더군. 도대체 그런 회의에 내가 왜 가는 건지, 원."

이어서 에릭 퓨는 중국 정부의 꿍꿍이에 대한 따분한 예측을 한두 가지 늘어놓았다. 스태퍼드 경이 받아쳤다.

"별로 꿍꿍이가 있는 것 같지는 않네. 불쌍한 마오쩌둥이 무슨 병을 앓고 있다는 둥, 아니면 누가 누구하고 합세해서 마오쩌둥을 몰아내려는 음모를 짜고 있다는 둥, 그런 소문이 전부지."

"아랍 대 이스라엘 건은?"

"그것 또한 계획대로 순조롭게 진행되고 있어. 정확히 말하자면, 그쪽 계획대로. 그건 그렇고, 그게 말레이시아랑 무슨 상관이야?"

"말레이시아랑 상관있다는 건 아니고."

"자네 꼭 감자 으깨 놓은 것 같은 면상을 하고 있는데? 저녁 식사에 곁들여 먹기 딱 좋지. 아무튼, 무엇 때문에 그렇게 죽을상을 하고 있는 거야?"

"그게, 혹시 자네가…… 단도직입적으로 묻는 나를 용서하게. 자네, 혹시 이력에 오점을 남길 짓을 저지른 것 아닌가?"

"내가?"

스태퍼드는 짐짓 놀란 척하며 되물었다.

"자네도 자기 버릇 잘 알잖나, 스태프. 가끔가다 사람들 뒤통수치는 거 좋아하잖아?"

"나, 요새 아주 얌전하게 지내고 있다고. 대체 나에 대해 무슨 얘기를 듣고 그러는 거야?"

"돌아오는 길에 비행기에서 약간 문제가 있었다고 들었어."

"그래? 누구한테 들었는데?"

"카티슨을 만났거든."

"그 따분한 양반. 만날 일어나지도 않은 일 가지고 호들갑 떨지."

"그러게. 그건 나도 잘 알지. 근데 적어도 윈터턴은 자네가 뭔 일을 꾸미고 있다고 의심한다더군."

"일을 꾸며? 진짜로 무슨 일이라도 꾸몄으면 좋겠구먼."

"지금 어디서 첩보 활동이 진행 중인데 그 일과 관련해서 몇 사람 신변이 좀 신경 쓰이는 모양이야."

"나를 뭘로 보는 거야. 내가 필비(영국 정보국 소속으로 소련 공산당을 위해 스파이 활동을 한 킴 필비를 말함. 케임브리지 대학 출신 엘리트 5명으로 구성된 스파이 조직 '케임브리지 파이브'의 일원이었다 — 옮긴이) 같은 놈인 줄 알아?"

"자네가 가끔 이상한 헛소리를 하고 다니니까 그렇지. 심각한 일 가지고 농담이나 하고."

스태퍼드가 넉살 좋게 대꾸했다.

"어떤 땐 정말 참기 힘들어. 정치인이고 외교관이고 하나같이 심각하기만 해 가지고. 가끔가다 한번씩 찔러 주고 싶어진다고."

"자네가 재미있다고 하는 장난이 남들한테는 하나도 재미없어. 정말이야. 때때로 자네가 정말 걱정돼. 자네, 돌아오는 길에 공항에서 무슨 일 있었지? 상부에서 나한테 그 일에 대해 몇 가지 물어봤는데, 자네가…… 흠, 뭔가 숨기고 있다고 믿는 것 같아."
"아, 그렇게 생각한단 말이지? 재미있군. 기대에 부응하기 위해 무슨 일이라도 꾸며야겠어."
"이봐, 경솔한 짓 하지 말라고."
"가끔씩 그런 재미라도 있어야지."
"내 말 듣게, 이 친구야. 장난기 따위를 만족시키기 위해 경력을 망칠 필요는 없지 않나."
"이 일만큼 따분한 일도 없다는 생각이 점점 굳어지고 있어."
"알아, 알아. 자네는 처음부터 그런 생각이었지. 그러니까 출세를 못한 거야. 자네, 한때는 빈에 파견할 후보 물망에 오르기도 했다고. 여기서 더 앞길 망치는 꼴 보기 싫네."
"요새 최대한 진지하고 조신하게 행동하고 있으니, 날 믿으라고."
스태퍼드 나이는 이렇게 당부하고 덧붙였다.
"인상 펴게, 에릭. 자네가 걱정해 주는 거 다 알아. 근데 나, 진짜로 말썽 안 부리고 있다고."
에릭은 못 믿겠다는 듯 고개를 저었다.
저녁 공기가 좋아서 스태퍼드 경은 그린 파크를 가로질러 집까지 걸어가기로 했다. 그런데 막 버드케이지 산책로를 건너려는 찰나, 갑자기 자동차 1대가 튀어나와 스태퍼드 경을 아슬아슬하게 스치고 지나갔다. 운동 신경이 뛰어난 스태퍼드 경은 훌쩍 몸을 날려 인도로 피했고, 정신 차려 보니 차는 어느새 길 저편으로 사라지고 없었다. 스태퍼드 경은 호기심이 일었다. 순간이었지만 정말로 그 차가 의도적으로 달려들어 치려는 것처럼 보였기 때문이다. 이거, 아주 흥미로운데. 처음엔 누군가 내 아파트를 뒤집어엎더니, 이젠 나를 표적으로 삼다니. 어쩌면 우연의 일치일지도 몰랐다. 그러나 짧지 않은 인생의 대부분을 분위기 수상한 동네에서 지내 본 스태퍼드 나이 경은, 그동안 위험을 충분히 겪어 보았기 때문에 진짜 위험이 어떤 것인지 잘 알고 있었다. 이것은 의심의 여지없는 진짜 위험이었다. 누군가 그를 노리고 있었다. 하지만, 왜? 무슨 이유로? 최근에 위험을 자초할 만한 짓은 하지 않았는데. 무슨 일일까.

집에 들어온 스태퍼드 경은 문 안쪽에 쌓여 있는 우편물들을 집어 들었다. 별거 없군. 청구서 몇 장이랑 잡지 《라이프보트》 1부. 스태퍼드 경은 청구서들은 책상에 던져 놓고 손가락으로 《라이프보트》 포장지를 북 뜯었다. 스태퍼드 경이 가끔씩 기고하는 잡지였다. 아까 있었던 일로 여전히 생각에 잠겨 무심히 페이지를 넘기던 스태퍼드 경은 갑자기 손을 뚝 멈췄다. 잡지 중간 두 쪽 사이에 뭔가 붙어 있었다. 테이프로. 스태퍼드 경의 여권이었다. 이런 식으로 돌려받을 줄은 상상도 못했는데. 스태퍼드 경은 여권을 뜯어서 더 자세히 들여다보았다. 마지막으로 찍힌 도장은 그저께 날짜로 히스로 공항에서 찍힌 입국 도장이었다. 스태퍼드 경의 여권으로 무사히 영국에 돌아온 그 여자가 이런 방법으로 여권을 돌려준 것이었다.

그 여자가 지금 여기 있다는 뜻일까? 스태퍼드 경은 갑자기 호기심이 동했다.

다시 볼 수 있을까? 정체가 뭘까? 어디로 가 버린 걸까? 왜? 마치 연극의 2막이 오르길 기다리는 관객의 심정이었다. 1막은 너무 감질나서 제대로 본 것 같지도 않았다. 대체 1막에서 보여 준 게 뭐야? 짤막하고 촌스러운 개막극에 불과하지. 남장을 하고 남자인 척 하려고 한 여자, 놀랍게도 조금도 의심받지 않고 무사히 히스로 공항 여권 심사대를 통과한 여자, 그리고 공항 게이트를 무사히 빠져나와 런던에 들어와 사라진 여자. 아니, 그런 여자를 다시 볼 확률은 희박했다. 그렇게 생각하자 답답함이 치밀었다. 왜일까? 내가 왜 그 여자를 다시 보고 싶어 하는 거지? 예쁘지도 않고, 그냥 별 볼 일 없는 여자였는데. 아니, 그렇지 않아. 뭔가 특별한 여자였어. 그게 아니라면, 힘들여 설득하거나 노골적으로 유혹하려 하지도 않고 그렇게 도움을 청하는 것만으로 내 마음을 움직이지 못했을 테니까. 인간 대 인간의 요청. 그런 요청을 한 이유를 그 여자는, 사람을 볼 줄 아는 자신의 눈에 스태퍼드 경이 위험을 무릅쓰고 다른 사람을 도와줄 사람으로 보였기 때문이라고 설명했다. 정확히 그렇게 말한 건 아니었지만 그런 뉘앙스였다. 그리고 그 말대로 나는 위험을 감수했지. 스태퍼드 나이는 생각했다. 그 여자가 맥주잔에 독약을 넣을 수도 있었다. 그 여자가 마음만 먹었으면 공항 라운지 구석에 처박힌 시체로 발견될 수도 있었다. 더불어 그 여자가 약물을 잘 알고 제대로 선택했다면, 물론 약물에 대해 이미 잘 알고 있으리라 믿어 의심치 않는데, 만약 그랬다면 사인은 비행 중의 고도 적응이나 기내 기압 조절 실패에 따른 심장마비 혹은 그 비슷한 것으로 판정 내려졌을 것이다. 아, 이런 생각을 해서 무엇 하나? 어차피 다시 보지 못할 텐데. 스태퍼드 경은 짜증이 났다.

그렇다, 짜증이 난다는 게 딱 맞는 표현이었다. 스태퍼드 경은 짜증이 나는 상황을 싫어했다. 그는 이 문제를 조금 더 곰곰이 생각해 보다가, 신문에 낼 광고를 작성했다. 그것을 세 번 반복해서 내기로 했다. "프랑크푸르트행 승객. 11월 3일. 런던행 동승객에게 연락 취하기 바람." 이렇게만. 반응을 하든가 말든가, 알아서 하겠지. 읽으면 누가 광고를 냈는지 알 것이다. 내 여권을 봤고 내 이름을 아니까 주소를 알아낼 수 있다. 연락이 올지도 모른다. 혹은 안 오거나. 아마도 안 오겠지. 연락이 안 오면 이 시시한 개막극은 그냥 개막극으로 끝나는 것이다. 늦게 들어오는 관객들을 기다리며 그날의 공연이 시작되기 전까지 관객들의 주의를 돌리기 위해 상연하는 시시한 연극. 전쟁 전에는 개막극이 꽤 여기저기서 상연됐었지. 어쨌든, 아마 십중팔구 다시 그 여자를 보는 일은 없을 터였다. 그 여자가 런던에 와서 소기의 목적을 달성했으며 다시 제네바든 중동이든 혹은 러시아, 중국, 남아메리카, 아니면 미국이든 다시 외국으로 나가 버렸을 것이라는 게 가장 그럴듯한 추측이었다. 남아메리카는 내가 왜 집어넣었지? 스태퍼드 경이 속으로 질문을 던졌다. 이유가 있을 텐데. 그 여자는 남아메리카를 언급하지 않았다. 아무도 남아메리카를 언급하지 않았다. 호샴 빼고는. 그나마 호샴도 이 나라 저 나라

나열하다가 아무 생각 없이 집어넣은 것에 불과했다.

다음 날 아침, 광고 문구를 신문사에 넘기고 세인트 제임스 공원을 가로질러 천천히 집으로 돌아오는 길에 무심코 고개를 들자 가을 꽃들이 눈에 들어왔다. 벌써 빳빳하고 길쭉하게 자라 황금색, 갈색 봉오리를 머금은 국화. 그 국화 향기가 희미하게 바람을 타고 날아왔다. 국화 향기는 언제나 염소 냄새와 비슷했다. 국화 향기를 맡을 때마다 그리스의 언덕이 떠올랐다. 오늘부터 신문의 개인 광고란을 주시해야겠어. 아니, 아직은 아니지. 내 광고가 실리고 누군가 응답 광고를 낼 때까지 최소한 이삼 일은 필요할 테니까. 정신 바짝 차리고, 응답을 놓치지 말아야지. 어찌 됐든 아무것도 모르고 있는 건, 이 모든 일이 어째서 일어났는지 알아내지 못하는 건 답답한 일이니까.

스태퍼드 경은 공항에서 만난 여인 대신 누이 패멀라의 얼굴을 떠올려 보려 애썼다. 누이가 죽은 지도 한참이 지났지만 누이의 기억은 선명하게 떠올랐다. 기억이 나는 게 당연했다. 그런데 어째선지 누이의 얼굴만은 떠올릴 수가 없었다. 얼굴이 안 떠오르자 너무 답답했다. 스태퍼드 경은 길을 건너기 전에 잠시 멈춰 섰다. 텅 빈 거리에 자동차 1대가 만사에 심드렁한 귀부인의 걸음걸이 같은 속도로 천천히 다가오고 있었다. 할머니 자동차로군. 구식 다임러 승용차였다. 스태퍼드 경은 어깨를 으쓱하며 혼자 중얼거렸다. 내가 왜 여기서 쓸데없는 생각에 빠져 멍청히 서 있는 거지?

그러면서 길을 건너려고 도로로 들어서는 순간, 조금 전의 그 귀

부인 승용차가 갑자기 전속력으로 달려들었다. 그렇게 천천히 오던 차가 어떻게 저럴 수 있나 싶을 정도로 무서운 속도였다. 너무나 빠르게 덮쳐 왔기 때문에, 스태퍼드 경은 겨우 반대편 인도로 뛰어들어 아슬아슬하게 몸을 피했다. 차는 그대로 저쪽 모퉁이를 돌아 순식간에 사라져 버렸다.

스태퍼드 경이 중얼거렸다.

"흥미롭군. 이제 정말로 궁금해지는걸. 누가 나한테 억하심정이라도 품은 걸까? 누가 나를 미행하면서 집에 가는 길에 없애 버리려고 기회를 엿보고 있는 걸까?"

II

파이커웨이 대령은 매일같이 점심 시간을 빼고는 아침 10시부터 오후 5시까지 죽치고 있는 블룸스베리의 작은 사무실 의자에 거구를 걸친 채 자욱한 시가 연기에도 아랑곳 않고 미동도 없이 앉아 있었다. 눈을 지그시 감고 있어서, 가끔가다 깜빡거리지 않으면 아주 푹 잠들어 있는 것 같았다. 고개도 좀처럼 들지 않았다. 누군가 그런 대령을 보고 고대 불상과 초록 개구리를 섞어 놓은 것 같다고 농담한 적이 있었고, 또 어떤 건방진 젊은이는 대령의 조상 중에 하마의 돌연변이쯤 되는 생물이 섞였는지도 모른다고 했다.

책상 위 인터폰의 작은 신호음에 파이커웨이 대령은 번쩍 정신을 차렸다. 눈을 3번 껌뻑거리다가 휘둥그렇게 뜨고는 맥없이 한쪽 손을 뻗어 수화기를 들었다.

"뭐야?"

비서가 대답했다.

"미니스터(minister, 목사 또는 장관 ― 옮긴이)께서 오셨습니다."

"그래? 어떤 미니스터를 말하는 거지? 이 동네 구석에 있는 침례교회 목사신가?"

"아, 아닙니다, 파이커웨이 대령님. 조지 패컴 경이에요."

"아깝군. 아까워. 맥길 목사가 상대하기 훨씬 재밌는데. 조금만 화가 나도 불같이 성질을 내거든."

파이커웨이 대령이 힘겹게 숨을 몰아쉬며 빈정댔다.

"들여보낼까요, 파이커웨이 대령님?"

"당장 들이닥치려고 발을 구르고 있겠지. 차관들이 장관들보다 더 예민하게 군단 말이야."

파이커웨이 대령은 침울하게 중얼거렸다.

"장관이고 차관이고 시도 때도 없이 찾아와서 버럭 성질을 내고 가니, 원."

조지 패컴 경이 안내를 받고 들어왔다. 그는 방에 들어오는 순간 콜록콜록 기침을 하고 숨을 몰아쉬었다. 이 방에 들어오는 사람들은 모두 그랬다. 코딱지만 한 방에 창문이란 창문은 모조리 꽉꽉 닫아 놨으니 그럴 만도 했다. 파이커웨이 대령은 시가에서 떨어진 재에 완전히 뒤덮인 채, 느긋하게 의자 등받이에 등을 기댔다. 방 안

공기는 숨을 쉬기 힘들 정도로 답답했다. 이 바닥에서 파이커웨이 대령의 사무실은 '작은 고양이집'이라고 불렸다.

"여어, 친구. 오랜만이오."

조지 경이 수도승 같은 슬픈 얼굴에 안 어울리게 활발하고 기운차게 말했다.

"앉아요, 어서 앉아. 시가 1대 피우시겠습니까?"

조지 경이 보일 듯 말 듯 몸을 부르르 떨며 대답했다.

"아니, 고맙지만 됐습니다. 안 피우리다."

그러더니 일부러 창문 쪽을 뚫어지게 쳐다봤다. 그러나 파이커웨이는 짐짓 못 알아들은 척했다. 조지 경이 목을 가다듬고 다시 기침을 하고는 입을 열었다.

"어…… 호샴이 다녀갔다고 알고 있는데."

"맞습니다. 호샴이 와서 자기 할 말 다 하고 갔지요."

파이커웨이 대령이 다시 눈을 스르르 감으며 대꾸했다.

"잘한 짓입니다. 호샴이 대령을 찾아온 것 말입니다. 말이 여기저기 퍼지지 않도록 하는 게 급선무니까."

"아. 하지만 말은 틀림없이 새어 나갈 텐데요. 안 그렇습니까?"

"무슨 말씀이신지?"

"말은 퍼지게 마련이라고요."

파이커웨이가 다시 한번 말했다.

"대령이…… 그러니까…… 얼마 전 일에 대해 얼마나 알고 있는지는 모르겠지만."

"우리는 이미 다 알고 있습니다. 우리가 하는 일이 그건데요."

"아, 그렇지, 그렇고 말고. SN 경의 일 말이에요. 누군지 알지요?"

"얼마 전 프랑크푸르트에서 온 승객 말씀이시군요."

파이커웨이 대령이 대답했다.

"정말 알 수 없는 일이에요. 종잡을 수가 없어요. 이런 생각이 저절로 들죠. 이런 일이 생길 줄이야 누가 알았나, 상상도 못했지⋯⋯."

파이커웨이 대령은 참을성 있게 들어 주었다.

조지 경이 말을 계속했다.

"어떻게 해석해야 합니까? 그 사람을 개인적으로 잘 압니까?"

"한두 번 마주친 정도죠."

"도대체가 누가 그 사람이 이런 일을 벌일 줄 상상이나 했냐는 말이죠⋯⋯."

파이커웨이 대령은 가까스로 하품을 참았다. 조지 경이 자기는 이렇게 생각하네, 이게 불만이네 하소연하는 걸 들어 주는 것도 이제는 지겨웠다. 그렇잖아도 조지 경의 사고방식은 마음에 들지 않았다. 기본적으로 신중한 사람으로, 자기 부서를 신중한 방식으로 운영하는 데에는 문제가 없었다. 그러나 번득이는 기지는 없었다. 어쩌면 그게 다행인지도 모르지. 파이커웨이 대령은 생각했다. 죽어라 대가리만 굴리고 의심하려 들면서 결코 믿지는 못하는 인간들은 신과 국민이 앉혀 준 자리에 그대로 있는 게 다른 사람을 돕는 길이니까.

"과거에 느낀 환멸감은 잊기 힘들거든요."

조지 경은 아직도 주절대고 있었다.

파이커웨이가 인자하게 미소를 지으며 받아 주었다.

"찰스턴과 콘웨이, 코트폴드 말씀이시군요. 전적으로 믿고 철저히 심사하고 승인을 내렸던 사람들이지요. 전부 C로 시작하고, 하나같이 부정한 놈들이었죠."

"믿어도 될 사람이 있기나 한 건지, 가끔가다 회의가 듭니다."

조지 경이 음울하게 말했다.

"당연히 없죠."

파이커웨이 대령이 냉큼 대꾸했다.

"당장 스태퍼드 나이만 봐도 그렇잖아요. 좋은 집안, 아니 훌륭한 집안 출신이고, 그 부친과 조부도 훌륭한 분이셨는데."

"그러다가 3대째에 말썽꾼이 나오는 경우가 많지요."

파이커웨이 대령이 말했다. 물론 조지 경은 그 말에 조금도 기분이 나아지지 않았다.

"못미덥다는 생각이 드는 건 어쩔 수 없어요. 왜냐하면 그 친구, 모든 일을 너무 가볍게만 받아들이는 것 같거든요."

"젊었을 때 조카딸 둘을 데리고 루아르(프랑스 동쪽 론알프주에 위치한 고성과 문화 유적으로 유명한 지역 — 옮긴이)의 고성을 보러 갔었답니다."

파이커웨이 대령이 느닷없이 불쑥 말했다.

"강둑에서 한 남자가 낚시를 하고 있더군요. 나도 낚싯대를 챙겨

갔고. 그런데 그 남자가 나한테 이러더군요. '부 네트 파 엉 패셰르 세리유(당신은 진지한 낚시꾼이 아니군). 부 자베 데 팜프 아베크 부 (그냥 여자랑 노닥거리러 나온 거지).'"

"그럼 스태퍼드 경이 설마……?"

"아니, 아니요. 그렇게 여자랑 심하게 어울린 적은 없습니다. 그 친구의 문제점은 빈정대는 버릇이에요. 사람들의 허를 찌르는 걸 즐기지요. 재치 넘치는 말로 상대방을 꼼짝 못하게 하는 걸 너무 좋아하는 게 문제입니다."

"허, 별로 만족스러운 얘긴 아니군요."

"왜요? 말장난 좋아하는 게 배신자한테 국가 기밀을 파는 것보다 훨씬 낫잖습니까."

"그 친구가 믿을 만하다면야 뭐 할 말 없죠. 그래, 개인적으로 어떻게 생각하세요?"

"누구보다 정신이 똑바로 박힌 친굽니다."

파이커웨이 대령이 자신 있게 말했다.

"그 '누구'가 혹시 배신자 스파이라면 문제지만요. 참, 이런 농담 안 좋아하시죠?"

대령은 온화하게 미소를 지어 보였다.

"아무튼, 저라면 걱정 안 하겠습니다."

III

스태퍼드 나이 경은 커피잔을 저만치 내려놓고 신문을 집어 들어 머리기사를 훑고는, 이내 개인 광고란이 있는 면으로 천천히 넘겼다. 벌써 7일째 개인 광고란을 주의 깊게 살피고 있었다. 결과는 실망스러웠지만, 예상 못한 것은 아니었다. 대체 무슨 생각으로 답이 올 거라 생각했지? 스태퍼드 경의 눈이 수많은 특이한 문구들을 천천히 훑으며 내려갔다. 그런 독특함 때문에 개인 광고란은 언제나 흥미로웠다. 자세히 보면 대부분은 그렇게 개인적인 내용도 아니었다. 절반 혹은 절반 이상이 개인 광고를 가장한 물건 판매 광고나 제안이었다. 다른 제목으로 다른 난에 광고를 내야 하는데 여기다 내면 사람들이 더 많이 볼 거라고 생각해서 이리로 온 것들이었다. 재미있는 광고도 몇 개 있었다.

"힘든 일 싫어하고 쉽게 살고자 하는 젊은 남자가 자기에게 딱 맞는 일을 찾고 있음."

"캄보디아로 여행을 떠날 계획인 여자. 애 봐줄 생각은 없음."

"워털루 전쟁에 사용된 총 사실 분. 흥정 가능."

"멋진 모조 모피 코트 사실 분. 급매. 외국 이민 예정."

"제니 캡스탠이라는 사람을 아십니까? 제니가 만든 케이크는 최고입니다. 사우스 웨일스 3구 리저드가(街) 14번지로 오세요."

신문을 훑던 스태퍼드 나이의 손가락이 잠시 멈칫했다. 제니 캡스탠이라. 이름이 마음에 들었다. 리저드가라니, 그게 어디지? 처음

듣는 거리 이름이었다. 한숨을 쉬고 다시 검지로 광고란을 쭉 따라 내려가던 스태퍼드 경은 손가락을 또 한 번 멈추었다.

"프랑크푸르트에서 오신 승객, 11월 11일 목요일, 헝거포드 다리 7시 20분."

11월 11일 목요일. 그건…… 그렇다, 오늘이었다. 스태퍼드 나이 경은 의자에 등을 깊숙이 기대고 앉아 커피를 홀짝거렸다. 갑자기 흥분이 되고 기운이 났다. 헝거포드. 헝거포드 다리. 벌떡 일어나 부엌으로 갔다. 워릿 부인이 감자를 가늘게 채 썰어 물이 담긴 커다란 사발에 던져 넣고 있다가, 스태퍼드 경이 들어오자 고개를 들고 놀란 표정으로 쳐다보았다.

"뭘 도와 드릴까요?"

"예, 누가 헝거포드 다리로 오라고 하면, 어디로 가시겠어요?"

"어디로 가겠느냐고요?"

워릿 부인이 질문을 곱씹으며 되물었다.

"내가 가기로 한다면 말이죠?"

"그런 전제 아래 말입니다."

"흠, 그럼, 헝거포드 다리로 가겠죠."

"버크셔(잉글랜드 남부 템스 강 유역에 위치한 주—옮긴이)에 있는 헝거포드 다리요?"

"그게 어딘데요?"

"뉴베리(버크셔 주의 도시—옮긴이)에서 13킬로미터쯤 떨어진 곳이에요."

"뉴베리는 들어 본 적 있어요. 남편이 거기에서 경마를 한 적이 있거든요. 돈도 많이 땄죠."

"그러니까 뉴베리 근처에 있는 헝거포드로 가겠다고요?"

"아니죠. 뭐 하러 그렇게 멀리까지 가요? 당연히 헝거포드 다리로 가죠."

"어디에 있는……?"

"채링 크로스(런던의 트라펄가 광장 동쪽에 이어지는 번화가 일대—옮긴이) 근처에 있는 거요. 어딘지 아시죠? 템스 강에 있는 것 말예요."

"알아요. 아, 어딘지 잘 알아요. 고마워요, 워릿 부인."

동전을 던져서 앞면이냐 뒷면이냐를 보고 결정하는 것과 다를 게 없었다. 런던의 조간 신문에 난 광고니까 런던에 있는 헝거포드 철도교를 말하는 거겠지. 그러므로 추측컨대 광고의 메시지도 거기로 오라는 뜻일 것이다. 한 가지 문제는, 이 광고주에 한해서는 스태퍼드 나이 경이 쉽사리 넘겨짚을 수가 없다는 것이었다. 아주 잠깐 만났을 뿐인 데다, 그 잠깐 동안 파악한 바에 의하면 그 여자의 사고방식은 상당히 독특했다. 그 여자 입에서 나온 이야기들은 결코 평범하지 않았다. 그렇다 해도, 달리 어쩌란 말인가. 게다가 잉글랜드 전역에 헝거포드라는 마을이 수십 개는 더 있을 테고 또 마을마다 다리도 있을 텐데. 오늘은, 글쎄, 오늘만큼은 그냥 나가서 어떻게 되나 보기로 하자.

IV

그날 저녁은 바람이 부는 데다 간간이 부슬비까지 내려 공기가 아주 차가웠다. 스태퍼드 나이 경은 방수 외투의 깃을 최대한 올리고 무거운 걸음으로 목적지를 향해 걸어갔다. 헝거포드 다리를 건너는 게 처음은 아니었지만, 산책 삼아 걸을 길은 아니구나 하는 생각이 새삼 들었다. 흐르는 강물을 아래에 두고 수많은 사람들이 발걸음을 재촉하며 서둘러 지나갔다. 모두들 외투 깃을 꽉 여미고 모자를 푹 눌러쓰고 있었고, 최대한 빨리 집에 도착해 비바람을 피하고 싶다는 열망이 얼굴에 드러나 있었다. 이렇게 서두르는 사람들 속에서 누구를 알아보는 것도 힘들겠는걸. 스태퍼드 나이 경은 문득 생각했다. 7시 20분. 약속 잡기에 좋은 시간은 아니군. 어쩌면 버크셔에 있는 헝거포드 다리를 말한 건지도 모른다. 하여튼, 개운치 않은 구석이 있었다.

스태퍼드 경은 계속 걸었다. 앞사람을 추월하지 않도록 주의하면서, 마주 오는 사람들을 헤치며 일정한 보폭으로 걸었다. 동시에 뒤에서 오는 사람들에게 추월당하지는 않을 만큼 빨리, 그래도 뒷사람이 마음먹으면 쉽게 앞지를 수는 있는 속도로 걸었다. 어쩌면 장난친 건지도 몰라. 스태퍼드 나이가 속으로 생각했다. 내가 좋아하는 종류의 장난은 아니지만, 다른 누군가는 재미있다고 생각하겠지.

그러나 그 여자가 즐길 만한 장난도 아니었다. 사람들이 계속해서 휙휙 지나갔고, 어떤 사람은 스태퍼드 경을 옆으로 툭 밀치고 갔다. 방수 코트를 입은 여자 1명이 무거운 걸음으로 이쪽으로 걸어오더니, 탁 부딪히며 미끄러져 무릎을 찧고 넘어졌다. 스태퍼드 경은 여자를 일으켜 주며 말했다.

"괜찮습니까?"

"예, 고마워요."

여자는 서둘러 발걸음을 뗐다. 그런데 지나가면서, 스태퍼드 경이 일으킬 때 잡아 준 축축한 손으로 스태퍼드 경의 손바닥에 뭔가 쥐어 주었다. 다음 순간, 그녀는 군중 속에 섞여 감쪽같이 사라졌다. 스태퍼드 나이는 가던 길을 계속 갔다. 쫓아가는 걸 원치 않으리라는 걸 잘 알기에 쫓아갈 수도 없었다. 뭔지 모를 물건을 손에 꼭 쥐고 그대로 가는 수밖에 없었다. 그렇게 걸어서 마침내 다리 반대편, 서리(잉글랜드 남부에 있는 주 — 옮긴이) 쪽 육지에 다다랐다.

잠시 후 스태퍼드 경은 작은 커피숍으로 들어가 자리를 잡고 커피를 시켰다. 그리고 나서야 손을 펴 볼 수 있었다. 아주 얇은 유포로 만든 봉투였다. 그 안에 싸구려 흰 봉투가 또 들어 있었다. 그것도 열어 보았다. 그 안에서 나온 것을 보고 스태퍼드 경은 적잖이 놀랐다. 티켓 1장이었다.

다음 날 로열 페스티벌 홀에서 열리는 음악회 티켓이었다.

바그너 오페라의 모티프

스태퍼드 나이 경은 자리에서 더 편히 앉으려고 뒤척이면서 프로그램 첫 곡인 「니벨룽겐의 반지」의 지루한 연주에 귀를 기울였다.

바그너의 오페라를 좋아하는 편이었지만, 「니벨룽겐의 반지」의 3부 「지크프리트」는 취향과 거리가 멀었다. 1부 「라인의 황금」과 4부 「신들의 황혼」이 스태퍼드 경의 취향에 맞았다. 새들의 노래를 듣고 있는 청년 지크프리트를 묘사한 멜로디를 들을 때마다, 아름다운 곡조에 마음이 충만해지는 대신 설명하기 어려운 짜증이 치밀곤 했다. 어쩌면 젊은 시절 뮌헨에 갔을 때 근사한 목소리를 가졌으나 불행하게도 근사한 정도를 넘어 뒤룩뒤룩 살이 찐 테너가 주연을 맡은 바그너 오페라 공연을 보며 정신적 상처를 입었기 때문인지도 몰랐다. 당시 스태퍼드 경은 그닥 젊어 보이지 않는 청년 지크프리트를 보는 시각적 즐거움에서 음악의 즐거움을 분리시키기엔 너무 어렸다. 육중한 테너가 무대 위를 굴러다니며 순수한 청년인 척하는 장면은 역겹기까지 했다. 새의 지저귐이나 숲의 속삭임 따위도 입맛에 맞지 않았다. 스태퍼드 경이 언제든 마음 편히 즐길 수 있는 곡은 라인의 처녀들의 노래였다. 그런데 뮌헨에서 본 오페라에서는 라인의 처녀들마저 육중했다. 그러나 그때는 아무리 육중해도 상관없었다. 흐르는 강물의 멜로디와 인간의 것이 아닌 듯 아름다운 노래를 들을 때는 시각적 인상에 방해받지 않을 수 있었으니까.

가끔씩 스태퍼드 경은 주위를 두리번거렸다. 프로그램이 시작하기 전 스태퍼드 경은 일찌감치 자리를 찾아 앉았는데, 오페라 하우스는 오늘도 평소처럼 만원이었다. 휴식 시간이 되자 스태퍼드 경은 일어서서 주위를 둘러보았다. 옆자리는 여전히 비어 있었다. 올 사람이 아직 안 온 것이다. 그것 자체가 대답인 것일까, 아니면 심각하게 받아들이지 말아야 할까? 바그너의 오페라 공연에는 지각하는 사람이 많으니까.

경은 밖으로 나가 어슬렁거리면서 커피도 1잔 마시고 담배도 피우다가, 벨이 울리자 다시 자리로 돌아왔다. 그런데 이번에는 옆자리에 누가 앉아 있는 것이 눈에 들어왔다. 순간 흥분이 되살아났다. 스태퍼드 경은 자리에 앉으면서 생각했다. 그래, 프랑크푸르트 공항 라운지에서 만난 그 여자가 맞아. 여자는 스태퍼드 경을 안 보고 계속 앞만 바라보고 있었다. 선이 깨끗하고 순수해 보이는 옆얼굴이 기억하는 모습 그대로였다. 여자가 고개를 약간 돌리고 눈으로 스태퍼드 경을 훑었지만, 누군지 알아보는 눈치는 아니었다. 그런데 누군지 못 알아보는 척하는 게 역력했기 때문에, 그 자체로 하나의 의사 표시임이 분명해졌다.
'이 만남은 서로 절대로 아는 척해서는 안 되는 만남이다. 지금도 그렇고 앞으로도 절대로.'
조명이 어두워지자, 여자가 몸을 돌리며 말을 걸었다.
"실례지만 프로그램 좀 빌려 볼 수 있을까요? 자리를 찾다가 그만 제 프로그램을 어디엔가 떨어뜨리고 온 것 같아요."
"물론입니다."
스태퍼드 경이 프로그램을 건네자 여자는 그것을 받아 펼치고 내용을 훑었다. 조명이 더욱 어두워졌고, 프로그램 후반부가 시작됐다. 오페라 「로엔그린」의 전주곡으로 공연의 2부가 시작됐다. 곡이 끝날 무렵 여자는 고맙다고 하며 프로그램을 도로 건넸다.
"감사합니다. 잘 봤어요."
다음 곡은 「지크프리트의 숲속의 속삭임」이었다. 스태퍼드 경은 여자가 돌려준 프로그램을 들여다보다가 한쪽 맨 밑에 연하게 연필로 뭐라고 써 있는 것을 발견했다. 그러나 경은 당장 읽으려고 하지 않았다. 사실 조명이 너무 어두워서 읽을 수도 없었다. 그냥 프로그램을 닫고 손에 가만히 쥐고 있을 수밖에 없었다. 스태퍼드 경 자신이 쓴 것은 분명 아니었다. 프로그램에 낙서를 한 기억이 없었다. 아무래도 여자가 자기 프로그램을, 아마도 핸드백 속에 접어서 넣어 두고 있었던 것 같았다. 그것도 미리 메시지를 적어서, 적절한 타이밍에 바꿔치기해서 건네줄 수 있도록. 상황을 종합해 보건대, 위험도 여전하고 조심해야 할 필요도 여전히 있는 것 같았다. 헝거포드 다리에서의 만남과 은밀히 전달된 오페라 티켓. 그리고 지금 말 없이 옆에 앉아 있는 여자. 스태퍼드 경은 마치 모르는 사람이 무심코 쳐다보는 것처럼 옆에 앉은 여자를 한두 번 재빨리 훔쳐보았다. 여자는 좌석에 푹 기대어 앉아 있었다. 목 부분이 높이 올라온 드레스는 칙칙한 검은색 크레이프 드레스였고, 고풍스러운 디자인의 금목걸이가 목을 감싸고 있었다. 짙은 색 머리칼은 두상을 따라 짧게 자른 스타일이었다. 여자는 스태퍼드 경을 쳐다보지 않고 스태퍼드 경의 눈짓에 답하지도 않았다. 스태퍼드 경은 호기심에 달아올랐다. 누군가 이 페스티벌 홀 어딘가에 앉아 여자를, 아니면 나를 감시하고 있는 걸까? 우리가 서로 쳐다보는지 혹은 대화를 나누는지 감시하고 있을까? 아마 그럴 거야. 아니면 적어도 그럴 가능성이 충분히 있다는 뜻이겠지. 이 여자는 내가 신문에 낸 광고에 응했어. 이 정도로 만족하자. 호기심은 만족시키지 못했지만, 적어도 다프네 테오도파너스(일명 메리 앤)가 여기 런던에 있다는 사실은 알게 되었으니까. 무슨 일이 벌어지고 있는 건지 앞으로 알게 될 가능성도 있다. 하지만 앞으로 어떻게 행동할지는 여자에게 맡겨야 한다. 나는 이 여자가 하자는 대로 따라야 한다. 공항에서 이 여자의 말을 들었던 것처럼, 지금도 이 여자의 지시에 따를 것이다. 그리고 솔직히 인정하자. 그렇게 한 후 인생이 갑자기 흥미진진해지지 않았는가. 따분한 정치 모임으로 가득 찬 일상보다 백배는 더 재미있지 않은가. 어제 저녁 진짜로 차가 나를 치려고 했던 것일까? 아무리 생각해 봐도 그런 것 같았다. 한 번도 아니고 두 번이나 시도했지. 런던에는 운전을 험하게 하는 사람이 많기 때문에 누군가 자신을 죽이려 했다고, 있지도 않은 살의를 상상하는 경우가 종종 있다. 스태퍼드 경은 프로그램을 접고는 다시 열어 보지 않았다. 연주가 끝났다. 옆의 여자가 뭐라고 말을 했다. 고개를 돌린 것도 아니고 스태퍼드 경에게 말을 건 것도 아니었지만, 분명히 소리를 내서 마치 혼잣말을 하듯 아니면 반대편 옆자리에 앉은 사람에게 들으란 듯 한숨을 섞어서 한마디 했다.

"젊은 지크프리트라."

그리고 다시 한번 한숨을 쉬었다.

「뉘른베르크의 명가수」의 행진곡을 끝으로 공연은 막을 내렸다. 열정적인 박수가 사그라지고 사람들은 천천히 자리를 뜨기 시작했다. 스태퍼드 경은 여자가 무슨 신호라도 보내나 기다렸지만, 신호는 없었다. 숄을 집어 들고 일렬 좌석 끝의 통로로 빠져나가더니, 약간 빠른 걸음으로 군중 속에 섞여 사라져 버렸다.

스태퍼드 나이는 주차해 둔 차를 찾아서 몰고 집으로 돌아갔다. 집에 도착하자마자 커피머신을 켠 다음, 곧바로 로열 페스티벌 홀 프로그램을 책상에 펴 놓고 구석구석 살펴보았다.

결과는 실망스러웠다. 어느 구석에도 특별한 메시지가 적혀 있거나 하진 않았다. 다만 한 페이지의 연주 목록 상단에, 아까 슬쩍 봤던 연필 글씨가 있었다. 그런데 그것은 단어도 글자도 아니고 숫자도 아니었다. 얼핏 보니 음계 같았다. 마치 누가 잘 안 써지는 연필을 가지고 노래 한 구절을 끼적여 놓은 것처럼. 혹시 불에 갖다 대면 나타나는 비밀 메시지가 숨어 있는 게 아닐까 하는 생각도 아주 잠깐 들었다. 아주 조심스럽게, 그리고 이런 감상적인 짓을 하는 자신에 부끄러움을 느끼면서, 스태퍼드 나이는 그 종이를 전기난로에 가까이 갖다 댔지만, 아무것도 나타나지 않았다. 한숨을 푹 쉬며 프로그램을 책상 위에 도로 툭 던졌다. 짜증이 울컥 치밀었다. 그럴 만도 했다. 비바람 몰아치는 다리에서 랑데부까지 해 가며, 별의별 시시한 지시를 다 따랐는데! 바로 옆에 앉은 여자에게 물어보고 싶은 게 10가지도 넘는데도 꾹 참고 오페라 하나를 다 봤는데! 그런데 얻은 게 뭐야? 아무것도 없잖아! 새로운 단서는 없었다. 그래도 그 여자는 나를 만나 주었다. 왜일까? 더 이상 이야기하기 싫고 더 이상 만나기 싫었다면 어째서 그 자리에 나왔을까?

　무심히 방 안을 훑던 스태퍼드 경의 시선이, 주로 스릴러 소설과 추리 소설 그리고 몇몇 공상과학 소설이 꽂혀 있는 책꽂이에 가 멈췄다. 스태퍼드 경은 고개를 설레설레 저었다. 허구가 실제보다 훨씬 나아. 시체와 의미심장한 전화 통화, 아름다운 스파이들이 넘쳐 나잖아! 하지만 이 잡힐 듯 말 듯 신비한 여인은 아직 용무가 끝나지 않았는지도 몰라. 그래도 다음번에는 나도 나름의 준비를 하고 있을 것이다. 저쪽에서 게임을 하겠다면 기꺼이 동참해 주지.

　스태퍼드 경은 음악회 프로그램은 잠시 잊기로 하고, 커피 1잔을 더 따라 마시면서 창가로 갔다. 아직 손에는 프로그램이 들려 있었다. 창밖의 거리를 내려다보다가 자연스럽게 손에 든 프로그램으로 시선이 갔다. 스태퍼드 경은 자신도 모르게 콧노래를 불렀다. 음감이 그럭저럭 괜찮았기 때문에, 아무렇게나 끼적인 멜로디도 쉽게 흥얼거릴 수 있었다. 그런데 멜로디가 어쩐지 귀에 익숙하게 들렸다. 소리를 더 크게 해서 흥얼거려 보았다. 이게 뭐더라? 담, 담, 담, 담 다담. 담. 그래, 분명 아는 노래야.

스태퍼드 경은 곧 편지들을 뜯어 보기 시작했다.

대부분 흥미가 안 가는 것들이었다. 초대장이 2개 있었는데 하나는 미 대사관에서 온 것이고 다른 하나는 레이디 아델 햄프턴이 보낸 자선 행사 초대장으로, 왕실 멤버도 참석하는 자리인 만큼 참가비로 5기니가 결코 터무니없는 가격이 아니라는 것을 강조하고 있었다. 스태퍼드 경은 초대장들을 무심히 한쪽으로 치워 버렸다. 둘 다 별로 가고 싶은 행사가 아니었다. 이러고 런던에 있느니 차라리 약속한 대로 마틸다 할머니를 뵈러 가기로 했다.

마틸다 할머니를 좋아하긴 하지만 그동안 많이 못 찾아뵌 게 사실이었다. 마틸다 할머니는 외조부로부터 물려받은, 시골에 있는 커다란 조지 왕조풍 저택의 방 여러 개짜리 한 동을 개조하여 거기서 살았다. 마틸다 할머니가 사는 동에는 보기 좋게 균형 잡힌 거실과 아담한 타원형 식당, 옛날 하녀장의 방을 개조해 만든 부엌과 손님방 둘, 할머니가 쓰시는 욕실 딸린 안락한 침실 하나, 그리고 할머니의 말동무로 고용된 인내심 많은 안잠자기를 위한 숙소가 있었다. 나머지 충실한 하인들도 편안한 숙소에서 부족할 것 없이 지냈다. 저택의 나머지 공간은 가구마다 흰 천을 씌워 놓고 정기적으로 청소를 했다. 어렸을 적에 휴일마다 그곳에 가서 보낸 스태퍼드 나이 경은 그곳을 무척 좋아했다. 어린 시절 그 저택은 즐거움이 넘치는 곳이었다. 당시 큰외삼촌 부부가 두 아이와 함께 그곳에 살았다. 그래, 참 유쾌한 곳이었지. 금전적으로도 풍족했고 저택을 구석구석 관리할 하인들도 많았다. 그 당시엔 너무 어려서 집 곳곳에 걸린 초상화와 그림들이 잘 눈에 들어오지 않았다. 커다란 빅토리아 시대 작품들이 명당을 차지하며 벽을 빼곡히 메웠는데, 빅토리아 이전 시대에 활동한 거장들의 작품도 있었다. 정말로 꽤 훌륭한 초상화들이 여러 점 있었다. 레이번의 초상화 하나, 로렌스의 그림 둘, 게인즈버러의 작품 하나, 렐리의 그림 하나, 진품인지 아닌지 확실치 않은 반 다이크의 작품 둘. 터너의 그림도 하나 있었지. 그 중 몇 점은 생계를 위해 팔아야 했다. 지금도 스태퍼드 경은 그 집에 가면 집 안 여기저기를 돌아다니며 가족의 초상화를 구경하는 것을 좋아했다.

마틸다 할머니는 굉장히 수다스러운 분이었는데, 스태퍼드가 방문한다고 하면 언제나 환영해 주었다. 스태퍼드 경은 이런저런 이유로 마틸다 할머니를 꽤나 좋아했는데, 오늘은 왜 갑자기 할머니 댁을 방문하고 싶어졌는지 자신도 이해가 안 갔다. 그것도 그렇지만 어째서 갑자기 가족의 초상화가 떠올랐을까? 20년 전 잘 나가던 화가가 그린 패멀라 누나의 초상화가 거기 걸려 있어서일까? 패멀라의 초상화를 갑자기 다시 보고 싶어졌다. 그리고 이번에는 좀 더 자세히 관찰하고 싶었다. 이렇게 황당한 방식으로 그의 삶을 송두

리째 뒤집어 놓은 낯선 여인과 자신의 누이가 얼마나 닮았는지 두 눈으로 확인하고 싶었다.

스태퍼드 경은 짜증을 내며 음악회 프로그램을 다시 홱 집어 들고 연필로 쓴 음계를 흥얼거리기 시작했다. 담, 담 다담. 그 순간, 그게 어떤 노래의 일부분인지 생각났다. 바로 지크프리트의 모티프였다. 지크프리트의 뿔 나팔. 젊은 지크프리트의 모티프. 그 여자가 중얼거린 말이 그거였지. 스태퍼드 경에게 한 말은 아니었고, 특정한 대상에게 한 말도 아니었다. 그러나 메시지인 것은 분명했다. 누군가 들었어도 아무 의미가 없다고 여길 말이었다. 방금 끝난 음악에 대해 말하는 것으로 들렸을 테니까. 프로그램에 끼적인 모티프도 음계의 형식으로 적혀 있었다. 젊은 지크프리트. 분명 뭔가 뜻하는 게 있을 텐데. 뭐, 차차 알게 되겠지. 젊은 지크프리트라. 그게 도대체 무슨 뜻일까? 왜, 어떻게, 언제, 무엇을? 황당하군! 뭐 하나 드러난 게 없잖은가.

스태퍼드 경은 교환국에 전화를 걸어 마틸다 할머님 댁에 연결해 달라고 했다.

"그럼, 스태피, 온다면 언제든지 환영이지. 4시 반 기차를 타라. 아직도 운행되거든. 예전보다 1시간 반 늦게 도착해서 그렇지. 패딩턴역에서 출발하는 시각도 늦춰졌어. 5시 15분으로. 철도를 개선한다더니, 이럴 거면 개선하지 말지. 필요도 없는 곳에 중간중간 서니까 이렇게 되잖니. 어쨌든, 알았다. 킹스 마스턴으로 호러스가 마중 나갈 거다."

"호러스가 아직도 할머님 댁에 있어요?"

"그럼, 여기 있지."

"그랬군요."

한때 말구종이었다가 잠시 마부로 일했던 호러스는 그 후로는 운전사 노릇을 하며 할머님 댁에 머물렀고, 보아하니 아직도 멀쩡히 살아 있는 모양이었다.

"적어도 80살은 됐을 텐데."

그렇게 중얼거리며 스태퍼드 경은 희미한 미소를 지었다.

여인의 초상화

I

"아주 보기 좋게 탔구나."

마틸다 할머니가 흡족한 얼굴로 훑어보며 한마디 했다.

"말레이시아에 가면 그렇게 되지. 네가 갔던 데가 말레이시아 맞니? 아니면 샴(태국의 옛 이름 — 옮긴이)이든가, 태국이든가? 그쪽은 하도 이름이 자주 바뀌어서 기억할 수가 있어야지. 어쨌든 베트남은 아니었지? 나는 베트남이라는 이름이 참 싫더라. 너무 헷갈리거든. 북베트남, 남베트남이며 베트콩이며 베트…… 뭔지, 하여튼 다들 싸우려고만 들고 끝내는 쪽은 없잖니. 파리인지 어딘지 가서 원탁에 둘러앉아서 이성적으로 대화하기를 거부한단 말이야. 너도 그렇게 생각하지 않니? 내가 생각 많이 해 봤는데 아주 좋은 해결책이 있어. 축구장을 잔뜩 건설해서 전부 다 몰아넣고 거기서 싸우게 하는 거야. 총 대신 축구공 가지고. 네이팜인지 뭔지 하는 지독한 폭탄도 안 돼. 무슨 얘긴지 알지? 싸워도 맨몸으로 치고받게 하자는 거야. 다들 좋아할 거야. 사람들이 가서 구경도 할 테니 입장료를 받을 수도 있지. 내 생각엔 우리가 사람들이 진짜로 원하는 게 뭔지 파악을 못하고 있는 것 같아."

"정말 좋은 생각이네요, 마틸다 할머니."

스태퍼드 나이 경이 상큼한 향수 냄새가 나는 자글자글 주름진 연분홍색 볼에 뽀뽀를 하며 말했다.

"어떻게 지내세요, 할머니?"

레이디 마틸다 클렉히튼이 대답했다.

"뭐, 늙어서 고생이지. 그래, 늙었어. 물론 너는 늙은 게 어떤 건지 모르겠지. 여기가 나으면 저기가 고장 나고, 그런 게 바로 늙은 거야. 류머티즘을 앓다가 다음엔 관절염 앓고, 갑자기 급성 천식이 찾아오는가 하면 또 목이 퉁퉁 붓고, 그다음엔 발목을 접질리고. 하여튼 어디 한 군데는 꼭 아파. 큰 병도 아니면서 사람을 끈질기게 괴롭히지. 근데 갑자기 나는 왜 보러 온 거냐, 얘야?"

직설적인 물음에 스태퍼드 경은 잠시 당황했다.

"출장 갔다 오면 항상 찾아뵙잖아요."

"얘야, 더 가까이 앉으렴."

느닷없이 마틸다가 말했다.

"지난번 왔을 때보다 귀가 더 먹어서 그런다. 너, 뭔가 달라 보이는데……. 뭐가 달라졌지?"

"얼굴이 더 탔잖아요. 아까 그렇게 말씀하셨으면서."

"바보 같은 소리. 그런 얘기가 아니라는 걸 알면서. 드디어 여자를 만난 게냐?"

"여자요?"

"언젠가는 그렇게 될 줄 알았다. 문제는, 네가 유머 감각이 지나치다는 거지."

"왜 그렇게 생각하세요?"

"내가 아니라 사람들이 그렇게 생각한단다. 부정할 생각 마라, 진짜니까. 네 녀석의 유머 감각은 출세에도 방해가 되고 있어. 네가 주로 어울리는 사람들이 어떤 사람들인지 봐라. 전부 외교관에 정치인들이잖니. 소위 잘 나가는 신인 정치인들이랑 나이 지긋한 정치인, 물론 노련한 중견 정치인들도 있고. 게다가 당은 또 왜 그렇게 많은지. 꼭 그렇게 여러 당이 존재할 필요가 있는 거냐? 먼저 그 꼴도 보기 싫은 노동당이 생기더니……."

마틸다는 보수당 지지자답게 콧대 높은 태도로 투덜거렸다.

"나 어렸을 땐 노동당이란 건 없었다. 그게 대체 무슨 뜻인지도 아무도 몰랐지. 노동당을 세운다고 했으면 다들 '쓸데없는 소리 하지 마라.' 하고 콧방귀를 뀌었을 거다. 그러더니 결국 생겨 버렸지. 자유당이라는 것도 있는데, 순 멍청한 놈들만 모였지 뭐냐. 그리고 토리당도 있지. 아니, 요새는 걔네를 보수당이라고 하나?"

"토리당은 또 뭐가 맘에 안 드시는데요?"

스태퍼드 나이가 슬쩍 웃으며 물었다.

"열혈 여성당원이 너무 많잖아. 당을 활력 없게 만들지."

"글쎄요, 요새는 그렇게 활력 있는 정당이 아예 없잖아요."

"그래도 그렇지."

마틸다가 고집스럽게 대꾸했다.

"봐라, 거기서 네가 빗나간 거야. 너는 항상 분위기를 띄우려고만 하잖니. 괜히 분위기 유쾌하게 만들려고 이 사람 저 사람 놀려 대다가 심기를 건드리고. 사람들이 널 보고 '스 네 파 엉 갸송 세리유(저 녀석은 진지한 녀석이 아니야).'라고 흉보잖니. 낚시터의 그 사람처럼."

스태퍼드 나이 경은 웃음을 터뜨렸다. 그러나 그러면서도 두 눈은 방 안을 두리번거리고 있었다.

"뭘 보는 거니?"

"그림들요."

"팔아 버리라고 잔소리하려는 건 아니겠지? 요즘은 너나 할 것 없이 팔아 치우더구나. 그램피언 경 알지? 터너의 그림을 전부 팔고 가족 초상화도 몇 개 팔았어. 제프리 굴드먼도. 그 예쁜 말 그림을 전부 팔아 치웠지 뭐니. 스텁스의 작품이었지, 아마? 화가 이름이 그랬던 것 같은데. 아무튼, 한 점당 어마어마하게 쳐 주더구나!

그래도 나는 저 그림들은 팔 생각이 없다. 내가 얼마나 아끼는 것들인데. 거의 다 굉장한 가치가 있는 작품들이야. 왜냐하면 우리 조상들의 초상화거든. 요새는 아무도 자기 조상에 관심이 없겠지만, 나는 구식이잖니. 나는 조상을 사랑한단다. 내 조상을 말하는 거야, 물론. 누구를 보는 거냐? 패멀라?"

"예, 어제 갑자기 누나가 생각나더라고요."

"너희 둘은 정말 놀랍도록 닮았어. 비록 쌍둥이는 아니지만. 근데 남매 쌍둥이는 그렇게 구분 못할 정도로 똑같지 않다고 하더구나."

"그럼 셰익스피어도 실수한 거로군요. 바이올라와 세바스찬을 그렇게 똑같이 생긴 것으로 설정하다니."

"흠, 평범한 남매지간도 똑 닮을 수 있지, 안 그러냐? 너랑 패멀라는 정말 닮았단다. 생긴 게 말이야."

"다른 거는요? 성격은 안 닮았나요?"

"아니, 전혀 달랐어. 그 점이 놀랍지. 근데 너랑 패멀라는 내가 '가문의 얼굴'이라고 부르는 얼굴을 타고났어. 나이 쪽 가문 말고. 볼드윈화이트가(家)의 얼굴."

스태퍼드 나이 경은, 족보라는 주제에 한해서는 마틸다 할머니와 도무지 대등하게 대화를 나눌 수가 없었다.

"너랑 패멀라가 알렉사를 닮았다고 항상 생각했지."

"알렉사가 누구예요?"

"가만있자, 외가 쪽으로 네 증조할머니도 아니고 고조할머니도 아니고. 하나 더 올라가는 것 같다. 네 5대조 할머니란다. 헝가리 태생이지. 헝가리의 백작인가 남작인가 그랬는데, 네 5대조 할아버지가 베트남 대사관으로 발령이 나서 가셨을 때 그곳에서 사랑에 빠지셨어. 맞아, 헝가리인이었지. 스포츠를 얼마나 좋아했는지. 헝가리 사람들이 굉장히 활동적이거든. 말을 타고 사냥개들과 사냥을 하곤 했는데, 그 모습이 정말로 근사했다고 하더구나."

"여기 걸린 그림 중에 있어요?"

"계단 1층 올라가면 걸려 있는 게 그분이야. 1층 올라가서 오른쪽으로 조금 돌면 있어."

"자기 전에 가서 한번 봐야겠군요."

"지금 가서 보고 온 다음 다시 얘기하는 게 어떠니."

"그럼, 괜찮으시다면 보고 올게요."

스태퍼드 경은 할머니에게 미소를 지어 보였다.

그리고 곧바로 응접실에서 뛰어나가 계단을 성큼성큼 올라갔다. 그래, 마틸다 할머니는 보는 눈이 역시 날카로워. 바로 저 얼굴이야. 지난번에 보고 기억해 둔 얼굴. 내 얼굴과 닮아서도 아니고 패멀라와 닮아서도 아니고, 바로 이 그림의 주인공과 너무 닮아서 기억에 남았던 거야. 영국 대사였던 5대조(5대조까지 거슬러 올라가는 게 정확한지 모르겠지만) 할아버지가 젊었을 적 데리고 오신 아름다운 처녀. 20살의 생기발랄한 그 처녀는 타지인 영국에 와서도 기죽지 않고 멋지게 말을 타고 사냥을 다니거나 매혹적으로 춤을 추었고, 남자들은 모두 그녀와 사랑에 빠졌다. 그러나 할머니에게는 신망 두텁고 성실한 외교관인 할아버지밖에 없었다. 할머니는 할아버지를 따라 여러 나라를 돌아다니다가 이곳에 돌아와서 아이를 셋인가 넷인가를 낳고 정착했다고 한다. 그들 중 1명이 그녀의 얼굴, 코와 목의 생김새 등을 물려받았고 또 그대로 스태퍼드와 패멀라가 물려받은 것이었다. 맥주에 약을 타서 잠재우고 망토를 빌려 간 그 여인, 부탁을 들어주지 않으면 자기는 죽고 말 거라고 호소한 그 여인이 혹시 먼 친척이 아닐까. 지금 바라보고 있는 초상화 속 여인의 후손이 아닐까. 스태퍼드 경은 문득 궁금해졌다. 뭐, 충분히 그럴 수도 있겠지. 5대조 할머니와 그 여자는 같은 나라 태생일 수도 있어. 두 사람은 얼굴이 닮아도 너무나 닮았으니까. 오페라 극장에서 앞만 바라보며 고개를 꼿꼿이 들고 앉아 있던 그 여자의 모습이 떠올랐다. 선이 깨끗한 옆모습, 콧날이 가늘고 가운데가 살짝 솟은 매부리코. 그리고 그 여자가 풍기던 신비로운 분위기.

II

"찾았니?"
외종손자가 하얀 응접실(이 방의 별명이었다.)로 돌아오자 레이디 마틸다가 물었다.
"흥미로운 얼굴이지?"
"예, 게다가 아주 예쁜데요."
"예쁜 것보다는 흥미로운 얼굴이 백배 낫지. 근데 너 헝가리나 오스트리아에는 안 가 봤지? 네 5대조 할머니 같은 여자는 말레이시아에서 못 만날 게다. 그런 여자가 정치 회의에 앉아서 메모하거나 연설문을 수정하거나 그러고 있지는 않을 거라고. 네 5대조 할머니는 어느 면으로 보나 열정적인 여자였어. 예의 바르고 조신했지만, 한편으론 누구 못지않게 열정적이었다고. 길들이지 않은 새처럼. 위험하다고 몸을 사리는 일이 없었지."

"5대조 할머니에 대해서 어떻게 그리 잘 아세요?"

"오, 물론 나는 그 할머님과 동시대 사람은 아니지. 사실 그 할머님이 돌아가시고 몇 년 후에야 내가 태어났는걸. 그래도 나는 언제나 그분에게 흥미가 있었어. 그분은 모험을 하는 타입이셨거든. 정열적인 모험가 타입. 그 할머니에 얽힌 별의별 기이한 이야기가 한참 떠돌았단다. 어떤 일에 말려들었다는 둥 하는 식의 이야기."

"5대조 할아버지는 그걸 다 어떻게 감당하셨어요?"

"아마 죽도록 마음 졸이셨겠지. 그런데 사람들 말로는 할아버지가 그렇게 할머니를 사랑하고 아끼셨단다. 그건 그렇고, 스태피, 너 혹시 『젠다 성의 포로(1894년에 간행된 앤서니 호프의 모험 소설 — 옮긴이)』라는 책 읽어 봤니?"

"『젠다 성의 포로』요? 어디서 들어 본 것 같은데."

"그럴 수밖에. 책 제목이잖니."

"예, 예, 책 제목인 건 저도 알아요."

"너는 잘 모르겠구나. 너한테는 진부하게 느껴지겠지. 내가 어렸을 땐 소녀들이 그 책을 읽으면서 처음으로 로맨스를 맛보았어. 비틀스 같은 인기 가수도 없던 때니까. 그저 로맨스 소설이 전부였지. 나 어렸을 땐 소설 읽는 것도 금지돼 있었단다. 오전에는 말이야. 오후에는 읽을 수 있었지."

"거참 특이한 규율이네요. 어째서 오후에 읽는 건 괜찮은데 오전에는 안 되는 거예요?"

스태퍼드 경이 한마디 했다.

"여자들은 오전에 해야 할 일이 많았거든. 꽃꽂이로 집 안을 장식한다든가 액자의 은 테두리를 닦아서 광을 낸다든가. 여자들이 하는 일 있잖니. 그리고 가정교사랑 공부도 좀 하고. 뭐, 그런 것들. 오후에는 그래도 앉아서 한숨 돌리면서 책을 읽을 수 있었는데, 항상 제일 처음 집어 들게 되는 책이 바로 『젠다 성의 포로』였단다."

"꽤 점잖은 내용이었죠, 아마? 어렴풋이 기억이 나네요. 저도 읽어 본 적이 있나 봐요. 굉장히 순수했던 걸로 기억하는데. 야하진 않았어요?"

"당연하지. 우리 때는 외설스러운 소설이 없었어. 대신 로맨스가 있었지. 『젠다 성의 포로』는 정말 낭만적이었어. 그걸 읽은 소녀들은 전부 다 주인공 루돌프 라센딜에게 푹 빠졌더랬지."

"귀에 익은 이름이네요. 남자 주인공 이름치고 좀 화려하지 않아요?"

"그래도 로맨틱한 이름 아니니? 그 책을 처음 읽었을 때 내가 12살이었지. 네가 가서 초상화를 보는 걸 보고 갑자기 생각났어. 플라비아 공주가."

스태퍼드 나이는 미소를 지으며 레이디 마틸다를 바라보았다.

"할머니, 볼도 발그레하고 감상적인 표정을 지으시니까 굉장히 젊어 보이세요."

"감상적인 기분이 드니까 그렇지. 요새 여자 애들은 안 그렇지. 요새 애들은 누가 폼 잡고 기타 치거나 노래한답시고 악쓰면 좋다고 쓰러지지, 감상적이 될 줄은 몰라. 근데 나는 루돌프 라센딜한테 반하지 않았어. 똑같이 생긴 다른 주인공한테 반했지."

"똑같이 생긴 사람이 등장해요?"

"그럼. 왕으로 나와. 루리타니아의 왕."

"아, 그렇군요. 이제 알겠네요. 루리타니아가 거기서 나온 이름이군요. 사람들이 하도 루리타니아, 루리타니아 하기에 뭔가 했네요. 맞아요, 분명 읽은 적이 있어요. 루리타니아의 왕이 등장하고, 루돌프 라센딜이 왕의 대역으로 대관식에 나갔다가 왕의 약혼녀인 플라비아 공주와 사랑에 빠지죠."

레이디 마틸다는 공상에 젖어 또 한번 깊은 한숨을 내쉬었다.

"맞아. 루돌프 라센딜은 조상으로부터 빨강머리를 물려받았는데, 책 어디엔가 초상화에 대고 절을 하며 뭐라고 얘기하는 장면이 나와. 누군지 정확히 기억이 안 나네. 아밀리아 백작 부인인가 그랬을 거야. 자기한테 빨강머리를 물려준 조상이지. 그렇잖아도 너를 보고 루돌프 라센딜을 떠올렸는데, 네가 누구랑 닮았는지 확인한다고 가서 네 조상일지도 모르는 사람의 초상화를 보다니, 참 신기하구나. 그래, 어떤 아가씨랑 연애하게 된 거냐?"

"왜 그런 말씀을 하세요?"

"글쎄, 인생에서 일어나는 일들은 패턴이 다 정해져 있거든. 늙으면 그 패턴을 다 알아보게 마련이지. 뜨개질 교본 같은 거야. 복잡한 뜨개질 방법이 65가지나 나와 있어도, 익숙해지면 특정 뜨개법을 알아보게 돼 있단다. 지금 네가 보이는 패턴은 로맨스가 어우러진 모험인데."

레이디 마틸다는 한숨을 쉬었다.

"하지만 나한테 이야기 안 해 주겠지."

"얘기하고 자시고 할 것도 없어요."

"넌 언제나 거짓말하는 데 능숙했지. 관둬라, 그럼. 언제 한번 그 아가씨를 데려오기나 해. 내 소원은, 의사들이 또 잘 듣는답시고 검증도 안 된 항생제를 줘서 날 죽이기 전에 그 아가씨를 한번 보는 거란다. 내가 요새 먹는 그 많은 형형색색의 알약을 보면 정말이지! 너도 보면 이게 웬 거냐 싶을 거다."

"자꾸 그 아가씨, 그 아가씨 하시는데……."

"또 시치미 떼려고? 여자가 개입됐다는 것 정도는 나도 감지할 줄 안다. 손에 잡힐 듯 안 잡히는 여자가 있구먼, 뭘. 근데 전혀 감이 안 잡히는 건, 그 아가씨를 어떻게 만났느냐는 거야. 말레이시아 회의에서 만난 거냐? 대사의 딸이라든가 외교 사절의 딸이었다든가, 그런 거야? 대사관 직원 중에 예쁜 비서 아가씨가 눈에 들어온 게야? 아니, 전부 아닌 것 같은데. 귀국하는 배에서 눈이 맞은 게냐? 아니, 요새는 배 타고 안 다니지. 비행기에서 만났겠군."

"점점 근접해 가고 계세요."

스태퍼드 나이는 한마디 안 끼어들 수가 없었다.

"아하!"

마틸다가 의기양양하게 달려들었다.

"승무원이었구나?"

스태퍼드 경은 고개를 저었다.

"흠. 그럼 비밀로 해 두려무나. 언젠가는 알아낼 테니까. 네 일에 관한 한 내 직감은 언제나 정확했어. 특별한 일이 아니라면 말이야. 물론 이제는 모든 것이 예전만 못하지만, 아직도 가끔가다 옛 친구들하고 모이는데 거기서 한두 마디씩 듣는다고. 들은 바에 의하면, 요새 사람들이 마음을 졸이고 있다고 하더구나. 안 그런 곳이 없어. 다들 걱정하고 있지."

"불만이 팽배해 있다는 말씀이세요? 동요하고 있다고요?"

"아니, 그런 뜻이 아니야. 내 말은 고위 공직자들이 걱정하고 있다는 거야. 정부 관리들이 걱정을 하고 있다고. 그렇게 활기 없던 외무부마저 걱정하고 있어. 일어나면 안 될 일이 일어나고 있거든. 불안 상태."

"학생 소요를 말씀하시는 거예요?"

"오, 학생 운동은 극히 일부에 불과해. 여기저기, 각국에서 병처럼 퍼져 가고 있어. 요새 아침마다 와서 신문을 읽어 주는 여자 애가 있거든. 나는 눈이 어두워서 잘 못 읽으니까. 그 아가씨, 목소리가 아주 부드럽단다. 편지도 받아 써 주고 신문 기사도 읽어 주는데, 아주 마음씨 고운 아가씨야. 자기가 들려 주고 싶은 기사를 읽는 게 아니라 내가 읽고 싶어 하는 기사를 읽어 준단다. 어쨌든, 내가 아는 바에 의하면 모두 불안해하고 있고, 이 정보는 내 옛 친구에게서 들은 거야."

"옛날에 알고 지내시던 군 장교들 말씀이세요?"

"육군 소장으로 은퇴한 사람인데, 은퇴한 지는 꽤 됐지만 아직도 내부 사정에는 정통하지. 학생 운동은 빙산의 일각에 불과해. 근데 사실 걱정해야 할 건 학생 운동이 아니야. 그들은, 그들이 누군지는 몰라도, 청년들부터 건드리거든. 모든 국가의 청년층부터 건드리는 거야. 살살 구슬리기. 일단 구호부터 외치게 하지. 그럴듯하게 들리는 구호들. 정작 외치는 젊은이들은 그 구호가 무슨 뜻인지도 모를 텐데. 혁명을 일으키는 게 그렇게 쉽단다. 젊은이들의 본성이거든. 옛날 옛적부터 젊은이들은 항상 반항을 해 왔어. 반역을 일으키고, 뒤집어엎고, 세상을 바꾸려고 들지. 하지만 젊은이들은 눈이 멀었어. 눈을 가리고 현실을 어떻게 보겠다는 건지. 자기들이 어디로 휩쓸려 가고 있는지 전혀 자각하지 못해. 앞으로 어떻게 될 것인지, 눈앞의 현실이 어떤지, 자기들을 부추기는 배후의 세력이 무엇인지. 무서운 게 바로 그거야. 앞에서 한 사람이 당근으로 유혹하고 뒤에서 다른 사람이 채찍질로 재촉하면 당나귀는 아무것도 모르는 채 이끌려 간단다."

"할머님은 상상력이 대단하세요."

"상상이 아니란다, 애야. 사람들이 히틀러에 대해서도 그렇게 얘기했다는 거, 모르지? 히틀러와 히틀러 소년단. 그런데 그 경우는 아주 오래전부터 신중하게 준비된 것이었지. 2차 대전은 아주 치밀하게 준비된 전쟁이었어. 히틀러 소년단은 유전적으로 우월한 초인(超人) 집단이 정권을 장악하도록 돕기 위해 각국에 심은, 일종의 제5열(전시에 후방 교란이나 간첩 행위 등으로 적국의 진격을 돕는 집단 — 옮긴이)이었어. 그렇게 해서 세워진 초인 집단은 독일의 꽃과도 같은 존재가 될 거라고 나치스는 굳게 믿었어. 지금도 누군가 그런 생각을 가지고 있을지도 몰라. 그런 족속들이 넙죽 받아먹을 만한 사상이니까. 잘만 포장해서 내놓는다면 말이야."

"누굴 말씀하시는 거예요? 중국인이나 러시아인들을 두고 말씀하시는 거예요? 도대체 무슨 얘기예요?"

"모르겠다. 나도 모르겠어. 하지만 뭔가 벌어지고 있다는 건 분명해. 게다가 과거와 똑같은 전철을 밟고 있어. 아까 말한 패턴 말이야. 패턴! 러시아? 공산주의의 수렁에 빠져서, 이제는 한물간 퇴물 취급을 받고 있지. 중국? 중국은 완전히 갈팡질팡 헤매고 있더구나. 너도나도 자기가 마오쩌둥 노릇을 하겠다고 나서서 그런지도 모르지. 아무튼 계획을 세우고 주도하는 배후 집단의 정체가 뭔지는 나도 모른단다. 아까도 말했지만 중요한 건 왜, 어디서, 언제, 그리고 누구인가야."

"아주 흥미롭네요."

"흥미롭기도 하지만, 무섭지. 같은 사상이 자꾸자꾸 반복해서 일어나는 걸 보면. 역사가 반복되고 있어. 젊은 영웅, 모두가 본받아야 하는 초인."

레이디 마틸다는 잠시 멈췄다가 덧붙였다.

"전과 똑같은 개념을 내세우고 있어. 젊은 지크프리트."

마틸다 할머니의 조언

레이디 마틸다는 스태퍼드 나이를 빤히 쳐다봤다. 날카롭고 통찰력으로 빛나는 눈이었다. 전에도 그렇다고 생각했지만 이럴 때는 특히 더 반짝거리는 것 같았다.

"너도 들어 본 적이 있는 말이구나. 딱 보니 알겠어."

"무슨 뜻이죠?"

"정말 모르니?"

마틸다 할머니가 눈썹을 치켜올리며 물었다.

"해님 달님에게 맹세코 몰라요."

스태퍼드 경이 어린애들이 쓰는 말투로 장난 삼아 대꾸했다.

"그래, 우리도 어렸을 때 그런 말 자주 썼지. 진심으로 말하는 거냐?"

"정말로 무슨 뜻인지 전혀 몰라요."

"근데 들어 본 적은 있다는 거지?"

"예. 누가 저한테 했던 말이에요."

"중요한 사람이냐?"

"글쎄요. 그럴 수도 있죠. '중요한 사람'이라니, 무슨 말씀이세요?"

"너, 최근에 중대한 정부 업무에 여러 차례 개입했잖니. 이 불쌍하고 한심한 나라를 대표해 여기저기 불려 다니느라 애 많이 썼지. 회의석상에 앉아서 입만 나불대는 다른 사람들보다 훨씬 많은 일을 해냈으리라고 믿어 의심치 않는다. 근데 그렇게 해도 과연 좋은 결과가 있을지는 의문이구나."

"아마 없을 거예요. 일하는 사람부터가 낙관적인 태도로 임하지 않거든요."

"그래도 최선을 다해야지."

레이디 마틸다가 훈계했다.

"아주 기독교적인 원칙이네요. 요새는 최선을 다하기는커녕 자기 일을 하는 둥 마는 둥 하면 오히려 좋은 결과를 얻더라고요. 왜 그렇게 된 걸까요, 마틸다 할머니?"

"그걸 내가 어떻게 아니."

"그래도 웬만한 일은 저보다 많이 알고 계시잖아요."

"그렇지도 않아. 그냥 간간이 정보가 흘러들어 올 뿐이야."

"어떤 정보요?"

"내가 지금도 옛날 친구들을 가끔 만나는 것 알고 있지? 그 바닥 사정을 잘 아는 친구들. 물론 대부분은 귀가 완전히 먹었거나 눈이 안 보이거나 살짝 맛이 갔거나 아니면 제대로 걷지도 못하는 노인네들인데. 그래도 아직 어떤 기관은 제대로 작동한단다. 이것 말이다."

마틸다는 단정히 틀어 올린 흰머리를 톡톡 쳤다.

"전반적으로 경계와 낙담의 분위기가 퍼져 있어. 보통 때보다 더. 최근에 주위들은 얘기 중 하나야."

"평소에도 그렇지 않았나요?"

"그래, 그랬지. 하지만 이번엔 그 이상이야. 뭐랄까, 수동적인 게 아니라 적극적이라고 해야 할까. 내가 외부자의 입장에서 감지한 바에 의하면, 물론 너도 내부자 입장에서 똑같이 감지했겠지만, 꽤 오래전부터 정세가 꾸준히 어지러워지고 있었어. 걷잡을 수 없을 정도로 혼란해졌지. 그런데 이제는, 혹시 어떤 세력이 일부러 이런 혼란을 조장하고 있는 게 아닌가 의심되는 지경까지 왔어. 지금 감지되는 혼란에는 위험 요소가 있어. 분명 무슨 일인가 일어나고 있어. 터질 기회를 엿보며 끓어오르고 있지. 특정 국가에서만 그런 게 아니야. 수많은 나라에서 똑같이 벌어지고 있는 현상이야. 최근 그들은 각 나라별로 군대를 모집해 키웠는데, 무서운 점은 그것이 청년들로 이루어진 부대라는 거야. 시키면 어디든 가고 무엇이든 하며, 불행하게도 무엇이든 믿는 청년들. 사회를 뒤집어엎고 파괴하고 훼방 공작을 놓을 수 있다고 적당히 구슬리면 청년들은 아, 우리는 대의를 위해 행동하고 있구나 하고 믿으면서 지금의 세상이 곧 더 좋은 세상으로 바뀌리라고 기대하는 거야. 문제는, 그들이 결코 창의적인 집단이 아니라는 거야. 파괴적이기만 할 뿐. 창의적인 젊은

이들은 시를 짓거나 소설을 쓰거나 작곡을 하거나 그림을 그리지. 고대로부터 그래 왔던 것처럼. 그래도 아직까지는 별 문제 없어. 하나 그들이 파괴를 위한 파괴를 즐기기 시작하면, 그때는 악의를 가진 지도자가 힘을 장악하게 될 거야."

"할머니, 지금 '그들'이라고 여러 번 그러셨는데요. 누굴 말씀하시는 거예요?"

"그걸 알면 나도 좋겠다. 그래, 누군지 알면 정말 좋겠어. 쓸 만한 정보를 입수하면 너한테 꼭 알려 주마. 그럼 네가 어떻게든 할 수 있겠지."

"안타깝게도 저는 이야기할 사람이 없는데요. 그러니까, 그 정보를 전달할 사람이요."

"그래, 아무한테나 전하면 안 되지. 사람을 믿으면 안 된다. 정부에서 일하는 그 멍청이들한테는 절대 말하지 말고, 또 정부에 어떻게든 연줄이 있거나 아니면 다음에 들어설 정부에서 한몫 잡으려고 하는 사람한테도 말하면 안 돼. 정치인들은 세상을 돌아볼 여유가 없어. 자기가 사는 나라를 하나의 거대한 선거 유세장으로밖에 보지 않아. 그것밖에 눈에 안 들어오는 거야. 자기들 입장에서 정말로 이 세상에 도움이 되리라고 믿는 일들을 추진하는데, 정작 국민이 원하는 것과는 거리가 멀거든. 그걸 못 깨달으니까 결과가 안 좋은 걸 보고도 정치인들은 고개를 갸웃거리는 거야. 그것도 그렇지만, 정치인들은 대의를 위해서라면 자기들한테 거짓말을 할 특권이 있다고 믿고 있는 것 같아. 볼드윈 씨(세 차례나 영국의 수상을 지낸 정치가 스탠리 볼드윈을 말함 — 옮긴이)가 그 유명한 말을 뱉은 게 바로 얼마 전이었지. '내가 거짓말을 하지 않았으면 나는 선거에서 졌을 것이다.' 영국 수상들은 아직도 그런 식으로 생각해. 가끔가다 좋은 정치가가 나오는 게 그나마 신께 감사할 일이지. 너무 드물어서 문제지만."

"그럼 어떻게 해야 하죠?"

"나한테 조언을 구하는 거냐? 나한테? 너, 내가 몇 살인지 아니?"

"90살을 향해 달려가고 계시죠."

스태퍼드가 놀리듯 대꾸했다.

"그렇게 늙지는 않았다. 정말로 90살로 보이냐, 얘야?"

레이디 마틸다는 살짝 기분이 상한 것 같았다.

"아뇨, 할머니. 손에 물 한번 안 묻혀 본 65살로 보여요."

"좀 낫구나. 새빨간 거짓말이지만, 좀 나아. 아무튼 내가 옛 친구들 중에 해군 대장이나 육군 대장, 아니 공군 준장이라도 만나서 정보를 입수하면……. 그 친구들, 여전히 쓸 만한 소식통이야. 다들 여전히 서로 연줄이 있어서 연락하고 지내고, 또 주기적으로 만나서 수다를 떨거든. 거기서 나온 얘기들이 소문으로 떠도는 거고. 소문이란 건 과거에도 항상 있었고 지금도 있단다. 입을 여는 사람들이 얼마나 나이가 들었든 간에 말이야. 젊은 지크프리트. 그게 대체 뭘 뜻하는지 나도 알고 싶다, 얘야. 그게 사람인지 암호인지 아니면 클럽 이름인지 아니면 새로 오실 구원자인지 인기 가수 이름인지 영 모르겠구나. 하지만 그 표현에는 뭔가가 숨어 있어. 우선 오페라 모티프라는 건 말할 것도 없고. 그런데 옛날에 그렇게 즐겨 듣던 바그너의 음악이 이제는 생각이 잘 안 나는구나."

나이 든 할머니의 거친 목소리가 희미하게 익숙한 멜로디를 흥얼거렸다.

"지크프리트의 뿔 나팔 맞지? 리코더를 하나 장만하지 그러니? 리코더 알지? 축음기에 연결하는 것 말고. 초등학교 아이들이 연주하는 악기 말이다. 리코더 배우는 시간도 있더라. 며칠 전에 강연회에 다녀왔지. 우리 교구 목사님이 주최하신 거였어. 아주 흥미롭더라. 리코더의 역사를 더듬으면서 엘리자베스 여왕 시대의 것부터 지금 사용되는 것까지 쭉 설명하는데, 큰 것도 있고 작은 것도 있고 낼 수 있는 음계와 소리도 다 달라. 아주 흥미로웠어. 두 가지 면에서. 하나는 리코더 자체에 느낀 흥미야. 어떤 건 소리가 정말 아름답더라. 그리고 리코더의 역사. 그래. 근데, 내가 무슨 이야기를 하고 있었지?"

"악기를 하나 장만하라고 하셨어요."

"맞아. 리코더를 구해서 지크프리트의 뿔 나팔 부분을 배워서 연주해 봐. 넌 어려서부터 음악에 소질이 있었어. 그 정도는 할 수 있겠지?"

"흠, 세상을 구해야 하는 마당에 너무 사소한 임무를 주시는 거 아닌가 싶지만 뭐, 그 정도는 할 수 있습니다."

"그리고 꼭 가지고 다녀라. 왜냐하면……."

레이디 마틸다는 안경집으로 테이블을 톡톡 두드리며 말했다.

"그걸로 '상대편'의 관심을 끌 수 있을지도 모르거든. 아주 유용하게 쓰일 때가 올 게다. 그 사람들이 쌍수를 들고 너를 환영할 거야. 그럼 비로소 사정을 파악하게 될지도 모르지."

"참신한 아이디어를 많이 갖고 계시네요."

스태퍼드 나이가 감탄하며 말했다.

레이디 마틸다가 냉큼 대꾸했다.

"이 나이 되면 그런 궁리밖에 달리 할 게 뭐 있겠냐? 돌아다니기도 힘들어. 딴 사람 일에 참견도 못해. 정원 가꾸기도 못해. 유일하게 할 수 있는 게 가만히 앉아서 머리 굴리는 일이야. 내 말 잘 들어 뒀다가 40살 더 먹었을 때 떠올려 봐."

"할머님이 하신 말씀 중에 한 마디가 유독 제 흥미를 끄는데요."

"한 마디만? 얼마나 떠들어 댔는데, 한 마디라니 너무하구나. 근데 그게 뭔데?"

레이디 마틸다가 농담 삼아 물었다.

"리코더로 상대편의 관심을 끌 수도 있다고 하셨는데. 정말 그렇게 생각하세요?"

"뭐, 그것도 방법이라는 거지. 우리 편은 별로 중요하지 않아. 반면 상대편은 어쨌든 어떻게 해서라도 우리 편의 정보를 알아내려고 하지 않겠니? 그러려면 유혹하는 노래를 불러야 해. 살짝수염벌레(이 벌레가 짝을 부르기 위해 내는 소리가 죽음의 전조라는 미신이 있다—옮긴이)처럼."

"그럼 저더러 한밤중에 요상한 소리를 내라고요?"

"흠, 말하자면 그런 거지. 이 저택도 동관(東館)에 한번 살짝수염벌레가 생긴 적이 있었어. 그거 없애느라고 얼마나 돈이 많이 들었는지 모른다. 아마 이 세상을 청소하는 데에도 적지 않은 비용을 치러야 할 게다."

"벌레 없애는 것보다 훨씬 많이 들겠죠."

"그래도 상관없어. 사람들은 큰돈 쓰는 걸 좋아하거든. 그 액수를 보며 경이로워하는 거지. 오히려 낭비 안 하고 경제적으로 해결하려 하면 외면한단다. 국민성은 변하지 않았어. 적어도 이 나라 국민은 말이야. 우리는 과거의 우리와 똑같아."

"무슨 뜻이에요?"

"거창한 일을 해낼 여력이 충분하다는 얘기야. 과거에 제국을 통치하는 것도 거뜬하게 해냈잖니. 제국을 유지하는 데는 실패했지만. 중요한 건 우리에겐 더 이상 제국이 필요 없으며 또 그걸 우리가 제때 깨달았다는 것이지. 그게 얼마나 성가신 일인데. 나도 로비 덕분에 알게 됐지."

"로비요?"

은근히 귀에 익은 이름이었다.

"로비 쇼어햄. 로버트 쇼어햄. 옛 친구란다. 몸의 왼쪽이 마비됐지만 아직 말하는 건 가능하고, 또 보청기도 꽤 괜찮은 걸 쓰고 있어."

"저명한 물리학자라는 건 저도 아는데. 그분도 할머니의 옛 친구분이라는 거예요, 지금?"

"어렸을 때부터 알고 지냈단다. 우리가 친구라는 사실이 놀랍겠지. 저 두 사람이 공통점이 뭐가 있으며 어떤 얘기를 나눌 수 있을까 하고."

"글쎄요, 그렇게 생각하면 안 되겠지만……."

"우리가 할 얘기가 뭐가 있겠냐고? 내가 수학을 못하는 건 사실이지. 다행히도 나 어렸을 땐 그런 과목은 시키지도 않았어. 근데 로비한테는 수학이 너무 쉬웠어. 로비가 4살 때쯤이었지, 아마. 이제 와서 사람들은 그 정도는 로비한테 당연하다고 얘기하지만. 로비는 이야깃거리가 끊이지 않는 사람이야. 그리고 내가 경박하게 굴어서 자길 웃게 해 준다고, 나를 아주 좋아한단다. 내가 워낙 이야기를 잘 들어 주기도 하고. 그리고 로비도 가끔 굉장히 흥미로운 이야기를 한다고."

"그러시겠죠."

스태퍼드 나이가 심드렁하게 대꾸했다.

"그렇게 잘난 체하지 말려무나. 몰리에르(프랑스의 극작가 겸 배우─옮긴이)는 자기 집 가정부하고 결혼해서 아주 잘 살았잖니. 그게 몰리에르가 맞는지 모르겠다만. 남자가 머리가 너무 좋으면, 대화 상대로 똑같이 머리 좋은 여자는 원하지 않는 법이야. 그런 사람들끼리 대화하면 진이 빠지거든. 예쁘장하고 멍청하면서 자기를 웃게 해 주는 그런 여자를 원하지. 근데 내가 어렸을 적엔 얼굴이 꽤나 봐 줄 만했거든."

레이디 마틸다가 자기 만족에 젖어 말했다.

"나도 내가 학문 쪽으로 뛰어나지 않다는 걸 알아. 지적인 것도 아니지. 하지만 로버트는 항상 내가 교양과 지성이 풍부하다고 얘기했어."

"할머니는 매력적인 분이세요. 저는 여기 와서 할머니와 얘기 나누는 게 정말 좋아요. 오늘 할머니께 들은 말씀 다 잊지 않을게요. 더 알고 계신 것이 많은 것 같은데 보아하니 오늘은 여기서 그만하실 모양이네요."

"때가 되면 다 이야기해 주마. 내가 하는 이야기들은 다 너를 위해서 해 주는 거야. 가끔씩 연락해서 뭐 하고 지내는지 알려 다오. 다음 주에 미 대사관에서 만찬이 있지?"

"그걸 어떻게 아셨어요? 초대를 받긴 했지요."

"그리고 초대에 응했겠지."

"제 의무니까요."

스태퍼드 경은 호기심 어린 눈으로 마틸다 할머니를 쳐다보았다.

"어떻게 그렇게 정보가 빠르신 거예요?"

"아, 밀리가 얘기해 줬거든."

"밀리요?"

"밀리 진 코트먼. 미국 대사의 부인이야. 정말 매력적인 부인이란다. 몸집도 아담하고 보기에 흠잡을 데 없지."

"아, 밀드레드 코트먼 말씀이시군요."

"밀드레드라는 본명이 따로 있긴 하지만 본인은 밀리 진이라는 애칭을 더 좋아해. 전화로 자선 음악회인가 뭔가에 대해 수다 떨다가 얘기가 나왔어. 옛날에는 밀리 같은 여자를 보고 '포켓 비너스(아담하면서도 풍만한 여성을 뜻함—옮긴이)'라고 했지."
"제가 들어 본 것 중에서 최고로 매력적인 표현이에요."

대사관 만찬

I

악수하려고 손을 내밀며 다가오는 코트먼 부인을 보면서 스태퍼드 나이는 마틸다 할머니의 묘사를 떠올렸다. 35살에서 40살 정도 되어 보이는 밀리 진 코트먼은 선이 굉장히 고왔고, 커다란 눈은 푸른색과 회색의 중간이었으며, 두상도 아주 예뻐서 눈에 확 띄는 푸른빛 도는 회색으로 염색한 머리칼을 모양 내어 치장하자 전체적으로 너무나 가녀리고 사랑스러워 보였다. 코트먼 부인은 런던의 유명 인사였다. 남편인 샘 코트먼은 덩치가 크고 다소 답답한 남자로, 아내를 아주 자랑스러워했다. 샘 코트먼은 말투가 느리고 무슨 얘길 하든 지나치게 장황하게 얘기하는 타입이었는데, 그가 별로 설명할 필요도 없는 이야기를 길게 늘어놓으면 사람들은 항상 다른 데 신경을 팔곤 했다.

"말레이시아에서 돌아오셨군요, 스태퍼드 경? 그런 곳에 출장 가서 재밌었겠어요. 그쪽으로 가기에 좋은 계절은 아니지만. 그래도 돌아오셔서 모두 반가워하고 있어요. 어디 보자. 레이디 알드보로와 존 경, 헤르 폰 로켄, 프라우 폰 로켄은 아시지요. 그리고 슈타겐햄 부부."

전부 스태퍼드 나이가 친하든 안 친하든 알고 지내는 사람들이었다. 네덜란드인 부부가 1쌍 있었는데, 부임한 지 며칠 안 됐기 때문에 스태퍼드 경으로선 처음 만나는 자리였다. 슈타겐햄 부부는 사회복지부 장관 부부로, 스태퍼드 경이 평소에 지루한 1쌍이라고 기피하던 인물들이었다.

"이쪽은 리나타 체르코프스키 백작. 당신을 만난 적이 있다고 하시는군요."

"한 1년 전이었을 거예요. 마지막으로 영국에 왔을 때였거든요."

소개를 받는 백작이 옆에서 거들었다.

인사를 하려고 고개를 들자, 그 여자가 눈앞에 있었다. 프랑크푸르트에서 만난 승객. 침착하고 여유로운 태도, 회색과 푸른색의 연한 드레스에 친칠라 모피를 두른 아름다운 모습. 머리는 높이 틀어 올렸고(가발일까?) 목에는 고풍스러운 루비 목걸이를 하고 있었다.

"그리고 시뇨라 가스파로, 라이트너 백작, 알버스노트 부부."

만찬 참석자는 전부 합쳐 26명쯤 됐다. 저녁 식사 테이블에서 스태퍼드 나이는 따분한 슈타겐햄 부인과 시뇨라 가스파로 사이에 앉았다. 맞은편에는 리나타 체르코프스키가 앉아 있었다.

대사관 만찬. 이런 만찬에 참석하는 것이 처음도 아니었고, 참석할 때마다 만나는 사람들도 비슷했다. 주로 '외교 부대'의 멤버들이었는데, 차관들과 기업가 한둘이 꼭 있고, 유쾌한 대화 상대이자 꾸밈 없고 만나면 기분이 좋은 게스트라는 이유로 유명 인사들도 종종 초대되었다.

'물론 한두 사람은 그다지 유쾌한 상대라고 할 수 없지.'

스태퍼드 나이가 속으로 투덜거렸다. 은근히 유혹적인 말투로 계속해서 수다를 떨고 있는 시뇨라 가스파로를 상대하면서도 스태퍼드 경의 머릿속은 그의 눈알만큼 빠르게 굴러가고 있었다. 물론 상대가 알아차릴 만큼 티를 낸 건 아니었다. 테이블에 둘러앉은 사람들을 살피는 스태퍼드 경의 얼굴을 보며 그가 속으로 전혀 다른 계산을 하고 있음을 눈치챈 사람은 없었다. 스태퍼드 경은 초대를 받고 이 자리에 온 것이었다. 왜 초대했을까? 어떤 이유가 있거나 아니면 별 이유 없거나, 둘 중 하나일 것이다. 이런 경우 종종 비서들이 참석할 차례가 된 공무원 명단을 작성해서 제출하는데 거기 스태퍼드 경의 이름이 자동적으로 올랐기 때문일 수도 있었다. 아니면 성비를 맞추기 위해 남자 1명 혹은 여자 1명을 더 초대해야 했는지도 모른다. 스태퍼드 경은 남자 1명이 더 필요할 때 후보로 지명되는 경우가 많았다.

이런 일에 수완이 좋은 파티의 여성 주최자가 이렇게 말했을 것이다.

"아, 맞아. 스태퍼드 나이 경이 무난하겠네요. 아무개 부인이나 레이디 누구 옆자리에 앉히면 되겠어요."

그런 식으로 자리를 메우기 위해 초대받은 것일지도 몰랐다. 그러나 의문이 가시지 않았다. 대개의 경우 특정 이유가 있어서 초대된다는 것을 경험을 통해 알고 있었기 때문이었다. 때문에 스태퍼드 경은 어디를 보는지 헷갈리게 만드는 장기를 발휘하여, 예리한 사교적 감각을 동원해 바쁘게 눈을 굴리고 있었다.

초대 손님들 중에는 굉장히 중요한 손님도 있었다. 일부러 초대한 손님. 빈자리를 채우기 위해서가 아니라, 오히려 그 남자 혹은 그 여자의 옆자리를 채우기 위해 다른 손님들까지 초대해야 했을 정도로 중요한 손님. 스태퍼드 경은 궁금했다. 그게 이중에 누구일지.

코트먼은 물론 알고 있었다. 어쩌면 밀리 진도 알고 있을지도 몰랐다. 대사의 부인들은 정말 알 수가 없었다. 어떤 부인은 남편보다 더 외교 수완이 뛰어난 반면 어떤 부인은 오직 표면적인 매력과 융통성, 비위 맞추는 기술, 그리고 쓸데없이 이것저것 궁금해하지 않는 점 때문에 신뢰를 받았다. 그런가 하면 남편에게 골칫거리밖에 안 되는 아내들도 있지. 스태퍼드 경은 심술궂게 속으로 중얼거렸다. 정략 결혼으로 가문에 위신이나 돈을 더해 주기는 했으나, 사람 많은 자리에서 결정적인 순간에 부적절한 말을 뱉어 당황스러운 상황을 연출하는 재주를 가진 안주인들. 그런 상황을 막으려면 손님들 중 1명이나 2명, 아니 3명 정도는 전문적으로 '상황 무마 팀'을 맡아 줄 필요가 있었다.

오늘 밤 이 만찬이 사교 모임 말고 다른 특별한 의미가 있는 것일까? 스태퍼드 경의 재빠르고 예리한 눈이 만찬 테이블을 훑으며 아직 완전히 파악이 안 된 두어 사람을 골라냈다. 미국인 사업가 한 명. 유쾌한 사람이긴 하지만 사교적 기술은 뛰어나지 않았다. 미국 중서부 지역 어느 대학에서 재직 중인 교수 1명. 부부 1쌍. 남편은 독일인이고 아내는 노골적일 정도로 미국인임이 드러나는 사람이었다. 매우 아름다운 여자이기도 했다. 성적으로 굉장히 매력적이군. 스태퍼드 경이 생각했다. 저 중 한 사람이 중요한 인물일까? 알파벳 이니셜 몇 개가 머릿속에 떠올랐다. FBI. CIA. 저 사업가라는 사람, 어쩌면 다른 목적을 가지고 참석한 CIA 요원일지도 몰라. 요새는 드문 일도 아니니까. 옛날과는 많이 다르지. 그 유명한 문구가 어떻게 됐더라? '빅 브라더가 당신을 지켜보고 있다.' 그래, 근데 이제는 더 심하지. 대서양 건너 사촌이 지켜보고 있다. 중부 유럽 거액 융자기관이 너를 지켜보고 있다. 혹은, 너에게 감시할 기회를 주기 위해 초대하기 힘든 외교관을 어렵사리 불러냈다든가. 그래. 요즘은 보이는 그대로 믿으면 큰일 나지. 그렇다 해도 그 표어가 그저 또 다른 유행어에 지나지 않는 걸까? 혹시 그 이상의 어떤 것, 뭔가 극히 중대하고 현실적인 것을 의미하는 건 아닐까? 요새는 유럽 정세를 얘기할 때 무엇을 입에 올리나? 유럽 공동 시장. 뭐, 그 정도 주제는 있는 그대로 받아들여도 괜찮겠지. 무역과 경제, 국제 교류에 대한 이야기니까.

거기까지는 무대를 세운 것에 지나지 않는다. 막후에 무엇이 있느냐가 문제다. 무대 뒤에서. 신호를 기다리고 있겠지. 필요할 때 주연 배우에게 대사를 알려 주려고. 무슨 일이 일어나고 있는 걸까? 저 큰 세계에서 그리고 큰 세계의 막후에서 무슨 일이 일어나고 있을까? 스태퍼드 경은 그것이 궁금했다.

'내가 아는 것도 있고 내가 추측해서 맞히는 것들도 있지만, 결코 알 수도 없고 아무도 내가 알기를 원치 않는 것들도 있어.'

스태퍼드 경의 시선이 맞은편에 앉은 여자, 그 여자의 위로 치켜든 턱과 부드럽게 미소 띤 입가에 머물렀고, 다음 순간 두 사람의 눈이 마주쳤다. 그러나 스태퍼드 경은 여자의 눈과 미소에서 아무것도 읽을 수가 없었다. 저 여자는 여기 왜 온 걸까? 이 만찬은 저 여자에게 결코 낯선 자리가 아니다. 익숙한 세계인 듯, 아주 자연스럽게 어울리고 있다. 맞아, 저 여자는 이런 자리가 아주 편안한 거야. 마음만 먹으면 저 여자가 외교계에서 어떤 위치를 차지하는지 금방 알아낼 수 있을 것이다. 하지만 그걸 알아낸다 해도 저 여자가 배후의 어떤 집단에서 어떤 역할을 맡고 있는지 알 수 있을까?

프랑크푸르트에서 불쑥 말을 걸었던 바지 차림의 젊은 여자는 열성적이고 지적인 얼굴을 하고 있었다. 그것이 이 여자의 진짜 얼굴일까, 아니면 사교 모임에서 우연히 만난 백작이 진짜 모습일까? 둘 중 하나가 연기인 것일까? 만일 그렇다면, 어느 쪽일까? 게다가 둘이 아닐지도 모른다. 스태퍼드 경은 호기심을 참을 수가 없었다.

아니면 혹시 이곳에 초대되어 소개를 받은 것이 순전히 우연일 수도 있지 않을까? 그렇게 생각하는데 밀리 진이 자리에서 일어났고, 다른 여자 손님들도 따라 일어섰다. 그런데 갑자기 소란이 일었다. 저택 바깥에서 소동이 벌어진 것 같았다. 고함. 외침. 유리창이 박살나는 소리. 고함. 소음, 분명 총성이었다. 시뇨라 가스파로가 스태퍼드 나이의 팔을 꽉 붙잡고 매달리며 외쳤다.

"또 뭐야! 디오(맙소사)! 또 짜증나는 학생 소요 사태야! 우리나라도 똑같아요. 왜 대사관을 습격하는 걸까요? 만날 몸싸움을 하고, 경찰에 저항하고 행진하면서 멍청한 구호나 외쳐 대고 길바닥에 드러누워 버리죠. 시(그래요), 시. 로마에도 있어요. 밀라노에도요. 유럽 곳곳에 전염병처럼 퍼졌어요. 도대체 왜 젊은이들은 좀처럼 행복해할 줄 모르는 거죠? 원하는 게 뭘까요?"

스태퍼드 나이는 브랜디를 홀짝이며, 찰스 슈타겐햄이 악센트가 강하게 섞인 말투로 말도 안 되는 오만한 주장을 장황하게 늘어놓는 것을 조용히 들었다. 그러다 보니 어느새 소동은 가라앉아 있었다. 경찰이 난폭한 주동자 몇몇을 벌써 연행해 간 것 같았다. 한때는 드문 일로 간주되고 공포까지 불러일으켰던 사건이 이제는 일상으로 받아들여지고 있었다.

"더 강력한 경찰력. 우리에게 필요한 건 그겁니다. 더 강력한 경찰력이요. 이 정도 규모로는 감당할 수 없어요. 소문에 의하면 어디나 다 똑같답니다. 지난번에 헤르 루르비츠하고 얘기해 봤는데요. 그쪽도 나름 사태가 심각하고, 프랑스도 마찬가지라고 합니다. 북유럽은 이 정도는 아니라는데. 저들이 원하는 게 뭘까요? 그냥 소동을 일으키는 것? 장담컨대 내가 하라는 대로 하면……."

스태퍼드 나이는 속으로 다른 생각을 하면서 겉으로는 찰스 슈타겐햄이 내세우는 해결법, 그것도 누구나 짐작할 수 있는 내용에 적당히 동조해 주었다.

"베트남이 어쩌네 하면서 구호를 외쳐 댄단 말이죠. 걔들이 베트남에 대해 뭘 알아요? 가 본 적도 없으면서."

"못 가 봤기가 쉽죠."

스태퍼드 나이 경이 대꾸했다.

"오늘 저녁 들은 얘긴데, 캘리포니아에서도 문제가 심각하답니다. 대학가에서요. 제대로 대처를 했더라면……."

얼마 후 남자들은 응접실로 가 여자 손님들과 합석했다. 스태퍼드 나이는 여유 있고 우아한 걸음걸이와 종종 이런 자리에서 큰 도움이 되곤 하는 특유의 무심한 태도로, 금발의 수다스러운 여자 옆에 다가가 앉았다. 웬만큼 알고 지내는 여자였는데, 비록 귀담아들을 가치가 있는 생각이나 재치가 담긴 말은 할 줄 몰라도 지인들에 한해 무한한 정보를 꿰차고 있는 소식통이었다. 금발의 여자는 대화가 어떻게 이 주제로 옮겨 왔는지 눈치도 못 챈 채, 스태퍼드 경이 묻지도 않은 리나타 체르코프스키 백작에 대한 얘기를 줄줄 읊고 있었다.

"여전히 아름다워요, 그렇죠? 요즘은 여기 자주 안 오는 것 같더라고요. 주로 뉴욕에 거주하죠. 아니면 그 멋진 섬에 있거나. 어딘지 알죠? 미노르카 섬(지중해 스페인 령 발레아레스 제도에 속한 섬—옮긴이)은 아니고, 지중해에 있는 다른 섬이에요. 여동생은 비누 업계의 거물하고 결혼했어요. 하여튼 제가 알기로는 비누 회사 사장이 맞아요. 그리스인 사장 말고요. 제가 알기론 스웨덴 사람이에요. 돈이 넘쳐난대요. 그래서 체르코프스키 백작은 돌로미테 알프스에 있는 으리으리한 저택에 자주 가서 지내요. 아니면 뮌헨 근처 별장이든가요. 백작은 어렸을 때부터 음악에 조예가 깊었어요. 전에 만난 적이 있다면서요?"

"예. 일이 년 전쯤이었을 겁니다."

"아, 그러세요. 백작이 지난번에 영국에 오셨을 때였군요. 듣기로는 백작이 그때 체코슬로바키아 문제에 말려들었다는데, 폴란드 문제였나? 아, 정말 골치 아파요. 비슷비슷한 이름들 때문에. '츠'하고 '크' 발음이 왜 그렇게 많이 들어가는지. 발음이 요상하고 철자 외우기도 힘들잖아요. 백작은 문예에도 조예가 깊으세요. 청원서를 만들어서 사람들에게 서명을 받으러 다니기도 해요. 여기에 문필가들을 위한 요양소를 짓는대나 뭐라나. 그런다고 사람들이 관심을 보이는 건 아니지만. 자기 세금 내기도 벅찬 데 다른 일에 어떻게 신경을 쓰겠어요. 여행 수당이 나오니 그나마 숨통이 트이지만 그래도 큰 도움은 못 되죠. 일단 해외로 나가려고 해도 경비를 마련해야 하잖아요? 요즘 같아선 대체 돈을 어디서들 끌어오는 건지 궁금해요. 그런데 가만 보면 돈이 넘쳐나더라고요. 암요, 넘쳐나고 말고요."

그러면서 흡족한 눈으로 자기 왼손을 내려다보는데, 그 손에는 다이아몬드와 에메랄드가 각각 하나씩 박힌 반지 2개가 번쩍거리고 있었다. 최소한 그 여자에게 누군가 거액의 돈을 지출한 것은 분명했다.

밤이 깊어져 파티도 파장 무렵에 이르렀다. 스태퍼드 경은 프랑크푸르트에서 만난 승객에 대해 새로 알아낸 게 거의 없었다. 그 여자가 굉장히 다면적인 표면을 (이렇게 운율을 맞춘 표현을 써도 된다면) 가지고 있다는 것만은 알았다. 우선 음악에 관심이 많다. 로열 페스티벌 홀에서 만났으니까 그 점은 말 안 해도 알 수 있다. 그리고 야외 스포츠를 좋아한다. 지중해 여기저기에 땅을 소유한 부자 친척이 있다. 문예 자선 활동 후원에 헌신하고 있다. 연줄이 있고, 대단한 친척도 있고, 사교계 입지도 든든하다. 정치적 지위가 높은 건 아닌 것 같은데, 그러면서도 모종의 집단과 어쩌면 아주 은밀하게 특별한 관계를 맺고 있다. 여기저기, 이 나라 저 나라를 자주 돌아다닌다. 또한 부유층 인사와 재능 있는 사람들, 문예계 종사자들과 어울린다.

스태퍼드 경은 잠시, 그 여자가 첩보 조직의 일원이 아닐까 의심해 보았다. 가장 그럴듯한 대답 같았다. 그러나 100퍼센트 만족할 수는 없었다.

밤은 점점 깊어 갔고, 마침내 스태퍼드 경이 안주인에게 배웅을 받을 차례가 됐다. 밀리 진은 여느 때처럼 안주인 역할을 능숙하게 수행했다.

"둘이 이야기할 기회가 오기를 얼마나 기다렸는지 몰라요. 말레이시아 출장 이야기를 듣고 싶었는데. 아시아 국가 이름은 항상 헷갈리네요. 그래, 거기 가서 어땠어요? 재미있는 일 있었어요, 아니면 끔찍하게 지루했어요?"

"제가 대답 안 해도 어느 쪽인지 아시면서 그러시네요."

"물론 하품 나게 지겨웠겠죠. 그래도 그렇게 말하면 안 되는 입장이시잖아요."

"아뇨, 그렇게 생각할 수 있고 또 말할 수도 있습니다. 아무튼, 저한테 맞는 임무가 아니었어요."

"그럼 왜 가셨어요?"

"뭐, 여행하는 걸 좋아하니까요. 다른 나라 구경하는 것도."

"스태퍼드 경은 여러모로 참 흥미로운 분이세요. 어쨌든, 외교관이 하는 일이란 다 지루하고 따분한 법이죠. 이런 말 하면 안 되지만, 당신한테만 하는 거예요."

새파란 눈동자. 숲속에 핀 블루벨 꽃처럼 새파란 눈. 그 눈이 조금 커지면서 검은 눈썹의 바깥쪽 꼬리가 살짝 내려오고 안쪽 꼬리는 부드럽게 치켜 올라갔다. 그러자 매혹적인 페르시안 고양이 같은 얼굴이 됐다. 스태퍼드 경은 문득, 밀리 진은 어떤 사람일까 궁금해졌다. 나긋나긋한 남부 지방 여자 특유의 목소리와 두상이 예쁜 조그마한 머리, 인형처럼 완벽한 옆얼굴. 밀리 진은 정말로 어떤 사람일까? 바보는 절대 아니다. 필요할 때 사회적 무기를 사용할 줄 알고, 원할 때 매력을 발휘할 줄도 알며, 신비함으로 진짜 모습을 감출 줄도 아는 여자. 원하는 것이 있으면 노련하게 취할 줄도 안다. 그런 여자가 지금 스태퍼드 경에게 강한 시선을 보내고 있다. 나한테서 뭔가 원하는 게 있는 걸까? 짐작조차 가지 않았다. 별로 원하는 게 있을 것 같지 않았다.

"슈타겐헴 씨를 만나 보셨어요?"

"아, 예. 오늘 식사하면서 이야기를 나누었습니다. 이번이 처음 만나는 자리였습니다."

"듣기로는 굉장히 중요한 분이라고 하더군요. 아시겠지만 PBF의 회장이세요."

"그런 기관은 다 꿰고 있어야겠군요. PBF에 DCV에 LYH도 있고. 이니셜로 대표되는 기관은 전부 다 말입니다."

스태퍼드 나이 경이 농담했다.

"정나미 떨어져요. 정말 지긋지긋해요. 성격을 드러내 주는 이름도 아니고 사람을 내세우는 것도 아니고, 그저 이니셜이라니. 정나미 떨어지는 세상! 가끔 그런 생각이 들어요. 이 세상이 정말 정나미 떨어진다고. 세상이 확 바뀌었으면 좋겠어요. 지금과는 완전히 다른 세상으로······."

진심으로 하는 소리일까? 잠시나마, 진심일지도 모른다는 생각이 들었다. 흥미로운데······.

II

그로브너 스퀘어는 고요함 그 자체였다. 아직 도로에는 깨진 유리 조각이 남아 있고 여기저기 달걀과 토마토 뭉개진 것, 번쩍거리는 금속 조각 따위도 널려 있었다. 그러나 그것 말고는 밤하늘에 떠 있는 별들마저 평화로워 보였다. 하나둘 자동차가 대사관 현관 앞에 도착해 손님들을 태우고 갔다. 길목마다 경관들이 지키고 서 있었지만 거들먹거리는 태도는 아니었다. 소동은 완전히 진압된 듯했다. 만찬에 참석한 어느 정치인 손님이 경관에게 다가가 뭐라고 얘기를 나누더니 돌아와서 전했다.

"체포된 수가 많지는 않다고 합니다. 8명이래요. 내일 아침까지는 보가(街)(중앙 경찰 재판소가 있는 거리 — 옮긴이)로 이송될 겁니다. 만날 난동 부리던 그놈들이에요. 페트로넬라도 물론 가담했고 스티븐 일당도 있었다고 합니다. 이거야 원. 그 녀석들, 이제 그만둘 때도 됐을 텐데."

"이 근처에 사시죠?"

누군가의 목소리가 스태퍼드 나이의 귀 가까이에서 물었다. 낮고 굵은 콘트랄토의 목소리였다.

"제가 태워다 드릴까요?"

"아뇨, 됐습니다. 걸어도 됩니다. 10분 정도밖에 안 걸려요."

"정말로 태워다 드려도 괜찮은걸요."

체르코프스키 백작은 이렇게 확신시키더니 덧붙였다.

"저는 세인트 제임스 타워에 묵고 있어요."

세인트 제임스 타워는 근래 새로 생긴 호텔이었다.

"친절에 감사드립니다."

대기 중인 차는 아주 고급스러워 보이는 대형 임대 자동차였다. 운전기사가 문을 열자 리나타 백작이 뒷좌석에 탔고 스태퍼드 나이 경이 뒤를 따랐다. 운전기사에게 스태퍼드 경의 주소를 말해 준 건 백작이었다. 차가 곧 출발했다.

"제가 어디 사는지 알고 계시는군요."

"왜 모르겠어요?"

스태퍼드 경은 그 말이 무슨 뜻일지 궁금했다. '왜 모르겠어요.' 라니?

"그렇죠. 왜 모르시겠습니까. 많은 걸 알고 계시니까요. 그렇죠?"

스태퍼드 경은 이렇게 묻고는 덧붙였다.

"제 여권을 돌려주시다니, 감사합니다."

"귀찮은 일이 안 생기도록 하고 싶었어요. 아마 태워 버리시는 게 좋을 거예요. 벌써 새 여권을 받으셨을 테니……."

"맞습니다."

"망토는 침실의 2단 장롱 맨 밑 서랍을 열어 보시면 있을 거예요. 오늘 밤 가져다 놨어요. 새로 구입하시면 마음에 안 드실 것 같았거든요. 비슷한 걸 구하기도 힘들 것 같고."

"그 망토는 제게 더 의미 있는 물건이 됐습니다. 그렇게 흥미진진한 모험을 겪은 망토니까요. 소명을 다했다고 봐야겠죠."

"맞아요. 제 할 일을 한 셈이에요. 제가 여기 이렇게 살아 있으니까요……."

스태퍼드 나이 경은 아무 대꾸도 하지 않았다. 맞는지 틀리는지 모르겠지만, 추측컨대 백작은 자신이 그동안 어디서 무얼 했으며 도대체 그때 어떤 위험에 처해 있었던 것인지 꼬치꼬치 캐물어 주길 바라는 것 같았다. 한마디로 호기심을 드러내 주길 바라는 것이다. 그러나 스태퍼드 나이 경은 한 방울의 호기심도 내보이지 않았다. 오히려 가만히 있는 게 내심 재미있었다. 갑자기 백작이 부드럽게 웃음을 터뜨렸다. 그런데 놀랍게도 그건 당황해서 터뜨린 웃음이 아니라 만족스러워서, 즐거워서 터뜨리는 웃음 같았다.

"오늘 저녁 즐거우셨나요?"

"훌륭한 파티였습니다. 밀리 진이 여는 파티는 언제나 훌륭하죠."

"잘 아는 사인가 봐요?"

"밀리 진이 결혼하기 전, 어렸을 때 뉴욕에서 살았는데 그때부터 알고 지냈습니다. 포켓 비너스죠."

그러자 백작은 약간 놀란 표정으로 쳐다봤다.

"그것, 스태퍼드 경이 붙여 준 애칭인가요?"

"아뇨, 사실 제 나이 든 친척 한 분이 그렇게 부르시더군요."

"맞아요, 요새는 여자한테 그런 표현 쓰는 일이 드물죠. 밀리 진한테 잘 어울려요. 다만……."

"다만 뭐요?"

"비너스는 유혹적이지 않나요? 야심 차기도 하고요. 그렇죠?"

"밀리 진 코트먼이 야심 차다고 생각하세요?"

"그럼요. 야심만만하죠."

"주영 대사의 아내라는 자리가 그 야심을 만족시키기엔 터무니없이 부족한 자리라고 생각하시는 겁니까?"

"아, 아니에요. 출발점일 뿐이라고 생각해요."

스태퍼드 경은 대답 없이 창밖만 바라보았다. 그러다가 뭔가 말을 하려고 입을 열었지만 곧 다물었다. 백작도 옆에서 흘긋 쳐다보긴 했지만 말없이 침묵을 지켰다. 템스 강을 아래 두고 다리에 진입했을 때에야 비로소 스태퍼드 경은 입을 열었다.

"나를 집에 데려다주는 것도 아니고 세인트 제임스 타워로 돌아가는 것도 아니군요. 템스 강을 건너는 걸 보니. 전에도 이렇게 만난 적이 있었죠. 다리를 가로지르며. 어디로 가는 겁니까?"

"몰라서 불편하세요?"

"그렇습니다."

"그런 것 같군요."

"유행의 첨단을 달리시네요. 요즘은 납치가 유행이니까. 나를 보기 좋게 납치했군요. 이유가 뭡니까?"

"지난번과 마찬가지로, 스태퍼드 경이 필요하니까요. 그리고 스태퍼드 경을 필요로 하는 다른 사람들도 있고요."

"그렇단 말이죠."

"그래도 기분이 별로 안 나아진 것 같네요."

"먼저 제 의사를 물어봤더라면 좋았을 뻔했습니다."

"물어봤으면 같이 가 주셨을 건가요?"

"그랬을 수도 있고, 안 그랬을 수도 있고."

"미안하군요."

"그러시겠지요."

이후 두 사람은 밤길을 달리는 내내 침묵을 지켰다. 차는 호젓한 시골길이 아니라 도심 한복판의 대로를 달리고 있었다. 이따금 헤드라이트가 교통 표지판을 비추어 스태퍼드 나이는 그들이 어느 길로 가고 있는지 분명히 알 수가 있었다. 서리를 지나고 서섹스의 주택 지구를 지났다. 때때로 직선 코스로 가지 않고 우회로나 지선 도로로 돌아가는 것 같았지만, 그마저도 확실치 않았다. 혹시 런던에서 미행이 붙었을까 봐 그러는 거냐고 물어보려고도 했다. 그러나 결국엔 가만히 있기로 했다. 말을 해 주는 것도, 정보를 주는 것도 그녀 쪽이었다. 스태퍼드 경에게 리나타 체르코프스키 백작은, 오늘 더 알아낸 정보에도 불구하고 여전히 수수께끼 같은 인물이었다.
 그들은 런던에서 만찬에 참석한 후 곧바로 시골을 향해 달리고 있었다. 그것도 꽤나 비싸 보이는 임대 자동차를 타고 가고 있었다. 이것은 사전에 계획된 일이었다. 의심할 여지도 없고 별로 놀라울 것도 없는, 그럴 법한 결론이었다. 조금 있으면 어디로 가는 건지도 말해 줄 것 같았다. 물론 이렇게 달려서 바다까지 갈 작정이 아니라면. 그것도 아주 불가능한 얘긴 아니지. 스태퍼드 경은 생각했다. '헤이즐미어'라고 쓰인 이정표가 눈에 들어왔다. 이제 그들은 고달밍 근처를 지나고 있었다. 어떤 동네로 가고 있는 건지 뻔했다. 돈 많은 교외 지역 부촌. 잘 관리된 주변 숲과 고급 저택들. 몇 번 좌회전과 우회전을 거듭한 후 차는 마침내 속도를 줄였다. 드디어 목적지에 다다른 것 같았다. 저택 정문이 먼저 눈에 들어왔다. 정문 옆에는 하얀색 수위실 건물이 있었다. 자동차 진입로 양쪽을 잘 손질된 진달래 화단이 장식하고 있었다. 차는 커브를 돌아 저택 앞으로 천천히 다가갔다.

"신흥 졸부로군."

스태퍼드 나이 경이 낮게 중얼거렸다. 옆에서 백작이 무슨 뜻이 냐는 표정으로 쳐다보았다.

"아무것도 아닙니다. 신경 쓰지 마십쇼. 이제 계획하신 목적지에 도착한 겁니까?"

"이곳 경관이 그다지 마음에 들지 않는 모양이네요."

"정원은 손질을 잘해 둔 것 같군요. 이런 저택은 유지 보수 비용이 많이 들지요. 살기에 편안한 집인 건 확실합니다."

스태퍼드 경이 커브를 도는 차의 헤드라이트 불빛을 따라 주변을 둘러보며 한마디 했다.

"편안하지만 아름답진 않다, 이 말씀이군요. 이 집에 사시는 분이 미보다는 안락을 추구하는 분이라고 해야 할 것 같군요."

"현명한 선택인지도 모르죠. 그럼에도 일면 아름다움을 볼 줄 아는 분 같군요."

차가 환하게 불 켜진 현관 앞에 이르러 섰다. 스태퍼드 경이 먼저 내려 백작에게 손을 내밀었다. 앞서 현관 계단을 올라간 운전기사가 초인종을 누르고는 계단을 올라오는 백작에게 시선을 던지며 물었다.

"오늘은 제가 더 필요 없으시겠습니까?"

"예, 오늘은 이걸로 됐어요. 아침에 전화할게요."

"안녕히 주무십시오. 안녕히 주무십시오, 스태퍼드 경."

안에서 발소리가 나더니 문이 활짝 열렸다. 스태퍼드 경은 집사가 나올 줄 알았는데, 대신 키가 훤칠하게 크고 덩치가 척탄병만 한 하녀가 서 있었다. 희끗희끗한 머리와 고집스럽게 다문 입매에서 꽤나 능력 있고 믿음직스러운 느낌이 풍겼다. 요즘 같아선 찾기 힘든, 귀한 자산이었다. 신뢰할 수 있을 뿐 아니라 필요하면 사납게 굴 줄도 아는 하인으로 보였다.

"좀 늦었어요."

리나타가 말했다.

"주인님은 서재에 계십니다. 도착하시면 두 분 모두 그리로 모시라고 하셨어요."

고달밍 근처의 저택

하녀가 널찍한 계단을 앞장서서 올라갔고 두 사람은 하녀를 따라갔다. 그래, 아주 안락한 저택이야. 스태퍼드 나이는 생각했다. 벽지는 암갈색이었고, 계단은 거슬리는 조각을 새긴 오크 재질이었지만 밟는 느낌은 좋았다. 벽에 걸린 그림들은 장식용으로 탁월한 선택이긴 하나 주인의 예술적 취향이 조금도 느껴지지 않는 무난한 것들이었다. 부자의 집이라는 걸 한눈에 알 수 있었다. 딱히 나쁜 취향이라기보다는, 편리함을 더 우선시하는 사람의 집이랄까. 바닥의 카펫마저 보기 무난한 두툼한 감색 직물이었다.
 2층에 이르자 척탄병처럼 생긴 하녀는 첫 번째 방의 문을 열고 두 사람이 들어가도록 비켜섰다. 그러나 누가 왔다고는 말하지 않았다. 체르코프스키 백작이 먼저 들어갔고 스태퍼드 나이 경이 뒤를 따랐다. 뒤에서 조용히 문이 닫혔다.

방 안에서 네 사람이 기다리고 있었다. 온갖 문서와 산만하게 펼쳐진 지도 두어 장, 회의 자료로 보이는 서류들로 뒤덮인 커다란 책상 뒤에, 노란 얼굴에 덩치가 큰 뚱뚱한 남자가 앉아 있었다. 스태퍼드 나이 경이 분명 본 적이 있는 얼굴이었다. 그런데 도저히 이름이 안 떠올랐다. 만난 것이 비공식 석상이긴 하지만 그래도 아주 중대한 자리였다. 아는 사람이야. 맞아, 틀림없이 아는 사람이야. 하지만 왜, 왜 이름이 생각 안 나는 거지?

책상 뒤에 앉은 남자가 약간 힘겨워하면서 몸을 일으켰다. 그리고 리나타 백작이 내민 손을 잡았다.

"도착했군요. 잘됐어."

"그래요. 먼저 소개하죠. 이미 알고 계실 것 같지만, 로빈슨 씨, 이쪽은 스태퍼드 나이 경이에요."

그거야. 스태퍼드 나이 경의 머릿속에서 어떤 장면이 번쩍하고 사진처럼 떠올랐다. 그 이미지에 또 다른 이름이 따라서 떠올랐다. 파이커웨이. 스태퍼드 경은 로빈슨 씨에 대해 모든 것을 안다고 할 수는 없었다. 딱 로빈슨 씨가 보여 주는 만큼만 알았다. 이름은, 어디까지나 알려진 바에 의하면, 로빈슨이 맞았다. 그러나 진짜 이름은 외국 이름일 수도 있었다. 하지만 아무도 본명이 뭐라고 얘기해 주지 않았다. 생김새도 낯익었다. 넓은 이마와 음침해 보이는 짙은 색 눈동자, 시원스럽게 큰 입과 눈에 확 띌 정도로 새하얀 치아. 아마도 의치이겠지만, 어쩐지 「빨간 망토」에 나오는 늑대처럼 "이 이빨로 너를 잘근잘근 씹어 삼켜 주겠다, 꼬마야!" 하고 외칠 것만 같은 치아였다.
 스태퍼드 경은 또한 로빈슨 씨가 무엇을 상징하는지 잘 알았다. 한마디면 족했다. 로빈슨 씨가 대표하는 것은 바로 돈이었다. 그냥 돈이 아니라, 생각할 수 있는 모든 의미에서의 '자본'이었다. 국제 기금이나 세계적 규모의 자본, 비공개 주택 금융, 은행업 등 하여간 일반인이 생각하는 수준을 초월한 개념이었다. 로빈슨 씨가 갑부라는 얘기가 아니었다. 물론 당연히 부자이겠지만 그게 중요한 것이 아니었다. 로빈슨 씨는 한마디로 자본 조달자, 금융업의 큰손 같은 존재였다. 개인적 취향은 소박할 수도 있겠지만, 스태퍼드 경이 보기에는 그렇지 않을 것 같았다. 로빈슨 씨의 라이프 스타일은 안락함의 추구, 더 나아가 호사스러운 삶이었다. 그러나 그 이상은 아니었다. 어쨌거나 이 은밀한 집단은 배후에서 엄청난 재력이 받쳐 주고 있었다.
 "그렇잖아도 엊그제 경에 대한 얘기를 들었습니다. 경도 아시는 분인데, 파이커웨이를 통해서요."
 로빈슨 씨가 악수를 하며 말했다.
 앞뒤가 들어맞는군. 로빈슨 씨의 말을 듣고 스태퍼드 나이가 생각했다. 딱 한 번 로빈슨 씨를 만났을 때 그 자리에 파이커웨이 대령도 있었던 게 생각난 것이다. 호샴이 로빈슨 씨 이름을 입에 올렸던 것도 기억이 났다. 그래, 이제 메리 앤(아니면 체르코프스키 백작인가?)이 관련되어 있고, 담배 연기 가득한 방에 앉아 막 잠이 들었거나 아니면 막 잠에서 깨어난 사람처럼 눈을 반쯤 감고 있는 파이커웨이 대령도 관련되어 있고, 노랗게 뜬 큰 바위 얼굴의 로빈슨 씨도 개입되어 있다는 것이 분명해졌군. 로빈슨 씨의 존재는 큰돈이 개입되어 있다는 뜻이겠지. 스태퍼드 경의 시선이 방 안의 다른 3명에게로 향했다. 그들이 누군지 또 각자 무엇을 상징하는지 알고 싶었기 때문이다. 최소한 추측이라도 해 보고 싶었다.

적어도 2명은 추측할 필요가 없었다. 벽난로 앞 포터스 체어(속을 파낸 달걀처럼 생긴 의자 — 옮긴이)에, 액자에 쏙 들어간 그림처럼 몸을 폭 파묻고 앉은 노인은 영국 국민이라면 모르는 사람이 없는 유명 인사였다. 최근에는 자주 얼굴을 드러내지 않지만 사람들에게서 잊힌 것은 아니었다. 병자이고 거동이 심하게 불편한 그는 가끔 모습을 보이긴 하지만, 한번 운신할 때마다 엄청난 불편과 고통을 감수한다는 소문이 있었다. 그 사람은 바로 앨터마운트 경이었다. 얼굴이 수척하게 여위어 코가 더 두드러져 보였지만 이마 뒤로 약간 벗어진 회색 머리는, 적어도 뒤통수 쪽은 숱이 풍성하게 늘어져 있었다. 눈에 확 띄는 귀는 한때 풍자 만화가들이 자주 놀려 먹었던 독특한 모양이었고, 날카롭고 그윽한 눈동자는 상대를 그냥 관찰하는 게 아니라 꿰뚫어보는 듯했다. 상대가 누구든 깊이 꿰뚫어보는 눈. 그 눈이 지금 스태퍼드 나이 경을 바라보고 있었다. 앨터마운트 경이 손을 내밀자 스태퍼드 나이가 가까이 다가갔다.

"나는 웬만해서는 안 일어나네. 등이 아파서. 자네, 말레이시아에서 돌아온 지 얼마 안 되지, 스태퍼드 나이?"

멀리서 들려오는 듯 힘이 없는, 노인의 목소리였다.

"그렇습니다."

"갈 만한 가치가 있었나? 자넨 없다고 생각하겠지. 아마 자네 생각이 맞을 거야. 그래도 그런 쓸데없는 일들이 필요한 법이지. 그런 곁다리 반찬이 있어야 더 그럴듯한 외교적 속임수를 감출 수 있거든. 자네가 여기 와 줘서, 아니 끌려와 줘서 기쁘네. 메리 앤이 데려왔다고?"

그래, 이 양반은 체르코프스키 백작을 '메리 앤'이라고 부르고 '메리 앤'으로 대하는군. 스태퍼드 나이는 생각했다. 호샴도 그렇게 불렀었다. 그렇다면 메리 앤은 의심의 여지없이 이 집단의 일원이라는 뜻이다. 앨터마운트로 말할 것 같으면, 이 사람이 상징하는 것은…… 요새 이 사람이 상징하는 게 뭐지? 스태퍼드 나이는 잠시 머리를 굴렸다. 이 사람은 영국을 상징한다. 죽어서 웨스트민스터 사원이든 국립 묘지든, 하여튼 본인이 원하는 곳에 묻히기 전까지는 계속해서 영국을 상징할 것이다. 앨터마운트 경은 영국 그 자체였다. 영국을 속속들이 알고 있을 뿐만 아니라 영국의 모든 정치인과 관리 각각의 가치까지 완벽하게 파악하고 있었다. 직접 만난 적이 없는 이들까지도.

앨터마운트 경이 말했다.

"이쪽은 우리 동료 제임스 클릭 경이야."

스태퍼드 나이가 이름조차 들어 본 적이 없는 사람이었다. 느긋하지 못하고 안달하는 타입으로 보였다. 날카롭고 의심에 가득 찬 눈이 좀처럼 한 곳에 머물지 않고 쉴 새 없이 움직였다. 마치 주인의 명령을 기다리는 사냥개처럼, 발산하지 못한 에너지가 속에서 들끓고 있는 것 같았다. 주인이 눈짓만 해도 곧바로 튀어나갈 기세였다.

그 주인이 누굴까? 앨터마운트일까 아니면 로빈슨일까?

스태퍼드의 시선이 네 번째 남자에게 가서 꽂혔다. 문에서 제일 가까운 쪽에 놓인 의자에 앉아 있던 그는 어느새 일어서 있었다. 덥수룩한 콧수염에 치켜 올라간 눈썹, 경계하는 눈빛과 과묵한 인상의 얼굴은 어딘지 익숙하면서도 좀처럼 알아보기가 힘들었다.

스태퍼드 나이가 대뜸 말했다.

"당신이었군. 잘 있었소, 호샴?"

"이런 데서 만나니 반갑습니다, 스태퍼드 경."

상당히 특이한 표본 집단이로군. 스태퍼드 나이는 방 안을 다시 한 번 휙 훑으면서 생각했다.

리나타의 의자는 벽난로와 앨터마운트 경의 자리와 가까운 위치에 준비되어 있었다. 리나타가 한 손을 내밀자(왼손이었다.) 앨터마운트 경은 두 손으로 그 손을 잡고 잠시 쥐고 있다가 내려놓으며 입을 열었다.

"모험을 했구나, 애야. 위험한 모험을 너무 많이 하고 있어."

앨터마운트 경을 보며 리나타가 말했다.

"그러라고 가르쳐 주신 분이 누군데요. 그리고 그럴 수밖에 없었어요."

앨터마운트는 스태퍼드 나이 경을 향해 고갯짓을 하며 말을 이었다.

"사람을 어떻게 고를지는 내가 가르쳐 주지 않았는데. 너는 그 부분에서 재주를 타고났구나."

그러고는 스태퍼드 나이를 보며 말했다.

"자네 외종조모를 알고 있지. 아니, 그보다 한 대(代) 위였던가?"

"외종조할머님이신 레이디 마틸다입니다."

스태퍼드 나이가 즉시 대답했다.

"그래. 그 사람이야. 1890년대 빅토리아 왕조 시대의, 인물 중의 인물이지. 지금쯤 90살은 됐겠구먼."

앨터마운트 경은 말을 이었다.

"요새는 자주 보지를 못했어. 1년에 한두 번 본 게 다야. 그런데 만날 때마다 놀란단 말씀이야. 몸은 노쇠해도 사람이 어찌나 생명력이 넘치는지. 그 불굴의 빅토리아 시대 사람들은 영생의 비밀이라도 알고 있는 모양이야. 에드워드 시대 사람들 중에서도 그런 사람이 몇몇 있지."

제임스 클릭 경이 말했다.

"한 잔 드시겠습니까, 나이? 뭘로 드릴까요?"

"진토닉이 있으면 그걸로 주십시오."

백작은 고개를 살짝 흔들어 거절했다.

제임스 클릭이 진토닉을 따라 로빈슨 씨 가까이에 있는 테이블에 내려놓았다. 스태퍼드 나이는 먼저 입을 열지 않을 작정이었다. 책상 뒤에 서 있던 로빈슨 씨의 짙은 색 눈에서 순간 음울한 빛이 사라지더니 갑자기 장난기로 반짝거리기 시작했다. 로빈슨이 물었다.

"물어보고 싶은 것 없습니까?"

"많지요. 하지만 먼저 설명을 듣고 나중에 질문하는 게 낫지 않겠어요?"

"그게 좋겠습니까?"

"그러는 게 더 편하겠죠."

"그럼, 몇 가지 사실을 나열하면서 시작하지요. 아마 여기 오도록 부탁을 받으셨거나 혹은 끌려오셨을 겁니다. 만약 후자라면 불쾌함이 남을까 염려스럽습니다."

"스태퍼드 경은 항상 먼저 의사를 묻는 쪽을 선호하세요. 저한테 그렇게 말씀하셨죠."

리나타 백작이 끼어들었다.

"그게 당연하지요."

로빈슨 씨가 대꾸했다.

"납치를 당했습니다. 납치가 요즘 유행이죠. 아주 현대적인 방법이에요."

스태퍼드 경은 일부러 즐겁다는 투로 가볍게 말했다.

"그럼 당연히 궁금한 게 있으시겠죠?"

"한 마디만 하겠습니다. 왜?"

"그렇죠. 왜라. 경제적인 화법에 감탄이 절로 나오네요. 이 모임은 비밀 위원회입니다. 조사 위원회랄까요. 세계적으로 중대한 의미를 갖는 일들을 조사하는 위원회입니다."

"꽤나 흥미로운 조직 같군요."

"흥미에서 그치는 게 아니네. 시급하고 절박한 일이야. 오늘 밤 이 방에는 각기 다른 삶을 대표하는 네 사람이 모였어."

앨터마운트 경이 본격적인 설명을 이어 나갔다.

"우리는 각기 다른 분파의 대표야. 나는 나랏일에 정력을 바치다가 은퇴한 몸이지만 아직 고문 정도는 맡고 있어. 나는 올해 들어 전 세계에서 벌어지고 있는 현상에 대해 이 특별한 조사 위원회에 자문을 해 주다가, 결국 의장을 맡아 달라는 부탁을 받았어. 지금 무슨 일이 벌어지고 있는 것은 확실하거든. 이 친구, 제임스도 나름의 특수 임무를 맡고 있네. 한마디로 내 오른팔이야. 우리 대변인이기도 하고. 스태퍼드 경에게 전반적인 설명을 좀 해 주지 않겠나, 제이미?"

그러자 제임스가 마치 엽총 신호를 기다리던 사냥개처럼 전율로 몸을 부르르 떨었다. 드디어! 드디어 내가 나설 차례가 왔구나! 제임스는 의자에서 몸을 앞으로 조금 내밀었다.

"어떤 현상이 벌어지면 그 원인을 찾아야 합니다. 외적인 징후들은 쉽게 눈에 띄지만 사실 여기 계신 의장님……."

그렇게 말하면서 제임스는 앨터마운트 경을 향해 고개를 까딱 숙였다.

"그리고 로빈슨 씨와 호샴 씨의 주장처럼, 그것들은 큰 의미가 없습니다. 항상 똑같은 식이죠. 우리는 자연의 힘, 예를 들면 떨어지는 물에서 동력을 얻었습니다. 역청 우라늄 광에서 우라늄을 추출할 수 있다는 사실을 알아냈고, 이어서 누구도 꿈꾸거나 생각지 못했던 원자력을 얻었습니다. 석탄과 광석을 발견하면서 우리는 운송 수단과 힘, 에너지를 얻었습니다. 이 세상에는 항상 어떤 힘들이 작용하여 우리에게 어떤 결과를 가져다 줍니다. 하지만 그 뒤에는 반드시 그것을 조종하는 사람이 있습니다. 유럽의 거의 모든 나라에서, 그리고 멀리 아시아 일부 국가에서 서서히 우세해지고 있는 그 세력들을 누가 조종하고 있는지, 그것을 알아내야 합니다. 아프리카는 조금 덜하지만 남아메리카와 북아메리카 대륙은 상황이 거의 비슷합니다. 요는, 현상의 배후를 분석해서 그 현상을 가능하게 하는 동력을 밝혀내야 한다는 겁니다. 그 동력 중 하나가 돈입니다."

제임스는 로빈슨 씨를 고갯짓으로 가리키며 말을 이었다.

"여기, 로빈슨 씨는 돈에 관해서라면 누구보다 잘 꿰뚫고 있는 분입니다."

"생각보다 간단합니다."

로빈슨 씨가 한마디 했다.

"규모가 큰 운동이 일어나면 배후엔 반드시 돈줄이 있습니다. 그 돈줄이 누군지 밝혀내야 합니다. 돈줄을 다루는 게 누군지? 돈을 어디서 조달하는지? 그걸 어디로 보내는지? 이유가 무엇인지? 제임스의 말이 맞습니다. 돈에 관해서라면 제가 잘 압니다! 현재 저보다 더 돈에 대해 잘 아는 사람은 없어요. 그런데 또 하나 생각해야 할 것이 경향입니다. 요새 많이도 쓰는 말이죠. 경향이니 풍조니. 참, 단어도 많아요. 전부 똑같은 뜻을 가진 건 아니지만, 서로 연관성이 있는 단어들이죠. 예를 들어 저항의 풍조가 일었다고 해 봅시다. 역사를 돌아보세요. 그럼 그것이 반복적으로 나타났다는 사실을 깨달을 수 있습니다. 원소 주기표처럼 반복되면서 하나의 패턴을 만들어 내는 거예요. 저항의 욕구, 저항의 수단, 저항의 형태. 어느 특정 국가에만 나타나는 현상이 아니에요. 한 나라에서 발생하면 다른 나라에서도 강도만 다르지 똑같은 형태로 일어난다, 이 말입니다. 그걸 말씀하시고 싶은 거죠?"

그러면서 그는 앨터마운트 경을 쳐다보았다.

"저한테 이야기하신 게 대충 이런 내용이었죠?"

"그래, 잘 설명하고 있어. 제임스가 이어 보게."

"패턴이에요. 패턴이 반드시 떠오르게 마련입니다. 보면 알 수 있습니다. 과거에 성전(聖戰)을 향한 열망이 전 세계를 휩쓴 적이 있습니다. 유럽 여러 국가에서 전함을 출정시켰고 너도나도 성지를 해방시키겠다고 열에 들떠 나섰습니다. 결연한 의지가 표출된 행동의 전형적인 패턴을 아주 잘 보여 주지요. 하지만 왜 성전에 나섰을까요? 그게 바로 역사에서 주목해야 할 포인트예요. 그런 욕구나 패턴들이 왜 일어나는지 파악하는 것. 그 답이 항상 물질주의에서 나오는 것도 아닙니다. 저항을 부르는 원인은 여러 가지가 있어요. 언론의 자유, 종교의 자유 등등, 자유를 향한 욕구에서 나올 수도 있지요. 그것들 또한 모두 서로 밀접하게 연관돼 있고요. 이 자유를 향한 욕구 때문에 많은 사람들이 조국을 버리고 타국에 자리를 잡거나 혹은 새로운 종교를 세우는데, 이때 그 새로운 종교는 그들이 버린 종교랑 똑같이 압제로 얼룩진 경우가 대부분입니다. 그런데 이 모든 예를 아주 자세히 연구하고 충분히 조사를 하면, 이러한 현상 혹은 그 비슷한 수많은 현상들을 촉발시킨 원인이 뭔지 알 수 있습니다. 여기서 같은 단어를 또 한번 언급할 수밖에 없는데, 패턴입니다. 어떻게 보면 패턴은 바이러스성 질환과도 같습니다. 바이러스는 전염이 됩니다. 바다를 건너고 산을 넘어 전 세계로 확산되죠. 어디든 전염시킬 수 있습니다. 게다가 누가 퍼뜨리지도 않아도 저절로 퍼집니다. 그런데 항상 그래 왔는지는 지금에 와서도 확신할 수 없습니다. 원인이 있었을 수도 있다 이겁니다. 그렇게 만든 원인이요. 얘기를 더 진행시켜 볼까요. 사람을 보죠. 어떤 운동을 촉발시킬 능력이 있는 한 사람, 열 사람, 아니, 수백 사람이 있다고 칩시다. 우리가 관심 있게 봐야 할 것은 어떤 현상의 마지막 단계가 아닙니다. 처음에 운동을 촉발시킨 사람 혹은 집단을 봐야 합니다. 십자군이며 열성 신도들이며 자유를 부르짖는 폭도며, 그런 패턴을 확인하는 것까진 좋습니다. 하지만 거기서 더 파고들어야 합니다. 그 배후까지요. 환상, 그리고 꿈을요. 선지자 요엘은 '너의 노인들은 꿈을 꾸며 너의 젊은이들은 환상을 보리라.(요엘서 2장 28절 — 옮긴이)'라고 기록했을 때, 이미 그것을 간파하고 있었어요. 꿈과 환상 중에 어느 쪽이 더 큰 힘을 가졌을까요? 꿈은 파괴력이 없습니다. 그러나 환상은 새로운 세상을 보여 줄 수 있어요. 동시에 기존의 세상을 파괴할 수도 있고요……."

제임스 클릭은 갑자기 앨터마운트 경을 휙 돌아보았다.

"관련이 있는지 모르겠지만, 전에 베를린의 영국 대사관에서 일했던 어떤 사람 이야기를 해 주신 적이 있죠. 어떤 여자 얘기요."
"아, 그 얘기? 그래, 그 당시 참 흥미로운 이야기라고 생각했지. 맞아, 지금 하는 이야기랑 관련이 있어. 대사 부인 중 하나였는데, 똑똑하고 지적이고 교육도 많이 받은 여자였지. 아돌프 히틀러 총통의 연설을 직접 듣고 싶어서 안달을 했어. 물론 2차 대전이 일어나기 바로 전의 얘기야. 연설이 얼마나 대단한지 궁금했던 거야. 얼마나 대단하기에 사람들이 그렇게 감동을 받을까. 그래서 갔지. 갔다가 돌아와서 이렇게 말했어. '정말 놀라웠어요. 직접 들어 보지 않으면 몰라요. 독일어를 잘 모르는 나조차도 감동을 받을 정도라니까요. 이제 모두 왜 그렇게 난리인지 이해하겠어요. 그 사람이 주장하는 사상은 정말 굉장한 것이었어요……. 가슴이 뜨거워졌죠. 그 사람이 한 말들……. 듣고 있으면 이것만이 진리로구나, 저 사람만 따라가면 새로운 세상을 창조할 수 있겠구나, 그렇게 믿게 되더군요. 아, 말로 잘 설명 못하겠어요. 기억나는 대로 종이에 옮겨서 나중에 보여 줄게요. 그럼 내가 말로 전하는 것보다 더 잘 이해할 수 있을 거예요.'

그래서 참 좋은 생각이라고 해 줬지. 그런데 다음 날 다시 와서 이러는 거야. '믿으실지 모르겠지만, 이상한 일이 일어났어요. 그날 들은 이야기, 히틀러가 한 말들을 옮겨 적기 시작했거든요. 근데 그 말들의 의미를 생각해 보니 정말로…… 무시무시한 얘기였어요. 옮겨 적고 말고 할 것도 없었어요. 자극적이고 감동적인 문장은 단 한 개도 떠올릴 수 없었거든요. 몇 마디 떠오르긴 했는데, 적고 보니까

들었을 때 생각했던 뜻과 전혀 달랐어요. 그 말들은…… 그냥, 쓸데없는 말들에 지나지 않았어요. 어째서 그럴까, 이해할 수가 없어요.'

이 일화는 사람들이 좀처럼 자각하지 못하는 위험 하나를 일깨워 주지. 분명 실제로 존재하는 위험이야. 사람들에게서 일종의 광기를 불러일으키는 능력을 가진 자들이 있어. 어떤 삶, 어떠한 일의 환상을 떠올리게 만드는 거야. 그들이 하는 말, 즉 우리가 듣는 말로써 그렇게 되는 게 아니야. 그들이 이야기하는 개념에 자극을 받아서 그러는 것도 아니야. 다른 뭔가가 있어. 바로, 사람들을 끌어들이는 힘이야. 그런 힘을 가진 자들만이 뭔가 시작하고 또 환상을 빚어낼 수 있어. 그 인간적 매력을 이용해 환상을 창조하는 건데, 이를테면 목소리 톤이라든가 아니면 직접 마주했을 때 풍기는 감화력 같은 것이지. 설명하기 어렵지만, 하여튼 그런 게 분명 있어.

그런 자들에게는 힘이 있어. 위대한 종교 지도자들이 그런 힘을 가졌고, 사악한 권력자도 그런 힘을 가졌어. 신념은 어떤 특정한 운동을 통해 불러일으킬 수가 있어. '이렇게 저렇게 하면 신천지를 창조할 수 있다.'라고 설득하면, 사람들은 그걸 믿고 그렇게 되도록 기를 쓰고 투쟁하고 심지어는 목숨까지 바치는 거야."

앨터마운트 경은 갑자기 목소리를 낮추어 말했다.

"얀 스머츠가 이런 말로 잘 표현해 주었지. '리더십은 위대한 창조의 동력이지만, 때로 사악한 방향으로 작용하기도 한다.'라고 말이야."

스태퍼드 나이가 의자에 앉은 채 몸을 돌리며 말했다.

"무슨 소린지 알겠습니다. 흥미로운 이야기군요. 진실일 수도 있고요."

"하지만 자네는 이 이야기가 과장됐다고 생각하는군."

"그렇지는 않습니다. 과장된 것처럼 보이는 것들이 사실은 전혀 과장이 아닌 경우도 많으니까요. 단지 그때까지 누구도 입 밖에 내거나 아니면 생각해 본 적이 없었을 따름이죠. 그래서 너무나 생소한 나머지 오히려 거부감 없이 받아들이게 되는 겁니다. 한 가지 여쭈어봐도 되겠습니까? 그래서, 그럴 땐 어떻게 해야 합니까?"

앨터마운트 경이 대답했다.

"그런 일이 일어나고 있다는 의심이 들 때는, 그 현상에 대해 알아내야 하네. 키플링이 『정글북』에서 묘사한 몽구스처럼 행동해야 해. 가서 끈질기게 알아내는 거야. 어디서 자금을 조달하는지, 누가 집단의 사고를 지배하는지, 또 조직 기구는 어디서부터 가지를 뻗고 있는지를 알아내야 해. 누가 기구를 지휘할까? 어느 조직이나 참모 총장이라는 게 있어. 총사령관도 있고. 우리가 하려는 일이 그런 걸 파악하는 거야. 자네도 합류해서 도와줬으면 하네."

스태퍼드 나이 경은 살면서 당황한 적이 거의 없었는데, 이번만은 어쩔 수 없었다. 지금까지는 아무리 놀라도 감정을 숨길 수가 있었는데, 이번만은 예외였다. 그는 방 안에 있는 사람들의 얼굴을 하나하나 번갈아 쳐다보았다.

로빈슨 씨는 노란 얼굴에 새하얀 이를 드러내고서 태연한 표정으로 바라보고 있었다. 제임스 클릭 경은 약간 건방진 말투에도 불구하고 꽤나 쓸모 있는 일원으로 보였다. 스태퍼드 경은 속으로 벌써 '충실한 개'라고 별명을 붙여 놓았다.

이어서 의자 등받이의 후드 부분에 머리가 완전히 폭 감싸인 앨터마운트 경을 바라보았다. 방 안의 조명이 밝지 않아 앨터마운트 경의 얼굴이 어느 성당의 벽감에 모신 성인(聖人) 조각상의 얼굴처럼 보였다. 수도자. 14세기. 위인. 그렇다, 앨터마운트는 지나간 시대의 위대한 인물이다. 그걸 부정하려는 건 아니다. 그러나 앨터마운트 경은 지금 노인네다. 그래서 제임스 클릭 경을 곁에 두고 그에게 의존해야만 한다.

스태퍼드 경은 고개를 돌려, 자신을 여기 데려온 신비로운 여인을 바라보았다. 메리 앤 그리고 다프네 테오도파너스라는 가명을 사용하는 리나타 체르코프스키 백작. 백작의 얼굴에서는 아무것도 읽을 수가 없었다. 스태퍼드 경 쪽을 보고 있지도 않았다. 스태퍼드 경의 시선이 마지막으로 정보국 요원 헨리 호샴에게 가서 꽂혔다.

놀랍게도 헨리 호샴은 스태퍼드를 보며 씩 웃고 있었다.

"저기, 잠깐만요."

스태퍼드 나이는 격식 차린 말투를 버리고 잠시 10대 소년의 말투로 돌아왔다.

"나더러 도대체 어떤 역할을 맡으라는 겁니까? 내가 뭘 안다고요? 솔직히 나는 내가 일하는 분야에서도 그렇게 알아주는 인물이 아니에요. 외무부에서는 나를 시원찮은 직원으로 보고 있다고요. 잘 봐준 적이 없어요."

"우리도 알고 있네."

앨터마운트 경이 말했다.

이번에는 제임스 클릭 경이 씩 웃으며 말했다.

"우리한테는 더 잘된 일이죠."

그러더니 앨터마운트 경이 인상을 쓰자 그쪽을 보며 사과했다.

"죄송합니다."

로빈슨 씨가 다시 입을 열었다.

"이 모임은 조사 위원회입니다. 당신이 과거에 어떤 사람이었는지, 다른 사람들이 당신을 어떻게 평가하는지가 중요한 게 아닙니다. 지금 우리는 조사에 가담할 위원을 뽑고 있는 겁니다. 지금 위원회 구성 멤버가 그리 많지 않습니다. 스태퍼드 경을 초대한 이유는 경이 가진 자질들이 어떤 조사에 도움이 될 거라고 생각했기 때문입니다."

스태퍼드 나이는 정보국 요원을 향해 고개를 돌렸다.

"어떻게 생각하세요, 호샴? 설마 저 말에 동의하는 건 아니겠죠?"

"왜요?"

헨리 호샴이 되물었다.

"진심입니까? 댁들이 말하는 내 '자질'들이 도대체 뭔데요? 솔직히 나조차도 나한테 그런 게 있는지 모르겠구먼."

"당신은 영웅 숭배자가 아닙니다. 그게 이유입니다. 당신은 속임수를 꿰뚫어볼 줄 아는 사람이에요. 상대방의 허풍이나 세상의 평판에 휘둘리지 않고 그 사람에 대한 객관적인 평가를 내릴 줄도 알고요."

'스 네 파 엉 갸송 세리유(저 녀석은 진지한 녀석이 아니군).' 갑자기 마틸다 할머니의 말씀이 머리에 떠올랐다. 어렵고 고된 임무에 발탁된 이유치고는 참으로 희한한 이유였다.

"그래도 경고해 둬야겠습니다. 내 가장 큰 단점, 가장 빈번히 지적받는 단점이자 몇몇 중대한 임무를 놓치게 만든 그 단점은…… 이미 다들 알고 계시겠지만 말입니다. 나는 이렇게 중대한 임무를 맡을 정도로 그렇게, 뭐랄까, 심각한 사람이 아니라는 겁니다."

그러자 호샴이 대꾸했다.

"믿거나 말거나, 바로 그 점 때문에 당신을 고른 겁니다. 제 말이 맞죠, 앨터마운트 경?"

앨터마운트가 대뜸 말했다.

"공무원이란! 내가 보기에 공직에서 가장 큰 해를 끼치는 건 공직자가 자기 일을 너무 심각하게 받아들일 때야. 자네가 그러지 않아서 마음에 든다는 거야. 어쨌든, 메리 앤은 그렇게 생각하네."

스태퍼드 나이는 고개를 돌렸다. 그래, 여기서는 백작이 아니라 이거지. 다시 메리 앤으로 돌아왔군.

"실례가 안 된다면 질문 하나만 하겠습니다. 대체 정체가 뭡니까? 진짜 백작이긴 한 겁니까?"

"그럼요. 독일에서는 '게보렌(타고난 혈통이라는 뜻 — 옮긴이)'이라고 하지요. 저의 아버지는 혈통 좋은 집안의 자손으로, 만능 스포츠맨에 명사수였어요. 바이에른에 있는, 약간 삐딱하게 기울어진 아주 낭만적인 성의 성주였고요. 성은 아직도 거기 있어요. 그런 배경 덕분에 저는, 여전히 태생에 관해서라면 굉장히 속물적인 유럽 대부분의 국가에 연줄이 좀 있는 편이에요. 은행에 잔고가 두둑한 백만장자 미국인은 서서 기다려도, 가난하고 행색이 초라한 백작은 테이블 최고 상석에 앉게 해 주는 게 유럽이에요."

"다프네 테오도파너스는요? 어디서 나온 이름이죠?"

"여권용으로 아주 쓸 만한 이름이죠. 제 어머니가 그리스인이었어요."

"그럼 메리 앤은?"

그러자 처음으로 백작의 얼굴에 미소가 번졌다. 백작은 먼저 앨터마운트 경에게, 그리고 로빈슨 씨에게 차례로 시선을 던졌다.

"아마 제가 여기저기 돌아다니고, 무엇이든 찾아다니고, 이 나라에서 저 나라로 정보를 전달하고, 숨기고, 어디든 다 가고 뒤처리까지 떠맡는, 말하자면 전천후 일꾼이라서 그런 이름을 지어 준 걸 거예요."

그렇게 말하고는 다시 앨터마운트 경을 쳐다보며 물었다.

"맞죠, 네드 삼촌?"

"맞았다, 얘야. 넌 우리한테는 언제나 메리 앤이야."

"그 비행기에 뭔가 가지고 탔었나요? 그러니까, 한 국가에서 다른 국가로 중요한 걸 전달하는 길이었어요?"

"예, 뭔가 운반하고 있었지요. 만약 스태퍼드 경이 절 구해 주시지 않았으면, 독이 들었을지도 모르는 맥주를 마시고 제 모습을 감출

밝은 색 망토를 저한테 넘기시지 않았으면…… 글쎄요. 사고는 흔하니까요. 저는 이렇게 살아 돌아오지 못했겠죠."
"뭘 운반하고 있었습니까? 아니, 물어보면 안 되는 건가요? 내가 끝까지 알아서는 안 될 것들이 있는 겁니까?"
"당신이 절대 알아선 안 될 것들은 한두 가지가 아니에요. 물어보는 것조차 안 되는 것들도 많아요. 하지만 그 질문에는 대답하겠어요. 사실만 말하는 정도로. 그래도 된다면요."
그러면서 또 한 번 앨터마운트 경을 보았다.
"네 판단을 믿는다. 이야기해도 돼."
앨터마운트 경이 말했다.
"불쌍한데 말해 줘요."
제임스 클릭이 건방지게 한마디 했다.
"당신 입장에서는 알고 싶겠죠. 나 같으면 말 안 해 주겠지만, 뭐 나야 정보국 요원밖에 안 되는 처지니까요. 말해 주세요, 메리 앤."
호샴이 말했다.
"한마디만 하지요. 출생증명서를 운반하고 있었어요. 그게 다예요. 더 이상은 말 안 할 테니 물어봐 봤자 소용없어요."
스태퍼드 나이는 모인 사람들을 죽 훑어봤다.
"좋습니다. 합류하죠. 불러 주셔서 영광입니다. 앞으로 계획이 어떻게 됩니까?"
리나타가 대답했다.
"당신하고 나는 내일 여기를 뜰 거예요. 유럽 대륙으로 가는 거예요. 바이에른에서 음악제가 열린다는 소식을 신문에서 읽거나 들어서 알고 계실 거예요. 생긴 지 2년밖에 안 된 축제예요. 독일어로 '젊은 가수 친구들'이라는 꽤나 대담한 이름을 붙인 축제인데, 몇몇 국가의 정부가 후원을 책임지고 있어요. 바이로이트에서 열리는 기존의 음악제와 거기서 상연되는 작품들에 대항해서 기획한 축제예요. 바이에른 음악제에 올려지는 곡들은 대개 현대적인 곡들이에요. 젊은 신인 작곡가들에게 작품을 선보일 기회를 주는 거죠. 일각에서는 높이 평가하지만, 다른 한편에서는 전적으로 거부하면서 경멸의 시선을 보내고 있어요."

"예. 읽은 기억이 납니다. 그 음악제에 가는 겁니까?"

"공연 두 개에 예약이 되어 있어요."

"우리가 하는 조사와 관련해서, 특별한 의미가 있는 축제입니까?"

"아니요. 말하자면 출입국 편의상 가는 거예요. 표면적이고 합법적인 이유로 출국했다가, 때가 되면 다음 단계를 위해 떠날 거예요."

스태퍼드 경은 위원회 멤버를 빙 돌아보며 물었다.

"지시 사항은요? 출동 명령이라도 내릴 건가요? 브리핑은 안 해 줍니까?"

"당신이 생각하는 의미의 지시나 브리핑은 없어요. 일종의 탐험 여행을 간다고 생각하세요. 가서 배우는 거예요. 신분 위장은 필요 없어요. 지금으로선 다른 정보는 더 줄 수 없어요. 당신은, 영국에 눌러앉길 바랐는데 자꾸 외근 발령이 나는 바람에 현실에 약간 실망한 음악 애호가 외교관으로 가는 거예요. 그것 외에는 더 알려 줄

게 없어요. 이편이 안전해요."

"그게 활동 개요의 전부입니까? 독일로 들어가서 바이에른, 오스트리아로 건너가서 티롤 지방을 돌아다닌다고요?"

"관심 지역 중 하나예요."

"그게 다가 아니란 말이에요?"

"그렇죠. 심지어 1차적인 관심 지역도 아니에요. 중요도와 관심 포인트가 다를 뿐이지, 핵심 지역은 전 세계에 분포되어 있어요. 각각의 지역이 얼마나 중요한지 조사하는 게 우리 임무예요."

"그런데 그 나머지 관심 지역에 대해 나는 아무것도 모르고 있다. 아니, 물어봐서는 안 된다, 이 말입니까?"

"대략적으로만 알고 계시면 돼요. 그중에서도 지금 가장 핵심으로 보이는 조직이 남아프리카에 본부를 두고 있어요. 그리고 미국에도 본부가 둘 있는데 하나는 캘리포니아, 다른 하나는 볼티모어에 있어요. 또 스웨덴에 하나, 이탈리아에도 하나 있어요. 이탈리아 조직은 지난 6개월 동안 활동 강도가 굉장히 심해졌어요. 포르투갈과 스페인에도 비교적 규모가 작은 조직이 있어요. 파리는 말할 것도 없고. 다른 지역에도 '이제 막 구워지고 있는' 조직들이 많아요. 아직 완전히 자리를 잡지는 않은 조직들이죠."

"말레이시아나 베트남 같은 지역 말인가요?"

"아뇨. 그쪽 지역은 한때 치열했던 곳들이에요. 폭력 반대나 학생 저항 등, 타당한 슬로건을 내세운 운동이었지요.

이걸 아셔야 해요. 현재 지구 곳곳에서 열기를 더해 가고 있는 것은 다름이 아니라 자기 나라의 정부 체제나 교육 정책, 어려서부터 주입받은 종교 등에 불만을 품은 청년들의 조직이라는 것을요. 방종에 대한 숭배가 음흉하게 도사리고 있고, 폭력에 대한 숭배가 점점 거세어지고 있어요. 돈을 위한 폭력이 아닌, 폭력 자체를 맛보기 위한 폭력이에요. 특히 그 점이 두드러지는데, 그 뒤에 작용한 동기는 아마 배후 세력이 가장 중대한 의미를 부여하는 어떤 것과 일치할 거예요."

"방종, 그것도 중요하게 봐야 합니까?"

"방종은 하나의 삶의 방식에 지나지 않아요. 특정 폐해로 이어지긴 하지만 심한 정도는 아니지요."

"그럼 약물은요?"

"약물 숭배는 의도적으로 조장되고 선동되어 왔어요. 엄청난 액수의 돈이 거기에 투자됐지요. 하지만 적어도 우리가 알기로는 돈이 전적으로 동기가 된 건 아니에요."

모두들 로빈슨 씨를 쳐다보자 그는 천천히 고개를 저으며 설명했다.

"맞습니다. 그렇게 보입니다. 현재 꾸준히 책임자들이 체포되어 법의 심판을 받고 있어요. 마약 밀매업자들도 곧 뒤를 따를 겁니다. 하지만 이 모든 것 뒤에는 마약 밀매 이상의 어떤 것이 있어요. 마약 밀매업은 그저 돈을 버는 수단, 어둠의 수단에 불과해요. 다른 게 있어요."

"그렇지만 누가……."

스태퍼드 나이가 질문을 하다 말고 입을 다물었다. 로빈슨 씨가 말했다.

"누가, 무엇을, 왜, 어디서? 네 가지 의문. 그 답을 찾는 것이 당신의 임무입니다, 스태퍼드 경. 당신이 알아내야 할 것이 그것입니다. 당신과 메리 앤이. 쉽지 않을 겁니다. 그리고 명심하십쇼. 세상에서 가장 어려운 게 비밀을 지키는 겁니다."

스태퍼드 나이는 로빈슨 씨의 통통하고 노란 얼굴을 흥미롭게 바라보았다. 어쩌면 로빈슨 씨가 금융업계를 손에 넣고 주무르는 비결이 바로 저것인지도 모른다. 로빈슨 씨의 비결은 비밀을 지킬 줄 안다는 것이다. 그런 생각을 알아차리기라도 한 듯, 로빈슨 씨의 입가에 슬며시 미소가 번졌다. 커다란 치아가 하얗게 반짝거렸다.

"뭔가를 알고 있을 때 그걸 자랑하고 싶은 유혹을 이기기란 참으로 어렵죠. 그것에 대해 떠들고 싶어지는 겁니다. 상대방에게 정보를 주고 싶은 것도 아니고, 정보를 넘기는 대가로 돈을 받고 싶은 것도 아닙니다. 그냥 자신이 얼마나 중요한 사람인지 알리고 싶은 겁니다. 예, 그렇게 간단한 문제예요. 사실······."

로빈슨 씨는 눈을 반쯤 감고 말을 이었다.

"이 세상의 모든 일은 굉장히 단순합니다. 사람들은 그걸 몰라요."

리나타 백작이 자리에서 일어섰다. 스태퍼드 나이도 따라서 일어났다.

로빈슨 씨가 말했다.

"편히 주무시길 바랍니다. 이 집은 꽤 안락하거든요."

스태퍼드 나이는 "물론 그렇겠죠." 하고 중얼거렸다.

그리고 얼마 후 그 말이 맞았음이 증명되었다. 베개에 머리가 닿자마자 잠이 들어 버린 것이다.

제2부
지크프리트를 찾아서

슐로스의 여인

I

두 사람은 페스티벌 유스 극장을 나와 신선한 밤공기를 들이마셨다. 언덕 아래 굽이진 곳에 불 켜진 레스토랑 하나가 보였다. 언덕 비탈에는 더 작은 레스토랑이 하나 있었다. 두 레스토랑은 가격대의 차이가 조금 있었지만 둘 다 비싸진 않았다. 리나타는 검은색 벨벳 드레스 차림이었고 스태퍼드 나이 경은 흰색 타이에 야회복 정장을 갖춰 입고 있었다.

스태퍼드 나이가 작은 목소리로 말했다.
"관객 수준이 대단하던데요. 공연에 돈을 많이 들인 티가 납디다. 관객 평균 연령은 상당히 낮군요. 푯값이 상당할 텐데."
"아! 그건 조사해 보면 쉽게 풀리는 문제예요. 이미 풀렸어요."
"엘리트 청년들을 위한 보조금? 그런 겁니까?"

"맞아요."

두 사람은 언덕 높은 곳에 자리한 레스토랑으로 발걸음을 옮겼다.

"저녁 먹을 시간으로 1시간 주죠?"

"엄밀히 따지면 1시간이지요. 근데 실제로는 1시간 15분 정도 잡아도 돼요."

"관객들 말인데요. 대부분, 아니, 거의 다 진짜 음악 애호가로 보이더군요."

"대부분이 그렇죠. 중요하거든요."

"무슨 뜻이죠? 뭐가 중요하다는 겁니까?"

"그 열정이 진짜여야 하는 게요. 그것도 양쪽이 다."

"그게 정확히 무슨 뜻입니까?"

"폭력을 행사하고 폭력 집단을 양산하는 이들은 자신들부터 폭력을 사랑하고 갈망해야만 해요. 칼을 휘두르거나 사람을 해치고 파괴하는 그들의 행동에서 드러나는 희열이 그 증거가 되지요. 음악도 마찬가지예요. 아름다운 화음과 선율에 귀가 즐거워할 줄 알아야 해요. 이 게임에서 가장은 안 통해요."

"두 가지 역할을 한꺼번에 하는 것은요? 내 말은, 폭력을 사랑하면서 동시에 음악이나 미술에 대한 애호를 보여 줄 수 있습니까?"

"쉽지는 않지만, 예, 가능해요. 실제로 그런 사람도 많고요. 그래도 그 두 가지는 같이 가지 않는 편이 안전하죠."

"우리 뚱보 친구의 표현을 빌리면, 단순한 게 최고다 이거지요? 음악 애호가는 음악만을 사랑하게 내버려 두고 폭력 행사자는 폭력을 행사하게 놔두라. 말하자면 그런 건가요?"

"말하자면요."

"이거, 아주 재미있군요. 여기 와서 이틀을 보냈는데 그동안 공연을 두 차례 관람했지요. 내 취향이 별로 현대적이지 않아서, 솔직히 모든 곡이 좋았다고는 말 못하겠습니다. 그런데 옷 구경은 참 재밌네요."

"공연 의상을 말씀하시는 건가요?"

"아, 아뇨. 관객들 의상을 말하는 겁니다. 당신과 나는 고지식한 구식이에요. 백작, 당신은 상류 사회 사교 파티용 드레스를 입었고, 나는 화이트 타이에 연미복까지 갖춰 입었잖아요. 결코 편한 복장은 아니죠. 편하라고 만든 옷도 아니고. 그런데 다른 사람들을 보십쇼. 실크 드레스와 벨벳 드레스, 남자들의 주름 장식 달린 셔츠, 진짜 레이스를 단 옷도 몇 번 봤어요. 별의별 화려한 옷과 머리 모양, 눈을 호사시켜 주는 아방가르드 스타일, 호화찬란한 19세기 스타일이라고 해도 좋겠죠. 엘리자베스 여왕 시대 스타일, 혹은 반 다이크 그림 속 스타일이라고 할 수도 있고요."

"예, 맞아요."

"그래도 이런 것들이 무엇을 의미하는지는 감도 못 잡았습니다. 아직 배운 건 하나도 없어요. 아무것도 알아내지 못했단 말입니다."

"서두르면 될 일도 안 돼요. 이 축제는 돈을 많이 들인 쇼예요. 젊은 층의 요구를 받아들이고 젊은 층의 지지를 받는, 그리고 물적 지원도 굉장한……."

"물적 지원은 누가 하는데요?"

"그건 아직 못 알아냈어요. 하지만 곧 알아낼 거예요."

"그렇게 확신이 넘치다니 기쁘군요."

두 사람은 레스토랑에 들어가 자리를 잡고 앉았다. 음식은 장식이 요란하거나 고급스럽진 않았지만 그런대로 맛이 있었다. 한두 번, 두 사람의 테이블로 지인들이 다가와 말을 걸기도 했다. 스태퍼드 나이 경을 알아본 두 사람이 다가와 이런 데서 만나 놀랍고 반갑다고 인사를 건넸다. 리나타는 외국인 친구가 많았기 때문에 인사하러 테이블로 찾아온 사람이 더 많았다. 잘 차려입은 여자들이 대부분이고 남자도 한두 명 있었는데, 스태퍼드 나이가 보기에 대부분 독일인 아니면 오스트리아인이었으며 미국인도 두엇 있었다. 주로 어디서 왔고 어디로 갈 예정이며 음악제에서 선보인 곡이 어땠다는 둥, 산만한 잡담이 오갔을 뿐이었다. 주어진 식사 시간이 길지 않았기 때문에 오랫동안 수다를 떨다 가는 사람은 없었다.

두 사람은 마지막 두 곡을 마저 듣기 위해 공연장의 자리로 돌아왔다. 솔루코노프라는 젊은 신인 작곡가가 작곡한 「기쁨 속의 분열」이라는 교향시, 그리고 바그너의 웅장한 작품 「뉘른베르크의 명가수」의 서곡이었다.

공연이 끝나고 다시 밖으로 나왔다. 유럽에 와서 계속 이용하고 있는 차가 대기하고 있다가 두 사람을 호텔로 데려다 주었다. 한적한 길목에 위치한, 아담하지만 최고급의 호텔이었다. 스태퍼드 나이가 잘 자라고 인사하자 리나타가 낮은 목소리로 말했다.

"새벽 4시. 준비하고 기다려요."

그러고는 곧바로 자기 방으로 들어가 문을 닫았다. 스태퍼드 경도 자기 방으로 들어갔다.

다음 날 새벽 정확히 4시 3분 전, 손가락으로 방문을 긁는 소리가 희미하게 들렸다. 스태퍼드 경이 문을 열었다. 리나타가 말했다.

"차가 준비됐어요. 어서 가요."

II

점심은 산중의 작은 여인숙에서 해결했다. 날씨는 화창하고 산으로 둘러싸인 경치는 아름다웠다. 그러나 간간이 스태퍼드 나이는 자기가 여기서 뭘 하고 있는 건지 의심이 들었다. 동행인은 시간이 지날수록 더 베일에 싸여 가는 것 같았다. 말이 별로 없어서 더욱 그러했다. 스태퍼드 경은 리나타의 옆얼굴을 가만히 바라보며 생각했다. 나를 어디로 데려가는 걸까? 이 일을 하는 진짜 이유가 뭘까? 그러다 마침내, 해가 거의 서산으로 넘어갈 무렵, 스태퍼드 경은 입을 열었다.

"어디로 가는 겁니까? 물어봐도 되긴 되는 겁니까?"

"물론 물어보는 건 되죠."

"하지만 대답은 안 하겠다?"

"대답할 수도 있죠. 이것저것 얘기해 줄 수도 있어요. 근데 그게 무슨 의미가 있을까요? 일의 성격상 설명만 듣고 마음의 준비를 한다는 게 불가능하기도 하려니와, 아무런 설명을 안 듣고 목적지에 가야 당신이 받는 첫인상이 더 강렬하고 의미가 있을 텐데요."

스태퍼드 경은 생각에 잠겨 리나타를 바라보았다. 리나타는 가장자리에 털이 달린 트위드 직물의 코트를 입고 있었다. 모양이나 마름질은 특이했지만, 어쨌든 여행용 옷으로는 현명한 선택이었다.

"메리 앤."

스태퍼드 경이 심각하게 불렀다. 허락을 구하는 듯한 어조였다.

"안 돼요. 여기서는."

"아. 여기서는 체르코프스키 백작이라 이거군."

"아직은 체르코프스키 백작이에요."

"당신은 고향에 돌아온 것이나 마찬가지입니까?"

"그렇다고 볼 수 있죠. 어릴 때 이곳에서 자랐어요. 가을마다 여기서 얼마 안 떨어진 곳에 있는 슐로스(성)에 가서 몇 달을 보내곤 했지요."

스태퍼드 경이 미소를 지으며 조용히 대꾸했다.

"참 어감이 좋은 단어네요. 슐로스. 견고한 느낌이 들어요."

"고성들은 요새 별로 견고하게 있질 못해요. 대부분 풍화됐지요."

"지금 우리가 히틀러의 나라에 와 있는 것 맞죠? 베르히테스가덴(바이에른 주의 도시. 나치스 지도자들의 별장과 군영 시설 등이 있던 곳 — 옮긴이)이 여기서 얼마 안 멀죠?"

"여기서 북동쪽으로 조금만 가면 있어요."

"당신의 친척이나 친구들은 히틀러를, 그 사람이 하는 말을 믿었나요? 물어보면 안 될 이야기인지도 모르지만."

"제 가족과 친구들은 히틀러라는 사람을, 그리고 그 사람이 상징하는 모든 것을 증오했어요. 그래도 '하일 히틀러'는 했어요. 그리고 그 사람이 이 나라에서 자행한 짓들을 묵인했죠. 안 그럼 어쩌겠어요? 그 당시 대체 누가 반항할 수 있었겠어요?"

"우리가 지금 돌로미테 알프스로 가는 거죠?"

"여기가 어딘지, 어디로 가고 있는 건지가 그렇게 중요해요?"

"글쎄요, 이건 탐험 여행이잖습니까?"

"예, 하지만 이건 지리 탐험이 아니에요. 우리 목적은 정세를 파악하는 거예요."

"당신 말을 듣고 있으면 꼭······."

스태퍼드 나이는 고개를 들어 하늘을 향해 뻗은 산봉우리들이 만들어 낸 장중한 경치를 바라보며 말을 이었다.

"그 유명한 산의 노인을 만나러 가는 기분이 들어요."

"암살단의 우두머리를 말하는 거죠? 부하들을 약물에 취하게 한 뒤 천국의 맛을 보여 줘서 목숨을 걸고 자기를 따르게 한 사람. 암살자들은 죽을 걸 알면서도 일말의 망설임도 없이 그를 따랐죠. 임무를 수행하다 죽으면 바로 이슬람 천국에 간다고 믿었으니까요. 예쁜 여자들, 대마초, 몽환적인 꿈으로 가득한······ 끝나지 않는 완벽한 행복감을 맛볼 거라고."

리나타는 잠시 멈추었다가 말을 이었다.

"대중을 홀리는 달변가! 그런 사람은 시대를 불문하고 항상 존재했어요. 철저히 자기를 따르도록 홀려서 심지어 자기를 위해 목숨까지 기꺼이 내놓도록 만드는 사람. 이슬람 암살단만 죽은 게 아니었어요. 기독교도들도 그렇게 해서 죽었죠."

"십자군 순교단 말이에요? 앨터마운트 경 같은?"

"어째서 앨터마운트 경을 거론하시는 거죠?"

"그날 저녁 한순간이나마 그렇게 보였어요. 조각 석상처럼 보였죠. 13세기 성당에서나 볼 수 있는 석상."

"우리 중 한 명은 죽을 수 있어요. 어쩌면 한 명 이상이."

리나타는 스태퍼드 경이 말하려는 것을 가로막고 덧붙였다.

"다른 한 가지, 계속 생각나는 게 있어요. 신약성서의 한 구절인데…… 아마 누가복음일 거예요. 마지막 만찬에서 그리스도가 제자들에게 말씀하시길 '너희가 나의 동반자요 벗이지만, 너희 중에 사탄이 하나 있다.'라고 하셨죠. 아마 우리 중에도 사탄이 한 명 있을 거예요."

"정말 그럴 거라고 생각해요?"

"거의 확실해요. 우리가 믿고 잘 아는 사람 중, 순교 대신 은화 30냥(가롯 유다가 은화 30냥을 받고 예수를 판 것을 비유 — 옮긴이)을 꿈꾸며 잠이 들고 아침에는 손바닥에 그 은화의 감촉을 느끼며 깨어나는 사람이에요."

"돈을 탐해서 배신한다?"

"야망이라고 하는 게 더 맞겠죠. 그렇지만 사탄을 어떻게 알아볼 수 있을까요? 그 사람이 사탄이란 걸 어떻게 알죠? 정말 사탄이라면 사람들 속에서 눈에 확 띄지 않겠어요? 군중을 자극하고, 자신을 내세우고, 화려한 리더십을 선보이지 않겠느냐 이 말이에요."

리나타는 잠시 입을 다물었다가 생각에 잠긴 목소리로 조용히 말했다.

"전에 외무부에 친구가 하나 있었어요. 어느 날은 그 친구가 독일인 친구에게 오버아머가우(독일 바이에른 주 남부의 소도시 — 옮긴이)에서 그리스도 수난극을 봤는데 너무 감동적이었다고 얘기하니까, 그 독일인 친구가 못마땅한 투로 이렇게 말하더래요. '넌 몰라. 우리 독일 국민은 예수 그리스도가 필요 없어! 우리한텐 아돌프 히틀러가 있거든. 그분은 어떤 구원자보다 더 위대하시니까.' 그 독일인 친구는 착하고 멀쩡한 여자였어요. 그런데 진심으로 그렇게 믿은 거예요. 많은 사람들이 그렇게 느꼈어요. 히틀러는 청중을 사로잡는 정치가였던 거예요. 그 사람이 입을 열면 다들 귀를 기울였지요. 그리고 온갖 가학적인 짓거리, 가스실, 게슈타포의 고문 따위를 아무렇지도 않게 받아들였어요."

리나타는 어깨를 으쓱하더니 곧 평소 목소리로 돌아와 말했다.

"그래도 방금 하신 말씀은 정말 이상하네요."

"뭐 말입니까?"

"산의 노인 말이에요. 이슬람 암살단의 두목."

"여기 진짜로 산의 노인이 있다는 얘깁니까?"

"아니요. 산의 노인은 없어요. 근데 산의 노파는 있을지도 모르죠."

"산에 사는 할머니요? 어떤 할머닌데요?"

"오늘 밤 알게 될 거예요."

"오늘 밤 뭘 할 건데요?"

"사교계에 섞여 들 거예요."

"메리 앤을 본 지 참 오래된 것 같군요."

"그건 다음 번 비행기 탈 때까지 기다리셔야 해요."

"그렇게 세상 꼭대기에서 사는 것도 도덕적으로 참 안 좋겠어요."

스태퍼드 나이가 생각에 잠겨 말했다.

"사회적인 위치를 말씀하시는 건가요?"

"아뇨. 지리학적인 위치를 말하는 겁니다. 산꼭대기 성에서 발아래 사람들을 내려다보며 살면, 뭐랄까, 평범한 사람들을 멸시하게 되지 않을까요? 내가 최고다, 나는 위대하다, 그런 생각이 들면서요. 히틀러가 베르히테스가덴에서 바로 그런 기분을 느꼈을 겁니다. 또, 많은 사람들이 산 정상에 올라 계곡 아래 오글오글 모인 다른 사람들을 보면서 그런 기분을 경험할 테고요."

"오늘 밤엔 조심해야 해요. 오늘 밤 일은 굉장히 신중을 요하는 일이에요."

리나타가 경고했다.

"특별한 지시 사항이라도 있습니까?"

"오늘 밤 당신은 불만에 찬 반항아예요. 체제에 반발하는 사람, 기존의 세상에 불만을 품은 사람. 반역자는 반역잔데, 비밀 반역자가 되는 거예요. 할 수 있겠어요?"

"해 보죠."

이야기를 나누는 사이 창밖 경치는 점점 황량해졌다. 두 사람이 탄 대형 자동차가 좌우로 커브를 틀며 구불구불한 도로를 오르고 산촌 마을을 지나쳤다. 때때로 내려다보면 아득히 저 아래 흐르는 강물에 반사되어 반짝거리는 빛이나 교회 첨탑이 눈에 들어왔다.

"어디로 가는 거죠, 메리 앤?"

"독수리 둥지(히틀러의 요새 ― 옮긴이)로요."

마침내 차는 마지막으로 한 번 더 길을 돌았다. 나머지 길은 숲을 관통하며 뻗어 있었다. 올라오는 길에 스태퍼드 나이는 간간이 사슴이나 다른 야생 동물을 본 것도 같았다. 가끔가다 가죽 재킷 차림에 엽총을 든 남자도 보였다. 사냥터지기들이로군. 스태퍼드 경은 생각했다. 잠시 후, 드디어 험한 바위산 위에 우뚝 선 거대한 성이 눈에 들어왔다. 일부는 무너졌지만 나머지 부분은 잘 복구되고 재건된 상태였다. 언뜻 보기에는 거대하고 장엄했지만, 사실 건물 자체나 그 건물이 상징하는 바는 전혀 새로울 것이 없었다. 과거의 영광, 지난 시대의 권력의 상징물에 불과했다.

"여긴 원래 리히텐슈톨츠 대공국이었어요. 이 성은 1790년 루트비히 대공이 지은 거예요."

리나타가 설명했다.

"지금은 누가 삽니까? 현 대공이 살고 있나요?"

"아뇨. 다 죽고 씨가 말랐어요. 완전히 자취를 감췄죠."

"그럼 누가 살고 있지요?"

"오늘날 가장 큰 힘을 쥐고 있는 사람."

"돈인가요?"

"맞았어요. 바로 그거예요."

"그럼 가면 로빈슨 씨가 기다리고 있는 건가요? 우리를 만나러 비행기 타고 날아왔나 보죠?"

"아뇨, 이곳에서 마주칠 확률이 가장 희박한 사람이 바로 로빈슨 씨인걸요."

"아쉽군요. 나는 로빈슨 씨가 마음에 드는데. 그 사람, 진정 거물이에요. 안 그래요? 진짜 정체가 뭐예요, 국적은 어떻게 됩니까?"

"그건 아무도 모르는 것 같아요. 들리는 말이 다 달라서요. 미국인이다, 네덜란드 사람이다, 심지어 그냥 영국인이라는 얘기도 있지요. 모친이 체르케스(흑해와 카스피해 사이에 거주하는 카프카스인의 일파. 러시아의 침략으로 인구의 대부분이 전 세계에 뿔뿔이 흩어졌다―옮긴이) 노예라는 소문, 러시아의 대공비라는 소문, 인도의 왕비라는 소문도 있어요. 정확한 건 아무도 몰라요. 저는 로빈슨 씨 모친이 스코틀랜드에서 건너온 매클렐란 양이라는 아가씨였다는 이야기도 들었어요. 제가 들은 것 중에 가장 덜 황당한 얘기였어요."

차는 커다란 주랑 현관 앞에 멈춰 섰다. 제복을 입은 하인 둘이 계단을 내려와 마치 허세 부리듯 과장된 몸짓으로 꾸벅 절하며 손님을 맞았다. 꾸려 온 짐이 만만치 않았는데, 하인들은 그것을 금세 차에서 내려 안으로 날랐다. 스태퍼드 나이는 방금 전까지만 해도 왜 이렇게 짐을 바리바리 싸 오라고 한 건지 이해가 가지 않았지만,

이제는 이 짐이 다 필요할 거라는 게 이해가 되기 시작했다. 오늘 밤 필요할 때가 올 거야. 스태퍼드는 속으로 추측했다. 몇 마디 캐물은 끝에, 리나타에게서도 그렇다는 대답을 들을 수 있었다.

두 사람은 저녁 식사 시간을 알리는, 맑은 징 소리를 듣고 홀로 나갔다. 스태퍼드 경은 먼저 홀에 나와 리나타가 내려오길 기다렸다. 잠시 후 내려온 리나타는 어두운 붉은색 벨벳 드레스에 목에는 루비 목걸이를 하고 머리에 루비 티아라까지 얹은, 완벽한 예복 차림이었다. 둘을 식당으로 안내한 하인이 식당 문을 열며 외쳤다.

"그라핀(여자 백작 혹은 백작 부인 ― 옮긴이) 체르코프스키, 스태퍼드 나이 경입니다."

"자, 이제 시작이다. 제대로 역할을 연기해야 할 텐데."

스태퍼드 나이 경이 중얼거렸다.

스태퍼드 경은 셔츠 앞자락에 달린 사파이어와 다이아몬드 장식 단추를 흡족하게 한번 내려다봤다가 고개를 들었다. 그런데 다음 순간 놀라움에 숨을 흡 들이쉬었다. 마음의 준비를 단단히 하고 왔지만 이런 광경을 보게 될 줄은 전혀 몰랐다. 눈앞에 펼쳐진 거대한 방은, 의자나 소파는 물론이고 금수를 놓은 최고급 비단 덮개와 벨벳으로 만든 커튼까지, 모든 것이 로코코 양식의 완벽한 재현이었다. 벽에는 그림이 걸려 있었는데, 처음 봤을 땐 못 알아챘지만 다시 보니 (그것도 스태퍼드 경이 그림 애호가라 알아볼 수 있었던 것이다) 세잔과 마티스의 작품들이었고, 르누아르의 작품으로 보이는 것도 있었다. 돈으로 환산할 수 없는 가치를 지닌 그림들이었다.

그리고 왕좌 같은 분위기의 큰 의자에 거대한 풍채의 여인이 앉아 있었다. 고래 같군. 스태퍼드 나이는 속으로 생각했다. 달리 묘사할 말이 없었다. 지방에 푹 파묻힌, 전혀 고상해 보이지 않는 거구의 여자. 이중, 삼중, 아니 거의 사중으로 역겹게 늘어진 턱. 뻣뻣한 주황색 공단으로 만든 드레스를 입고, 머리에는 값비싼 보석을 박은 티아라를 얹었다. 금수를 놓은 비단으로 덮은 의자 팔걸이에 올려놓은 두 팔뚝도 역시 말할 수 없이 두꺼웠다. 커다랗고 두툼한 손에 커다랗고 두툼하고 못생긴 손가락. 그 손가락 하나하나에 외알박이 가락지가 빛나고 있었다. 루비, 에메랄드, 사파이어, 다이아몬드, 이름 모를 연녹색 보석, 녹옥수, 그리고 토파즈 아니면 황금색 다이아몬드로 보이는 노란색 보석. 온몸이 출렁대는 비계 덩어리였다. 얼굴 또한 허여멀겋고 주름진, 기름기 흐르는 비계 덩어리였다. 그 한가운데, 마치 넓적한 건포도 빵의 군데군데 비어져 나온 건포도처럼 까맣게 박힌 점 두 개가 바로 눈이었다. 날카롭게 빛나는 그 두 눈이 세상을 바라보며, 더 정확히 말하면 스태퍼드 경을 바라보며 상대를 가늠하고 있었다. 리나타는 말고 나만 보고 있어. 스태퍼드 경은 속으로 생각했다. 그렇다면 리나타는 이미 알고 있다는 얘기였다. 리나타는 여기 명령에 따라, 약속을 하고 와 있는 것이다. 명령, 약속, 어느 쪽이든 상관없었다. 리나타는 스태퍼드 경을 여기 데려오라는 지시를 받았다. 왜일까. 스태퍼드는 그것이 궁금했다. 그 답은 알 수 없었지만 하여튼 지시를 받았다는 것만은 확신할 수 있었다. 뚱뚱한 여인이 노려보고 있는 것이 스태퍼드 경이었으니까.

찬찬히 재 보면서 어떤 인간인지 판단하고 있었다. 원하던 물건이 맞나? 아니, 이 표현이 더 좋겠군. 고객이 주문한 물건이 맞나?

저 여자가 원하는 게 뭔지 정확히 판단하고 비위를 맞춰야 해. 스태퍼드는 속으로 마음을 다졌다. 무슨 수를 써서든 그렇게 해야만 한다. 안 그러면……, 안 그러면, 저 여자는 반지 낀 퉁퉁한 손가락으로 나를 가리키며 덩치 큰 하인에게 이렇게 명령할 거야. "저놈을 끌어내 성 밖으로 던져 버려라." 말도 안 되는 상상이었다. 요새 같아선 있을 수 없는 일이었다. 내가 지금 어디에 있는 거지? 내가 지금 대체 어떤 퍼레이드, 어떤 가장 무도회 혹은 연극에 출연하고 있는 거야?

"시간을 딱 맞춰서 왔구나."

거칠고 천식기가 있는 목소리였다. 그러나 한때는 그 목소리에 강인함, 그리고 어쩌면 아름다움까지 묻어났으리라고 스태퍼드는 짐작했다. 그러나 그건 옛날 이야기였다. 리나타가 앞으로 나가 무릎을 살짝 굽혀 절했다. 그리고 여자의 두툼한 손을 들어 손등에 입을 맞췄다.

"그라핀 샬로테 폰 발트자우젠, 이쪽은 스태퍼드 나이 경입니다."

여자는 두툼한 손을 스태퍼드를 향해 뻗었다. 스태퍼드 경이 그 손 위로 드라마틱하게 허리를 굽히는데, 머리 위로 놀라운 말이 들려왔다.

"자네 외종조모를 알지."

스태퍼드는 놀란 기색을 감출 수가 없었다. 그러나 곧, 상대가 자신의 그런 반응에 즐거워하고 있으며 또한 자신의 그런 반응을 빤히 예상하고 있었음을 깨달았다. 샬로테 백작 부인은 웃음을 터뜨렸다. 괴상하고 신경에 거슬리는, 듣기 싫은 웃음이었다.

"한때 알고 지냈다고 하는 편이 정확하겠군. 마지막으로 본 게 한참 전이니까. 스위스 로잔에서 같이 있었는데, 그때는 우리 둘 다 소녀였어. 마틸다. 레이디 마틸다 볼드윈화이트."

"집에 돌아가 할머님께 전해 드리면 참 반가워하실 소식이군요." 스태퍼드 나이가 말했다.

"자네 외종조모는 나보다 나이가 많지. 건강하신가?"

"연세에 비하면 정정하십니다. 시골에서 조용히 생활하고 계세요. 관절염하고 류머티즘을 앓고 계시지만요."

"아, 그렇지. 나이 들면 드는 병들. 프로카인 주사를 맞으면 좀 나을 텐데. 여기 고지대 의사들은 프로카인 처방을 내리지. 효과가 아주 좋아. 자네가 여기 온 걸 할머니가 알고 계신가?"

"아마 전혀 모르실 겁니다. 제가 현대 음악 축제에 간 줄로만 알고 계십니다."

"음악회는 즐거웠나?"

"아, 그럼요. 오페라 홀 시설이 수준급이더군요."

"세계 최고 수준이지. 하! 옆에 나란히 있으면 바이로이트 페스티벌 홀이 중학교 건물처럼 보일 정도지! 그 오페라 하우스를 짓는 데 돈이 얼마나 들어갔는지 아나?"

여자는 수백만 마르크가 들어갔다고 알려 줬다. 스태퍼드 나이는 놀라운 액수에 숨이 멎었다. 그런 반응을 숨길 필요는 없었다. 스태퍼드가 놀라는 걸 보고 여자는 꽤나 즐거워하는 듯했다.

"돈만 있으면……. 돈 가진 사람이 지식이 있고 능력만 있다면, 분별력만 있다면, 돈 가지고 못할 일이 뭐가 있겠나? 최고의 삶을 누릴 수가 있지."

'최고의 삶'이라는 말을 유난히 음미하며 강조하는데, 스태퍼드 나이의 귀에는 불쾌한 동시에 왠지 약간 악의가 담긴 듯 들렸다.

"이곳을 보니 알겠군요."

스태퍼드는 방 안의 벽을 둘러보며 대꾸했다.

"예술 작품을 좋아하나? 그래, 좋아하는 티가 나는구먼. 저기, 동쪽 벽에 걸린 그림은 현존하는 최고의 세잔 작품이야. 어떤 사람은, 뭐냐…… 지금 이름이 생각 안 나는데, 뉴욕 메트로폴리탄 미술관에 있는 그게 더 값지다고 하더군. 그건 사실이 아니야. 가장 값진 마티스, 가장 값진 세잔, 유파를 막론하고 최고의 작품이란 작품은 다 여기 모여 있어. 여기 산속 둥지에."

"굉장하군요. 굉장해요."

술이 서빙되었다. 스태퍼드 나이 경은 산속 노파가 술을 입에 대지 않는 것을 알아챘다. 어쩌면 과체중으로 인한 고혈압 때문에 조심하는 건지도 몰랐다.

"이 아이는 어디서 만났지?"

거대한 공룡이 물었다.

함정인가? 알 수 없었지만, 스태퍼드 경은 솔직히 말해야겠다고 판단했다.

"런던의 미국 대사관에서 만났습니다."

"아, 그렇지. 나도 그렇게 들었네. 그럼 그 누구냐…… 이름이 생각 안 나네. 아, 맞아. 미국 남부 출신의 상속녀, 우리 밀리 진은 잘 있던가? 매력적이지?"

"아주 매력적인 여자죠. 런던 사교계에서도 지위가 대단합니다."

"그리고 그 따분한 샘 코트먼 대사는?"

"아주 믿음직한 사람이죠."

스태퍼드 나이가 조심스럽게 대답하자 백작 부인은 웃음을 터뜨렸다.

"아하, 자네 기지가 있구먼. 뭐, 코트먼도 무난하긴 하지. 정치인으로서 주어진 일을 성실하게 하니까. 게다가 런던의 미 대사라면 할 만하지 않나. 밀리 진이라면 그 정도는 충분히 해 줄 수 있겠지. 밀리 진이라면, 그 두둑한 지갑으로 남편을 세계 어느 나라의 대사 자리에도 앉힐 수 있어. 밀리 진의 부친이 텍사스에서 나는 석유의 절반을 소유하고 있거든. 그뿐만 아니라 땅이고 골프장이고, 안 가진 게 없어. 천박하고 추한 양반이지. 근데 그 딸은 어떤가? 점잖은 귀부인이야. 속물스럽지도 않고, 화려하지도 않고. 아주 영리해. 안 그런가?"

"때로는 그렇게 처신하는 게 더 편하지요."

스태퍼드 나이 경이 대꾸했다.

"자네는 어떤가? 부자 아닌가?"

"저도 부자였으면 좋겠습니다."

"요새 외무부는 보수가 짠가 보지?"

"글쎄요, 보수가 짜다고는 말 못하겠는데요……. 어쨌든 여기저기 여행하면서 재밌는 사람들 많이 만나고, 세상 구경도 하고, 다른 곳에서 일어나는 일들을 조금씩 맛보니까 충분히 보상이 됩니다."

"맞아, 조금씩 맛볼 수 있지. 하지만 전부는 아니야."

"전부 경험하는 건 불가능하니까요."

"자네는 그럼, 뭐라고 표현해야 할까…… 주요 사건의 무대 뒤에서 어떤 일이 일어나는지 보고 싶다는 생각은 한 번도 안 해 봤나?"

"가끔은 안 봐도 짐작이 갑니다."

스태퍼드 경은 일부러 애매한 말투로 대답했다.

"자네가 그렇다는 얘긴 들었네. 세상일에 대한 통찰력이 있다고. 근데 보통 사람들하고는 다른 시각으로 본다지?"

"그것 때문에 집안의 문제아 취급을 당했던 적도 있었습니다."

스태퍼드 나이가 웃으며 말했다.

늙은 샬로테가 클클 웃었다.

"별로 숨기려고 하지도 않는군?"

"숨겨서 뭐합니까? 숨겨도 누군가는 꿰뚫어보기 마련인데요."

샬로테는 스태퍼드 경을 뚫어지게 쳐다보았다.

"자네는 인생에서 무엇을 원하나, 젊은이?"

스태퍼드 경은 어깨를 으쓱했다. 이번에도 임기응변으로 대처해야 했다.

"아무것도 안 바랍니다."

"이런, 이런. 나더러 그걸 믿으라는 건가?"

"예, 믿으셔도 됩니다. 저는 야망이 없습니다. 제가 야망 있는 놈처럼 보이십니까?"

"아니, 그건 그렇군."

"제가 원하는 건 오직 즐겁게 사는 것, 적당히 먹고 마시며 안락하게 사는 것, 그리고 저를 즐겁게 해 줄 친구 몇 명뿐입니다."

늙은 샬로테는 갑자기 몸을 앞으로 숙이더니 힘주어 눈을 서너 번 깜빡였다. 그러고는 조금 전까지와는 전혀 다른, 휘파람 같은 목소리로 말했다.

"증오는 해 본 적 있나? 증오할 줄도 아는가?"

"증오는 시간 낭비입니다."

"흠. 그렇군. 자네 얼굴에 불만으로 생긴 주름살이 없는 걸 보니, 자네 말은 진실인 것 같군. 그렇다 해도, 내 생각에 자네는 어떤 특정 행로를 밟을 준비가 되어 있네. 자네를 특별한 곳으로 데려다 줄 행로야. 자네는 아무것도 개의치 않는다는 듯 웃는 얼굴로 그 길을 갈 테지만, 그것과 상관없이 결국엔 자네가 제대로 된 조언자를, 적절한 조력자를 찾아내기만 한다면 진심으로 원하는 걸 얻게 될지도 모르네. 물론 자네가 뭘 원하는지 안다면 말이지만."

"안 그런 사람이 어디 있습니까?"

스태퍼드 나이는 부드럽게 고개를 저으며 덧붙였다.

"너무 확대 해석 하신 것 같은데요. 너무 멀리 가셨어요."

그때 하인이 문을 열고 말했다.

"저녁 식사가 준비됐습니다."

식사 절차는 분위기에 딱 어울리게 형식적이었다. 심지어 왕실 만찬 비슷한 분위기도 났다. 먼저, 방 반대편의 육중한 문이 힘차게 열리자 페인트칠한 천장에 커다란 샹들리에가 세 개나 달린, 조명도 눈부신 정찬실이 나왔다. 중년으로 보이는 여자 둘이 다가와 백작 부인의 양쪽에 섰다. 둘 다 이브닝드레스를 입었는데 희끗희끗한 머리는 차분하게 틀어 올렸고 다이아몬드 브로치를 달고 있었다. 그렇게 치장해도 스태퍼드 나이의 눈에는 두 여자가 마치 딱딱한 간수처럼 보였다. 아니, 간수라기보다는 건강이나 생리 등 샬로테 백작 부인이 생활하는 데 따르는 일신상의 잡다한 일들을 돌봐주는 고급 수행원 같았다. 공손하게 절한 다음 두 여자는 앉아 있는 백작 부인의 어깨 아래와 팔꿈치를 각각 잡았다. 그런 다음 오랜 연습에서 오는 능숙함과 백작 부인 본인의 노력에 힘입어, 두 수행원은 백작 부인을 최대한 위엄 있게 일으켰다.

"저녁 식사 할 시간이오."

샬로테 백작 부인이 선언했다.

그런 다음 두 수행원과 함께 앞장을 섰다. 일어서니 온몸이 더욱 더 출렁이는 거대한 젤리처럼 보였지만, 그럼에도 무시할 수 없는 권위가 느껴졌다. 아무도 샬로테 백작 부인을 그냥 뚱뚱한 할머니로 치부할 수 없었다. 그녀는 결코 만만한 상대가 아니었고, 자신도 그 사실을 알고 있었으며, 필요하면 누구에게든 그 점을 인식시킬 수 있었다. 세 여자의 뒤를 스태퍼드 경과 리나타가 따라갔다.

식당 입구로 들어서는데, 단순히 식당이라기보다는 마치 연회장에 온 기분이었다. 입구에 경비병까지 서 있었다. 키가 훌쩍 큰 금발의 잘생긴 청년들로, 전부 제복 차림이었다. 샬로테가 들어오자 경비병들이 챙 소리를 내며 칼을 뽑아 들더니 머리 위로 들어 올려 통로를 만들었다. 그러자 샬로테는 수행원들의 도움 없이 몸을 가누며 통로를 지나 긴 테이블의 상석에 준비된, 금장식을 박고 금수 입힌 비단 덮개를 씌운 커다란 의자에 혼자 걸어가 앉았다. 이건 뭐, 성대한 결혼식 같군. 스태퍼드 나이는 생각했다. 해군이나 육군 결혼식. 이 경우는 단연코 육군 결혼식이다. 신랑만 없을 뿐.

경비병들은 하나같이 최상의 신체 조건을 갖춘 젊은이들이었다. 전부 서른 이하로 보였고, 외모가 출중함은 물론 건강도 최상의 상태인 것 같았다. 아무도 미소를 짓지 않았고 하나같이 아주 심각한 표정이었으며, 뭐랄까…… 스태퍼드 경은 적당한 단어를 찾아 잠시 고민했다. 그거야, 헌신적이었다. 그렇게 생각하고 다시 보니 이 의식은 군대 사열이라기보다는 종교 의식처럼 느껴졌다. 곧 이어 시종들이 등장했는데, 마치 성의 과거, 정확히 말하면 1939년에 속한 사람들처럼 구식으로 차려입고 행동하고 있었다. 이 모든 것이 마치 거액을 쏟아 부어 연출한 시대극 같았다. 그리고 상석인지 왕좌인지, 하여튼 의자에 앉아 거만하게 내려다보며 군림하는 것은 여왕도 아니고 여제도 아닌 노파, 그것도 과체중과 기이함 그리고 역겨울 정도의 추함 때문에 눈에 확 띄는 노인네였다. 저 여자는 대체 누굴까? 여기서 뭘 하고 있는 걸까? 왜?

왜 이런 가장 무도회를 연출하고, 왜 이렇게 경비병, 아니 경호원 같은 남자들을 세워 놓은 거지? 이윽고 다른 손님들도 하나 둘 테이블로 다가와 왕좌의 거대 괴물에게 절한 후 각자 자리에 앉았다. 다들 평범한 야회복 차림이었다. 이상하게도 아무런 소개도 안 이루어졌다.

스태퍼드 나이는 오랫동안 갈고닦은 사람 재는 기술을 발휘하여, 얼른 초대 손님들을 평가해 보았다. 다양한 타입이 모였군. 아주 다양한 타입이 모였어. 변호사가 끼어 있는 건 분명해. 그것도 여러 명. 회계사나 은행가도 있는 것 같고. 평상복을 입은 육군 장교가 한두 명. 그들은 영국 군대의 장교인 것은 거의 분명한데 동시에, 여왕님을 받들어 자신은 말석에 앉는 원칙을 고수하는 구식 봉건 의식을 지닌 장교들처럼 보였다.

음식이 나왔다. 육즙에 절인 커다란 멧돼지 머리 고기와 사슴 고기, 차갑고 상큼한 레몬 셔벗, 산더미처럼 쌓은 빵과 과자. 상상도 못할 달콤함으로 가득 찬 밀푀유.

거구의 여인은 차린 음식을 맘껏 즐기면서 게걸스럽게 먹고, 먹고, 또 먹었다. 그런데 갑자기 밖에서 소음이 들려왔다. 슈퍼 스포츠카의 고성능 엔진 소리였다. 스포츠카가 창밖을 번쩍 지나갔다. 그러자 식당 안쪽에 서 있는 경비병이 큰 소리로 외쳤다.

"하일! 하일! 하일 프란츠!"

젊은 경비병들은 몸에 밴 익숙함으로 아주 절도 있게 움직였다.

둘러보니 모두들 자리에서 일어서 있고 오직 늙은 샬로테만 상석에서 고개를 빳빳이 든 채 앉아 있었다. 아, 새로운 흥분이 감도는군. 스태퍼드 나이가 속으로 중얼거렸다.

다른 손님들 혹은 성의 다른 식구들은 마치 도마뱀이 벽의 갈라진 틈으로 사사삭 사라지는 것처럼 재빨리 식당에서 사라졌다. 금발 청년들이 새로이 대열을 만들어 검을 뽑아 들고 여주인에게 경례하자 늙은 샬로테는 고개를 까딱 숙여 답례했고, 허락을 얻은 경비병들은 다시 검을 칼집에 꽂고 뒤로 돌아 행진하며 식당을 나갔다. 샬로테는 눈으로 경비대를 좇다가 리나타를, 이어서 스태퍼드 나이를 돌아보았다.

샬로테가 스태퍼드에게 물었다.

"어떻게 생각하나? 내 아이들, 내 소년단 말이야. 그래, 저 애들은 내 새끼들이야. 자네 같으면 저 애들을 어떤 한마디로 표현하겠나?"

스태퍼드 나이는 왕족을 대하듯 공손하게 대꾸했다.

"훌륭합니다. 한마디로, 훌륭합니다, 백작 부인."

"아!"

샬로테 백작 부인이 고개 숙여 답례하며 미소를 짓자, 얼굴 전체에 자글자글 주름이 졌다. 그 얼굴이 꼭 악어 가죽처럼 보였다.

끔찍한 여자다. 스태퍼드 나이는 생각했다. 가식적이고 상대하기 힘든, 끔찍한 여자. 지금 이것이 과연 실제로 일어나고 있는 일일까? 스태퍼드는 믿을 수가 없었다. 이게 또 다른 페스티벌 홀의 상연극이 아니라면 과연 무엇인가?

그렇게 생각하는 순간, 다시 문이 벌컥 열리면서 금발의 젊은 초인 부대가 아까처럼 행진을 하며 들어왔다. 이번에는 검을 빼 들진 않았지만, 대신 노래를 하기 시작했다. 놀랍도록 고운 음성이었다.

몇 년간 대중가요만 들어 온 스태퍼드 나이는 그 노랫소리를 듣는 순간 이루 말할 수 없는 행복감을 느꼈다. 귀에 거슬리는 고함이 아니고 분명 전문적인 성악 지도를 받은 목소리였다. 그것도 성악 분야의 최고 스승들에게 훈련받은 목소리였다. 조금이라도 성대를 혹사하거나 음정이 빗나가는 걸 용납하지 않는 철저한 훈련. 그러나 그들이 새로운 '신세계의 영웅'일지는 몰라도 그들이 부르는 노래는 전혀 새로운 것이 아니었다. 들어 본 적이 있는 노래였다.「뉘른베르크의 명가수」의 프라이슬리트(찬가)를 편곡한 곡이었다. 그럼 여기 어디에 오케스트라도 숨어 있겠군. 2층 별석 같은 데 말이야. 자세히 들어 보니 노래는 바그너 오페라의 여러 주제곡을 편곡하거나 개작한 것이었다. 프라이슬리트로 시작하더니 점차「라인의 황금」의 멜로디가 희미하게 묻어나는 곡으로 바뀌었다.

이어서 엘리트 군단이 다시 한번 2열 종대를 만들었다. 이번에는 늙은 여제를 위해 사열한 것이 아니었다. 여제는 상석에 앉아, 누군지 몰라도 곧 나타날 주인공을 기다리고 있었다.

마침내 주인공이 등장했다. 입장에 맞춰 음악도 바뀌어, 이제는 스태퍼드 나이의 귀에 익은 모티프가 흐르기 시작했다. 젊은 지크프리트의 선율이었다. 지크프리트의 뿔 나팔의 선율이 그 젊음과 승리에, 젊은 지크프리트가 정복하러 온 신세계를 손에 넣은 기쁨에 도취되어 점점 고조되었다.

문 앞에 추종자들이 만든 대열 사이로, 스태퍼드 나이가 지금껏 본 사람 중에 가장 잘생긴 청년이 당당하게 걸어 들어왔다. 마법사가 막대를 휘둘러 만들어 낸 상상 속의 인물처럼 금발에 푸른 눈, 신체 비율마저 완벽한 그 청년은 마치 신화에서 막 걸어 나온 주인공 같았다. 신화, 영웅들, 부활, 환생이 전부 눈앞에 펼쳐지고 있었다. 숨 막히는 아름다움과 강인함, 놀라울 정도의 확신과 오만.

청년은 대열 사이를 유유히 걸어가 왕좌에 앉아 있는 흉측한 거구의 여자 앞에 섰다. 그리고 한쪽 무릎을 꿇고 여제의 손을 들어 입을 맞추더니, 일어나 한쪽 팔을 들어 경례하면서 스태퍼드 나이가 많이 들어 본 구호를 외쳤다.

"하일!"

청년의 독일어는 발음이 그리 분명치 않았지만, 스태퍼드 나이는 "위대하신 어머니께 하일."이라는 한마디는 알아들을 수 있었다.

그러더니 그 잘생긴 젊은 영웅은 양옆을 둘러보았다. 리나타를 보더니, 별 흥미는 안 보였지만 그래도 알아보는 티를 냈다. 그런데 스태퍼드 나이에게 시선이 간 순간, 흥미를 보이며 상대를 재기 시작했다. 경계 경보, 경계 경보! 스태퍼드 나이는 속으로 외쳤다. 내가 맡은 역을 신중하게 연기해야 해. 내게 주어진 역을. 그런데 문제는…… 대체 나한테 주어진 역이 뭐지? 난 여기서 뭘 하고 있는 거지? 내가 혹은 리나타가 연기해야 하는 역이 대체 뭘까? 우리가 여기 왜 온 거지?

젊은 영웅이 입을 열었다.

"그래, 손님이 있었군!"

그러더니 자기가 세상 그 누구보다도 훨씬 잘났음을 잘 알고 있는 젊은이의 오만방자함을 드러내는 미소를 지으며 이렇게 덧붙였다.

"환영합니다, 두 분 모두."

그때 성의 깊숙한 곳 어딘가에서 큰 종이 울리기 시작했다. 장례식처럼 장중한 소리는 아니었지만 왠지 모를 엄격함이 묻어났다. 마치 어느 수도원을 종교 재판소에 소환하는 것 같은 소리였다.

늙은 샬로테가 말했다.

"이제 잘 시간이야. 가서들 자게. 내일 아침 11시에 다시 만나기로 하지."

그러고는 리나타와 스태퍼드 나이 경을 보며 말했다.

"방으로 안내를 해 줄 걸세. 편히 자길 바라네."

여왕의 해산 명령이었다.

스태퍼드 나이는 리나타가 팔을 획 쳐들며 파시스트식 경례를 하는 것을 보았다. 그러나 그 인사는 샬로테가 아니라 금발 청년을 향한 것이었다. 언뜻 듣기로는 "하일 프란츠 요제프."라고 하는 것 같았다. 스태퍼드도 따라서 팔을 들며 "하일!" 하고 인사했다.

샬로테가 말했다.

"자네, 내일 아침 숲에서 승마하면서 하루를 시작하는 게 어떻겠나?"

"좋은 생각입니다."

스태퍼드 나이가 대꾸했다.

"애야, 너는?"

"예, 저도요."

"잘됐군, 그럼. 준비시켜 두지. 둘 다 잘 자게. 내 성에 잘 왔어. 프란츠 요제프, 이리 와서 나를 부축해. 중국식 규방으로 가자. 의논할 것도 많고, 자네는 내일 아침 일찍 나가야 하니까."

하인들이 리나타와 스태퍼드 나이를 각각 방으로 안내했다. 나이는 방문 앞에서 잠시 망설였다. 지금 몇 마디 나눠도 괜찮을까? 그러나 관두기로 했다. 성벽에 둘러싸여 있는 한 입을 다물고 있는 편이 나았다. 혹시 모르지. 방마다 도청장치가 되어 있는지도.

그러나 질문을 언제까지 미룰 수는 없었다. 마음속에 새로운, 불길한 염려가 자리 잡았기 때문이었다. 그는 자신이 지금 설득당하고 있음을, 유인되고 있음을 알았다. 하지만 어디로 유인하려는 걸까? 그리고 누가 조종하는 걸까?

침실은 아름다웠지만 왠지 답답한 느낌이 들었다. 과거에 쓰던 것이 섞여 있어서 그런지, 공단과 벨벳으로 만든 화려한 커튼에 향료로도 채 가리지 못한 부패의 향이 희미하게 남아 있었다. 문득 리나타는 옛날에 얼마나 자주 이곳에 머물렀을까 궁금해졌다.

젊음과 아름다움

다음 날 아침, 스태퍼드 경이 아래층의 아담한 조찬실에서 식사를 마친 후 나가 보니 리나타가 벌써 기다리고 있었고 문 밖에는 말도 준비돼 있었다.

두 사람 다 승마복을 챙겨 왔는데, 누군가 이번 여행에서 필요한 것들이 뭔지 다 예상하고 사전에 준비하도록 언질을 준 것 같았다.

두 사람은 말에 올라타 성 밖으로 난 길을 따라 달렸다. 리나타가 출발하기 전에 마부와 잠시 대화를 나누었는데, 출발하고 나서 그대로 스태퍼드 경에게 말해 주었다.

"같이 가 줬으면 하느냐고 물어봐서, 괜찮다고 했어요. 이 근처는 제가 잘 알거든요."

"그렇군요. 여기 와 본 적이 있나 보죠?"

"최근에는 자주 못 왔어요. 어렸을 때는 이 근방을 훤히 꿰었죠."

그 말에 스태퍼드가 리나타를 날카롭게 쳐다봤지만, 리나타는 눈길을 주지 않았다. 스태퍼드는 나란히 말을 타고 달리는 리나타의 옆얼굴을 가만히 바라보았다. 콧대가 날카로운 매부리코, 당당하게 치켜든 머리와 우아한 목선. 말 타는 자세도 예사롭지 않았다.

그러나 오늘 아침에는 계속 마음에 걸리는 것이 있었다. 그게 뭘까…….

새삼 프랑크푸르트 공항 라운지에서 있었던 일이 떠올랐다. 당당하게 다가와 말을 건 여인. 테이블 위의 필즈너 맥주잔……. 독극물은 안 들어 있었다. 처음에도 그리고 자리를 떴다가 돌아온 뒤에도. 알고서 무릅쓴 위험이었다. 그렇다면 왜 이렇게 시간이 많이 흐른 지금, 새삼스럽게 마음에 걸리는 걸까?

두 사람은 숲길을 따라 잠시 구보로 달렸다. 아름다운 사유지, 아름다운 숲이었다. 멀리서 뿔 달린 짐승들도 간간이 보였다. 사냥 애호가나 구식 라이프 스타일을 추구하는 사람에게는 천국이나 다름 없었다. 그렇지만 이 숲에는 뭔가가 있었다. 무엇일까? 독사? 태초의 에덴 동산처럼 독사가 있을지도 모른다. 천국에는 독사가 있게 마련이니까. 스태퍼드 경은 고삐를 당겨 평보로 속도를 늦추었다. 지금 이 숲에는 두 사람밖에 없다. 도청 장치도, 엿들을 벽도 없다. 질문을 할 기회가 온 것이다.

"그 여자, 누굽니까? 정체가 뭐죠?"

스태퍼드가 다급하게 질문을 던졌다.

"그 질문의 답은 간단해요. 너무 쉬워서 믿기지 않을 거예요."

"그래서, 뭔데요?"

"그 여자는 석유예요. 구리예요. 남아프리카의 광산이고, 스웨덴의 무기 산업, 북아메리카 대륙의 우라늄 광맥이에요. 핵무기 개발, 끝도 없는 코발트 채광지. 그게 다 그 여자예요."

"그런데도 나는 소문이나 이름도 못 들어 봤고, 여태껏 한 번도……."

"본인이 알려지지 않기를 원했으니까요."

"그렇게 대단한 걸 숨기는 게 가능하긴 한가요?"

"쉽죠. 그렇게 엄청난 구리와 석유, 핵무기 개발 자원과 군사력을 갖추고 있는 사람에게는요. 돈이 있으면 광고도 할 수 있지만 거꾸로 일을 숨길 수도, 진실을 매장할 수도 있어요."

"그렇다 해도, 그 여자의 진짜 정체가 뭡니까?"

"백작 부인의 조부는 미국인이었어요. 주로 철도 산업에 투자했다고 알고 있어요. 어쩌면 당시 시카고 기관차 산업까지 손을 뻗었을 수도 있어요. 샬로테 백작 부인을 알기 위해서는 역사를 거슬러 올라가야 해요. 조부는 독일 여자와 결혼했는데, 아마 들어 보신 적 있을 거예요. 당시 빅 벨린다라고 불렸던 여자예요. 군수 산업이며 운송업이며, 유럽에서 거대 규모의 산업은 모조리 장악했죠. 부유한 부친에게서 재산을 상속받았거든요."

"부부가 합친 재산이 어마어마했겠군요. 그걸 바탕으로 엄청난 권력을 얻었고요. 그런 얘깁니까?"

"맞아요. 그런데 샬로테 백작 부인은 돈만 물려받은 게 아니에요.

스스로 돈을 벌기도 했어요. 머리 또한 물려받아서, 순전히 자기 힘으로 거물급 금융가로 성공했어요. 손대는 사업마다 몇 배로 불어났죠. 그렇게 해서 엄청난 재산을 모았고, 그걸 다시 투자했어요. 여기저기서 조언도 얻고 주변 사람들의 의견도 수렴했지만, 항상 최종 결정은 자신의 판단에 따랐어요. 그리고 결과는 항상 성공이었죠. 계속 자산을 증식해서, 나중에는 일반인이 상상도 못할 정도로 불어났어요. 돈이 돈을 부른 셈이죠."

"거기까진 알겠어요. 잉여 재산이 있으면 재산은 점점 불어날 수밖에 없죠. 그건 그렇다 쳐도, 그 여자가 원한 것이 뭐였습니까? 그렇게 해서 뭘 얻었는데요?"

"아까 스스로 답을 내리셨잖아요. 권력이요."

"그럼 그 여자는 여기서 사는 건가요? 아니면……."

"미국이랑 스웨덴도 오가요. 그래요, 여기저기 여행 다니긴 하지만 자주는 아니에요. 가장 좋아하는 곳은 이곳이죠. 거미집 한가운데 버티고 앉아서 사방으로 뻗은 실오라기 같은 거미줄을 한꺼번에 조종하는 커다란 독거미처럼. 자본이라는 거미줄도 있고, 다른 줄도 있죠."

"다른 거미줄이라면……."

"예술 분야요. 음악, 미술, 작가. 사람들, 젊은 사람들."

"예. 그 정도는 금방 알 수 있겠더군요. 안에서 본 그림들, 굉장한 컬렉션이던데요."

"성의 위층에는 갤러리도 있어요. 렘브란트하고 조토, 라파엘의 작품들도 있고, 보석도 한 벌씩 수집해 놨어요. 세상에서 가장 진귀하고 아름다운 보석들이에요."

"근데 그게 다 한 못생기고 추한 노파의 것이군요. 그래서 만족은 한답니까?"

"아직은요. 하지만 그런 식으로 나가다 보면 언젠가는 만족하겠죠."

"그래서 어쩌려는 겁니까? 원하는 게 뭐래요?"

"샬로테 백작 부인은 젊음을 사랑해요. 그게 바로 그 여자가 권력을 행사하는 방식이에요. 젊음을 통제하는 것. 지금 세상은 반항적인 젊은이들로 들끓고 있어요. 저절로 그렇게 된 게 아니에요. 현대 철학과 현대 사상, 그 여자가 돈을 대며 좌지우지하는 작가와 예술가들을 통해서 더 심화된 거예요."

"하지만 어떻게……."

"그건 나도 모르니까 설명할 수가 없어요. 규모만 해도 상상을 초월해요. 하지만 어느 정도는 그 여자가 배후 세력이라고 봐도 좋을 거예요. 수상한 자선 단체들, 열성적인 자선사업가와 사상가들을 후원하고 또 학생이나 예술가, 문학가들을 위한 거액의 보조금을 조성하는 식으로 영향력을 행사하거든요."

"그렇게까지 하는데도 아직……."

"맞아요, 그 프로젝트는 아직 미완성이에요. 그들이 계획하는 건 사회의 대변동이에요. 수많은 지지자를 거느린 신천지 프로젝트죠. 사실 지난 수천 년간 새로운 세상을 약속한 지도자들은 한둘이 아니었어요. 메시아를 기다리는 유대교 지도자도, 인간을 가르치려고 환생한 부처도 새로운 세상을 약속했지요. 정치가들도 마찬가지예요. 또 옛날 옛적 이슬람 암살단의 두목은 마약으로 쉽게 닿을 수 있는 천박한 낙원을 약속으로 내세웠고, 그들 입장에서 보면 약속을 지키기까지 했어요."

"백작 부인이 마약 밀매에도 손대고 있나요?"

"그럼요. 물론 확증은 없어요. 사람들을 자기 뜻대로 주무를 수단으로 마약만큼 좋은 게 없죠. 그런데 마약은 사람을 파괴하는 수단도 돼요. 나약한 사람들. 그 여자가 생각하기에 쓸모없는 사람들이죠. 한때 아무리 촉망받는 인재였다 해도 지금 그 여자의 눈에 안 차면 가차 없이 처치해 버려요. 하지만 백작 부인 본인은 마약을 하지 않아요. 의지가 아주 강한 여자예요. 마약은 약한 사람일수록 더 쉽게 파괴하니까요."

"무기는요? 군대도 갖추었나요? 선전만으로 모든 것을 조종할 수는 없을 거 아녜요."

"물론이죠. 선전은 첫 번째 단계에 불과하고, 배후에 엄청난 규모의 군비가 뒤를 받쳐 주고 있어요. 그 무기가 가난한 국가를 비롯해 세계 곳곳으로 운반돼요. 총과 탱크, 심지어 핵무기까지 아프리카나 남아메리카 대륙, 남태평양 등지로 흘러드는 거예요. 지금 남아메리카에서 서서히 큰 세력이 형성되고 있어요. 젊은 남녀로 이루어진 군대가 맹훈련을 받고 있죠. 대규모 무기 보관소도 있고 생화학전 무기까지……."

"끔찍하군요! 그런 걸 어떻게 다 알고 있죠, 리나타?"

"일부는 들어서 아는 거예요. 그리고 일부는 수집된 정보를 통해서요. 정보를 검증하는 임무를 맡았었거든요."

"하지만 당신은……, 당신하고 그 여자는 어떤 관계죠?"

"이렇게 엄청난 일의 배후에는 항상 황당한 연결고리가 있게 마련이죠."

리나타는 갑자기 웃음을 터뜨렸다.

"옛날에 샬로테가 저의 할아버지를 사랑했어요. 알고 보면 별 이야기 아니에요. 할아버지는 유럽에서 사셨어요. 여기서 이삼 킬로미터 떨어진 곳에 성도 소유하고 계셨고요."

"할아버님이 비범한 분이셨나 보죠?"

"아뇨. 그냥 스포츠맨으로서 뛰어나셨을 뿐이에요. 잘생기고 방탕하고, 여자한테 인기가 많은 타입이셨죠. 그런 과거 때문에 샬로테 백작 부인은 어떻게 보면 제 보호자 역할도 하고 있어요. 저는 백작 부인의 추종자 아니면 노예인 셈이죠! 저는 백작 부인을 위해서 일해요. 원하는 사람을 찾아 주기도 하고. 세계 어디든 가라는 데로 가서 명령을 이행하지요."

"정말 그렇습니까?"

"무슨 말을 하고 싶은 거예요?"

"그냥 궁금해서요."

그러나 정말로 궁금했다. 리나타를 볼 때마다 자꾸 그날 공항에 서 있었던 일이 떠올랐다. 스태퍼드는 지금 리나타를 위해, 리나타와 함께 일하고 있었다. 이 성으로 스태퍼드 경을 데려온 것도 리나타였다. 그렇다면 리나타에게 그를 데려오라고 지시한 건 누구일까? 거미줄 한가운데 떡 버티고 있는 거구의 흉측한 샬로테? 스태퍼드는 외무부 동료들 사이에서 못미더운 친구라고 소문난 사람이었다. 그런 그를 이 사람들은 쓸모 있는 일꾼으로 보았을지도 모른다. 그러나 어디까지나 아주 사소하고 굴욕적인 쪽으로나 쓰일 터였다. 꼬리에 꼬리를 물고 뭉게뭉게 떠오르는 의문 부호 속에서 갑자기 이런 생각이 번쩍 떠올랐다. 리나타를 통해서 나를 조종하려고? 나는 프랑크푸르트 공항에서 리나타의 요구를 들어줌으로써 큰 위험을 감수했다. 하지만 내 판단이 틀리지 않았다. 아무 일도 안 일어났잖은가. 그렇다 쳐도, 이 여자는 도대체 누굴까? 정체가 뭘까? 알 수가 없었다. 아군인지 적군인지 확신이 안 갔다. 요즘 세상엔 아무도 믿을 수 없으니까. 아무도. 어쩌면 나한테 접근하라는 지시를 받았을지도 몰라. 나를 완전히 손아귀에 넣으라고. 프랑크푸르트에서 있었던 일은 치밀하게 계획된 연극이었을지도 모른다. 모험을 좋아하는 내 취향과 잘 맞을 뿐 아니라, 그 일을 통해 나는 리나타를 믿게 되었으니까. 의지하게 되었으니까.

리나타가 말했다.

"우리, 다시 구보로 달려요. 너무 오래 걸었어요."

"당신이 이 일에서 어떤 역할을 맡고 있는지 아직 파악이 안 됐는데요."

"나는 명령을 이행할 뿐이에요."

"누구의 명령?"

"이 일에는 반대 세력이 있어요. 무슨 일이건 반대파는 있게 마련이죠. 현재의 상황을 미심쩍은 시선으로 감시하는 사람들이 있어요. 돈과 자원, 무기를 동원하고 이상주의와 화려한 언변을 이용해서 세상을 바꾸려는 무리를 걱정스럽게 지켜보는 사람들. 그런 일이 일어나게 내버려 두지 않겠다고 다짐한 사람들이 있다는 거예요."
"당신도 그들과 한패입니까?"
"그렇다고 해야겠죠."
"그게 무슨 뜻이죠, 리나타?"
리나타가 다시 한번 말했다.
"그렇다고 봐야 한다고요."
"어젯밤의 그 청년은……."
"프란츠 요제프요?"
"그게 그 사람 이름이에요?"
"그게 그 사람이 사용하는 이름이에요."
"다른 이름이 있군요?"
"그렇게 생각하세요?"
"그 사람이 바로 젊은 지크프리트로군요. 아닙니까?"
"그렇게 보세요? 그게 프란츠의 정체, 프란츠가 상징하는 것이라고 생각하세요?"
"예. 젊음. 영웅적인 젊음. 아하, 아리안(나치즘에서 말하는 비유대계 백인 — 옮긴이) 청년단이군요. 여기가 다른 데도 아니고 독일인 것으로 미루어 봐서, 아리안 청년단일 수밖에 없어요. 아직도 그런 사상이 남아 있다고 들었어요. 우월한 인종, 초인. 그들은 아리안 혈통의 후손인 거예요."

"맞았어요. 히틀러 때부터 이어져 왔죠. 공개적으로 논의되는 일이 거의 없고, 또 세계 다른 지역에서는 여기처럼 나치즘이 그렇게 비난의 대상이 되지도 않아요. 그중에서도 남아메리카는 핵심 거점 중의 하나예요. 페루하고 남아프리카도요."

"젊은 지크프리트가 하는 일은 뭡니까? 몸치장하고 후견인 손등에 키스하는 것 말고."

"아, 그 사람이 얼마나 뛰어난 웅변가인데요. 한번 연설했다 하면 숭배자들이 목숨이라도 내놓을 듯이 달려들어요."

"정말입니까?"

"적어도 그 사람은 그렇게 믿어요."

"당신은요?"

"나도 그렇게 믿을지도 모르죠. 웅변은 아주 무서운 힘이 있어요. 사람의 목소리, 사람의 말이 얼마나 큰 영향력을 갖는지 새삼 깨닫게 해 주죠. 그리 특별한 말도 아닌데 말이에요. 중요한 건 말을 어떤 식으로 하는가예요. 프란츠 요제프의 목소리에는 종소리처럼 맑은 울림이 있어요. 요제프가 여자 청중을 향해 한마디 하면, 여자들은 울고불고 소리 지르고 실신까지 한다니까요. 다음에 직접 한번 보세요.

어제 샬로테의 경비병들이 어떻게 차려입었는지 봤죠. 요새는 사람들이 그렇게 입는 것을 즐겨요. 세계 어디를 가나, 가는 곳마다 조금씩 다르긴 하지만, 그렇게 유별난 차림새를 한 사람들을 볼 수 있어요. 어떤 사람은 장발에 수염을 늘어뜨리고, 또 여자들은 하늘하늘한 새하얀 나이트가운을 입고서 평화와 아름다움을 논하고 젊은 이들의 세상을 이야기하죠. 옛 세상을 파괴하면 곧 자신들의 것이 될 새로운 세상을요. 원래 '젊은이들의 나라'라고 하면 아일랜드 해 서쪽에 있는 섬을 말하는 것이었죠.(켈트족 신화에 나오는 '젊음의 땅'이라는 뜻의 지상 낙원 티르나노이를 말한다 — 옮긴이) 지금 우리가 꿈꾸는 젊음의 나라와는 전혀 다른, 아주 아름답고 순수한 곳이죠. 은빛 모래에 따스한 햇살, 파도의 노랫소리가 들려오는······.
 그런데 이제 우리는 무정부주의를 외치고, 질서를 무너뜨리고, 모든 것을 파괴하고 있어요. 무정부주의를 통해서만 그들이 원하는 것을 얻을 수 있거든요. 참 무서운 일이죠. 그런데 동시에 놀라운 일이기도 해요. 그 폭력성이 놀랍고, 또 그걸 이루기 위해 많은 사람들이 고통과 아픔을 감수한다는 것이 놀라워요······."
"당신은 오늘날의 세상을 그렇게 보는 겁니까?"
"가끔은요."
"그럼 내가 다음에 해야 할 일이 뭐죠?"
"안내자를 따라가는 거예요. 내가 당신의 안내자예요. 단테를 안내한 베르길리우스처럼 당신을 지옥으로 안내해 과거 나치 친위대의 잔학 행위를 베낀 사디스트적인 영화를, 사람들이 사디즘과 고통과 폭력을 숭배하는 광경을, 가감 없이 그대로 보여 주겠어요. 그리고 평화와 아름다움만 있는 낙원도 보여 주겠어요. 어느 게 전자고 어느 게 후자인지 구분하기 쉽지 않을 거예요. 하지만 결정을 내리셔야 해요."

"당신을 믿어도 되는 겁니까, 리나타?"

"그건 당신한테 달렸어요. 나를 버리고 도망가든가 나랑 같이 새로운 세상을 엿보든가, 그건 당신 맘이에요. 그 새로운 세상은 지금도 형태를 갖추어 가고 있어요."

"마분지 카드 같군."

스태퍼드 나이 경이 거칠게 한마디 뱉었다.

리나타는 어리둥절한 얼굴로 스태퍼드 경을 쳐다보았다.

"이상한 나라의 앨리스랑 똑같아요. 카드가, 마분지로 만든 카드가 막 날아다니잖아요. 킹, 퀸, 잭 할 것 없이."

"그게 무슨 뜻이에요?"

"현실이 아니라는 겁니다. 전부 가공이에요. 허구의 이야기 같다 이 말입니다."

"어떤 면에선 그렇죠."

"의상을 걸치고 각자 맡은 역을 연기하면서 쇼를 하는 겁니다. 내가 진실에 근접해 가고 있는 것 맞습니까?"

"어떤 면에서는 맞아요. 어떤 면에선 아니고요……."

"한 가지 물어볼 게 있습니다. 영 이해가 안 가서 말이죠. 샬로테가 나를 데려오라고 한 것 같은데, 이유가 뭐죠? 나에 대해 뭘 알긴 안답니까? 나를 어디에 쓰려고 데려오라고 한 겁니까?"

"나도 잘 몰라요. 심복으로 삼으려고 한 것 같아요. 스파이 임무를 맡기려고. 당신한테 딱 맞는 일이었을 것 같은데요."

"하지만 그 여자가 나에 대해 뭘 안다고!"

"아, 그거요!"

갑자기 리나타가 시원하게 웃음을 터뜨렸다.

"알고 보면 우스운 뒷이야기가 있어요. 뭐, 흔한 사정이죠."

"무슨 소린지 영 감을 못 잡겠는데요, 리나타."

"그러시겠죠. 너무나 단순한 속사정이거든요. 로빈슨 씨라면 잘 알 텐데."

"혼자서만 재미있어하지 말고 좀 설명해 주지 그래요?"

"흔히 있는 일이에요. '네가 누구냐가 문제가 아니라 네가 누굴 아느냐가 문제'라는 말도 있잖아요. 마틸다 할머니와 샬로테 백작 부인이 같은 학교를 다녔거든요……."

"그럼 거기서……."

"단짝 친구였지요."

스태퍼드 경은 멍하니 리나타를 쳐다보다가, 이내 고개를 젖히며 크게 웃음을 터뜨렸다.

궁정의 어릿광대

두 사람은 정오에 집주인에게 작별 인사를 한 뒤 성에서 출발했다. 그리고 산꼭대기의 성을 뒤로하고 구불구불한 길을 몇 시간 동안 달린 끝에 돌로미테 알프스에 있는 그들의 본거지에 도착했다. 청년단 회의나 음악회, 친목회 등이 열리는 산중의 원형 극장이었다.

리나타가 안내자 역할을 맡아 스태퍼드를 데려온 것이었다. 스태퍼드는 바위 위에 털썩 앉아, 저들이 무슨 짓을 하는지 조용히 관찰했다. 그러다 보니 아까 리나타가 했던 이야기가 좀 더 이해가 갔다. 모든 대규모 집회가 그렇듯 이 집회도 열띤 긴장감이 넘쳐흘렀다. 뉴욕 매디슨 스퀘어에서 열린 복음주의 교파의 전도 집회나 웨일스 교회당에서 열린 부흥회, 축구장 관중석의 응원, 혹은 가두 행진을 벌이며 대사관과 경찰서, 대학 등을 공격하는 극단적인 데모 집회와 다를 바가 하나도 없었다.

리나타가 스태퍼드 경을 거기 데려온 것은 '젊은 지크프리트'라는 문구의 진짜 의미를 실감하게 해 주기 위해서였다.

집회에서 프란츠 요제프가 (그게 진짜 이름인지 모르겠지만) 군중을 향해 연설을 했다. 요제프의 목소리에는 묘하게 사람을 흥분시키는 매력이 있었다. 리듬을 타고 올라갔다 내려갔다 하는 목소리로 청중의 감정을 자극하면서 신음하고 울부짖는 젊은 남녀들을 쥐고 흔들었다. 한 마디 한 마디가 굉장히 심오한 의미를 갖는 것처럼 들렸고, 엄청난 호소력을 발휘했다. 청중은 마치 오케스트라처럼 반응했다. 요제프의 목소리는 지휘봉이었다. 그럼에도, 의아스러운 부분이 있었다. 과연 요제프가 한 얘기가 대체 무엇일까? 젊은 지크프리트의 메시지라는 게 대체 뭐였지? 연설이 끝났을 때 기억에 남는 말이 단 한 마디도 없었던 것이다. 그래도 스태퍼드는 자신이 감동을 받았고 연설자가 내건 약속을 믿었으며 뜨거운 열정을 느꼈다고 확신했다. 지금은 그 집회가 끝난 후였다. 끝나자마자 청중은 바위 연단으로 우르르 달려가 연설자의 이름을 외치고 소리를 질러 댔다. 몇몇 소녀들은 격앙된 목소리로 비명을 질렀고, 어떤 여자는 실신까지 했다. 그걸 보고 스태퍼드는 속으로 중얼거렸다. 요즘 세상이란. 과거에 사람들의 가슴을 뜨겁게 만들었던 것들, 기강, 절제, 그런 것들이 이제는 하찮은 것으로 전락해 버린 것 같았다. 마치 '기분' 말고는 아무것도 중요하지 않은 것 같았다.

그런 세상은 과연 어떤 세상일까? 스태퍼드 나이는 속으로 물었다.

그때 안내자인 리나타가 그의 팔을 툭툭 쳤다. 두 사람은 군중 속을 빠져나와 차 세워 둔 곳으로 갔다. 운전기사가 자신에게는 아주 익숙한 길을 조심조심 운전하여 두 사람을 산중턱에 있는 마을로 데려다 주었다. 그 마을 여관에 두 사람의 방이 예약되어 있었다.

잠시 후 여관에서 나온 그들은, 사람이 많이 다녀 잘 다져진 길을 따라 조금 걷다가 벤치를 발견했다. 그 벤치에 앉아 두 사람은 잠시 조용히 생각에 잠겼다. 먼저 입을 연 것은 스태퍼드 나이였다.

"마분지 카드야."

다시 한 5분 동안 그들은 조용히 골짜기를 내려다보았다. 이번에는 리나타가 말했다.

"그래서요?"

"뭘 알고 싶은 겁니까?"

"오늘 본 것을 어떻게 생각하세요?"

"나도 모르겠습니다."

뜻밖에 리나타는 깊은 한숨을 내쉬었다.

"그렇게 말씀하시길 바랐어요."

"저것, 전부 가짜죠? 거창한 쇼예요. 어느 연출자가 무대에 세운 쇼. 아니, 어쩌면 여러 명의 연출자 그룹이 만든 쇼. 돈을 대고 연출자를 고용한 것은 그 뚱뚱한 백작 부인이겠죠. 우리가 오늘 본 건 연출자가 아닙니다. 우리가 본 건 스타 배우일 뿐이에요."

"프란츠 요제프에 대해선 어떻게 생각하세요?"

"그 친구도 가짜예요."

스태퍼드 나이가 단정적으로 말했다.

"배우에 불과하죠. 훌륭하게 다듬어진 일류 배우."

무슨 소리가 들려와 스태퍼드는 깜짝 놀랐다. 리나타의 웃음소리였다. 자리에서 일어선 리나타는 갑자기 신이 난 듯하면서도 신기해하는 표정이었다.

리나타가 입을 열었다.

"그럴 줄 알았어요. 간파해 낼 줄 알았다고요. 당신이 지극히 현실적인 사람이라는 걸 진작부터 알고 있었죠. 당신은 모르는 게 없군요? 그러시겠죠. 어떤 속임수도 한눈에 간파하고 모든 것의 실체를 꿰뚫어 보는 사람이니까.

내가 무슨 역에 캐스팅 됐나 알기 위해 꼭 스트래트퍼드(셰익스피어의 출생지 — 옮긴이)까지 가서 셰익스피어 연극을 볼 필요는 없지요. 모든 왕, 모든 위인에게는 어릿광대가 따라붙기 마련이에요. 왕에게 진실을 말해 주고, 분별 있는 조언을 해 주고, 자기 말에 속는 사람들을 조롱하는 왕의 광대요."

"그래, 내가 맡은 역이 그건가요? 궁중의 어릿광대?"

"아직도 모르겠어요? 우리가 원하는 게 바로 그거예요. 우리한테 필요한 게 그거라고요. '마분지 카드 같다'고 하셨죠? 두꺼운 종이로 제작한 카드. 엄청난 규모로 아주 치밀하게 연출한, 기가 막히게 화려한 쇼! 그 말이 맞아요. 하지만 사람들은 다 속아 넘어가죠. 뭔가 대단한 것 혹은 엄청난 것, 굉장히 중요한 것이 있다고 착각하거든요. 물론 실제로는 그렇지 않죠. 여기서 중요한 건 어떻게 보여 줄 것이냐죠. 우리는 그걸 생각해 내야 해요. 사실은 이 모든 게 다 우습기 짝이 없는 속임수라는 것을 제대로 알려야 해요. 기가 차도록 어리석은 속임수라는 것을요. 당신과 내가 할 일이 바로 그거예요."

"마지막에 모든 것을 폭로하자는 게 당신 제안입니까?"

"불가능한 소리로 들린다는 거 알아요. 하지만 사람들도 일단 눈에 보이는 게 진짜가 아니라는 걸, 그것이 거대한 사기극에 불과하다는 걸 알게 되면……."

"사람들한테 정신 차리라고 잔소리를 하자는 겁니까?"

"물론 그건 아니죠. 잔소리해 봤자 누가 듣겠어요?"

"요즘 같아선 들을 사람 1명도 없죠."

"맞아요. 그러니까 증거를 보여 줘야 해요. 명백한 사실을, 진실을……."

"우리한테 그런 게 있기나 합니까?"

"있어요. 제가 프랑크푸르트를 경유해서 가지고 온 것, 제가 영국까지 안전하게 가져올 수 있도록 당신이 도와준 그것이 바로……."

"무슨 소린지……."

"아직은 밝힐 수 없어요. 때가 되면 알게 될 거예요. 지금은 주어진 역할을 제대로 연기하는 게 중요해요. 우리는 당장이라도 세뇌 교육을 받을 준비가 된 사람이어야 해요. 아니, 받지 못해서 안달인 사람처럼 보여야 해요. 우리는 젊음을 숭배해요. 우리는 젊은 지크프리트의 추종자이자 신봉자예요."

"당신이라면 그렇게 보이는 데 문제없겠죠. 하지만 나는 얘기가 다릅니다. 평생 뭔가를 열정적으로 숭배해 본 적이 없어서요. 왕의 광대는 숭배자가 아니에요. 위대한 진실 폭로자죠. 근데 지금 분위기 같아선 누가 진실 폭로자를 두 팔 벌려 반기겠어요?"

"물론 안 그러겠죠. 맞아요. 당신은 열정적인 면을 잘 드러내지 않아요. 물론 당신 상사나 윗사람들, 정치가나 외교관들, 외무부, 권력기관 따위에 대해 이야기할 때는 예외죠. 그럴 때는 격분해서 못된 말을 하거나 익살을 떨고 무정하게 굴기까지 하잖아요."

"그래도 아직 이 성전(聖戰)에서 내 역할이 뭔지 모르겠는데요."

"아주 오래전부터 항상 있어 왔던 역할이에요. 모두가 다 알고 또 맡고 싶어 하는 역이지요. '여기에는 뭔가 내가 얻을 것이 있다.' 그게 당신이 하고 다닐 대사예요. 지금까지는 세상이 나를 인정해 주지 않았는데 젊은 지크프리트를 보고 또 그가 말하고자 하는 것을 이해한 순간 미래에 당신이 받게 될 보상의 가능성을 보았다고 떠들어 대세요. 영국 정부의 기밀을 제공하겠다고 큰소리치면 그 사람은 때가 되면 당신이 한 자리 꿰차게 해 주겠다고 약속할 테니까요."

"당신이 하는 말을 들어 보면 이것이 세계적인 추세 같은데, 맞습니까?"

"물론이죠. 허리케인하고 같아요. 플로라니 리틀 애니니 사람들이 이름까지 붙여 주는 큰 허리케인 있잖아요. 어떤 때는 남쪽에서 올라오고 어떤 땐 북쪽에서 내려오지만, 공통점은 발생지가 어디든 모든 것을 파괴해 버린다는 거예요. 사람들이 원하는 게 바로 그거예요. 유럽에서도, 아시아에서도, 아메리카에서도. 아프리카도 해당될지 모르지만 거긴 다른 대륙만큼 열기가 뜨겁지 않아요. 아직 권력이나 그것에 따르는 이득에 새롭게 눈뜬 정도거든요. 맞아요, 세계적인 추세예요. 젊은 층과 젊은이 특유의 강렬한 생명력이 이끌어 가고 있죠. 식견도 짧고 경험도 없으면서 비전과 생명력만으로 질주하고 있고, 거기다 돈줄까지 받쳐 주고 있어요. 돈을 아주 끝도 없이 쏟아붓고 있죠. 너무나 오랫동안 물질주의가 이 세상을 지배해 왔고, 그래서 우리는 다른 걸 요구했어요. 그리고 원하던 것을 얻었죠. 그런데 그건 증오에 기반을 둔 것이기 때문에 발전이 있을 수가 없어요. 기억나요? 1919년, 사람들이 하나같이 뭐에 홀린 표정으로 '공산주의가 모든 것에 대한 해답'이라고 중얼거리고 다녔잖아요. 이어서 마르크시즘이 새로운 천지를 개척할 거라고 선전했었죠. 그것 말고도 얼마나 많은 고매한 사상을 떠들고 다녔던지. 그런데 그런 사상을 선전한 사람들이 누구였죠? 과거 우릴 지배했던 자들과 똑같은 사람들이에요. 제3의 세계를 창조하는 건 가능해요. 아니, 가능하다고 사람들은 생각해요. 하지만 제3의 세계를 만들어 봤자 그 속에 사는 사람들은 똑같아요. 제1, 혹은 제2의 세계, 하여튼 기존의 세계에 살았던 사람들과 똑같은 인간들이라고요. 그리고 똑같은 사람이 지배하면 지배 방식도 똑같을 수밖에요. 역사만 봐도 쉽게 알 수 있는 사실이에요."

"요새 역사를 돌아보려는 사람이 있기나 합니까?"

"아뇨. 모두들 예측 불가능한 미래나 들여다보려고 하죠. 과학이 모든 것에 대한 답이라고 여겼던 때가 있었죠. 인간의 불행에 대한 해석이 무조건 프로이트 학설, 거기에 나오는 억압된 성의식으로 귀결되던 때가 있었어요. 답을 알았으니 더 이상은 정신병으로 고통받는 이가 없게 될 거라고들 했어요. 그때 누가 억압을 해소하면 정신병동에 환자가 더욱 넘쳐날 거라고 주장했다면, 아마 아무도 안 믿었을 거예요."

스태퍼드 나이가 말을 가로막았다.

"궁금한 게 있습니다."

"뭔데요?"

"다음에는 어디로 가는 겁니까?"

"남아메리카요. 파키스탄이나 인도에 들를 수도 있어요. 미국은 반드시 가야 해요. 거기에서 꽤 흥미로운 일들이 일어나고 있거든요. 특히 캘리포니아에서……."

스태퍼드 경은 한숨을 푹 내쉬었다.

"대학이 몰려 있는 그 지역? 대학이라면 이제 지긋지긋합니다. 만날 같은 양상만 보이니까요."

두 사람은 잠시 말없이 앉아 있었다. 날이 점점 어두워져 갔지만 산꼭대기는 태양 빛을 받아 부드러운 붉은색으로 빛났다.

스태퍼드 나이가 추억에 젖은 목소리로 말했다.

"지금 음악이 있었더라면…… 이 순간에 말입니다. 그러면 내가 무슨 노래를 신청했을지 아세요?"

"또 바그너 곡 아니에요? 아니면 이제는 바그너에서 벗어난 거예요?"

"아뇨. 제대로 맞히셨습니다. 또 바그너를 골랐을 겁니다. 한스 작스(오페라 「뉘른베르크의 명가수」에 등장하는 구두 제조업자—옮긴이)가 말오줌나무 아래 앉아서 노래를 불러 줬으면 좋겠네요. '미쳤도다, 미쳤어, 모두가 미쳤도다…….'"

"아, 딱 맞는 표현이네요. 좋은 곡이죠. 하지만 우린 안 미쳤어요. 제정신이에요."

"단단히 제정신이죠."

스태퍼드 나이가 맞장구쳤다.

"바로 그래서 문젭니다. 궁금한 게 한 가지 더 있는데요."

"뭐죠?"

"말 안 해 줄지도 모르지만. 그래도 알아야겠습니다. 우리가 뛰어들려고 하는 이 미친 짓거리에서 혹시 재미는 찾을 수 없는 겁니까?"

"물론 있지요. 왜 없겠어요?"

"미쳤도다, 미쳤어, 모두가 미쳤도다. 하지만 우리는 즐길 수 있는 만큼 즐기겠다 이거군요. 우리가 목숨을 오래 부지할 수 있을까요, 메리 앤?"

"아마 힘들 거예요."

"아, 바로 그 자세예요. 나도 동참하지요, 나의 동지이자 나의 안내인. 우리가 이렇게 한다고 더 나은 세상을 만들 수 있을까요?"

"그건 너무 큰 바람이에요. 하지만 새로운 세상은 적어도 더 따뜻한 세상일 거예요. 지금은 따뜻함은 없고 신념만 있으니까요."

"충분히 만족스러운 대답입니다. 다시 전진!"

제3부
국내 사정과 해외 사정

파리 회의

파리의 어느 방에 다섯 남자가 둘러앉았다. 그 방은 역사적인 회의가 수도 없이 많이 열린 방이었다. 오늘의 회의는 사뭇 다른 성격의 회의였지만, 역사적으로 중대한 의미를 갖는 것은 마찬가지였다.

회의를 주재하는 건 무슈 그로장이었다. 그로장은 지금, 과거 곤란한 상황에서 여러 번 도움이 됐던 세련된 매너와 수완으로 까다로운 사안들을 최대한 부드럽게 넘기려고 땀을 뻘뻘 흘리고 있었다. 그런데 그렇게 대단한 수완도 지금은 별 도움이 안 되는 것 같았다. 비행기 편으로 이탈리아에서 출발해 겨우 1시간 전에 도착한 시뇨르 비텔리는 정신없는 몸짓과 혼란스러운 거동을 보여 주고 있었다.

시뇨르 비텔리가 내뱉었다.

"말도 안 됩니다. 용납할 수 없는 일이에요."

무슈 그로장이 말했다.

"그놈의 학생들. 세계적으로 골칫거리 아닙니까?"

"이건 학생 운동 차원을 넘어선 일입니다. 학생들 차원이 아니에요. 뭐라고 하면 좋을까. 벌 떼라고 해야 할까요. 자연재해, 그것도 강도가 몇 배로 부풀려진 자연재해와도 맞먹는 심각한 상황입니다. 인간의 상상을 초월한 재난이라고요. 가두 행진은 말할 것도 없고, 자동 소총도 갖고 있어요. 어느 나라에서는 학생들이 항공기까지 확보했다고 합니다. 이탈리아 북부를 장악할 계획을 세우고 있대요. 다 미친 짓이에요! 그들은 어린애에 불과해요. 딱 어린애 수준이라고요. 그런데 어린애들이 폭탄과 폭약을 가지고 있어요. 밀라노에서만 해도 벌써 경찰력을 수적으로 압도했어요. 이 자리에서 묻는데, 우리가 어떻게 하면 좋겠습니까? 군을 동원해요? 육군도 반란을 일으켰어요. 자기들은 레 죈느(젊은이들)와 합류했답니다. 무정부주의 말고는 이 세상에 희망이 없다나. 그러면서 제3 세계라는 것에 대해 떠들어 대는데, 여하간 이런 작태를 용납해서는 안 됩니다."

무슈 그로장은 한숨을 푹 내쉬었다.

"젊은이들 사이에서 유행입니다. 무정부주의. 무정부주의에 대한 맹목적인 믿음이요. 우리는 알제리 문제(132년간 프랑스의 식민지였다가 긴 항쟁 끝에 1962년 독립했다 — 옮긴이)를 경험했고, 그동안 우리 나라와 제국 전체가 충분히 시련을 겪었기 때문에, 이것이 얼마나 골치 아픈 문제인지 잘 압니다. 하지만 우리가 뭘 할 수 있습니까? 군대를 동원해요? 결국엔 군도 학생 시위대를 지지할 텐데요."

"학생들, 아, 그놈의 학생들."

무슈 푸아소니에가 중얼거렸다.

무슈 푸아소니에는 프랑스 정부 요인으로, 그에게 '학생'이라는 단어는 저주의 말과도 같았다. 아마 누가 물으면 학생 운동을 상대하느니 아시아 독감이나 심지어 선페스트가 발발하는 게 훨씬 낫겠다고 당당히 대답할 사람이었다. 학생 없는 세상! 그것이 바로 무슈 푸아소니에가 꿈꾸는 세상이었다. 좋은 꿈이었다. 현실화되지 않아서 그렇지.

"치안 판사 문제를 얘기해 봅시다."

무슈 그로장이 운을 뗐다.

"사법 체계가 도대체 어떻게 돌아가고 있는 겁니까? 경찰은······ 좋아요, 경찰은 아직까지는 제 역할을 충실히 하고 있어요. 근데 판사들을 보세요. 법정에 불려 나온 청년들한테 좀처럼 형을 선고하지를 않아요. 남의 재산을 파괴한 젊은이들인데도 말입니다. 정부 재산, 사유 재산 할 거 없이 닥치는 대로 파괴한 학생들이죠. 그런데 왜 실형을 선고하지 않는 거죠? 그게 알고 싶다 이겁니다. 제가 최근에 여기저기 조사를 좀 하고 다녔는데요. 경찰국장이 저한테 몇 가지 제안을 하더군요. 사법권을 가진 공직자들의 생활 수준을 끌어올릴 필요가 있다는 거예요. 특히 지방에서요."

"아, 아. 그런 말씀은 신중하게 하셔야지요."

무슈 푸아소니에가 끼어들었다.

"마 푸아(맙소사), 왜 신중해야 합니까? 드러내 놓고 논의해야지요. 우리는 과거에도 사기를 당한 적이 여러 번 있어요. 엄청난 사기극이요. 게다가 돈도 돌고 있습니다. 돈이요. 그런데 우리는 돈줄이 누군지조차 파악 못하고 있어요. 그래도 경찰국장의 말에 따르면…… 저는 그 말을 믿습니다만, 돈이 어디로 흘러드는지는 슬슬 감이 잡히기 시작했다고 합니다. 그런데도 부패한 국가 하나가 외부 자본에 매수되는 꼴을 가만히 보고만 있을 겁니까? 아니, 보고도 가만히 있을 수 있어요?"

"이탈리아도 마찬가집니다. 이탈리아가 지금 어떤 꼴인지, 아, 말하자면 끝이 없어요. 예, 물론 짐작 가는 정도는 얘기해 줄 수 있습니다. 하지만 도대체 누가 세상을 이렇게 물들이고 있는 겁니까? 기업가 집단? 재벌 집단? 어떻게 이런 일이."

시뇨르 비텔리가 말했다.

"이 사태는 어떻게 해서라도 막아야 합니다. 행동을 취해야 해요. 군사 행동을 얘기하는 겁니다. 공군을 움직여요. 이들 무정부주의자들, 약탈자 집단 말입니다. 이 사람들, 특정 부류에서만 나오고 있는 게 아니더라고요. 이 광기는 반드시 진정시켜야 해요."

무슈 그로장이 말했다.

"최루탄을 이용한 통제가 상당히 효과적이었던 걸로 아는데요."

푸아소니에가 확신하지 못하는 투로 말했다.

"최루탄으로는 부족합니다. 양파 한 무더기 까는 것과 뭐가 달라요. 그냥 눈에서 눈물이 나는 걸로 끝이잖습니까. 더 강한 게 필요해요."

무슈 그로장의 말에 무슈 푸아소니에가 충격을 받은 목소리로 물었다.

"설마 핵무기를 말씀하시는 건 아니겠지요?"

"핵무기요? 켈 블라크(터무니없는 소리)! 핵무기 가지고 뭐 하자고요. 핵폭탄을 떨어뜨리면 프랑스 영토, 프랑스 영공이 어떻게 되겠습니까? 러시아에 떨어뜨릴 수는 있지요. 그건 나도 압니다. 근데 러시아도 우리한테 핵폭탄을 떨어뜨리면 끝장 아닙니까?"

"설마 가두 행진하고 데모나 벌이는 학생들이 우리 정부를 무너뜨릴 수도 있다는 겁니까?"

"예, 바로 그런 뜻입니다. 그런 징후가 있었거든요. 일반 무기와 다양한 화학전 무기 따위를 대량으로 비축해 둔 증거를 포착했습니다. 우리 나라의 저명한 과학자들에게서 보고를 받았어요. 기밀이 새어 나갔답니다. 비밀 장소에 있는 창고에 훔친 전쟁 무기가 잔뜩 쌓여 있답니다. 그렇다면 다음엔 어떤 일이 일어날까요? 다음 순서가 뭐겠습니까?"

뜻밖에도, 무슈 그로장이 예측한 것보다 훨씬 빠른 속도로, 대답들이 쏟아져 나왔다. 그런데 갑자기 문이 벌컥 열리고 그로장의 비서장이 들어오더니 초조한 표정으로 다가왔다. 무슈 그로장이 불쾌한 표정으로 비서장을 쳐다보며 말했다.

"방해하지 말라고 했잖나?"

"예, 그러셨죠, 무슈 르 프레지덩(대통령 각하). 근데 조금 특수한 경우라서……."

비서장은 상관의 귀에 바짝 얼굴을 갖다 댔다.

"육군 총사령관께서 와 계십니다. 들여보내 달라고 하시는데요."

"육군 총사령관? 설마……."

비서장은 진짜라는 것을 강조하기 위해 힘을 주어 고개를 여러 번 끄덕였다. 옆에서 무슈 푸아소니에가 어리둥절한 표정으로 무슈 그로장을 쳐다보았다.

"육군 총사령관이 입장을 요구한다는군요. 꼭 들어와야겠답니다."

방 안에 있는 다른 2명이 처음에는 그로장을, 다음엔 여전히 초조해하는 이탈리아인을 번갈아 쳐다보았다.

내무부 장관인 무슈 코엥이 입을 열었다.

"이렇게 해도 문제가 안 될까요? 혹시……."

무슈 코엥은 '혹시'에서 멈출 수밖에 없었다. 또 한번 문이 벌컥 열리면서 누가 성큼성큼 들어왔기 때문이다. 이 나라 국민이라면 누구나 아는 사람이었다. 그가 하는 말은 국가의 법이나 마찬가지 였고, 사실 지난 몇 년간은 프랑스에서 법보다 더 강력한 영향력을 행사해 왔다. 이 상황에서 그가 나타난 것은 방에 둘러앉은 사람들에게는 썩 유쾌하지 않은 깜짝쇼일 수밖에 없었다.

총사령관이 입을 열었다.

"아, 만나서 반갑소, 동지들. 도와주러 왔소이다. 조국이 위험에 처했소. 행동을 취해야 합니다. 그것도 즉시! 도움을 제공하러 온 겁니다. 지금부터 이 위기 상황에 대응하여 취할 모든 행동에 대해서는 내가 책임을 지기로 하겠습니다. 물론 위험도 있겠죠. 아니, 위험이 존재하는 건 당연합니다. 하지만 명예가 위험보다 우선하잖습니까. 조국 프랑스의 구원이 위험보다 우선한다 이 말입니다. 시위대가 이리로 행진해 오고 있습니다. 학생들과 출소한 범죄자들, 심지어 살인이나 방화 전과가 있는 치들까지 끼어 있는, 대규모 시위대예요. 운동가를 부르고 자기네 스승, 사상가들의 이름을 외치고 있어요. 오늘의 봉기로 자기들을 이끈 스승의 이름을 찬양하는 겁니다. 우리가 뭔가 조치를 취하지 않는 한 그들은 이 나라의 파멸을 불러올 거요. 그런데 당신들은 여기 가만히 앉아 입만 나불거리며 한탄이나 하고 있소. 앉아서 떠드는 걸로는 부족합니다. 내가 두 연대를 파병했소. 공군에도 대기령을 내렸고, 이웃 동맹국에 있는 내 친구들한테 특수 암호로 보안을 건 전보를 발송했습니다. 이제 독일은 이런 위기 상황에서 우리의 동맹국이니까!

폭동은 반드시 제압되어야 합니다. 반란! 봉기! 여자와 어린아이를 포함한 이 나라 국민들은 물론이고 기간 시설과 재산까지 위협하는 위험 요소입니다. 이제는 내가 나서서 폭동을 진정시키고, 그들의 아버지로서, 리더로서 시위대와 대화를 시도해 보겠소. 그 학생들은, 심지어 범죄자들까지도, 다 내 자식들이니까요. 프랑스의 젊은이들이니까요. 내가 가서 그렇게 설득하겠습니다. 그들은 내 말을 받아들일 것이고, 정부 부처는 개정될 것이며, 수업도 재개될 것입니다. 젊은이들은 제대로 보조를 받지 못했고, 그들의 삶에서는 미덕도 리더십도 부재했어요. 그 모든 것을 바꾸겠다고, 내 이름을 걸고 약속합니다. 동시에 여러분의 이름, 프랑스 정부의 이름을 걸고 말하겠습니다. 여러분은 최선을 다했습니다. 할 수 있는 만큼 했어요. 이제는 더 강한 리더가 필요합니다. 나 같은 리더가 필요하다 이겁니다. 나는 이제 가겠습니다. 다른 동맹국들에 전보를 더 보내야 하거든요. 인구 밀도가 낮은 지역에 사용이 가능한 핵무기는 이럴 때 사용하라고 있는 겁니다. 군중에게 공포심을 심어 주면서 실질적인 위험은 안 가도록 개조한 형태라서 괜찮아요. 내가 다 계획을 세워 뒀습니다. 내 계획은 성공할 겁니다. 자, 나의 충실한 친구들, 나와 함께 갑시다."

"총사령관, 우리는 이런 일을 용납할 수가…… 총사령관이 그런 위험한 일에 몸을 던지게 내버려 둘 수 없습니다."

"아무 말도 듣지 않겠소. 내 죽음을, 내 운명을 받아들이겠소이다."

총사령관은 문을 향해 성큼성큼 걸어갔다.

"내 참모들이 밖에서 기다리고 있소. 내가 직접 고른 경비대원들입니다. 나는 이제 가서 젊은 반란자들, 아름다움과 폭력의 꽃인 젊은이들에게 그들의 진짜 의무를 다하라고 얘기하겠습니다."

그러고는 가장 좋아하는 부분을 연기하는 주연 배우처럼 당당하게 방에서 나가 버렸다.

"봉 디유(맙소사), 진심인가 보네!"

무슈 푸아소니에가 말했다.

"저 사람, 진짜로 목숨 걸고 나설 사람이에요."

시뇨르 비텔리가 말했다.

"어떻게 될지 누가 알아요? 용감하긴 하네요. 의협심은 높이 살만하지요. 하지만 저러다가 어떻게 되겠습니까? 지금 분위기로 봐서는 시위대가 저 사람을 죽일 수도 있어요."

무슈 푸아소니에의 입에서 기분 좋은 한숨이 흘러나왔다. 정말 그럴 수도 있어. 그는 속으로 생각했다. 그래, 그렇게 될 수도 있어.

"그럴 수도 있지요. 폭도들에게 죽을 수도 있어요."

"물론 그렇게 되길 바라면 안 되죠."

무슈 그로장이 조심스럽게 덧붙였다.

사실 무슈 그로장은 그렇게 되길 바랐다. 바라긴 했지만 타고난 비관적 성격 때문에, 사람 일은 좀처럼 바라는 대로 되지 않게 마련이라고 자신을 달랬다. 더불어 훨씬 더 끔찍한 시나리오가 떠올랐다. 총사령관이 피에 굶주리고 광분한 대규모 학생 시위대를 진정시켜 그의 얘길 듣도록, 그의 약속을 믿도록 설득하는 데 성공하고, 나아가 그 성공을 토대로 한때 자신이 누렸던 막강한 파워를 다시 손에 넣게 된다는 시나리오였다. 과거 그의 전력을 보면 일이 그런 식으로 풀린 적이 한두 번 있었다. 군중을 사로잡는 매력을 발휘하여 정치판의 형세를 역전시킴으로써 상대방에게 예상 못한 패배를 안겨 준 적이 있었던 것이다.

"저 사람 말려야 합니다."

그로장이 외쳤다.

"맞아요, 맞아요. 저런 사람을 아깝게 잃어선 안 되죠."

시뇨르 비텔리도 거들었다.

"이런 우려도 있습니다."

무슈 푸아소니에가 입을 열었다.

"총사령관은 독일에 친구가 아주 많아요. 정보원이 너무 많습니다. 독일이 군사 문제에 있어서 얼마나 재빠르게 움직이는지 잘 아시지요. 이때다 하고 달려들지도 모른다는 겁니다."

"봉 디유, 봉 디유."

무슈 그로장이 눈썹의 땀을 훔치며 말했다.

"어쩌면 좋죠? 어떻게 하면 좋을까요? 잠깐, 저게 무슨 소리지? 총소리 아녜요?"

"아뇨. 커피 쟁반이 떨어진 거예요."

무슈 푸아소니에가 달래듯 말했다.

"이럴 때 쓰는 말이 있지요."

극적인 드라마를 좋아하는 무슈 그로장이 말했다.

"제대로 기억이 날지 모르겠는데, 셰익스피어의 한 구절입니다. '누가 무엇을 치우지 못하겠는가…….' 뭐, 이런 식으로 나가는 구절인데."

"'누가 내 앞에서 저 불온한 신부를 끌어내라.'였죠. 연극「베켓」(프랑스의 극작가 장 아누이의 작품 — 옮긴이)에 나오는 구절이고요."

무슈 푸아소니에가 거들었다.

"총사령관 같은 미친놈은 신부보다 더 골칫거립니다. 신부는 남한테 폐나 안 끼치죠. 비록 교황마저 바로 어제 학생 사절단을 맞긴 했지만. 교황은 학생들한테 축복을 내렸답니다. '내 아이들아' 이러면서."

"기독교적인 대응이네요, 그래도."

무슈 코엥이 황당하다는 투로 말했다.

"아무리 기독교적이라 해도 너무 심한 게 있는 겁니다."

무슈 그로장이 대꾸했다.

런던 회의

다우닝가(街) 10번지의 각료 회의실, 테이블 상석에 앉은 영국 수상 세드릭 레이즌비 씨는 별로 달갑지 않은 표정으로 테이블에 둘러앉은 내각 멤버들을 바라보았다. 레이즌비 씨의 표정은 사뭇 침울했는데, 사실 그런 표정을 지을 수 있다는 게 레이즌비 씨에게는 숨구멍이 트일 일이었다. 평소에 사람들에게 보이는 얼굴, 지난 몇 년간 정치 인생에서 위기가 닥칠 때마다 큰 도움이 됐던 '지혜롭고 낙관적인 정치 지도자'의 얼굴을 잠시나마 버리고 마음대로 부루퉁한 표정을 지을 수 있는 곳이 이제는 각료 회의실밖에 없는 건가 하는 생각이 요새 슬슬 들고 있었다.

고개를 돌리니 조지 패컴 경에게 오만상을 찌푸리고 있는 고든 쳇윈드가 보였다. 조지 패컴 경은 여느 때처럼 걱정과 고민이 가득한 얼굴로, 군인 특유의 냉정함으로 일관하는 먼로 대령과 공군 중장 켄우드에게 기가 차다는 듯 혀를 내두르고 있었다. 켄우드는 정치인에 대한 뿌리 깊은 불신을 굳이 숨기려고 하지 않는 과묵한 군인이었다. 모인 이들 중에는 얕잡아 볼 수 없는 분위기를 풍기는 거구의 해군 제독 블런트도 있었는데, 초조한 듯 테이블을 손가락으로 두드리면서 발언 기회를 엿보고 있었다.

켄우드 중장이 막 열변을 토하고 있었다.

"상황이 좋지 않습니다. 더 이상 외면할 수 없습니다. 지난 한 주 동안만 해도 우리 항공기 4대가 공중 납치 당했습니다. 놈들이 밀라노로 선회해서 승객들을 거기다 버려 놓고 다시 어딘가로 가 버렸죠. 아니, 정확히 말하면 아프리카로 갔습니다. 거기서 조종사가 대기하고 있었어요. 흑인들이었죠."

"블랙 파워인가."

먼로 대령이 생각에 잠겨 중얼거렸다.

"아니면 빨갱이 파워일 수도 있잖습니까? 가끔은 우리가 겪는 모든 문제가 러시아의 빨갱이 선전 때문에 생긴 거라는 생각이 든단 말이죠. 누가 러시아와 접선할 수만 있다면…… 내 생각엔 누가 러시아 정부 요인을 개인적으로 찾아가서……."

블런트 제독이 레이즌비의 말을 잘랐다.

"쓸데없는 행동 마십시오, 수상. 러시아 놈들하고 손잡을 생각은 꿈에도 하지 마십시오. 그놈들이 원하는 건 이 문제에서 한 발 떨어져 있는 겁니다. 러시아는 영국이나 다른 나라들만큼 학생 소요 사태가 그렇게 심각하지 않아요. 그놈들은 중국 놈들이 다음번엔 뭘 가지고 뒤통수를 칠까, 거기에만 관심 있다 이겁니다."

"그래도 개인적 영향력을 이용하자는 내 생각엔 변함이……."

"각하는 그냥 여기서 나라 걱정이나 하십쇼."

블런트 제독이 또 말을 뚝 끊고 자기 이름처럼, 그리고 평소 버릇처럼, 퉁명스럽게 말했다.(그의 이름인 블런트는 '퉁명스러운'이라는 뜻—옮긴이)

"그래도 한 번, 실제로 어떤 일들이 벌어지고 있는지 제대로 보고를 받는 게 낫지 않겠습니까?"

고든 쳇윈드가 먼로 대령을 보며 말했다.

"진상 파악을 원하세요? 좋습니다. 전부 씁쓸한 소식들뿐입니다. 그런데 시시콜콜 얘기해 달라는 게 아니라 세계 정세가 어떤지 알고 싶다는 걸로 알아들었는데, 맞습니까?"

"맞습니다."

"일단, 프랑스의 육군 총사령관은 아직도 병원에 입원 중입니다. 팔에 두 군데나 총상을 입었습니다. 프랑스 정부는 완전히 혼란에 빠졌고요. 영토의 상당 부분이 유스 파워 군단이라고 불리는 집단에게 점령당했습니다."

"그들이 무기도 갖추고 있단 말씀입니까?"

고든 쳇윈드가 충격을 받은 목소리로 말했다.

"갖출 건 다 갖췄습니다. 어디서 구한 건지는 나도 모르겠습니다. 어느 정도는 짐작이 가지만요. 대규모 위탁 화물이 스웨덴에서 서아프리카로 운송된 것이 확인됐습니다."

레이즌비가 불쑥 끼어들었다.

"그게 이거랑 무슨 상관입니까? 그게 뭐가 대수예요? 서아프리카로 무기를 밀수하고 싶다면 얼마든지 가져가라고 해요. 저희들끼리 죽이든 죽든 알 게 뭡니까."

"우리가 입수한 정보에 따르면, 상당히 미심쩍은 부분이 있거든요. 서아프리카로 수송된 무기 목록이 여기 있는데요. 흥미로운 점은, 일단 거기로 갔다가 다시 다른 곳으로 갔다는 점입니다. 받긴 받았어요. 물건이 인도된 걸 누가 확인했습니다. 지불이 이루어졌는지는 잘 모르겠습니다. 그런데 5일 만에 다시 국경 밖으로 나간 겁니다. 루트를 바꿔서, 다시 다른 곳으로 수송된 거예요."

"뭐 하러 그런답디까?"

"보아하니 애초에 서아프리카가 목적지가 아니었던 것 같습니다. 보수를 따로 지불하고 거기서 다른 곳으로 보냈어요. 아프리카에서 근동으로 갔을 가능성도 있습니다. 페르시아만이나 그리스, 터키 등지로요. 또한 항공기 몇 대가 이집트로 매매, 인도됐습니다. 이집트에서 다시 인도로 갔고, 인도에서 러시아로 보내졌고요."

"러시아에서 보낸 건 줄 알았는데."

"그리고 러시아에서 다시 프라하로 갔습니다. 추적하기도 힘들 정도예요."

"이해할 수가 없군. 어떻게 그런 일이……."

조지 경이 말했다.

"어딘가에 중앙 본부가 있어서 물자 공급을 컨트롤하고 있는 것 같습니다. 항공기와 군수 물자는 물론이고, 폭탄도 화약과 세균전 무기까지 다 갖췄어요. 이 모든 위탁 물자들이 전혀 예상하지 못한 곳으로 이동하고 있습니다. 다양한 대륙 횡단 루트를 통해 분쟁 지역으로 이송된 무기들은 유스 파워의 리더와 연대에게 공급되고 있어요. 그걸 연대라고 부를 수 있을지 의문입니다만. 대부분은 청년 게릴라 부대의 리더, 무정부주의를 적극 설파하는 전문적인 정치 선전 부대한테 갑니다. 무기도 최신형 모델로만 받아 가면서 아마 대가도 안 지불할걸요?"

"지금 3차 대전이 일어날지도 모른다는 얘기입니까?"

세드릭 레이즌비가 충격 받은 음성으로 물었다.

테이블 말석에 앉아 지금까지 한마디도 안 하고 있던 온화한 표정의 동양인 남자가 고개를 들고 몽골인 특유의 웃음을 지으며 말했다.

"이쯤 되면 그렇게 생각할 수밖에 없습니다. 지금까지 관찰해 온 결과를 보면······."

레이즌비가 말을 잘랐다.

"관찰만으론 이제 안 됩니다. UN이 직접 나서서 무력으로 문제를 해결할 때예요."

그래도 동양인 남자는 차분한 표정으로 동요의 기색 없이, 조용히 대꾸했다.

"그건 우리 원칙에 어긋납니다."

먼로 대령이 아까보다 목소리를 높여 상황 설명을 계속했다.

"국지적으로 소요 사태가 안 일어나고 있는 나라가 없습니다. 동남아시아가 독립을 선언하고 나선 지는 이미 오래고 남아메리카, 쿠바, 페루, 과테말라 등지에만도 네댓 개 집단이 세력 다툼을 하고 있습니다. 미국으로 말할 것 같으면, 워싱턴이 거의 완전히 타 버리다시피 한 것 다들 아시죠. 서부는 유스 파워 군대에 점령당하다시피 했고, 시카고는 계엄령이 선포됐습니다. 샘 코트먼 아시죠? 그 사람, 어젯밤 미 대사관 앞 계단에서 총에 맞았어요."

"오늘 여기 참석하기로 돼 있었는데. 현 상황을 어떻게 보는지 발언하기로 돼 있었잖아요."

레이즌비가 말했다.

"별 도움 안 됐을 겁니다. 좋은 사람이긴 한데, 유능한 활동가는 결코 아니죠."

먼로 대령이 대꾸했다.

"도대체 배후 인물이 누굽니까?"

레이즌비가 짜증을 내며 언성을 높였다.

"러시아 놈들일 수도 있잖습니까……."

희망 섞인 목소리였다. 레이즌비는 아직도 모스크바로 날아가는 자신을 상상하고 있는 것 같았다. 그러나 먼로 대령은 고개를 저었다.

"아닐걸요."

"개인적 영향력을 행사하는 게 최선입니다."

레이즌비가 고집을 부렸다. 표정이 희망으로 들떠 있었다.

"전혀 다른 영역에 영향력을 행사하는 거예요. 혹시 중국 쪽……?"

"중국도 아니에요. 그런데 독일에 네오파시즘이 기승을 부리고 있다는 소식 들으셨죠?"

먼로 대령이 말했다.

"당신 그럼, 설마 독일이 이 일의 배후에……."

"꼭 독일이 배후에 있다고 단정하는 건 아닙니다만, 가능성을 물으시는 거라면…… 예, 충분히 그럴 수 있다고 봅니다. 전에도 한 번 그랬으니까요. 몇 년에 걸쳐서 차곡차곡 준비를 하고, 계획을 세우고, 신호만 떨어지면 당장에 실행에 옮기도록 완벽히 준비를 했었죠. 사전 준비가 철저한 사람들입니다. 참모진이 환상적이었죠. 저는 은근히 존경합니다. 감탄할 수밖에 없어요."

"하지만 요새 독일은 평화롭게 잘 굴러가는 걸로 보이는데요."

"예, 물론 겉으로 보기엔 그렇죠. 근데 그거 아십니까? 지금 남아메리카가 독일 청년들, 젊은 네오 파시스트들로 들끓고 있다는 거요. 거기에 청년 연맹까지 있어요. 자기들을 '슈퍼 아리안'인가 뭔가라고 부릅니다. 게다가 나치스 상징인 만(卍) 자 표식이랑 나치스 경례도 다시 사용하고, 그 모든 걸 지휘하는 사람을 보탄(게르만 신화의 주신(主神) ─ 옮긴이)이니 젊은 지크프리트니 하는 이름으로 부르고요. 말도 안 되는 아리안 우월주의가 다시 돌고 있어요."

그때 노크 소리가 들리더니 비서가 들어왔다.

"에크슈타인 교수님이 도착하셨습니다."

세드릭 레이즌비가 말했다.

"당장 들여보내는 게 좋겠습니다. 어쨌거나, 최신 개발 무기를 소개해 줄 사람은 이 사람밖에 없으니까요. 어쩌면 이 난리를 한 방에 잠재울 최후의 비밀 병기를 내놓을지도 모르죠."

중재자 역할을 자처하며 나랏돈으로 전 세계를 돌아다니는 것도 모자라 레이즌비 씨는 시도 때도 없이 낙관주의를 이입한 의견을 펼치곤 했다. 그러나 그 낙관론이 낙관적인 결과로 정당화되는 경우는 거의 없었다.

"비밀 병기가 하나 있으면 딱 좋을 때긴 하지요."

켄우드 중장이 기대가 담긴 목소리로 중얼거렸다.

에크슈타인 교수는 영국 최고의 과학자로 꼽히는 사람이었지만, 겉모습은 척 보기에 너무 존재감이 없었다. 입가로 이어지는 구식 구레나룻에 가쁜 기침을 끊임없이 뱉어 내는 왜소한 남자로, 자신이 그 자리에 있는 것 자체를 굉장히 미안해하는 듯한 태도를 보였다. '어'라든가 '어험', '음' 하는 소리를 여러 번 내더니, 코를 쿵 풀고 다시 한번 가쁜 기침을 하고는, 소개가 이루어지자 수줍은 태도로 사람들과 차례로 악수를 했다. 이미 아는 사람들도 많았는데, 그 사람들에게는 초조하게 고개를 한번 끄덕이는 것으로 인사를 대신했다. 안내받은 자리에 앉아 주위를 멍하니 둘러본 교수는 한 손을 입으로 가져가 손톱을 물어뜯기 시작했다.

조지 패컴 경이 말문을 열었다.

"각 부처의 책임자들이 다 모였습니다. 이 상황을 어쩌면 좋을지, 교수님의 의견을 어서 들어 보고 싶습니다."

"아. 한다고요? 예, 예, 어떻게 한다고요?"

긴장 섞인 침묵이 내려앉았다.

"전 세계가 급속도로 혼란 상태에 접어들고 있잖습니까."

조지 경이 말했다.

"아무래도 그런 것 같죠? 최소한 신문에서 읽은 바로는 그렇더군요. 뭐, 신문 기사를 믿는 건 아니지만. 아시죠, 기자라는 사람들이 얼마나 허무맹랑한 얘기를 잘 지어내는지. 객관적 증거는 하나도 못 대면서."

"최근 중대한 발견을 하셨다고요."

세드릭 레이즌비가 재촉했다.

"아, 그렇습니다. 그랬죠."

에크슈타인 교수의 목소리가 조금 밝아졌다.

"지독한 화학전 무기가 잔뜩 준비돼 있죠. 전쟁을 원한다면 말입니다. 세균전이 어떤 건지 잘 아시죠. 생물학 병기를 가지고 하는 거요. 일반 가스 배출구에 독가스를 살포하고, 공기를 오염시키고, 상수도를 오염시키는 그런 것들요. 예, 정말로 원한다면 사흘 안에 영국 인구의 절반쯤을 싹쓸이할 수 있습니다."

교수는 양손을 비비며 물었다.

"원하시는 게 그겁니까?"

"아니, 그럴 리가요. 절대 아닙니다."

레이즌비가 생각만 해도 끔찍하다는 투로 대답했다.

"흠, 제 말이 그겁니다. 우리한테 치명적 무기가 없는 게 아니거든요. 너무 많이 보유하고 있지요. 하여튼 지금 있는 무기는 전부 다

치명적이에요. 문제는 소수의 사람들만 살려 두면서 사용할 수 있냐는 겁니다. 우리도 포함해서요. 무슨 말인지 아시죠? 수뇌부 인사들만 살아남는 거 말입니다. 예를 들면…… 우리요."

교수는 식식 숨을 몰아쉬며 킬킬 웃었다.

"하지만 그건 우리가 원하는 게 아닌데요."

레이즌비가 항의했다.

"수상 각하가 무엇을 원하느냐가 중요한 게 아닙니다. 우리가 뭘 보유하고 있느냐가 중요하죠. 우리가 가진 무기는 전부 필요 이상으로 치명적이에요. 30살 이하 국민을 싹쓸이하기를 원하신다면, 그 정도야 지금 당장이라도 가능하죠. 그런데 나이 든 사람들도 같이 죽어야 합니다. 두 그룹을 분리하는 건 힘드니까요. 저는 개인적으로 반대합니다. 재능 있는 젊은 연구원이 너무 많거든요. 괴팍하지만 똑똑한 친구들이에요."

"세상이 왜 이렇게 돌아가고 있는 겁니까?"

느닷없이 켄우드가 불쑥 물었다.

"바로 그게 포인트입니다. 우리도 모릅니다. 별의별 정보를 다 입수하는 나라가 다른 건 다 알면서 이건 몰라요. 우리는 달에 대해서 조금 더 알게 됐고, 생물학 지식도 늘었고, 심장이며 간도 이식할 수 있게 됐죠. 조금 있으면 뇌 이식도 가능해질 겁니다. 결과는 보장 못하지만요. 그런데 이 현상을 누가 컨트롤하고 있느냐는 모른다는 겁니다. 분명 누군가가 조종하고 있겠죠. 아주 영향력이 대단한 사람일 겁니다. 아, 그렇습니다. 아주 다양한 방식으로 모습을 드러내고 있죠. 범죄 조직이라든가 마약 밀매 조직 같은 형태로요. 막강한 권한을 가진 집단이 있고, 또 그 집단을 소수의 뛰어난 브레인이 컨트롤하고 있어요. 과거에도 몇몇 나라, 혹은 유럽 대륙 전체에 그런 문제가 있었던 적이 있죠. 근데 이제는 한술 더 떠서 지구 반대편까지 퍼졌어요. 남반구까지요. 아마 우리가 어떻게 손을 써 보기도 전에 남극권까지 퍼질 겁니다."

에크슈타인 교수는 자기가 내린 진단에 심히 만족한 표정이었다.

"악의를 가진 사람들이……."

"아, 그렇게 표현할 수도 있지요. 악의 자체를 위해 악의를 행하거나 아니면 돈이나 권력을 얻기 위해 악의를 행하는 사람들. 그 포인트를 이해하는 게 어렵죠. 바닥에서 잡일을 도맡아 하는 불쌍한 하급 조직원들도 이해 못하고 있어요. 그들은 그저 폭력을 원하고 폭력을 좋아할 뿐이에요. 이 세상을 증오하고 우리의 물질주의적 태도를 증오하지요. 우리가 돈을 벌기 위해 온갖 더러운 수단을 동원하는 것을 증오하고, 우리가 더러운 사기를 치는 것도 못마땅해합니다. 빈곤에도 이를 갈고 있어요. 그들은 더 나은 세상을 원해요. 뭐, 앉아서 고민 많이 하면 더 나은 세상을 만드는 게 가능은 하겠죠. 근데 문제는, 원래 있던 것을 없애 버리면 그 자리에 다른 것을 채워 놓아야 한다는 겁니다. 자연은 진공을 싫어한다고 하잖아요. 진부한 말이지만 사실이죠. 참나, 이건 심장 이식 수술하고도 같아요. 심장을 떼어 내면 그 자리에 새 심장을 넣어야 한단 말입니다. 그것도 제대로 기능하는 심장을요. 게다가 원래 있던 고장 난 심장을 제거하기 전에 먼저 새로 심을 심장을 준비해 놔야 하고요. 사실 웬만하면 있는 그대로 놔두는 게 좋은 것 같은데, 아무도 제 말을 안 듣더라고요. 뭐, 제 분야가 아니기도 하고요."

"독가스는 어떻습니까?"

먼로 대령의 물음에 에크슈타인 교수의 표정이 밝아졌다.

"아, 웬만한 독가스는 다 갖추고 있습니다. 일부는 상대적으로 해가 적은 가스들이죠. 약한 무기라고 해 두죠. 하여튼 있을 건 다 있습니다."

교수는 자기 가게의 물건을 둘러보며 흡족해하는 철물점 주인 마냥 득의양양하게 웃었다.

"그럼 핵무기는?"

레이즌비 씨가 말을 꺼냈다.

"핵무기 갖고 장난할 생각은 꿈에도 마세요! 영국 땅이 방사능에 오염되는 걸 원하는 건 아니죠? 심하면 유럽 대륙이 오염될 수도 있는데요."

"그럼 도와줄 수 없다는 말이군요."

먼로 대령이 말했다.

"이 현상에 대해 더 자세히 알아내기 전까진 그렇습니다. 미안하게 됐습니다. 하지만 이 점만은 아무리 강조해도 지나치지 않을 것 같군요. 오늘날 우리가 다루는 무기들은 대부분 아주 위험한 것들이랍니다."

교수는 한 번 더 강조했다.

"굉장히 위험하지요."

그런 다음 성냥을 가지고 놀다가 자칫 집을 홀랑 태워 버릴지도 모르는 어린애들을 불안한 눈으로 지켜보는 삼촌처럼, 모인 사람들을 한번 휘 둘러보았다.

"어쨌든 고맙습니다, 에크슈타인 교수."

레이즌비 씨가 별로 고마워하지 않는 투로 인사했다.

교수는 나가 달라는 뜻으로 알아듣고, 씩 웃어 보이고는 방에서 총총 나갔다.

레이즌비 씨가 문이 닫히기를 기다리지도 않고 울화통을 터뜨렸다. 신랄한 어조였다.

"다 똑같다니까, 과학자라는 놈들은. 실질적으로 도움되는 건 하나도 없단 말이야. 쓸모 있는 아이디어는 하나도 못 내놔. 하는 일이라곤 원자나 쪼개는 것뿐이면서. 그래 놓고 우리한테는 갖고 놀지 말라고!"

"차라리 이편이 낫지요."

블런트 제독이 무뚝뚝하게 말했다.

"우리가 원하는 건 좀 더 소박하고 효과가 국소적인 무기잖습니까. 선택적으로 죽이는 제초제처럼……."

제독은 갑자기 주춤했다.

"설마 그런……?"

"왜 그러시오, 제독?"

수상이 정중하게 물었다.

"아무것도 아닙니다. 갑자기 뭔가 떠올라서요. 근데 기억이 안 나네요……."

수상은 한숨을 푹 내쉬었다.

"대기 중인 과학자가 또 있습니까?"

고든 쳇윈드가 손목시계를 의미심장하게 슬쩍 쳐다보며 물었다. 수상이 대답했다.

"파이커웨이가 와 있을걸요. 사진인지 그림인지, 아니면 지돈지 뭔지, 보여 줄 게 있다는데……."

"무슨 그림인데요?"

"나도 모릅니다. 언뜻 물방울처럼 보이던데."

레이즌비 씨가 모호하게 이야기했다.

"물방울이요? 웬 물방울이래요?"

"나도 모르겠습니다. 뭐……."

레이즌비는 한숨을 쉬며 말을 이었다.

"직접 보는 게 좋겠죠."

"호샴도 와 있는데……."

"그 사람이라면 새로운 소식이 있을지도 모르지."

쳇윈드가 말했다.

파이커웨이 대령이 성큼성큼 걸어 들어왔다. 돌돌 만 종이를 가지고 들어왔는데, 호샴과 같이 종이를 편 다음 테이블에 둘러앉은 모두가 볼 수 있도록 낑낑 대며 종이를 세워 기대 놓았다.

"비례대로 정확히 그린 건 아니지만, 대충 윤곽 파악하는 데는 도움이 될 겁니다."

파이커웨이 대령이 말문을 열었다.

"그게 뭘 의미하는데요?"

"물방울?"

조지 경이 중얼거리더니, 갑자기 생각난 듯 외쳤다.

"독가스예요? 신개발 독가스?"

"호샴 씨, 당신이 설명하는 게 낫겠습니다. 나보다 당신이 더 잘 아니까."

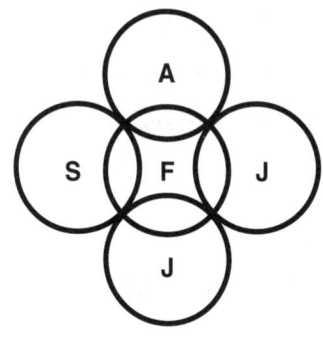

조직도

F 빅 샬로테 - 바이에른

A 에릭 올라프손 - 스웨덴, 사업가, 군수업

D 디미트리오스로 - 스미르나, 마약

S 사롤렌스키 박사 - 미국 콜로라도주, 물리화학자(추정)

J - 여자. 후아니타라는 암호명으로 통함. 위험 인물로 추정. 실명에 관한 정보 없음.

파이커웨이가 호샴에게 바통을 넘겼다.

"저도 들은 것에 한해서만 알 뿐입니다. 이건 세계를 컨트롤하려는 조직의 구성도를 대충 그린 것입니다."

"누가 컨트롤하겠다는 건데요?"

"힘의 원천을 소유하거나 컨트롤하는 집단, 권력의 소재를 손에 쥔 집단입니다."

"알파벳은 뭘 뜻합니까?"

"사람이나 특정 그룹의 암호명을 뜻합니다. 서로 교집합을 만드는 이 원들이 지금은 지구 전체를 덮고 있어요.

'A'라고 표시한 원은 무기를 뜻합니다. 어떤 사람 혹은 어떤 집단이 무기를 컨트롤하고 있어요. 온갖 종류의 무기를 다 갖추고 있습니다. 폭약, 총, 라이플, 전부요. 세계 곳곳에서 스케줄에 맞춰 무기가 제조되고, 그렇게 만들어진 무기는 표면상으로는 저개발국, 후진국, 내전 국가들로 신속히 발송되고 있어요. 근데 도착한 곳에 그대로 있는 게 아니에요. 거의 즉시 다른 곳으로 재운송됩니다. 남미 대륙의 게릴라전 지대로, 미국의 폭동 지역으로, 블랙 파워의 무기고로, 유럽 곳곳으로 운송됩니다.

'D'는 마약입니다. 조직망을 이룬 공급원들이 곳곳의 저장고와 비축용 창고에서 자기 구역으로 퍼다 나르고 있습니다. 비교적 약한 종류부터 치명적인 종류까지, 다 갖추고 있어요. 본부는 레반트(동부 지중해의 여러 나라들. 특히 시리아, 레바논, 이스라엘 — 옮긴이)에 위치한 것으로 보이고, 거기서부터 터키와 파키스탄, 인도, 중앙

아시아까지 쭉 연결돼 있는 것 같습니다."

"마약 밀매로 수익을 냅니까?"

"엄청난 규모로요. 그런데 이건 단순한 암매상 연합이 아니에요. 더 사악한 힘이 작용하고 있어요. 젊은이들 중에 나약한 자들을 축출해 내기 위해, 그러니까 그 약골들을 완전히 노예로 만들기 위해 이용되고 있는 거예요. 노예로 만들어서 계속해서 마약을 공급받지 않고서는 살아남거나 맡은 일조차 할 수 없게 만들려는 수작이죠."

켄우드가 휘파람을 불었다.

"악질적인 취미네요. 그 마약 밀매상들의 정체는 대충이라도 파악이 됐습니까?"

"일부는 밝혀졌습니다만, 송사리들에 불과해요. 진짜 거물들은 파악이 안 됐습니다. 우리가 파악한 바로는, 마약 공급 본부는 중앙아시아와 레반트에 있습니다. 거기에서 자동차 타이어나 시멘트 블록 속에, 아니면 별의별 기계와 산업용 생산재 속에 마약을 숨겨서 운반합니다. 그렇게 해서 정해진 곳으로, 일반 상품처럼 포장돼서 배달되는 겁니다.

'F'는 자금을 뜻합니다. 돈! 이 모든 것의 중심에 자본의 거미줄이 버티고 있어요. 돈줄에 대한 자세한 설명을 해 줄 사람으로는 로빈슨 씨가 제격입니다. 여기 메모에 의하면, 미국에서 자금이 대거 유입되고 있고 바이에른에도 본부가 있다고 합니다. 남아프리카에 금과 다이아몬드 채광 산업을 기반으로 마련된 거대 자금이 있습니다. 돈의 대부분은 남아메리카로 갑니다. 자금 흐름을 통제하는 주요 인물 중 하나는 막강한 영향력을 가진 여성입니다. 지금은 나이가 많이 들어 죽을 때가 다 됐다고 들었습니다. 그래도 아직 팔팔하게 활동 중이에요. 샬로테 크라프라는 사람입니다. 부친이 독일의 광활한 크라프 대지의 소유주였습니다. 그런데 샬로테 자신도 금융 방면으로 머리가 뛰어나서 월가(街)에서도 활약했지요. 세계적으로 손을 안 댄 사업이 없을 정도로 활동 영역을 무섭게 확장하면서 부를 축적했어요. 운송, 기계를 비롯한 각종 산업체를 소유하고 있죠. 전부 다요. 현재 바이에른에 있는 거대한 성에서 살면서, 거기서 세계 곳곳으로 가는 자금 흐름을 통제합니다.

'S'는 과학이에요. 화생방 무기에 대한 신지식을 말합니다. 수많은 젊은 과학자들이 변절해서 그쪽에 가담했어요. 미국에도 무정부주의에 한 몸 바치기로 맹세한 과학자들이 잔뜩 있는 것으로 알고 있습니다."

"무정부주의를 위해 조직적으로 투쟁한다? 논리적 모순이군요. 그런 게 있을 수 있습니까?"

"어리면 무정부주의를 쉽게 믿습니다. 그들은 새로운 세상을 원해요. 새 세상을 만들기 위해서는 우선 기존의 세상을 무너뜨려야 하지요. 헌 집을 무너뜨리고 그 자리에 새 집을 짓는 것처럼. 그런데 자기가 어디로 가는지도 모른다면, 어디로 이끌려서 어디로 등 떠밀려 가고 있는지 모른다면, 그런 애들이 만든 세상이 어떤 꼴을 하고 있겠습니까? 그리고 신세계 신봉자들이 설 자리가 어디 있겠어요? 어떤 이들은 노예로 전락하고, 또 어떤 이들은 증오에 눈이 멀

런던 회의 **249**

고, 일부는 그동안 열심히 주입받고 실천에 옮긴 폭력과 사디즘에 머리끝까지 물들 텐데요. 그리고 나머지 일부는…… 제일 안타까운 부류인데, 여전히 이상주의자로 남아 있을 테고요. 프랑스 혁명 당시 혁명이 시민에게 번영과 평화, 행복과 만족을 가져다주리라고 끝까지 믿었던 사람들처럼.”

"그래서, 우리는 뭘 하고 있습니까? 이 문제를 어떻게 하자는 얘깁니까?"

날카롭게 질문을 던진 것은 블런트 제독이었다.

"뭘 하고 있냐고요? 할 수 있는 건 다 하고 있습니다. 여기 계신 분들께 자신 있게 말씀드리는데, 우리는 지금 할 수 있는 건 다 하고 있어요. 우리 요원들이 각 나라에서 활동하고 있습니다. 정보를 수집해서 여기로 보고하는 조사원들이지요……."

"절대적으로 필요한 작업이지요."

파이커웨이 대령이 거들었다.

"먼저 알아내야 합니다. 누가 누구고, 누가 우리 편이고 적인지를 말이에요. 그걸 알아낸 다음에야 우리가 취할 행동 계획을 세울 수 있습니다. 취할 수 있는 행동이 있기나 하다면."

"이 도표에 '조직도'라는 이름을 붙였습니다. 조직의 리더들에 대해 알아낸 정보는 여기 있습니다. 물음표를 해 놓은 항목은 아직 가명만 입수했다는 뜻입니다. 아니면 그 사람이 우리가 찾는 사람이라고 추정만 하고 있다는 뜻입니다."

마틸다 할머니, 요양을 가다

I

"일종의 요양이라고 할까요?"

레이디 마틸다가 넘겨짚어 말했다.

"요양이요?"

도널드슨은 잠시 의학적 전지전능자로서의 권위를 잃고 다소 당황하는 빛을 보였다. 레이디 마틸다가 생각하기에 그것은, 수년간 환자를 대하면서 노련해진 나이 든 의사가 아니라 비교적 젊은 의사가 노인네의 주치의를 맡을 경우 감수해야 하는, 아주 사소한 불리한 점 중 하나였다.

레이디 마틸다가 설명했다.

"옛날엔 그렇게 불렀지요. 내가 어렸을 땐 다들 요양을 갔어요. 마리앙바드(체코 칼스바드 지역에 있는 온천 마을 — 옮긴이)나 칼스바드(체코 서부 지역 보헤미아에 위치한 유명한 온천 휴양지 — 옮긴이), 바덴바덴(독일 남서부 바덴뷔르템베르크 주에 있는 유명한 온천 도시 — 옮긴이) 같은 곳으로. 근데 며칠 전에 신문에 새로운 휴양지를 소개한 기사가 났더라고. 새롭게 부상하는 곳이라나. 새로운 아이디어니 새로운 시설이니 하며 잔뜩 선전을 하더라고요. 내가 새로운 아이디어라고 해서 바로 홀딱 넘어가는 사람은 아니지만, 그래도 소심하게 굴 건 없지요. 어차피 지금까지 있었던 것들의 재탕일 거 아녜요. 썩은 달걀 맛이 나는 온천수라든가 최신 건강 식단, 아니면 졸려 죽겠는데 꼭두새벽에 일어나서 기적의 광천수니 온천수니 마시러 죽자고 산길을 걷는 프로그램이 전부겠지만요. 거기다 마사지 같은 거 하나 끼워 넣고. 옛날엔 해초 마사지를 주로 해 줬지. 근데 이 휴양지는 산속에 있다더라고요. 바이에른인지 오스트리아인지, 그 근처. 그러니 이번에는 해초 마사지는 프로그램에 없겠죠. 겉굵은이끼라면 모를까. 무슨, 채소 이름 같죠? 어쩌면 썩은 달걀에 유황 푼 냄새나는 온천수만 먹는 게 아니라 이번에는 천연 광천수도 마시러 갈지도 모르겠네. 그 동네는 성들이 으리으리하대요, 글쎄. 우리 같은 늙은이가 요새 걱정할 거라곤, 현대식 건물은 계단에 난간을 안 달아서 힘들다는 것 정도예요. 계단은 전부 대리석으로 만들면서, 어딜 붙잡고 오르내리라는 건지, 원."

"어디를 말씀하시는 건지 알겠네요. 신문에서 요새 한창 선전을 하더라고요."

"내 나이 되면 어떤지 알죠. 새로운 걸 시도하길 좋아하지요. 그냥 재미를 찾아서 그러는 것 같아요. 정말로 건강이 좋아지기를 기대해서 그러는 게 아니라. 그래도, 혹시 안 가는 게 좋겠다고 생각하는 건 아니죠, 도널드슨 선생?"

도널드슨은 레이디 마틸다를 가만히 바라보았다. 레이디 마틸다가 속으로 생각하는 것과는 달리, 도널드슨은 그렇게 어린 사람이 아니었다. 벌써 40살을 바라보는 노련하고 사려 깊은 의사로, 봐서 괜찮겠다 싶으면 해가 되지 않는 선에서 환자들이 해 달라는 대로 다 해 주는 타입이었다.

"해가 될 건 없습니다. 좋은 생각일 수도 있어요. 물론 여행 자체는 힘이 들겠죠. 요새 아무리 여행이 쉽고 빨라졌다고 해도 말입니다."

"빨라진 건 맞지요. 그런데 쉬운 건 아니에요. 이동식 계단이랑 에스컬레이터 타고 내려야지, 공항 대기실에서 비행기까지 버스 타고 내려야지, 비행기 타고 다른 공항으로 가서 또 거기서 버스 타고 가야지. 그걸 다 해야 한다니까. 그래도 공항에서 휠체어를 대여해 타고 다닐 수가 있다고 하더군요."

"그럼요. 좋은 생각이에요. 걷겠다고 고집 부리시지 말고 휠체어 타기로 약속만 하신다면야……."

환자가 끼어들어 대답했다.

"알았어, 알았다고. 그래도 다 이해해 주시네. 우리 의사 선생은 이해심도 깊지. 우리도 자존심이 있다고요. 지팡이를 짚거나 도우미한테 의지해서 절뚝거리며 돌아다녀도, 거동도 못하는 병든 노인네로 보이긴 싫다 이거예요. 내가 남자였다면 조금 나았을 텐데. 그럼 통풍 환자처럼 다리에 붕대를 칭칭 감고 패드까지 대고 돌아다닐 수 있을 테니까 말이에요. 통풍도 남자가 걸릴 경우는 좀 나아요. 아무도 흉하게 생각하지 않거든. 주변의 나이 든 지인들은 '저 친구가 포도주를 너무 많이 마셔서 저렇게 됐구나.' 이런다고요. 옛날엔 그렇게 생각했으니까. 내가 보기엔 전혀 근거 없는 것 같은데. 포도주 많이 마신다고 통풍에 걸리지는 않아요. 좋아, 휠체어를 사용하면 뮌헨이나 아니면 유럽 어디라도 가뿐하게 다녀올 수 있겠네. 도착해서 이용할 차만 준비시키면 문제없으니까."

"레더런 양도 데려가실 거죠?"

"에이미? 아, 물론이죠. 난 에이미 없으면 아무것도 못해요. 어쨌든, 전혀 해롭지 않을 거라고 생각하신고요?"

"오히려 아주 효과가 좋을 것 같습니다."

"도널드슨 선생은 정말로 좋은 사람이에요."

그러면서 레이디 마틸다는 두 눈을 반짝이며 바라보았다. 이제 도널드슨도 슬슬 익숙해지기 시작한 표정이었다.

"새로운 곳에 가서 새로운 사람들도 만나면 기분 전환이 될 거라고 생각하는 거죠? 물론 그렇기는 하지요. 그래도 나는 요양하러 가는 거라고 생각하고 싶네요. 그렇다고 내가 요양이 필요한 중환자라는 건 아닌데. 큰 병은 없잖아요, 그렇죠? 늙은 것 빼고. 불행하게도 노령은 치료가 안 되죠. 점점 더 심해지기만 하지."

"중요한 건, 정말로 즐거우시겠어요? 제가 보기엔 충분히 즐기실 수 있을 것 같은데. 그건 그렇고, 뭘 하시든 간에 피로가 느껴지면 당장에 중지하세요."

"그래도 썩은 달걀 맛 나는 물은 잔뜩 마시고 올 거예요. 좋아해서도 아니고 정말로 건강에 도움이 될 거라고 믿어서도 아닌데. 말하자면, 고행을 하는 기분으로 마시는 거지요. 옛날 내가 살던 동네 노인네들이 꼭 그랬거든. 그 할머니들은 항상 검은색이나 보라색, 아니면 진한 분홍색에 페퍼민트 향을 듬뿍 넣은 강한 약을 좋아했어요. 그냥 보통 알약이나 무색무취의 평범한 물보다 그런 게 훨씬 효과가 좋을 거라고 믿었으니까."

"인간 본성에 대해 너무 잘 아시네요."

도널드슨이 말했다.

"도널드슨 선생은 나한테 정말 잘해 줘. 항상 고맙지. 에이미!"

"예, 레이디 마틸다?"

"지도책 좀 가져다 다오. 바이에른이랑 그 이웃나라들이 어디에 붙어 있는지 잊어버렸다."

"잠깐만요. 지도책이라. 서재에 하나 있을 거예요. 옛날 것도 몇 개 있을 거고요. 1920년대쯤 제작된 것 같은데."

"좀 더 최근에 제작된 게 있었으면 하는데."

"지도책이라."

에이미가 생각에 잠겨 대꾸했다.

"없으면 하나 사서 내일 아침에 올 때 가져오면 되겠구나. 아주 골치 아프겠네. 이름도 국경선도 다 바뀌었으니. 내가 어디 있는지도 찾기 어렵겠어. 네가 좀 도와줘야겠다. 큰 돋보기도 하나 가져올

래? 저번에 침대에서 책 읽다가 침대하고 벽 사이로 돋보기가 떨어진 것 같아."

 레이디 마틸다의 요구사항들이 충족되는 데는 시간이 조금 걸렸지만, 마침내 최신 지도책과 돋보기, 비교를 위한 구형 지도책 하나가 대령되었다. 레이디 마틸다가 착한 아이라고 항상 칭찬하는 에이미는 이번에도 군소리 없이 척척 시키는 대로 했다.

 "아, 여기 있구나. 아직도 몬브뤼게인지 뭔지 하는 이름으로 불리는 것 같군. 티롤 아니면 바이에른에 있어. 왜 이렇게 국경이 바뀌고 이름이 바뀐 나라가 많은 거야……."

II

 레이디 마틸다는 여관 침실을 천천히 둘러보았다. 세련되게 잘 꾸며진 방이었다. 숙박비도 꽤 비쌌다. 안락함에 더하여 금욕적인 분위기를 너무 잘 살려 놓아서, 묵는 사람이 운동과 다이어트, 그리고 고통스러운 마사지까지 포함된 고행 코스를 아무 불평 없이 수행하게 만드는 그런 방이었다. 방 안 가구와 장식은 흥미롭게도 한 가지 테마가 아니라 다양한 취향을 고루 배합하고 있었다. 벽에 커다란 고딕체 손글씨 액자가 걸려 있는 것이 눈에 들어왔다. 레이디 마틸다의 독일어 실력은 소녀 시절보다 많이 녹슬었지만, 액자 문구는 젊음으로의 회귀라는 매혹적인 개념을 이야기하고 있는 것 같았다. 미래의 운명이 젊은이의 손에 달려 있을 뿐 아니라, 나이 든 사람들도 제2의 황금기를 맛볼 수 있다고 친절하게 가르침을 주고 있었다.

방 안에는 삶의 어느 기로에 서 있건, 어떤 계급에 속해 있건, 사람들에게 인생의 가르침을 추구하도록 부드럽게 이끌어 주는 고상한 안내서들이 여기저기 숨어 있었다. (물론 그 대가로 두둑이 방값을 내놓는 사람들만이 이용할 수 있는 안내서들이었다.) 침대 옆에는 레이디 마틸다가 미국 여행 시 종종 침대 옆 테이블에서 발견했던 것과 똑같은 기드온 성경이 놓여 있었다. 레이디 마틸다는 흡족한 얼굴로 성경을 들어 아무 데나 편 다음, 손가락 가는 대로 한 구절 짚어 보았다. 그렇게 발견한 구절을 만족스러운 듯 고개를 끄덕이며 한 번 읽은 다음, 침대 옆 테이블에 있는 메모장에 짤막하게 메모를 해 두었다. 성경 구절을 메모하는 것은, 준비 없이 즉석에서 신의 인도를 구하는 그녀만의 방식이었다.

내가 어려서부터 늙기까지 의로운 사람이 버림당하는 것을 보지 못하였도다.(시편 37편 25절 — 옮긴이)

그렇게 써 놓고 방 안 탐험을 계속했다. 침대 옆 테이블 아래 칸에 고타 연감(유럽의 왕가 및 귀족 가문의 족보 — 옮긴이)이 비치되어 있었다. 손은 쉽게 가지만 단번에 눈에 띄지 않는 위치에 전략적으로 배치해 놓은 것이었다. 고타 연감은 수백 년을 거슬러 올라가는 상류층 계급에 정통하고 싶어 안달하는 이들에게 아주 유용한 책이었다. 귀족 혈통을 물려받았거나 아니면 귀족 가문에 관심 있는 이들이 여전히 숙지하면서 때때로 확인하는 책이었다. 요긴하게 쓰겠는걸. 레이디 마틸다는 속으로 만족해했다. 이 책 보면서 실컷 공부할 수 있겠어.

책상 근처 옛날식 자기로 만든 화로 옆에, 현세 예언자들의 가르침과 교의가 수록된 염가판 명언록이 있었다. 옛날 혹은 가까운 과거에 광야에서 혼자 부르짖던 이들이 이제는 머리에 후광을 달고 요상한 복장을 한, 열의 넘치는 젊은 추종자들에 의해 연구되고 권위를 얻고 있었다. 마르쿠제와 게바라, 레비스트로스, 파농의 이름이 보였다.

혹시나 상류층 젊은이와 대화를 나눌 일이 생길지 모르니 그 책도 조금 읽어 두는 게 좋을 것 같았다.

그때 소심한 노크 소리가 들리더니 문이 빼꼼 열리고 충실한 에이미가 문틈으로 얼굴을 들이밀었다. 레이디 마틸다는 문득, 10살 무렵의 에이미는 분명 양 같은 얼굴을 하고 있었을 것이라는 생각이 들었다. 착하고 충실하고 온순한 양. 아직도 에이미는 곱슬곱슬한 머리에 사려 깊고 다정한 눈빛을 한, 아주 사근사근하고 통통한 양이었고, 불평할 법한 일에도 소가 음매 하고 울듯 무조건 "예." 하고 마는 착한 아이였다. 그리고 레이디 마틸다는 그런 점이 무척 마음에 들었다.

"편히 주무셨는지 모르겠네요."

"그럼, 아주 잘 잤지. 그건 가져왔니?"

에이미는 뭘 말하는지 즉시 알아채고 물건을 건넸다.

"아, 내 건강 식단."

레이디 마틸다는 목록을 한번 슥 훑어보더니 말했다.

"이렇게 입맛 떨어지는 식단이 다 있나! 여기, 마시라고 돼 있는 물은 또 뭐냐?"

"그거, 맛이 별로던데요."

"흠, 그렇겠지. 30분 후에 다시 오너라. 부쳐야 할 편지가 있으니."

아침 식사가 든 쟁반을 밀어 놓고 책상으로 간 레이디 마틸다는 잠시 고민하다가 편지를 쓰기 시작했다.

"이 정도면 효과가 있을 거야."

레이디 마틸다가 중얼거렸다.

"뭐라고 하셨어요, 마님?"

"전에 말한 옛 친구한테 편지를 쓰고 있는 거란다."

"오륙십 년 동안 못 보셨다던 그 친구분이요?"

레이디 마틸다는 고개를 끄덕였다.

"편지를 써서 과연 좋을지……."

에이미가 머뭇거리며 말했다.

"제 말은, 그러니까…… 너무 오랜 시간이 흘렀잖아요. 요즘 사람들은 옛날 일은 다 잊고 지내니까요. 그 친구 분이 마님에 대한 것들을 하나도 안 잊어버리고 계셨으면 좋겠네요."

"그 애라면 당연히 다 기억할 거야."

레이디 마틸다가 대꾸했다.

"10살부터 20살까지 알고 지낸 사람들은 좀처럼 안 잊히게 마련이거든. 영원히 가슴 한구석에 남아 있단다. 친구가 어떤 모자를 썼는지, 어떻게 웃었는지 다 기억하고 그 친구의 장점과 단점까지 전부 기억하는 거지. 예를 들어 한 20년 전에 만난 사람이다, 그러면 그 사람은 당최 기억이 안 나더라고. 누가 그 사람 이야기를 해도 누군지 통 모르고, 심지어 길에서 만나도 못 알아봐. 하지만 그애는 나에 대한 모든 걸 기억할 거야. 로잔에서 있었던 일도 전부 다. 이 편지 좀 부쳐 다오. 나는 숙제가 있어."

레이디 마틸다는 고타 연감을 집어 들고 침대로 돌아가, 언젠가 쓸 데가 있을 법한 부분들을 골라 열심히 공부했다. 가족과 먼 친척 관계라든가 영향력 있는 인물들을 주로 보았다. 누가 누구랑 결혼했고 누가 어디에 살았으며 또 어떤 불행이 어느 가족을 덮쳤는지 등도 새겨 두었다. 그러나 레이디 마틸다가 지금 가장 염두에 두고 있는 사람은 고타 연감에 수록된 사람이 아니었다. 그래도 그 여자는 일부러 본거지를 여기로 정해서 원래 귀족 가문이 소유했던 성에 살고 있었고, 그 덕분에 좋은 혈통으로 태어나 좋은 교육을 받고 자란 사람들에게 향하는 존경과 아첨까지 다 누리고 있었다. 비록 가난에 찌들어도 좋은 혈통을 타고난 사람들은 이런저런 권리를 당당하게 요구할 수 있지만 그녀에게는 그럴 자격이 결코 없다는 것을 레이디 마틸다는 잘 알고 있었다. 그래서 무조건 돈만으로 성공해야 했던 것이다. 그것도 엄청나게 많은 돈으로. 보통 사람들은 상상도 할 수 없을 정도의 돈으로.

레이디 마틸다 클렉히튼은 8대 공작의 딸인 자신이 곧 그 친구를 찾아가면 융숭한 대접을 받으리라는 것을 믿어 의심치 않았다. 커피가 나오고, 또 크림이 잔뜩 들어간 달콤한 케이크도 나오겠지.

III

레이디 마틸다 클렉히튼은 성의 으리으리한 응접실 중 하나로 들어갔다. 성은 여관에서 자동차로 24킬로미터쯤 달려야 하는 곳에 있었다. 떠나기 전 특별히 신경을 써서 옷을 입었는데, 에이미는 그 옷차림이 마음에 들지 않는 모양이었다. 에이미는 평소에 조언을 거의 하지 않았지만, 이번에는 자기가 모시는 분이 하려는 일이 꼭 성공하길 바라는 마음에, 조심스럽게 충고를 하고 나섰다.

"그 빨간 드레스는 조금 낡은 것 같지 않으세요? 그러니까 팔 아랫부분하고요, 또, 음, 반들반들하게 닳은 곳이 두세 군데 보이는데⋯⋯."

"나도 안다, 에이미. 낡아빠진 드레스지만 이래 봬도 장 파통(프랑스의 복식 디자이너 — 옮긴이)의 옷이라고. 오래됐지만 아주 고급 옷이야. 부자나 화려한 사람으로 보이려는 게 아니다. 나는 배고픈 귀족이야. 물론 50세 이하의 사람들은 나를 경멸의 눈으로 보겠지. 하지만 내가 방문하는 곳의 여주인은, 부자는 배고파도 기다리게 내버려 두면서 낡은 옷차림을 한 고귀한 가문 출신의 노인네를 위해서는 안주인이 극진히 대접하는 게 당연시되는 그런 세상에서 오랫동안 살아왔고 지금도 살고 있는 사람이야. 가문의 전통은 쉽게 사라지는 게 아니란다. 새로운 곳으로 옮겨 가더라도 한 번 받아들인 전통은 남아 있게 마련이지. 그건 그렇고, 내 여행 가방에 보면 깃털 목도리가 있을 거다."

"깃털 목도리를 두르시게요?"

"그래. 타조 깃털 목도리로."

"아이고, 그 목도리는 10년은 된 것 같은데요."

"오래됐지. 그래도 조심해서 보관했으니까 괜찮아. 샬로테는 단박에 알아볼 거다. 영국 최고를 다투던 귀한 가문의 자손이 오랫동안 조심스럽게 보관해 온 옷을 꺼내 입어야 하는 신세로 전락했다고 생각할 거야. 물개 가죽 코트도 입어야지. 좀 낡았지만, 살 때 당시엔 얼마나 멋졌는데."

그렇게 차려입고 길을 나섰다. 에이미는 단정하게 잘 차려입고서, 똑똑하지만 말은 없는 조수 자격으로 동행하고 나섰다.

마틸다 클렉히튼은 옛 친구가 어떤 모습을 하고 있을지 상상하며, 마음의 준비를 단단히 하고 있었다. 스태퍼드가 '고래 같다'고 표현했을 정도니까. 출렁거리는 고래, 어마어마한 가치를 갖는 그림들로 둘러싸인 방 한가운데 거만하게 앉아 있는 흉측한 여자. 그 여자가, 중세부터 지금까지 중에 어느 시대를 재현했는지는 모르겠지만 하여튼 고귀한 왕자가 등장하는 시대극 무대에나 등장할 것 같은, 왕좌처럼 생긴 의자에서 힘겹게 몸을 일으켜 일어났다.

"마틸다!"

"샬로테!"

"아! 이게 얼마 만이야. 감회가 새롭네!"

두 사람은 독일어와 영어를 섞어 가며 인사를 주고받았다. 레이디 마틸다의 독일어 실력은 살짝 녹슨 반면 샬로테는 독일어는 물론이고 영어도, 비록 후두음이 섞이거나 미국식 악센트가 간간이 튀어나오긴 했지만 흠잡을 데 없었다. 샬로테는 예상했던 대로 끔찍할 정도로 추했다. 잠시 레이디 마틸다는 과거에 대한 향수에 젖어들었지만, 얼마 안 있어 샬로테가 옛날에도 밉살스러운 애였다는 것이 생각났다. 아무도 샬로테를 좋아하지 않았고, 그건 마틸다도 마찬가지였다. 그러나 누가 뭐라건 옛 학창 시절을 회상하는데 끈끈한 유대감을 느끼지 않을 수 없었다. 샬로테가 당시 자신을 좋아했는지 안 좋아했는지는 알 수 없었다. 그러나 마틸다가 기억하기로 샬로테는 확실히 (당시 시쳇말로 표현하면) 마틸다에게 엄청 달라붙었다. 샬로테는 그때 영국 공작의 성에서 살고 싶다는 꿈을 꾸었다. 레이디 마틸다의 부친은 비록 훌륭한 혈통을 물려받은 귀족이었지만 영국에서 가장 가난한 공작이었다. 돈 많은 가문의 여자와 결혼함으로써 그나마 재산을 유지할 수 있었는데, 그는 부인을 최대한 정중하게 대우한 반면, 부인은 시도 때도 없이 남편을 자기 마음대로 휘두르길 좋아했다. 레이디 마틸다는 다행히도 부친의 두 번째 결혼에서 얻은 자식이었다. 마틸다의 친모는 더없이 상냥한 여인이었고 또한 굉장히 실력 있는 여배우이기도 해서, 어떤 공작 부인보다도 더 훌륭하게 공작 부인 역할을 소화해 내었다.

샬로테와 마틸다는 과거를 떠올리며 그들이 골려먹었던 선생님들 얘기, 동창생들 중 누가 결혼을 잘했고 누가 잘 못했는지 따위의 이야기를 늘어놓았다. 그러다가 마틸다가 고타 연감에서 봐 둔 몇몇 인척과 친척들을 언급했다.

"엘자의 결혼이 그렇게 됐다니 정말 안됐어. 부르봉 드 파르메 집안 남자였지? 맞아, 맞아. 뭐, 그 집안 남자랑 결혼하면 어떻게 되는지는 처음부터 뻔했잖아. 정말 안됐어."

곧 향긋한 커피와 함께 밀푀유 과자와 달콤한 크림 케이크가 가득 담긴 접시가 나왔다.

"어머, 나 이런 거 먹으면 안 되는데."

레이디 마틸다가 소리 질렀다.

"진짜로 안 돼! 주치의가 얼마나 엄격한지 몰라. 여기 와서 충실히 요양만 하다가 오라고 했어. 그래도 어쨌거나 오늘은 기념할 만한 날이잖니? 젊음의 부활을 기념하는 날. 내가 가장 흥미를 느낀 게 바로 그거야. 내 외종손자가 얼마 전에 여기 다녀갔는데, 그애를 여기 데려온 게 누구더라, 무슨 백작이라고 하던데…… 맞아, Z로 시작하는 이름이었어. 정확히는 기억 못해도."

"리나타 체르코프스키 백작……."

"아, 그 이름이었어, 맞아. 아주 매력적인 아가씨더라. 그 아가씨가 그 애를 데리고 왔었지. 백작 쪽에서 그렇게 마음을 써 주다니.

손자가 꽤 깊은 인상을 받은 모양이야. 네 멋진 소장품들도 마음에 든 것 같아. 네가 영유하는 라이프 스타일, 너와 관련된 굉장한 일화들. 너 혼자서 어떻게 그런 대단한 운동을 이끌 수 있는지. 아, 정확히 뭔지 모르겠네. '갤럭시 오브 유스'? '골든 유스'? 하여튼 네 주위에 모여들어서 너를 숭배하는 청년들 있잖아. 그러니 네 삶은 얼마나 활기 넘칠까. 나는 그렇게 살 능력도 없어. 나는 아주 얌전하게 살아야 해. 류머티즘성 관절염을 앓고 있거든. 재력도 뒷받침이 안 되고. 물려받은 저택도 간신히 유지하고 있어. 아, 너도 영국에서 사는 게 어떤지 잘 알지. 떼이는 세금이 어마어마하잖아."

"그래, 네 외종손자라 기억나. 아주 싹싹한 청년이더구나. 외무부에서 일한다고?"

"맞아. 근데. 제대로 인정받지 못하고 있는 것 같단 말이야. 물론 그 애는 말을 안 하지. 불평 한마디 없고. 그래도 속으로…… 뭐랄까, 자기 능력만큼 대우를 못 받는다고 느끼는 모양이야. 그 윗사람들, 지금 정부 요직에 있는 사람들, 그 사람들 대체 뭐니?"

"프롤레타리아들 같으니!"

거구의 샬로테가 대꾸했다.

"사교적 기지는 한 방울도 못 갖춘 식자들일 뿐이지. 50년 전만 했어도 이렇진 않았어. 최근에 내 손자가 진급이 안 되고 있어. 너한테만 얘기하는 건데, 정부에서 그 애를 의심하나 봐. 특정 집단과 어울린다고. 그 집단을 뭐라고 표현해야 할까? 반체제적이고 혁명 지향적인 무리. 정부 고위층은 진보적 가치관을 포용할 줄 아는 사람에게 우리의 미래가 달려 있다는 사실을 깨달아야 해."

"그럼 네 얘기는 그 애가, 영국식 표현으로 하면, 기존 체제에 반발한다는 거니?"

"쉿, 그런 얘기는 목소리를 낮춰서 해야지. 나는 입조심해야 하는 입장이니까."

레이디 마틸다가 속삭였다.

"흥미롭군."

샬로테가 중얼거렸다.

마틸다 클렉히튼은 한숨 섞인 목소리로 말을 이었다.

"뭐하면 늙은이의 손자 사랑으로 치부해도 좋아. 스태퍼드는 내가 제일 아끼는 손자거든. 매력 있고 재치 넘치는 애야. 나름의 사상도 가지고 있는 것 같고. 지금의 세상과 많이 다른 미래를 꿈꾸더라고. 지금 영국은 정치적으로 봤을 때 안타깝게도 흙탕물 속에 뒹굴고 있어. 그래서 그런지 스태퍼드는 네 이야기나 네가 보여 준 것들에 강한 인상을 받은 모양이야. 듣자 하니 음악에도 많이 신경을 썼다지? 지금 우리에게 필요한 건 보다 우수한 민족이라는 생각이 들어."

"우수한 인종은 만들어져야 하고 충분히 만들어질 수 있어. 아돌프 히틀러가 내세운 주장이 옳았어. 자기 자신은 비록 재능이 없었지만 예술에 대한 안목을 타고난 사람이었지. 리더십을 타고난 것은 아무도 부정할 수 없고."

"아, 맞아. 리더십, 우리한테 필요한 건 그거야."

"미안하지만, 너희 조국은 지난번 전쟁에서 동맹국을 잘못 택했어. 영국과 독일이 손을 잡았더라면, 두 나라가 젊음과 권력에 대한 이상을 공유했더라면, 아리안 혈통을 계승한 두 나라가 제대로 된 이상을 꿈꾸었더라면, 지금쯤 두 나라가 어떤 지위를 차지하고 있을지 생각해 봐. 그런데 어쩌면 이것도 너무 좁게 보는 걸지도 몰라. 어떻게 보면 공산주의자들은 우리에게 교훈을 준 셈이야. 세계의 노동자여, 단결하라? 그건 기대치를 너무 낮게 잡은 거야. 노동자는 도구일 뿐이야. 차라리 '세계 모든 리더여, 단결하라!'가 돼야지. 리더십, 그리고 좋은 핏줄이라는 복을 타고난 젊은이들. 이미 머리가 굳은 중년들하고 시작하려고 해 봤자 고장 난 레코드처럼 했던 일을 반복할 뿐, 발전이 없어.

학생 중에서 인재를 찾아내야 해. 뜨거운 기상과 위대한 이상을 품고 당당하게 진군할 자세가 된 청년. 죽을 각오도 돼 있지만 동시에 죽일 각오도 돼 있는 청년으로. 망설임 없이 적을 죽일 수 있어야 해. 왜냐하면 진취성과 폭력, 실질적인 공격 없이는 승리를 쟁취할 수 없다는 것이 자명하거든. 너한테 보여 줄 게 있어…….'

샬로테는 혼자 힘으로 어렵게 자리에서 일어났다. 레이디 마틸다도, 사실 그렇게 아프지는 않지만 관절염으로 아주 고통스러운 척하며 따라 일어섰다.

"1940년 5월이었을 거야."

샬로테가 입을 열었다.

"히틀러의 청년단이 다음 단계의 작업에 착수한 것이. 나치스의 친위대장 하인리히 힘러가 히틀러에게서 작전 허가서를 받았어. 그 유명한 SS의 작전 말이야. 동유럽인들과 노예들, 즉 노예의 피를 타고난 사람들을 제거하기 위해 계획된 작전 허가서. 독일의 우수한 인종을 위한, 깨끗한 세상을 만드는 것이 목적이었지. 그리고 SS 집행부가 결성됐어."

샬로테가 종교적 감흥에 도취된 것처럼 목소리를 낮추고 말했다. 레이디 마틸다는 자기도 모르게 십자 성호를 그을 뻔했다.

"이게 그들의 상징, 해골 문장이야."

샬로테는 천천히 고통을 참으며 방을 가로질러 가, 금테 액자까지 해서 벽에 걸어 놓은 나치스의 상징을 가리켰다.

"내가 제일 아끼는 거야. 항상 저렇게 벽에 걸어 둬. 내 골든 유스 밴드는 여기 올 때마다 저것을 향해 경례를 하지. 이 성의 고문서 보관실에는 나치스 친위대 정기 간행물 2절판도 있어. 심약한 사람은 차마 읽지 못할 내용들까지 자세히 기록돼 있지. 하지만 그런 걸 읽고 받아들일 줄도 알아야 돼. 독가스 학살이나 고문실 기록. 뉘른베르크 전범 재판 기록들을 보면 그런 일화들을 아주 혐오하는 시각에서 서술하고 있지만, 사실은 아주 위대한 전통이야. 고통을 참으며 더욱 강인해지는 거지. 그들은 절대로 넘어지거나 등을 돌리거나 혹은 어떤 나약함도 보이지 않도록 훈련된 청년들이었어. 심지어 레닌도 마르크스주의를 선전하면서 이렇게 말했잖아. '나약함은 버려라!' 그건 완벽한 국가를 창조하기 위한 레닌의 첫 번째 원칙이었어.

하지만 우리는 너무 시야가 좁았어. 우리의 위대한 이상을 오직 독일의 우수 인종에만 국한시키려고 했으니. 세상에는 다른 우수 인종도 있거든. 그들도 고통과 폭력, 무정부주의의 실현을 통해 초인류로 거듭날 수 있어. 우리는 모든 무력한 제도를 무너뜨려야 해. 부끄러운 종교들도 전부 무너뜨려야 해. 대신 힘을 숭배하는, 옛 바이킹족의 종교를 퍼뜨리는 거야.

게다가 우리한텐 이미 지도자도 있어. 아직 어리지만 점점 힘을 구축해 가고 있지. 과거에 어떤 위대한 지도자가 뭐라고 했는지 알아? '나에게 도구만 주면 과업은 내가 이루겠다.' 대충 그런 말이었지. 우리 지도자는 이미 도구를 갖고 있어. 그리고 앞으로 점점 더 많은 도구를 손에 넣을 거야. 항공기와 폭탄, 화학전 무기까지 전부 갖출 거야. 물론 싸움의 최전선에 나설 일꾼들도 충분히 확보할 거고. 항공기는 물론이고 선박과 석유도 확보할 예정이야. 쉽게 말해 알라딘의 램프의 요정을 손에 넣게 될 거란 말씀이야. 램프를 문지르면 요정이 나타나서 소원을 들어주는 것과 똑같아. 원하는 건 전부 손에 넣은 거나 마찬가지야. 생산 수단, 부의 수단 그리고 우리의 젊은 지도자, 혈통뿐 아니라 품성까지도 타고난 그런 지도자. 그는 모든 것을 갖춘 사람이라고."

샬로테는 숨을 몰아쉬면서 기침을 토해 냈다.

레이디 마틸다가 등을 부축해 주자 샬로테는 숨을 헐떡거리며 간신히 의자에 앉았다.

"늙는 건 슬픈 일이지. 그래도 나는 끝까지 버틸 거야. 새로운 세계가 승리하는 걸, 새로운 세상이 창조되는 걸 두 눈으로 똑똑히 보는 날까지. 네 손자를 위해 원하는 것도 바로 그거겠지? 내가 반드시 이루어지게 해 주겠어. 조국이 패권을 쥐는 것, 그게 그 아이가 원하는 것 아닌가? 너도 그 애가 최전선에 나서도록 격려할 준비가 돼 있는 거지?"

레이디 마틸다가 비통하게 고개를 저으며 말했다.

"나도 한때는 영향력 있는 사람이었지. 지금은 보잘것없는 노인네야."

"다시 그렇게 될 거야. 나한테 오길 잘한 거야. 나는 영향력이 좀 있거든."

"대의를 위해서라면."

레이디 마틸다는 한숨을 쉬며 중얼거렸다.

"젊은 지크프리트라."

IV

"옛 친구랑 좋은 시간 보내셨어요?"

여관으로 돌아가는 차 안에서 에이미가 말을 꺼냈다.

"오늘 내가 늘어놓은 허황된 얘기들을 네가 들었다면 눈이 툭 튀어나오도록 놀랐을 거다."

레이디 마틸다 클렉히튼이 대꾸했다.

파이커웨이의 보고

"프랑스 소식은 좋지 않습니다."

파이커웨이 대령이 외투에 떨어진 시가 재를 떨어내며 말했다.

"지난번 전쟁에서 윈스턴 처칠이 그렇게 말했습니다. 평범한 단어를 사용하고 필요 이상의 말은 하지 않는 사람이었죠. 아주 효과적이었던 걸로 기억합니다. 우리가 딱 알아야 할 것만 알려 줬으니까요. 뭐, 그로부터 오랜 시간이 지났지만 오늘 저도 그 사람의 말을 인용하겠습니다. 프랑스 소식은 좋지 않습니다."

파이커웨이는 기침을 하고는 숨을 몰아쉬면서 다시 한번 옷에서 재를 떨었다.

"이탈리아 소식도 아주 암울합니다. 러시아 소식은, 그쪽에서 정보를 흘려 줄 경우의 얘기지만, 어쨌든 충분히 나쁠 겁니다. 거기도 문제가 많거든요. 학생 시위대가 거리를 점령하고 가게 유리창을

다 부수고 다니지, 대사관마다 습격하지. 이집트 소식은 아주 안 좋습니다. 예루살렘에서 온 소식도 안 좋습니다. 시리아 소식도 암담합니다. 하지만 그 동네 소식이야 항상 암울하니까 걱정 안 해도 될 것 같습니다. 아르헨티나 상황은, 다소 특수한 것 같더군요. 예, 특수한 상황입니다. 아르헨티나와 브라질, 쿠바가 연합했습니다. 스스로 골든 유스 연방이래나 뭐래나 하고 부르더군요. 정식 군대도 있습니다. 제대로 훈련받고 제대로 무장하고 명령 체계도 잡힌 군대요. 군용 항공기랑 폭탄도 있고, 갖출 무기는 다 갖추고 있습니다. 뿐만 아니라 제대로 다룰 줄도 아는 것 같습니다. 문제가 훨씬 심각하단 얘기죠. 군중이 모여서 노래도 부르는 모양입니다. 대중가요랑 옛날 지방 가요, 구시대적 전투가도요. 마치 구세군처럼 조직적으로 움직이고 있습니다. 구세군을 욕하는 건 절대 아니고요. 구세군이 얼마나 좋은 일을 많이 했는데요. 하여간에, 여자애들은 또 어떻고요. 모자까지 쓰고 아주 예쁘게 꾸미고 나와서 집회에 참여하지요."

파이커웨이는 보고를 계속했다.

"문명국에서도 그 비슷한 상황이 일어나고 있다는 얘기를 들었습니다. 우리부터 시작해서요. 우리 중 일부는 그래도 아직 문명인이라고 말할 수 있는 거죠? 일전에 우리 나라 정치인 하나가 말하길, 우리는 악덕을 묵과하기 때문에 훌륭한 나라랍니다. 여기저기서 데모가 일어나고, 기물을 부수고, 심심하면 다른 사람을 두들겨 패고, 폭력으로 우리의 진취적 기상을 꺾어 버리고 옷을 다 벗어 던져서 도덕적 순수함을 더럽히기 때문에요. 무슨 소린지 알고나 떠든 건지 모르겠습니다. 정치가들이 다 그렇죠. 신기한 건, 그러면서도 무슨 대단한 말처럼 들리게 하는 재주가 있단 말예요. 그래서 정치인인가 보죠."

파이커웨이는 말을 멈추고 상대를 빤히 쳐다보았다.

"애통하군. 애통한 일이야. 세상이 이렇게 되리라고는…… 앞날이 어떻게 될지, 누가 어떻게 할 수만 있다면……. 그런데 그게 가져온 소식의 전부입니까?"

조지 패컴 경이 푸념하듯 물었다.

"이 정도로 모자라요? 참, 요구하는 것도 많네. 전 세계에 무정부주의 바람이 휘몰아쳤다, 그게 작금의 사태예요. 아직 불안정해서 완전히 잠식한 건 아니지만, 거의 코앞에 닥쳤어요. 얼마 안 남았죠."

"하지만 우리가 취할 수 있는 행동이 아예 없다는 건 아니겠지요?"

"생각하시는 것만큼 그렇게 쉬운 일이 아닙니다. 최루탄을 발포하면 폭동을 잠시 멈추고 경찰에게도 숨 쉴 틈을 벌어 줄 수 있겠죠. 그리고 물론 우리에겐 세균 무기나 핵폭탄을 비롯한 온갖 최첨단 무기가 있어요. 근데 그걸 사용하기 시작하면 어떻게 될 것 같습니까? 거리 행진을 하는 소년소녀들뿐 아니라 장보는 주부들, 늙은 연금 수령자들, 그리고 지금처럼 좋은 시절은 없었다고 떠들어 대는 콧대 높은 정치가들 일부까지 싹쓸이하는 대량 학살이 되는 겁니다. 더불어 당신과 나도 사라지겠죠. 하하!"

파이커웨이가 말을 이었다.

"그건 그렇고. 그렇게 소식에 목말라하는 당신 쪽에서도 오늘 따끈따끈한 뉴스를 가지고 왔을 텐데요. 그것도 1급 기밀로요. 하인리히 슈피스 독일 수상이 왔다면서요?"

"도대체 그 얘기는 어떻게 들으셨어요? 철저히 기밀로 부치기로 되어 있는데……"

"여기에는 안 들어오는 정보가 없습니다."

파이커웨이 대령은 이렇게 대꾸하면서 자신이 애용하는 표어 "우리가 그래서 있는 거잖아요."를 덧붙이는 것을 잊지 않았다.

"듣기로는, 별 볼 일 없는 박사도 하나 데리고 온다면서요?"

파이커웨이 대령이 한마디 덧붙였다.

"예, 라이하르트라는 박사인데, 아마 일류 과학자인 것 같습니다……"

"아뇨. 의학 박사라던데요. 정신 병원의……"

"이런, 심리학 박사라고요?"

"아마 그럴 겁니다. 정신 병원에서 일하는 의사들은 대부분 심리학자거든요. 운 좋으면 그 사람, 우리 젊은 난봉꾼들 머릿속을 검사할 요량으로 파견된 걸 수도 있겠군요. 요새 젊은이들은 독일 철학자나 블랙 파워 사상, 죽은 프랑스 작가들의 철학 따위로 머리가 가득 차 있잖습니까. 어쩌면 우리 법원을 이끄는 법률 지식인들 머리도 검사하게 해 줄지 모르겠네요. 그 사람들, 젊은이의 자존심을 건드리지 않기 위해 조심해야 한다는 둥 쓸데없는 말이나 지껄이잖아요. 잘하면 젊은이들이 자기 앞가림을 하게 '될지도' 모른다고요. 차라리 도로 집으로 돌려보내서 다들 국가 보조금 받아먹으면서 방에 틀어박혀 아무 일도 안 하고 그저 철학서나 읽게 놔두는 편이 훨씬 더 안전하겠어요. 하지만 뭐, 나는 구식 사람이니까요. 나도 압니다. 굳이 말해 줄 필요 없어요."

"새로운 사고방식도 고려해야 합니다. 요새는 드는 생각이, 아니 희망 사항이랄까…… 이것 참, 표현하기 어렵네요……."

조지 패컴 경이 말했다.

"힘드시겠어요. 표현할 말을 찾기가 그렇게 어려워서야."

파이커웨이가 빈정거렸다.

그때 전화벨이 울렸다. 파이커웨이는 수화기를 들고 잠시 듣기만 하다가 조지 경에게 수화기를 넘겼다.

"여보세요?"

조지 경이 수화기에 대고 말했다.

"예? 아, 예. 나도 동의합니다. 그렇겠죠. 아뇨, 아뇨, 내무부 말고요. 아뇨. 비밀리에 만나야 한다는 얘기죠? 그럼, 마땅한 장소가…… 어……."

조지 경은 방 안을 조심스럽게 둘러보았다.

"여기는 도청 장치가 안 돼 있습니다."

파이커웨이 대령이 친절하게 알려 주었다.

"암호명 푸른 다뉴브."

조지 패컴 경이 쉰 목소리로 크게 속삭였다.

"예, 예. 파이커웨이도 데려가겠습니다. 아, 예, 물론이죠. 예, 예. 그 친구한테 연락하라고요. 예, 특별히 왔으면 하시는데 철저히 비밀리에 만나야 한다고 전하라는 말씀이시죠."

"그럼 내 차는 안 되겠는데요? 알아보는 사람이 많아서."

파이커웨이가 말했다.

"헨리 호샴이 폭스바겐으로 데리러 올 겁니다."

"좋습니다. 흥미롭군요, 이 상황이."

"그런데……."

조지 경이 말끝을 흐렸다.

"그런데 뭐요?"

"내 말은, 그러니까…… 내가 이런 말 해도 기분 상하지 않을 거죠? 옷솔을 좀 사용하셔야겠는데요."

"아, 이거요."

파이커웨이 대령이 자기 어깨를 툭 치자 담뱃재가 부스스 날아올랐다. 옆에서 조지 경은 숨이 막혀 켁켁거렸다.

"아줌마."

파이커웨이 대령이 소리치며 책상 위의 단추를 눌렀다.

그러자 웬 중년 여자가 램프의 요정처럼 옷솔을 들고 갑자기 나타났다.

"잠깐 숨을 참으세요, 선생님. 코가 좀 매울 거예요."

일하는 아주머니는 조지 경을 보고 말했다.

조지 경이 밖에 나가 있는 동안, 아주머니는 기침을 해 대며 불평하는 파이커웨이 대령을 옷솔로 탁탁 털었다.

"이 양반들, 정말 귀찮게 군다니까. 이발소에서 방금 나온 사람처럼 깔끔하게 차리고 나오길 원하니."

"지금 어떤 꼴을 하고 계신지, 제가 말 안 해도 잘 아시죠, 파이커웨이 대령님? 지금쯤이면 제 옷솔질에도 익숙해질 때가 됐는데도 그러시네요. 그리고 내무부 장관님이 천식이 있다는 것도 아시면서 그러세요."

"흥, 그건 그 사람 잘못이지. 런던의 공기 오염이 그렇게 심각한데 해결 안 하고 나 몰라라 했으니까. 갑시다, 조지 경. 우리 독일인 친구가 무슨 얘기를 하러 여기까지 납시었는지, 한번 들어 보자고요. 보아하니 응급 상황인 것 같은데."

헤르 하인리히 슈피스

하인리히 슈피스 씨는 근심 걱정으로 금방이라도 폭발할 것처럼 보였다. 그 사실을 굳이 숨기려고 하지도 않았다. 이 다섯 사람을 모이게 만든 문제 상황이 굉장히 심각한 수위에 이르렀다고, 에둘러 대지 않고 직설적으로 이야기했다. 그러나 동시에 그는 회의에 모인 사람들에게 어떤 확신을 안겨 주었다. 이러한 자질은 최근 독일에서 힘겨운 정치 생활을 헤쳐 나가는 슈피스 수상에게는 가장 유용한 자산이었다. 슈피스는 믿음직하고 사려 깊은 사람, 어떤 회의에서건 공통의 의견을 이끌어 낼 수 있는 사람이었다. 그러나 겉으로 대단한 사람이라는 인상을 풍기지 않았는데, 그 점만으로도 보는 사람을 안심하게 해 주었다. 어느 국가든 국가적 위기의 3분의 2 정도가 대단한 정치인들 때문에 일어난다. 나머지 3분의 1은, 비록 정당한 민주 절차로 선출됐으나 자신이 황당하리만치 판단력과 상식이 부족하며 한술 더 떠 실은 머리도 안 좋다는 사실을 숨길 줄 모르는 멍청한 정치인들 때문에 야기된다.

"이게 공식 방문이 아니라는 것을 이해해 주셔야겠습니다."

슈피스 수상이 말했다.

"아, 물론이죠."

"어떤 정보가 들어왔는데 여러분과 반드시 공유해야겠다고 판단했습니다. 그동안 우리를 당황하고 비탄에 잠기게 했던 현상들에 대해 흥미로운 시각을 제공해 줄 정보입니다. 이분은 라이하르트 박사입니다."

돌아가며 소개가 이루어졌다. 라이하르트 박사는 "아, 그렇죠."라는 말을 중간중간 집어넣는 버릇이 있는, 덩치 크고 성격 좋아 보이는 남자였다.

"라이하르트 박사는 카를스루헤(독일 남서부 바덴뷔르템베르크 주의 도시 — 옮긴이) 근처에 위치한 대형 병원의 원장을 맡고 있습니다. 거기서 정신병 환자들을 보고 있지요. 환자를 500명에서 600명 가까이 보고 있는 걸로 아는데, 맞습니까?"

"아, 그렇죠."

라이하르트 박사가 대답했다.

"정신 질환에도 여러 가지가 있는 줄로 아는데요?"

"아, 그렇죠. 다양한 정신 질환을 봐 온 건 사실입니다만, 그것과 상관없이 제가 관심을 갖고 전적으로 치료를 집중시키고 있는 질환은 한 가지 형태의 특정 정신 질환입니다."

거기서부터 독일어로 설명하기 시작했고, 동석한 영국인들이 못 알아들을까 봐 슈피스 씨가 즉시 통역을 하고 나섰다. 사실 통역이 필요하긴 했기 때문에, 상당히 적절한 판단이었다. 모인 사람들 중 둘은 조금밖에 못 알아들었고 한 명은 전혀 못 알아들었으며 나머지 둘은 혼란스러워하는 것 같았다.

슈피스 수상이 설명했다.

"라이하르트 박사는, 일반인들이 과대망상증이라고 알고 있는 병의 치료에 큰 성공을 거두었습니다. 자신이, 자신이 아닌 다른 사람이라는 믿음. 자신이 굉장히 중요한 사람이라는 생각. 피해망상증이 있는 사람이 나타낼……."

"아, 아닙니다!"

라이하르트 박사가 외쳤다.

"피해망상증이요? 아니, 그건 내 분야가 아닙니다. 우리 병원에는 피해망상증 케이스는 없어요. 적어도 내가 특별히 관심을 보이는 환자 그룹에는 없어요. 피해망상증 환자와는 달리, 그들은 행복해지고 싶어서 망상을 갖는 겁니다. 실제로 그들은 행복해하고, 나도 그 상태가 유지되도록 도울 수 있어요. 그런데 치료해서 낫게 하면 그들은 불행해질 겁니다. 때문에 나는 그들이 온전한 정신을 회복하면서 동시에 여전히 행복할 수 있는 치료법을 찾아내야 하는 것입니다."

그러더니 박사는 최소한 여덟 음절은 되는, 사납게 들리는 긴 독일어 단어를 내뱉었다. 이때 슈피스 수상이 재빨리 끼어들었다.

"우리 영국 친구들을 위해 나는 과대망상이라는 용어를 계속 쓰겠습니다. 비록…… 요새 사용하는 용어가 아니라는 걸 알지만요, 라이하르트 박사. 어쨌든, 아까도 말했지만, 병원에 600명 정도의 환자가 있다고요."

"조금 있다가 설명할 텐데, 한때는 800명가량의 환자를 본 적도 있습니다."

"800명!"

"흥미로웠지요. 아주 흥미로웠어요."

"하지만 원래도 몇백 명이었는데, 처음에도……."

"전지전능한 하나님이 계시거든요. 무슨 소린지 아세요?"

레이즌비 씨가 약간 당황한 빛을 보였다.

"아, 예, 어어, 예. 굉장히 흥미로웠겠네요."

"자기가 예수 그리스도라고 생각하는 청년이 두어 명 있었다는 얘깁니다. 그런데 예수 그리스도는 하나님보다는 인기가 없어요. 그리고 또 있어요. 지금부터 제가 언급하려고 하는 그 시기에는 아돌프 히틀러만 24명이 있었어요. 그때가 히틀러가 살아 있을 때였어요. 그렇습니다, 스물네댓 명의 아돌프 히틀러……."

박사는 주머니에서 꺼낸 작은 수첩을 슬쩍 들춰 보고 말을 이었다.

"여기 조금 적어 왔습니다. 나폴레옹이 15명. 나폴레옹은 항상 인기가 많지요. 무솔리니 10명. 환생한 율리우스 카이사르가 5명. 그것 말고도 기발하고 재미있는 케이스가 아주 많습니다. 하지만 일일이 열거해서 여러분을 지루하게 하지는 않겠습니다. 특별히 의학적 지식을 갖추지 못한 상태에서는 재미를 느끼지 못할 테니까요. 이제 진짜 중요한 사건을 얘기해 봅시다."

라이하르트 박사는 이번엔 비교적 짧게 독일어로 이야기했고, 슈피스 씨가 통역을 했다.

"하루는 정부 공무원이 찾아왔더랍니다. 당시 집권당에서 굉장히 신임을 받는 사람이었지요. 혹시나 해서 말씀드리는데, 전쟁 중에 있었던 일입니다. 그 사람을 일단 마틴 B라고 부르겠습니다. 누군지 다들 짐작하실 겁니다. 그 사람이 자기 상관을 모시고 왔습니다. 누구를 모시고 왔냐면…… 아, 돌려 말하는 짓은 그만둡시다. 총통을 모시고 온 겁니다."

라이하르트 박사가 끼어들었다.

"아, 그렇죠. 총통이 직접 시찰을 나왔다는 건 큰 영광이었습니다. 총통 각하는 아주 점잖은 분이었어요. 제가 이룬 업적에 대해 긍정적인 보고를 받았다고 하더군요. 근데 최근에 문제가 생겼다고 했습니다. 군대 내에서 정신 질환 케이스가 몇 건 보고된 겁니다. 자기가 나폴레옹이라고 믿거나 아니면 나폴레옹 군대의 사령관이라고 믿어서 심할 때는 군사 명령을 내리고 다니며 문제를 야기하는 환자가 한 차례 이상 나온 겁니다. 저는 기쁜 마음으로 대처법에 대해 전문가적 소견을 제시하려고 했지만, 동행인 마틴 B가 그럴 필요 없다고 했습니다. 우리 위대하신 총통께서는 그렇게 복잡한 사항까지 알고 싶어 하지 않는다는 겁니다."

'위대하신 총통'이라고 말하면서 라이하르트 박사는 다소 불편한 시선으로 슈피스 수상을 흘끗 쳐다보았다.

"총통은 의학적 지식이 있고 신경과 의사로서 경험이 있는 전문가가 직접 와서 진찰을 해 주는 게 최선일 거라고 했습니다. 그보다는…… 아, 그랬죠, 병원을 둘러보고 싶어 했어요. 잠시 후 저는 총통이 정말로 보고 싶어 하는 게 뭔지 깨달았습니다. 일찌감치 짐작을 했어야 하는 건데. 왜냐면 충분히 쉽게 알아챌 수 있는 증상이었거든요. 계속된 긴장이 이미 증상으로 나타나고 있었던 겁니다."

"그때 자기가 전능한 신이라고 믿기 시작했나 보지."

파이커웨이 대령이 느닷없이 한마디 하고는 혼자서 킬킬 웃었다. 라이하르트 박사는 충격을 받은 얼굴이었다.

"저한테 몇 가지를 알려 달라고 하더군요. 노골적으로 말하자면 자기가 아돌프 히틀러라고 믿는 환자들을 제가 많이 상대해 봤다고 마틴 B 씨가 귀띔해 줬다는 거예요. 저는 그게 꽤 흔한 일이며, 그 환자들이 히틀러 총통을 얼마나 존경하고 숭배하는지를 고려했을 때 히틀러가 되고 싶어 하는 열망은 자신들을 히틀러와 동일시함으로써 자연히 점차 사그라지게 될 거라고 설명했습니다. 설명을 할 때 속으로 조금 걱정이 됐는데, 다행히 총통이 대단히 만족한 듯해서 안심이 되더군요. 고맙게도 각하는 자기와 동일시하고자 하는 열망을 칭찬으로 받아들였습니다. 이어서, 그런 증상을 앓고 있는 환자들 몇몇을 추려서 만나 보게 해 줄 수 있겠냐고 하는 거예요. 그래서 의논을 했습니다. 마틴 B 씨는 스스로도 확신이 안 서는 듯 보였지만, 그래도 저를 따로 불러 총통이 진심으로 이 만남을 경험하고 싶어 하신다고 확신을 시키더군요. 마틴 B 씨가 특별히 다짐받고 싶어 한 것은 히틀러 총통이 혹시나…… 아니, 쉽게 말해서 각하가 위험한 상황에 처하지 않도록 해 달라는 거였어요. 자기가 히틀러라고 주장하는 환자들 중에 혹시 그 믿음이 너무 강해서 자칫 폭력적으로 돌변하는 사람이 있지 않겠느냐 하는 거였죠……. 그래서 제가 그런 걱정은 할 필요 없다고 안심시켰습니다. 가장 온순한 히틀러들만 골라서 만나게 해 주겠다고 했지요. B 씨는 총통이 환자들과 만나는 자리에 제가 안 끼었으면 한다고 하더군요. 병원장이 합석하면 환자들이 자연스럽게 행동하지 못할 거라고요. 게다가 폭력적으로 돌변할 위험이 없다면야……. 그래서 저는 위험이야 없지만 B 씨가 총통과 동석했으면 한다고 말했습니다. B 씨는 그건 문제없다고 했죠. 그래서 그렇게 준비가 이루어졌습니다. 아주 대단하신 분이 방문하셔서 꼭 대화를 나눠 보고자 하시니 히틀러들은 지정된 방으로 모여 달라고 방송을 내보냈습니다.

아, 그랬죠. 마틴 B와 총통을 환자 그룹에 소개시켜 드리고 저는 방 밖으로 나와 총통과 동행한 부관 2명과 수다를 떨었습니다. 총통이 왠지 불안해 보인다고 제가 말했죠. 그때가 막 여러 가지 문제가 불거지고 있던 시점이었거든요. 그게 전쟁이 종결되기 직전, 그러니까 상황이 점점 악화되고 있을 때였어요. 부관들이 말하길, 총통도 심한 압박에 시달리고 있다고 하더군요. 그래도 총통 각하가 계속해서 주장하는 계획들을 참모들이 즉시 실행에 옮기고 행동을 빨리하면 전쟁에서 승리할 수 있을 거라고 했습니다."

조지 패컴 경이 입을 열었다.

"총통은, 내가 보기에…… 그 당시에 벌써, 내 말은 그러니까, 상태가 아주……."

슈피스 수상이 대뜸 말했다.

"그 점은 언급할 필요 없을 것 같습니다. 그 사람은 제정신이 아니었습니다. 몇 차례는 강권을 써서 행동을 막아야 했을 정도니까요. 그런 일화들은 내 조국에서 당신들이 실시한 조사 결과만 봐도 충분할 겁니다."

"기억해 보면 뉘른베르크 전범 재판에서……."

"뉘른베르크 재판을 들먹일 필요도 없습니다."

레이즌비 씨가 단호하게 조지 경의 말을 잘랐다.

"다 지난 일이에요. 우리는 독일 정부의 도움과 무슈 그로장의 정부 그리고 다른 유럽 동지들의 도움으로 앞으로 유럽 공동 시장에서 큰 성장을 이룰 것을 기대하고 있습니다. 과거는 과거일 뿐이에요."

"옳으신 말씀입니다. 그 과거를 조금 더 얘기해 봅시다. 마틴 B와 총통은 방에서 아주 잠시만 머물다 나왔습니다. 7분 있다가 나왔지요. B 씨는 라이하르트 박사에게 아주 좋은 경험을 했다고 만족감을 표시했더랍니다. 차가 대기 중이어서 B 씨와 총통은 빨리 타고 다음 약속 장소로 가야 한다면서 서둘러서 가 버렸습니다."

이야기가 끝나자 침묵이 흘렀다.

파이커웨이 대령이 물었다.

"그래서요? 그다음에 무슨 일이 일어났습니까? 아니면 이미 뭔가 사건이 일어났는데 눈치를 못 챈 겁니까?"

라이하르트 박사가 말했다.

"히틀러 환자 중 하나의 행동이 좀 유별났어요. 히틀러 총통과 유독 닮은 사람이었는데, 덕분에 다른 환자들보다 특히 더 자신감을 보이면서 총통 흉내를 냈죠. 그런데 그 사람이 자기가 진짜 총통이라고 전보다 더 강하게 주장하면서 빨리 베를린으로 가 봐야 한다고, 가서 참모 회의를 주재해야 한다고 우기는 겁니다. 실제로 그 환자는 얼마 전까지 약간 개선의 징후가 보였는데, 총통이 다녀간 이후로는 개선의 징후가 깨끗이 사라졌습니다. 전과 전혀 다른 사람처럼 보여서, 어떻게 갑자기 그렇게 될 수 있는지 이해가 안 갈 정도였어요. 그래서 이틀 후에 친척들이 전화를 걸어와 그 환자를 집으로 데려가 개인적으로 치료를 계속하겠다고 했을 때 저는 안도의 한숨을 쉬었죠."

"그래서 당신은 그 환자를 보냈고요."

슈피스 씨가 끼어들었다.

"당연히 보냈지요. 그 친척이 믿을 만한 의사를 알고 있었고, 더군다나 그 환자는 강제 수용된 게 아니라 자발적으로 입원한 환자였습니다. 따라서 나갈 권리가 있었어요. 그래서 그 환자는 병원을 떠났습니다."

"그 이야기가 왜……."

조지 패컴 경이 입을 열었다.

"슈피스 씨가 가설을 하나……."

"가설이 아닙니다. 지금부터 내가 말하는 건 사실입니다. 러시아가 감춰 왔고 우리가 감춰 온 사실. 하지만 수많은 증거가 있습니다. 우리의 총통, 히틀러는 그날 자의로 정신 병원에 남았고, 진짜 히틀러와 가장 많이 닮은 환자 한 명이 마틴 B와 함께 그곳에서 나갔습니다. 나중에 벙커에서 발견된 건 그 환자의 시체였습니다. 돌려 말하지 않겠습니다. 쓸데없는 세부 사항까지 늘어놓을 필요는 없지요."

"우리 모두 진실을 알아야겠습니다."

레이즌비가 말했다.

"진짜 히틀러는 미리 준비된 지하 루트를 통해 아르헨티나로 밀입국해 거기서 몇 년간 머물렀습니다. 거기서 아리안 혈통의 예쁜 여자를 만나 아들을 하나 두었고요. 영국 여자였다는 설도 있습니다. 히틀러의 정신병은 계속 악화되었고, 마지막에는 완전히 미쳐서 자기가 전장에서 군을 지휘하는 환영을 보며 죽었다고 하더군요. 하여간 독일에서 탈출하는 유일한 방법은 그것뿐이었습니다. 그래서 히틀러는 그 계획을 받아들인 거였죠."

"지금까지 수십 년 동안 그런 정보가 조금도 새어 나가지 않고 철저히 감춰져 왔다는 겁니까?"

"물론 소문이 돌았죠. 소문이란 항상 돌게 마련입니다. 기억하실는지 모르겠는데, 러시아 황제의 딸 중 하나가 황실 가족의 참변을 탈출해 살아남았다는 소문도 있었잖습니까."

"하지만 그건…… 거짓이었어요. 조작된 거짓이었잖아요."

조지 패컴이 또 말을 더듬거렸다.

"한 무리의 사람들이 거짓이라고 증명했지요. 다른 무리는 진실이라고 끝까지 믿었고요. 양쪽 다 황제의 딸을 알고 지내던 사람들이었습니다. 아나스타샤는 진짜로 황제의 딸이었다. 아니다, 러시아 황녀 아나스타샤라는 여자는 사실 농부의 딸에 불과했다. 어느 쪽이 진실일까요? 소문이란! 오래 돌수록 믿는 사람은 점점 줄어들죠. 로맨틱한 걸 좋아하는 사람이나 계속 믿죠. 히틀러가 죽지 않고 살아 있다는 소문은 여러 차례 돌았습니다. 시체를 부검했다고 확실하게 말하는 사람이 아무도 없었어요. 러시아 측이 부검했다고 주장했지만 증거는 제시하지 못했지요."

"그럼 정말로 라이하르트 박사, 이런 허무맹랑한 얘기를 진짜라고 믿는 겁니까?"

"아, 저한테 그런 질문을 하셔도, 이미 제가 할 수 있는 얘기는 다 했습니다. 제가 일하는 정신 병원으로 온 건 분명 마틴 B였고, 총통 각하를 모시고 온 것도 마틴 B였습니다. 그리고 모시고 온 분을 총통 각하처럼 대우하고 총통에 걸맞은 경의를 표했지요. 저는 이미 수백 명의 히틀러와 나폴레옹, 율리우스 카이사르를 보아 왔습니다. 제 병원에 입원해서 지낸 히틀러들은 한 사람도 예외 없이 다 아돌프 히틀러라고 주장해도 먹혔을 만큼 진짜 아돌프 히틀러를 닮았다는 것을 여러분은 아셔야 합니다. 기본적으로 그만큼 닮지 않았더라면 그렇게 화장을 하고 옷을 비슷하게 입고 흉내를 내 가면서, 스스로 그렇게 열정적이고 맹렬하게 자신이 히틀러라고 믿지도 않았을 겁니다. 저도 아돌프 히틀러 씨를 개인적으로 만난 적은 그때가 처음이었습니다. 우리 같은 사람들은 신문이나 보면서 '아, 우리 위대한 천재 지도자는 대충 이렇게 생기셨구나.' 하고 생각할 뿐이죠. 하지만 그것도 저쪽에서 내보내는 사진만 볼 수 있을 뿐이죠. 어쨌거나 병원에 찾아와서 이분이 총통이시라고, 그 문제에 한해서는 가장 신뢰할 만한 마틴 B 씨가 그렇게 말하면, 저는 의심할 이유가 없는 겁니다. 의심할 이유가 없으니 명령에도 복종을 했고요. 자, 히틀러 각하가 의사 없이 혼자 들어가 그분의…… 뭐랄까? 그분을 본떠 만든 석고 모형 그룹을 만나고 싶어 하셨습니다. 방에 들어갔죠. 방에서 나왔습니다. 어쩌면 옷을 바꿔치기 했을 수도 있지요. 물론 이 경우 두 사람은 아주 비슷한 옷을 입고 있었을 겁니다. 방에서 나온 게 히틀러 본인일까요, 아니면 자칭 히틀러라고 주장하는 환자였을까요? 어쨌든 그는 마틴 B 씨의 안내로 서둘러 빠져나와 준비된 차를 타고 유유히 사라졌습니다. 그동안 진짜 히틀러는 병원에 남아 자기 자신을 연기하는 것을 즐겼을 수도 있습니다. 그리고 함락이 코앞에 닥친 자신의 조국에서 탈출하는 길은 이것밖에 없다는 걸 알고 있었을 수도 있지요. 그 점은 차치하더라도, 그는 이미 정신이 온전하지 않은 상태였습니다. 자기가 내린 명령들이 전처럼 즉시 이행되지 않는 것을 보고 그동안 노여움과 분노로 정신이 많이 흔들렸던 겁니다. 참모진에게 무모하고 터무니없는 메시지를 보내거나 황당한 행동을 취하라고 지시하는 등, 하여간 실행이 불가능한 명령을 계속 내려 왔던 것 같습니다. 어쨌든 그는 벌써 자신이 총사령관 위치에서 밀려났음을 감지했을 겁니다. 그래도 충실한 심복이 한두 명쯤 남아 있었고, 그들에겐 히틀러를 위한 계획이 있었습니다. 독일에서, 아니 유럽에서 탈출시키겠다는 계획, 멀리 떨어진 대륙에서 나치 군대를 규합하도록 돕겠다는 계획이 있었던 겁니다. 히틀러를 열성적으로 믿고 따르는 청년들을 모집하겠다는 거였죠. 나치스가 그곳에서 다시 부상하리라고 굳게 믿었던 거예요. 히틀러는 주어진 역할을 연기했습니다. 물론 한껏 즐겼겠죠. 예, 이미 이성이 흔들리기 시작한 사람이라면 충분히 그랬을 겁니다. 병원의 다른 히틀러들에게 자기가 아돌프 히틀러를 얼마나 잘 연기할 수 있는지 보여 주기도 했어요. 때로 혼자서 막 웃음을 터뜨리곤 했는데, 의사나 간호사가 들여다보면 전과 약간 다른 사람처럼 보였답니다. 평소보다 정신적으로 조금 더 불안정해 보였다고 해야 하나. 하, 그런 건 없어요. 항상 있는 일입니다. 나폴레옹들도, 율리우스 카이사르들도, 전부 다 그래요. 어떤 날은, 일반인이 이해하기 쉽게 말하자면, 다른 날보다 좀 더 미쳐 있을 뿐이에요. 제가 할 수 있는 표현은 그 정도예요. 자, 이제 슈피스 씨에게 넘기겠습니다."

"황당하군!"

"예, 황당한 이야기입니다."

슈피스 씨가 참을성 있게 대꾸했다.

"하지만 황당한 일도 때때로 일어납니다. 역사에서든 현실에서든, 얼마나 황당하든 간에요."

"아무도 짐작 못했습니까? 아무도 몰랐어요?"

"계획이 상당히 치밀했습니다. 심사숙고해서 치밀하게 세운 계획이었죠. 탈출 루트도 미리 확보해 놓았고요. 그에 대한 자세한 정보는 알려지지 않았지만, 누구든 대충이나마 루트를 짐작해 볼 수 있습니다. 관계된 사람들, 그러니까 변장을 하고 가명을 사용해서 그 사람이 한 장소에서 다른 장소로 이동하는 걸 도운 사람들 말입니다. 우리가 시간이 지나 조사를 통해 알아낸 사실인데, 그들 중 일부는 제 명에 못 죽었습니다."

"혹시라도 기밀을 누설하거나 자기도 모르게 털어놓을까 봐 입막음했다는 거예요?"

"SS가 확실히 처리했습니다. 엄청난 보상금을 주고 치하하고, 훗날 고위직을 주겠다고 약속하는 것보다는 죽이는 편이 훨씬 쉽죠. 그리고 SS는 이미 살인에 익숙했으니까요. 여러 가지 효과적인 살인 방법도 알고 시체를 처리하는 방법도 잘 알았죠. 아, 그렇습니다. 이 정도까지는 말씀드리죠. 이 문제는 벌써 꽤 오랫동안 조사해 온 문제입니다. 조금씩 정보가 입수되고 증거 문서들이 나타나면서 점차 진실이 밝혀졌습니다. 아돌프 히틀러는 분명히 남아메리카에 도착했습니다. 거기서 결혼식이 있었고 자식도 낳았다는 정보가 들어왔습니다. 아기의 발에 만(卍) 자 낙인을 찍었다지요. 갓난아기일 때요. 신뢰할 만한 정보원들에게서 들은 이야기인데, 그 정보원들이 남아메리카에 가서 직접 낙인 찍힌 발을 봤답니다. 그곳에서 세상의 눈으로부터 숨은 채 철저하게 경호를 하면서 아이를 키우고 준비시켰습니다. 마치 위대한 달라이 라마를 위대한 운명에 대비시키듯 철저히요. 사실 새로 규합된 광적인 젊은 신봉자 집단의 배후에는 그런 사상이 있었습니다. 처음 시작했을 때보다 훨씬 커진 거죠. 이건 단순히 네오나치스, 새로운 독일의 초인류 집단을 부흥시키자는 것이 아닙니다. 물론 그것도 해당되긴 하지만, 더 들어가 보면 그 이상의 것이 있어요. 독일 말고도 다른 많은 국가들의 청년 집단, 유럽 거의 모든 국가의 젊은 초인 집단이 모여 무정부주의의 일원으로서 물질주의에 물든 기존의 세상을 파괴한 다음, 살인하고 폭력을 휘두르는 새 형제들 무리를 불러들이자는 것입니다. 먼저 파괴하고 나중에 세력을 키우는 데 전력을 쏟자 이겁니다. 이제 그들은 리더도 세웠습니다. 아리안 혈통을 이어받은 리더예요. 비록 돌아가신 아버지의 애정은 별로 못 느끼고 자랐지만 금발에 흰 피부라는 북유럽 인종의 특징을 물려받은 리더. 아마도 모친에게서 물려받은 거겠죠. 골든 보이. 세계가 두 팔 벌려 품에 안을 청년. 물론 독일과 오스트리아가 제일 먼저 환영하겠죠. 그쪽 사람들의 신화와 음악에 가장 중요한 모티프가 되어 온 것이 바로 젊은 지크프리트니까요. 청년은 그들을 지배할, 그들 모두를 약속의 땅으로 인도할 젊은 지크프리트로 자랐습니다. 모세가 백성을 인도했다는 그 약속의 땅이 아닙니다. 그건 그들이 증오해 마지않는 유대인의 땅이죠. 그런데 유대인들은 독가스실에서 죽거나 몰살당해 전부 땅에 묻혔습니다. 여기서 말하는 땅은 그들만의 땅, 그들이 용맹하게 쟁취해야 할 땅입니다. 그러기 위해서 유럽 국가들이 남아메리카 국가들과 단결해야 한다고 그들은 주장합니다. 남아메리카 대륙에는 이미 싸움의 선봉에 나설 무정부주의자들, 예언자들, 그들의 게바라와 그들의 카스트로들, 게릴라 전사들, 그들의 추종자 부대가 형성되어 있습니다. 사디즘과 고문, 폭력과 죽음이라는 길고 고된 훈련을 버티어 내면 그다음엔 영광의 삶이 있으리라. 자유! 신세계의 통치자로서 누릴 자유. 승리가 약속된 정복자들."

"말도 안 되는 헛소리예요. 일단 우리가 막는 데 성공하면, 계획이고 뭐고 다 좌절될 겁니다. 기가 차서 웃기지도 않네요. 도대체 그들이 뭘 할 수 있다는 겁니까?"

세드릭 레이즌비는 거의 불만을 토로하듯 이야기했다.

슈피스 수상이 다 이해한다는 듯 무겁게 고개를 저으며 대꾸했다.

"그런 질문이 충분히 나올 수 있지요. 대답해 드리죠. 그건 그들도 모릅니다. 자기들이 어디로 가고 있는지 그들도 모르고 있습니다. 앞으로 어떻게 될지 자기들도 몰라요."

"그들이 진짜 신세계의 리더가 아니라는 겁니까?"

"그들은 폭력과 증오, 고통의 길을 통해 오로지 영광의 미래로 전진하는 젊은 영웅들입니다. 이러한 추종자들은 남아메리카와 유럽에만 있는 게 아닙니다. 이 열광 종교는 이제 대륙의 북쪽까지 퍼져서, 미국에서도 젊은이들이 폭동을 일으키고 가두 시위를 하면서 젊은 지크프리트의 부하로서 충실히 제 역할을 수행하고 있습니다. 젊은 지크프리트의 길을 받들어, 사람을 죽이고 고통을 즐기는 법을 배우고 나치스의 룰을, 힘러의 룰을 배우고 있어요. 훈련을 받고 비밀리에 세뇌 교육을 받고 있지요. 자기들이 무엇을 위해 훈련을 받는지도 모르는 채 말입니다. 하지만 우리는 알고 있습니다. 적어도 우리 중 일부는요. 여기 영국은 어떻습니까?"

"우리 네댓 명 정도가 다일걸요."

파이커웨이 대령이 대답했다.

"러시아에도 아는 사람이 있고, 미국에서도 슬슬 눈치를 채기 시작했습니다. 미국은 북유럽 신화에 뿌리를 둔 젊은 영웅 지크프리트의 추종자들이 있다는 것, 그리고 젊은 지크프리트로 추앙받는 인물이 그들의 지도자라는 것을 알고 있습니다. 거의 신흥 종교에 가깝게 퍼졌다는 것을요. 위대한 청년을 섬기는 종교, 젊음의 찬란한 승리를 맛보게 해 줄 종교. 그 청년을 통해 옛 북유럽의 신들이 다시 일어나리라고 가르치는 종교. 하지만 물론……"

슈피스 수상은 어느새 높아진 언성을 의식적으로 낮추며 말을 이었다.

"물론 그것이 진실의 전부가 아닙니다. 배후에는 막강한 권력을 쥔 인물들이 진을 치고 있습니다. 최고의 브레인을 가진 악한 사람들. 일류 자본가와 거물급 기업가, 석탄과 석유, 우라늄 채광권을 손에 쥔 사람, 톱클래스의 과학자들을 부리는 사람. 그들이 바로 배후 조직의 운영 위원회입니다. 표면적으로는 그다지 흥미롭거나 특별할 것이 없어 보이지만 실질적으로 통제권을 쥐고 있는 사람들이지요. 그들은 자원을 통제하고 나아가 그들 나름의 방법으로 젊은이들을 통제해서 살인 병기로, 그리고 노예로 만듭니다. 노예로 만드는 방법은 마약으로 조종하는 것입니다. 처음엔 약한 마약으로 시작했다가 서서히 중독성 강한 환각제로 발전해 나중에는 얼굴도 모르는 이에게 자기 육신을 저당 잡혀 완전히 굴종하고 의존하게 되는, 그런 노예들을 대량 양산해 전 세계 모든 나라에 퍼뜨리는 겁니다. 특정 마약에 대한 타는 듯한 갈망이 그들을 노예로 만듭니다. 그런데 머지않아 이 노예들은 쓸모없는 부품으로 전락합니다. 마약에 대한 의존 때문에, 달콤한 환각에 사로잡혀 멍하니 앉아 있는 것 말고는 아무것도 못하게 되는 것입니다. 그래서 때가 되면 그런 노예들은 죽게끔 버려지거나 아니면 죽임을 당할 겁니다. 그들이 꿈꾸었던 왕국에 발을 들일 수 없게 되는 겁니다. 지금 통제권을 가진 자들이 의도적으로 이런 괴상한 종교를 퍼뜨리고 있습니다. 옛날 신들을 옷만 다르게 입혀서 소개하는 것과 다를 바 없지만요."

"자유분방한 섹스도 포교 수단으로 한몫 했겠지요?"

"섹스는 저절로 시들해지는 경향이 있어요. 고대 로마에서는 탐욕에 몸을 맡겼던 남자들, 성욕 과잉으로 죽도록 섹스만 해 대다가 싫증이 난 사람들 중에 몇몇이 쾌락에 완전히 등을 돌리고 사막으로 가 성 시므온(기둥 위에 살았다는 시리아의 고행자 — 옮긴이)처럼 은자가 되기도 했습니다. 섹스는 한계가 있습니다. 잠시 쾌락을 맛보게 해 주지만, 마약처럼 인간을 철저히 지배하진 못합니다. 마약과 사디즘과 권력에 대한 갈망과 증오. 고통 자체에 대한 욕구. 고통을 가하는 행위에서 느끼는 쾌락. 그들은 스스로에게 어둠의 쾌락을 가르치고 있어요. 부도덕한 쾌락이 한번 사람을 사로잡으면 그 마수에서 결코 벗어날 수 없어요."

"슈피스 수상, 그런 이야긴 믿을 수가 없군요. 내 말은…… 그러한 풍조가 실제로 퍼지고 있다면, 강경한 조치를 써서 막아야 하는 것 아닙니까. 그러니까, 이대로 이런 짓거리를 사주하고 다닐 수는 없습니다. 이런 일에는 단호한 태도를 취해야 합니다. 한 치도 양보하면 안 돼요."

"그만하시오, 조지."

레이즌비 씨는 담배 파이프를 꺼내 물끄러미 쳐다보다가 다시 주머니에 넣었다.

"내 생각에 최선의 대책은……."

또다시 그의 강박관념이 고개를 든 모양이었다.

"내가 러시아로 가는 겁니다. 내가 보기에는 러시아 측도 이러한 사실들을 알고 있는 것 같은데."

"알 만큼 알고 있지요. 그러나 어디까지 인정할지는……."

슈피스가 어깨를 으쓱하며 말을 이었다.

"그게 문제입니다. 러시아인들은 웬만해선 다 터놓지를 않아요. 게다가 중국 국경 지대의 문제로 그쪽 나름대로 골치를 앓고 있으니까요. 우리가 믿는 것만큼 사태가 그렇게 심각한 단계에 이르지 않았다고 보는지도 모르고요."

"그렇다면 더욱 특별한 임무라고 생각하고 가야겠군요."

"나라면 가지 않겠소, 세드릭."

지친 듯 의자에 깊숙이 기대어 앉은 엘터마운트 경의 조용한 목소리가 입씨름에 찬물을 끼얹었다.

"당신은 여기 있어야 할 사람이오, 세드릭."

경의 목소리에서는 차분한 권위가 묻어났다.

"당신은 영국 정부의 최고 사령관 아닙니까. 그러니 여기 남아 있어야 합니다. 우리에게는 훈련된 요원들이 있으니 걱정 마시오. 해외 첩보 임무에 필요한 훈련을 제대로 받은 정보국 요원들 말이오."

조지 패컴이 못미덥다는 투로 물었다.

"첩보 요원요? 이 단계에 와서 요원들이 할 수 있는 일이 뭐가 있습니까? 아무래도 보고를 받아 봐야…… 아, 호샴이 거기 있었군요. 있는 줄 몰랐네. 그래, 우리한테 어떤 요원들이 있다는 겁니까? 그들이 뭘 할 수 있다는 거예요?"

"우리 정부가 보유한 요원들은 최정예 요원들입니다."

헨리 호샴이 조용히 대꾸했다.

"그들 덕분에 우리가 정보를 입수할 수 있는 겁니다. 슈피스 씨도 정보를 가져오셨지요. 그 정보는 독일의 첩보 요원들이 입수한 정보입니다. 요원들이 슈피스 씨를 위해 입수한 정보지요. 문제는 뭐냐면…… 언제나 이게 문제였지요. 지난 전쟁에 대한 자료를 읽어 보기만 해도 이 점은 공감이 갈 겁니다. 아무도 첩보 요원들이 가져오는 정보를 믿지 않으려고 한다는 겁니다."

"그래도 똑똑한 정보부 요원들인데……."

"아무도 첩보 요원들이 똑똑하다는 사실을 믿으려 들지 않는단 말입니다! 하지만 진짜로 믿을 만한 친구들입니다. 훈련도 받을 만큼 받았고, 또 열에 아홉은 보고 내용도 정확해요. 그런데 결국 어떻게 되는 줄 아세요? 윗사람들이 보고 내용을 안 믿으려고 들고, 한

술 더 떠서 어떤 행동도 취하기를 거부하는 거예요."

"아니, 호샴, 나는 도무지……."

호샴은 조지 경의 말은 듣지도 않고 슈피스 수상을 돌아보며 말했다.

"독일에서도 그런 일이 종종 있지 않습니까? 신뢰할 만한 보고가 들어왔는데도 아무런 조치를 취하지 않은 경우요. 사람들은 알고 싶어 하지 않는 겁니다. 진실이 입맛에 맞지 않을 때는요."

"맞습니다. 그런 일이 충분히 일어날 수 있고 실제로 일어나기도 합니다. 자주 그러는 건 아니지만. 하지만, 예, 가끔은……."

레이즌비 씨는 다시 파이프를 꺼내 만지작거리고 있었다.

"정보에 관한 이야기는 여기서 그만 합시다. 이건 정보 수집이 아니라 수집한 정보를 가지고 어떤 행동을 취할 것인가의 문제니까요. 이건 국가적 위기 수준이 아니에요. 국제적인 위기란 말입니다. 최상부인 우리가 결정을 내려야 해요. 행동을 취해야만 합니다. 먼로, 경찰과 군이 연계해야 하겠습니다. 아무래도 군사적 행동을 취해야 할 것 같군요. 슈피스 씨, 독일은 언제나 뛰어난 군사력을 자랑하는 국가였죠. 반란이 걷잡을 수 없이 커지기 전에 무력으로 진압해야 합니다. 이 방침에는 동의하시겠죠……."

"방침에는 동의합니다. 그런데 이 폭동은 이미 걷잡을 수 없이 커졌어요. 폭도들은 검과 라이플은 물론이고 자동 소총, 화약, 수류탄, 폭탄, 화학 무기까지 갖췄어요……."

"하지만 우리한테는 핵무기가 있으니까, 핵폭탄을 터뜨리겠다고 그냥 위협만 해도…….."

"우리가 얘기하는 상대는 그저 학교에 불만을 품은 10대 소년들이 아닙니다. 이 청년 군대라는 폭도들은 과학자 집단의 도움까지 받고 있어요. 젊은 생물학자, 화학자, 물리학자 들 말입니다. 유럽에서 핵폭탄을 터뜨리면, 혹은 유럽에서 핵전쟁을 일으키려고 하면…….."

슈피스 씨는 고개를 설레설레 저었다.

"벌써 쾰른의 상수도를 오염시키려는 시도가 한 차례 있었다고요. 장티푸스균이었습니다."

"이 상황 자체를 믿을 수가 없군요…….."

세드릭 레이즌비는 동의를 바라는 눈빛으로 주위를 둘러보았다.

"쳇윈드, 먼로, 블런트?"

레이즌비에게는 놀랍게도, 대답을 한 것은 블런트 제독뿐이었다.

"해군이 어디까지 관여해야 할지 모르겠소. 우리가 관여할 일이 아닌 것 같습니다. 다만 충고 하나 하리다, 레이즌비 씨. 몸 보전 제대로 하고 싶다면 그 담배 파이프하고 담뱃잎이나 잔뜩 챙겨서, 당신이 그렇게 원하는 외국으로, 핵전쟁이 일어났을 때 방사능 낙진이 안 떨어질 나라로 멀리멀리 도망가시오. 남극이든 어디든, 하여간 방사능이 닿으려면 한참 걸리는 그런 동네로 가서 숨으란 말입니다. 에크슈타인 교수가 경고했지요. 그 사람 말 흘려들으면 큰코다칠 겁니다."

파이커웨이 대령의 추가 기록

거기에서 회의가 중단되고 모임은 두 그룹으로 갈라졌다.

독일 수상은 영국 수상과 조지 패컴 경, 고든 쳇윈드, 라이하르트 박사와 함께 다우닝가로 점심을 먹으러 나갔다.

블런트 제독과 먼로 대령, 파이커웨이 대령 그리고 헨리 호샴은 남아서, VIP들이 있는 자리에서는 누리지 못한 연설의 자유를 누리며 논의를 계속하기로 했다.

그러나 처음에 오간 대화는 주제와 별로 상관없었다.

파이커웨이 대령이 대뜸 말했다.

"조지 패컴을 데려가 줘서 다행이군. 앉아서 걱정하고 안달하고, 짐작 아니면 추측만 하니. 듣다 보면 짜증이 난다 이겁니다."

먼로 대령이 농담 삼아 한마디 던졌다.

"제독님은 저쪽 팀에 합류하셨어야죠. 우리 수상이 또 러시아나

중국, 내키면 에티오피아나 아르헨티나로 정상 회담을 하러 간다고 할지도 모르는데, 어디 고든 쳇윈드나 조지 패컴 정도로 막을 수 있겠어요?"

제독이 퉁명스럽게 대꾸했다.

"나는 또 나름대로 조사할 게 있소이다. 지방에 가서 옛 친구를 만나 볼 생각이오."

그러고는 호기심 어린 표정으로 파이커웨이 대령을 보며 물었다.

"히틀러 일화가 당신한테 진짜 뜻밖의 이야기였소?"

파이커웨이 대령은 고개를 저으며 대답했다.

"별로요. 아돌프 히틀러가 남아메리카에 모습을 보인다는 소문과 나치스 조직을 계속 유지하고 있다는 소문은 몇 년째 들어 온 것입니다. 사실일 확률은 반반이지요. 그 인간이 누구든, 미친 녀석이든 사기꾼이든 아니면 진짜 히틀러이든 간에, 너무 빨리 무대에서 퇴출됐어요. 그 문제에 대해서도 끔찍한 소문이 많이 떠돌고 있죠. 지지하던 무리들이 더 이상 쓸모가 없다고 판단하고 없앤 겁니다."

"'벙커 안의 시체가 누구의 시체였나?'는 앞으로 계속 사람들 입에 오르내릴 의문이오. 신원 확인이 확실히 이루어지지 않았잖소. 러시아 측이 확인하려고 별 짓을 다 했는데도 말이오."

그렇게 말하고 블런트는 벌떡 일어나 나머지 멤버들에게 고갯짓으로 인사를 하고 문 쪽으로 갔다.

먼로가 생각에 잠겨 말했다.

"라이하르트 박사는 진실을 알고 있는 것 같더군. 물론 절대로 까

놓고 말하지는 않겠지."

"독일 수상은요?"

"분별력 있는 사람이지."

블런트 제독이 나가다 말고 고개를 돌려 호샴의 물음에 대꾸했다.

"그놈의 청년 집단인지 뭔지가 말도 안 되는 장난이나 치면서 문명 세계를 망치려고 하는 마당에 혼자서 나라를 바로잡아 보겠다고 애쓰고 있으니까. 안타까운 일이야!"

그러면서 먼로 대령을 날카롭게 쳐다보았다.

"금발의 신동은요? 히틀러의 아들 말이오. 그 사람에 대해 알아낸 게 있소?"

"그건 걱정할 필요 없습니다."

파이커웨이 대령이 갑자기 끼어들어 대답했다.

제독은 아예 잡고 있던 문손잡이를 놓고 다시 자리로 돌아와 앉았다. 파이커웨이 대령이 계속해서 말했다.

"전부 허튼소리니까요. 히틀러에게는 아들이 없었습니다."

"그걸 어떻게 아시오?"

"확실합니다. 프란츠 요제프, 일명 젊은 지크프리트라는 그 신격화된 리더는 어디서나 볼 수 있는 평범한 사기꾼입니다. 실제로는 아르헨티나인 목수와 얼굴 반반한 금발의 삼류 독일인 오페라 가수 사이에서 태어났는데, 외모와 미성은 모친에게서 물려받은 겁니다. 배후 조직이 네오나치스의 리더라는 정해진 역할을 염두에 두고 신중한 절차를 거쳐 선택했고 작정하고 스타로 키우면서 철저히 관리해 온 친구입니다. 이 친구, 청년기 초반에는 전문 배우였는데, 발에 만(卍) 자 낙인도 찍혀 있습니다. 그래 놓고는 배후 조직이 별의별 낭만적인 소리를 다 갖다 붙이며 이야기를 지어내 퍼뜨린 거죠. 환생한 달라이 라마인 양 처음부터 극진한 대우를 받았습니다."

"그 증거가 있소?"

"증거 서류를 충분히 확보했습니다."

파이커웨이 대령이 씩 웃으며 말했다.

"우리 정예 요원 중 하나가 손에 넣었죠. 선서문이랑 복사한 사진, 당사자의 모친을 비롯하여 여러 사람의 서명이 든 선언서, 낙인 흉터가 생긴 날짜가 기록된 의료 기록, 카를 아길레로스라는 인물의 출생 증명서 등본, 그리고 카를 아길레로스가 프란츠 요제프와 동일 인물이라는 서명이 들어간 문서 증거까지. 우리 요원이 목숨을 걸고 아슬아슬하게 빼내 온 증거들입니다. 여자 요원인데 그것 때문에 추격을 받았죠. 프랑크푸르트에서 운 좋게 도움을 받지 않았으면 아마 붙잡혀서 제거당했을 겁니다."

"그 증거가 지금 어디에 있소?"

"안전한 곳에 보관돼 있습니다. 일급 사기꾼의 정체를 천하에 폭로할 순간을 위해 잘 보관해 두었죠……."

"정부도 이 사실을 알고 있습니까? 수상도 알아요?"

"나는 절대로 정치가들에게 내가 알고 있는 것을 전부 말하지 않습니다. 불가피한 경우, 아니면 상대방이 일을 제대로 처리하겠다는 확신이 들 경우에만 이야기하지요."

"당신, 알고 보니 아주 음흉한 사람이었군."

먼로 대령이 말했다.

"그런 사람이 하나라도 있어야죠."

파이커웨이 대령이 한숨을 섞어 대꾸했다.

스태퍼드 나이 경을 찾아온 방문객

스태퍼드 나이 경은 손님들을 접대하고 있었다. 얼굴만 어렴풋이 아는 사람 하나를 빼고는 다들 본 적이 없는 사람들이었다. 하나같이 잘생기고 태도도 진지하고 똑똑한 청년들이었다. 아니, 적어도 겉으로 보기엔 그랬다. 머리는 단정하게 빗어 넘겨서 모양을 냈고, 옷은 고급이지만 지나치게 구식은 아니었다. 그들을 보면서 눈이 즐겁다는 것을 스태퍼드 나이는 부정할 수 없었다. 그러나 동시에 '저들이 나에게서 원하는 게 무엇일까?' 하는 경계심도 들었다. 1명은 석유 제왕의 아들이고 다른 1명은 대학 졸업 후 정계에 입문한 젊은이였다. 마지막 1명은 검고 짙은 눈썹을 찡그려 자꾸만 인상을 쓰는 걸 보니 천성적으로 사람을 의심하는 타입인 것 같았다.

"이렇게 찾아올 수 있게 허락해 주셔서 감사합니다, 스태퍼드 경."
셋 중 리더로 보이는 금발 청년이 말문을 열었다.

듣기 좋은 목소리를 가진 그 청년은 클리퍼드 벤트라고 자신을 소개했다.

"이쪽은 로드릭 케틀리이고 이 친구는 짐 브루스터입니다. 저희 모두 미래를 걱정하고 있습니다. 너무 거창한가요?"

"그 질문에 대한 대답은 이렇게 해야겠군요. 걱정되는 게 당연한 것 아닙니까?"

"세상 돌아가는 꼴이 영 시원찮아요. 폭동에 무정부주의에. 뭐, 한때 심취하는 사상으로는 문제가 없지요. 솔직히, 어렸을 때 그런 것에 한 번도 안 빠져 본 사람은 없잖아요. 다만 제대로 된 사람이라면 한때 빠졌다가 철이 들면서 다시 빠져나와야죠. 우리가 주장하는 건, 학생들이 그런 쪽으로 완전히 물들지 않고 학업을 이어 나가도록 이끌어 주자는 겁니다. 데모는 필요한 것이지만 깡패나 폭도들이 벌이는 데모는 근절해야 합니다. 데모를 해도 지성인답게 해야 한다 이겁니다. 더불어 우리가 원하는 건, 솔직히 털어놓자면, 새로운 정당입니다. 짐 브루스터, 이 친구가 그동안 노동 조합 문제와 관련해서 혁신적인 아이디어와 계획들을 진지하게 밀어붙여 왔어요. 다들 이 친구의 입을 막고 계획을 좌절시키려고 했지만, 이 친구는 끝까지 뜻을 굽히지 않았죠. 안 그런가, 짐?"

"다들 멍청한 노인네들이니까 신경 안 써."

짐 브루스터가 대꾸했다.

"저희가 원하는 건 젊은 층을 위한 좀 더 현명하고 진지한 정책입니다. 좀 더 경제적인 정책이요. 저희는 교육 과정에서 좀 더 다양한 사상들을 접하기를 바랍니다. 물론 허황되거나 너무 거창한 걸 원하는 것이 아닙니다. 나아가 훗날 국회 의석을 차지하게 되면, 또 마침내 우리가 원하는 정부를 세우게 되면, 그런 사상들을 실제에 적용하고자 합니다. 우리의 정부를 세우자는 게 그리 허황된 꿈은 아니죠. 저희가 추진하는 운동에 뜻을 같이하는 사람이 상당히 많습니다. 저희는 현재 폭력을 앞세우는 집단과 똑같이, 젊음의 가치를 지지합니다. 저희는 현대화를 지지하며, 하원 의원 수의 감소를 추진하는 현명한 정부를 세우고자 합니다. 그러기 위해서 지금 이미 정치에 몸담고 있는 사람들 중에 인재를 찾아내 주시하고 있습니다. 특정 파벌에 속해 있다 하더라도, 현명한 사람이라면 개의치 않습니다. 저희가 여기 온 목적은 스태퍼드 경을 이런 대의에 끌어들일 수 있을까 해서입니다. 지금은 운동이 아직 유동적이지만, 최소한 저희가 어떤 사람을 원하는지는 분명해졌습니다. 힌트를 드리자면, 지금 한자리 하고 있는 사람들과 앞으로 한자리 차지할 것 같은 사람들은 다 마음에 안 든다고 해 두지요. 제3당으로 말할 것 같으면, 승산이 없어서 거의 당 자체가 소멸되다시피 한 것 같습니다. 하지만 소수당 중에도 괜찮은 인물이 한두 명은 있습니다. 기다려 보면 점차 저희와 뜻을 같이하게 될 거라고 기대하고 있습니다. 저희는 스태퍼드 경을 당에 끌어들이고 싶습니다. 언젠가, 어쩌면 생각보다 더 빠른 시일 안에, 제대로 된 외교 정책 노선을 지향하고 지지하는 그런 분을 의회에 세우고자 합니다. 국제 정세는 지금 말도 못할 정도로 엉망입니다. 워싱턴은 도시 전체가 파괴되었고, 유럽에서는 시도 때도 없이 군사 행동과 데모가 일어나고 공항이 마비되고 있습니다. 뭐, 지난 6개월간 상황이 어땠는지는 저희보다 더 잘 아실 테니 일일이 열거할 필요도 없겠지요. 우리의 목적은 세상을 바로잡는 게 아니라 영국을 회복시키는 것입니다. 그러기 위해 제대로 된 사람을 세우자는 거죠. 저희는 젊은 사람, 훌륭한 젊은 인재들을 원합니다. 혁명을 부르짖거나 무정부주의를 지지하지 않으면서도 조국을 제대로 굴러가는 나라로 만들기 위해 기꺼이 희생할 준비가 되어 있는 훌륭한 젊은이들을 많이 알고 있습니다. 그러기 위해서는 나이 든 사람들도 필요합니다. 60대 노인을 말하는 게 아니라 40대에서 50대의 인재를 말하는 겁니다. 저희가 여기 찾아온 건 스태퍼드 경에 대한 소문을 많이 들었기 때문입니다. 저희는 선생님이 어떤 분인지 잘 압니다. 선생님은 저희가 꼭 필요로 하는 그런 분이에요."

"지금 자신들이 현명하게 행동하고 있다고 생각합니까?"

"흠, 저희는 현명하게 구는 거라고 봅니다."

이어서 옆에 앉은 청년이 짧게 웃음을 터뜨리며 말했다.

"선생님께서도 동의하신다면 영광이지요."

"그럴 수는 없겠는데요. 이 방이 어떤 방인 줄 알고. 너무 거리낌 없이 떠드는 것 아니오?"

"여기는 선생님 댁 거실 아닙니까?"

"그렇지, 그건 맞지. 여긴 내 아파트고 내 거실이지. 하지만 당신들이 하는 말은, 그리고 앞으로 하려는 말은, 입 밖에 내지 않는 편이 좋을 겁니다. 당신들뿐 아니라 나한테도 해당되는 겁니다."

"아! 무슨 말씀을 하시려는지 알겠습니다."

"나한테 뭔가 제안하려는 거겠지요. 안락한 삶, 새로운 직업을 제공하는 대신 특정 집단과 연줄을 끊으라는 제의. 당신들은 나한테 일종의 배신 행위를 제안하고 있습니다."

"조국이나 특정 국가의 반역자가 되라는 이야기는 절대 아닙니다."

"아, 그건 아니겠죠. 러시아나 중국, 혹은 과거에 위험 국가로 입에 오르내린 나라에 충성하라고 종용하는 건 아니니까요. 하지만 외교 문제와 관련된 초대인 것은 분명합니다. 나는 얼마 전에 어딜 좀 다녀왔습니다. 두 눈이 확 뜨이게 해 준 여행이었죠. 다녀와서 지난 3주간은 남아메리카에서 보냈습니다. 그런데 이 얘긴 해 줘야 할 것 같군요. 귀국한 뒤로 계속 미행을 당하고 있습니다."

"미행이라고요? 상상이 지나친 것 아닙니까?"

"아니, 상상이 아닙니다. 나는 직업상 그런 것을 눈치채도록 훈련받았기 때문에 미행이 확실합니다. 최근에 내가 다녀온 곳들은 여기서 상당히 멀고 또 민감하다고 할 수도 있는 지역들입니다. 그런데 당신들은 하필 이런 시기에 나를 찾아와 내 속을 떠보려고 하고 있습니다. 이럴 줄 알았으면 다른 곳, 좀 더 안전한 곳에서 만나는 게 좋았을 듯싶네요."

그러더니 스태퍼드 경은 일어나서 욕실 문을 열고 수돗물을 틀었다.

스태퍼드 경이 설명했다.

"예전에 즐겨 보던 영화에서 이런 장면이 나오더군요. 도청이 된 방에서 대화를 못 듣게 하려면 수도꼭지를 틀면 됩니다. 내가 좀 구식인 것도 인정하고 이런 종류의 일을 좀 더 수월하게 처리할 방법이 있다는 것도 알지만, 이렇게 해 두면 그래도 아까보다는 더 편하게 이야기할 수 있겠죠. 그래도 여전히 조심해야 합니다. 지금 남아메리카에서는 굉장히 흥미로운 일이 벌어지고 있습니다. 남미 국가 연합이라는 게 형성되고 있는데, 한때는 스패니시 골드라는 이름이 대신했었죠. 현재 구성 멤버로는 쿠바와 아르헨티나, 브라질, 페루 그리고 아직 확실한 건 아니지만 가입 절차를 밟고 있는 국가가 한두 나라 더 있습니다. 아주 흥미로워요."

"그래서, 그 문제에 대한 선생님의 견해는 어떻다는 겁니까? 하시려는 말씀이 뭡니까?"

의심 많은 짐 브루스터가 따지고 들었다.

"여전히 조심해야 하기 때문에 덜컥 말할 수는 없습니다. 내가 경솔하게 말하지 않는 편이 여러분 쪽에서도 나를 믿기가 더 쉬울 겁니다. 근데 그 문제라면, 수돗물을 잠가도 그럭저럭 뜻을 전달할 수 있을 것 같군요."

"수돗물 잠그고 와, 짐."

클리퍼드 벤트가 말했다.

짐은 씩 웃더니 순순히 가서 물을 잠갔다.

스태퍼드 나이가 책상 서랍에서 리코더를 꺼냈다.

"아직 멋들어지게 연주할 실력은 안 되는데."

이렇게 중얼거리더니 리코더 주둥이에 입술을 대고 짤막한 곡조를 연주했다. 짐 브루스터가 잔뜩 찡그린 얼굴로 돌아오며 말했다.

"이게 뭐야? 콘서트라도 열자는 얘긴가?"

"조용히 해. 이 무식한 녀석. 음악에 대해선 눈곱만큼도 몰라 가지고는."

클리퍼드 벤트의 말에 스태퍼드 나이가 슬며시 미소를 지었다.

"자네도 나처럼 바그너 오페라를 좋아하는 모양이군. 올해 유스 페스티벌에 다녀왔는데, 곡들이 참 좋더군요."

그렇게 말하고 스태퍼드는 음절을 다시 한번 연주했다.

"내가 모르는 곡인데. 인터내셔널가(공산주의 혁명가 — 옮긴이)인지 적기가(영국 노동당의 당가 — 옮긴이)인지, 아니면 양키 두들인지 미국 국가인지, 내가 알 게 뭐야. 도대체 무슨 곡이야?"

짐 브루스터가 말했다.

"오페라의 모티프잖아. 입 좀 닥쳐. 우린 다 힌트를 이해했으니까."

로드릭 케틀리가 말했다.

"젊은 영웅이 부는 뿔 나팔."

스태퍼드 나이가 말했다. 그러고는 한 팔을 들어 과거에 '하일 히틀러'의 의미로 받아들여졌던 경례를 올려붙이며 낮게 중얼거렸다.

"새로운 지크프리트를 위하여."

세 청년은 모두 자리에서 일어섰다.

"맞는 말씀입니다. 우리 모두 아주 신중하게 행동해야 합니다."

클리퍼드 벤트가 이렇게 말하고는 스태퍼드 경과 악수를 했다.

"합류하시겠다니 저희로서는 영광입니다. 이 나라의 위대한 미래에 없어서는 안 될 것 중 하나가 외무부 장관이니까요."

일행이 방에서 나가자 스태퍼드 나이는 조금 열린 문틈으로 그들이 엘리베이터를 타고 내려가는 것을 훔쳐보았다.

일행이 간 것을 확인한 스태퍼드 경은 입가에 알 수 없는 미소를 머금은 채 문을 닫고 돌아와 벽시계를 흘끔 보았다. 그리고 안락의자에 털썩 주저앉아 기다리기 시작했다.

자기도 모르게 일주일 전 오늘, 케네디 공항에서 메리 앤과 나눈 작별 인사가 떠올랐다. 두 사람 모두 공항 한가운데 우두커니 서서 할 말을 찾지 못하다가, 스태퍼드 나이가 먼저 침묵을 깨고 입을 열었다.

"우리가 다시 만날 수 있을까요? 과연……."

"만나지 말아야 할 이유라도 있나요?"

"이유야 아주 많지요."

메리 앤은 스태퍼드를 흘끔 쳐다보다가 황급히 시선을 돌렸다.

"힘들겠지만, 이런 식의 작별 인사는 이 직업의 일부예요."

"직업이라고! 당신은 머릿속에 일 생각밖에 없군요."

"그럴 수밖에 없어요."

"당신은 프로고 나는 아마추어예요. 당신은……."

스태퍼드 경은 말끝을 흐렸다.

"당신, 대체 뭡니까? 누구예요? 아마 나는 영원히 모르겠지요. 그렇죠?"

"맞아요."

그 대답에 메리 앤을 가만히 바라본 스태퍼드 나이는 그 얼굴에서 슬픔을 읽었다. 아니, 슬픔보다는 고통에 가까운 표정이었다.

"그럼 나는 영원히 궁금해하는 수밖에 없겠군요. 그냥 당신을 무조건적으로 믿는 수밖에 없는 건가요?"

"아뇨, 그래선 안 돼요. 제가 그동안 배운 게 있다면 바로 그 한 가지예요. 삶이 내게 가르쳐 준 교훈이죠. 아무도 믿어서는 안 된다는 것. 그걸 기억하세요. 항상."

"그게 당신이 사는 세상인가요? 불신과 공포, 위험으로만 가득 찬 세상이?"

"죽기 싫으니까요. 그 덕분에 살아 있는 거예요."

"나도 알아요."

"그리고 당신도 죽지 않기를 바라고요."

"하지만 나는 당신을 믿었어요. 프랑크푸르트에서……."

"위험을 감수한 거죠."

"감수할 만한 위험이었습니다. 그건 당신도 알잖아요."

"어째서 그렇다는 거예요?"

"우리가 함께할 수 있었던 것도 내가 위험을 감수했기 때문이니까요. 그런데 이제는…… 아, 내가 탈 비행기의 탑승 안내 방송이 나오는군요. 공항에서 시작된 우리 우정은 또 다른 공항에서 끝날 운명인가 보죠? 당신은 어디로 갈 건가요? 무슨 일을 할 거죠?"

"해야 할 일을 하러 볼티모어로, 워싱턴으로, 텍사스로 갈 거예요."

새로 주어지는 임무를 이행하기 위해."

"나는요? 나는 다른 지시는 받지 못했는데. 그럼 나는 런던으로 돌아가서, 거기서 뭘 하라는 겁니까?"

"기다리세요."

"뭘 기다리라는 거죠?"

"당신에게 접근할 사람들을 기다리세요. 십중팔구는 접근해 올 거예요."

"기다렸다가 어쩌라는 겁니까?"

메리 앤은 미소를 지었다. 스태퍼드 나이에게도 이제 친근한, 아주 환한 미소였다.

"임기응변으로 대처하세요. 그때 가면 어떻게 해야 할지 알게 될 거예요. 아마 호감 갈 만한 사람들이 접근해 올 거예요. 신중하게 선택된 사람들이겠죠. 그들이 누군지 알아내는 게 중요해요. 더 이상 강조할 수 없을 만큼 중요해요."

"가 봐야겠어요. 잘 가요, 메리 앤."

"아우프 비더세이언(또 만나요)."

런던. 스태퍼드의 아파트에 전화벨이 울렸다.

'아주 적절한 순간에 울리는군.'

이별의 순간에 울린 전화벨 소리에 옛 기억에서 깨어나 다시 현실로 돌아온 스태퍼드가 속으로 생각했다.

"아우프 비더세이언."

스태퍼드 경은 이렇게 중얼거리며 일어나 수화기를 집어 들었다.

"작별한 이대로 내버려 두자."

누군지 단번에 알게 해 주는 쌔근대는 소리가 수화기 저편에서 흘러나왔다.

"스태퍼드 나이요?"

스태퍼드 경은 뻔한 인사말을 던졌다.

"담배 끊으셔야 오래 살지요."

"내 주치의도 나더러 담배 끊으라고 줄창 잔소리를 퍼붓고 있지. 불쌍한 인간. 끊을 사람한테 잔소리를 해야지, 입만 아프게스리. 새로운 소식 없습니까?"

파이커웨이 대령이었다.

"물론 있지요. 배신을 대가로 안락한 삶을 제공받았습니다. 호언장담을 하던데요."

"비열한 놈들!"

"비열하긴 하죠. 진정하세요."

"그래서 뭐라고 했는데요?"

"한 곡조 뽑아 줬습니다. 지크프리트의 뿔 나팔 모티프. 나이 드신 어느 친척 분의 조언을 따랐지요. 예상했던 반응을 보이더군요."

"나한테는 별 해괴망측한 짓거리로 들리는군!"

"「후아니타」라는 제목의 노래를 아십니까? 혹시 필요할지 모르니 그것도 익혀 놓아야겠는데요."

"후아니타가 누군지 알고 하는 소립니까?"

"알 것도 같은데요."

"흠, 그렇군. 마지막에 소식을 들었을 땐 볼티모어에 있다고 하던데."

"그리스 여자, 다프네 테오도파너스는요? 지금 어디서 뭘 하고 있답니까?"

"유럽 어느 나라 공항에 앉아 당신을 기다리고 있겠지."

파이커웨이 대령이 능쳤다.

"지금 유럽의 공항들은 대부분 폭발 사고로 폐쇄되거나 심각한 피해를 입은 것 같던데요. 그 녀석들, 신나게 터뜨려 대고 신나게 공중 납치 하고, 하여튼 아주 신났어요."

스태퍼드 나이는 갑자기 생각난 듯 노래 한 소절을 읊었다.

소년 소녀들아 놀러 나오라.
달은 태양처럼 밝게 비치고
저녁도 마다하고 잠도 마다하고
나와서 네 놀이동무를 쏘아 버려라.

"마치 현대판 소년 십자군(1212년에 프랑스, 독일, 로마 교회가 소년 소녀를 중심으로 조직한 십자군 — 옮긴이) 같군."

"소년 십자군에 대해서는 잘 모르고요. 저는 사자왕 리처드(제3차 십자군을 편성하여 출정한 영국의 왕 리처드 1세 — 옮긴이)가 참가했다는 십자군 전쟁만 압니다. 그런데 이번 일 자체가 소년 십자군과 성격이 비슷하다는 생각을 안 할 수가 없군요. 기독교가 득세한 국가들에서 이교도로부터 약속된 땅을 탈환하겠다는 이념으로 시작해서 죽음, 죽음, 계속된 죽음으로 끝나는 게 말입니다. 소년 십자군의 경우 거의 모든 아이들이 사망했다고 들었습니다. 아니면 노예로 팔려 가거나. 우리가 거기 휩쓸린 사람들을 구할 방법을 빨리 찾아내지 못하면 이번 일도 똑같이 개죽음으로 끝날 겁니다."

블런트 제독, 옛 친구를 방문하다

"다 죽고 아무도 없는 줄 알았네."

블런트 제독이 콧방귀를 쿵 뀌며 말했다.

제독의 퉁명스러운 인사는 문을 열어 줄 줄 알았던 집사에게 던진 게 아니라, 제독이 성은 절대 기억 못하고 이름이 에이미라는 것만 간신히 기억하는 젊은 아가씨에게 던진 것이었다.

"지난주에만 4번이나 전화했는데. 외국에 갔다고 하더군."

"외국으로 여행을 좀 다녀왔어요. 돌아온 지 얼마 안 돼요."

"마틸다는 그 몸으로 외국에 나가서 막 돌아다녀도 되는 건가? 그 나이에 그러면 못 쓰지. 요새 비행기를 탔다가는 고혈압이나 심장마비, 그 비슷한 걸로 콱 죽어 버릴걸. 하늘에서 요동을 치는 걸로도 모자라 아랍인들이나 이스라엘인들이 숨겨 놓은 폭발물까지 싣고 있잖아. 비행기는 더 이상 안전하지 않아."

"주치의 선생님이 비행기 여행을 추천하셨어요."

"흥, 의사들이 다 그렇지."

"마님도 기운이 훨씬 회복돼서 오셨고요."

"도대체 어디 갔었는데?"

"어머, 요양하러 갔다 왔죠. 독일이었나. 독일인지 오스트리아인지 만날 헷갈려요. 그 새로 지은 데 있잖아요. 골든 가스트하우스라고."

"아, 어디를 말하는지 알겠군. 터무니없이 비싼 데 아닌가?"

"뭐, 그만큼 효과가 좋다고 하니까요."

"그래 놓고 사실은 더 빨리 죽게 만드는 거겠지."

블런트 제독이 심술궂게 대꾸했다.

"그래, 에이미 양은 어땠소?"

"저는 별로였어요. 경치는 좋았지만 다른 건……."

그때 위층에서 거만한 목소리의 명령이 떨어졌다.

"에이미. 에이미! 홀에서 계속 수다나 떨고, 뭐 하는 거냐? 제독님을 위층으로 모셔야지. 내가 기다리고 있잖니."

"그렇게 싸돌아다녀도 되는 거요? 그러다가 어느 날 콱 죽고 말지. 내 말 새겨들어요……."

옛 친구와 인사를 나눈 블런트 제독이 대뜸 뱉었다.

"아니, 안 들을 거예요. 요새는 힘 안 들이고 여행하는 게 얼마든지 가능한데 뭘 그래요."

"그 넓은 공항 바닥을 뛰어다니고 계단을 오르내리고 버스를 타야 하는데도?"

"힘 하나도 안 들었어요. 휠체어를 탔으니까."

"일이 년 전에 봤을 땐 곧 죽어도 휠체어는 안 타겠다고 고집 부리더니만. 휠체어 타는 건 자존심이 허락지 않는다며?"

"요새는 자존심 많이 죽이고 산답니다, 필립. 와서 앉아요. 왜 그렇게 갑자기 보자고 했는지 얘기 좀 해 봐요. 작년엔 코빼기도 안 보이던 사람이."

"나도 건강이 그다지 좋지 않았소. 그것도 그렇지만, 몇 가지 일에 개입돼 있었거든. 어떤 일인지 알겠지. 여기저기서 사람들이 찾아와서, 하라는 대로 할 생각은 조금도 없으면서 괜히 충고를 청하기만 하는 그런 일. 도대체가 이 나라는 해군을 내버려 두지를 않는다니까. 괜히 할 일 없으니까 와서 집적거리기나 하고, 몹쓸 놈들."

"내가 보기엔 건강해 보이는구먼, 뭘."

"당신도 훤해 보이는군. 눈이 반짝반짝 빛나는 것이."

"지난번 만났을 때보다 귀가 더 먹었는데, 뭘. 그렇게 작게 말하면 잘 안 들려요."

"알았소. 더 크게 말하리다."

"마실 것은 뭘로 하겠어요? 진토닉 아니면 위스키 아니면 럼?"

"독한 술은 종류별로 구비해 놓은 모양이군. 괜찮다면 진토닉으로 하겠소."

그러자 에이미가 자리에서 일어나 방에서 나갔다.

"저 아가씨가 술을 가져오면 도로 자리를 비키도록 해 주겠소? 할 이야기가 있는데. 둘이서만."

에이미가 음료를 가져오자, 레이디 마틸다는 손짓으로 나가 보라고 신호했다. 에이미는 시켜서 나가는 게 아니라 마치 자기가 원해서 나가는 듯한 태도로 방에서 나갔다. 약삭빠른 아가씨였다.

"똑똑한 아이로군. 똑똑한 아가씨야."

"그러려고 내보내고 문 닫으라고 했어요? 칭찬하는 걸 저 애가 못 듣게 하려고?"

"아니. 의논할 게 있어서 그랬소."

"무슨 일인데요? 건강 문제예요, 아니면 어디 가면 성실한 하인을 구할 수 있나 혹은 정원에 무얼 심을까 하는 문제예요?"

"아주 심각한 문제요. 뭘 좀 기억해 줬으면 하는데."

"필립, 내가 뭘 기억할 수 있을 거라고 믿다니, 너무 고마운데요. 해가 다르게 기억력이 떨어지는 이 마당에. 나이 들고 보니 늙은이가 기억나는 건 '옛날 친구들'밖에 없더군요. 심지어 학창 시절에 너무너무 싫어했던 애들까지, 기억하고 싶지 않아도 기억나더라고요. 사실 이번에 외국에 다녀온 것도 그런 종류의 일이었어요."

"도대체 어디에 다녀온 건데 그래? 모교를 찾아간 거요?"

"아, 아니, 아니. 학창 시절 친구를 만나러 갔다 온 거예요. 한 30년…… 아니, 40년, 50년 그쯤 못 본 친구예요."

"그 친구는 어떻게 지냅디까?"

"엄청나게 뚱뚱하고, 내가 기억하는 것보다 훨씬 심술궂고 정 떨어지더군요."

"사람 사귀는 취향이 참 독특하군, 마틸다."

"어서 말해 봐요. 뭘 기억해 내라는 거예요?"

"다른 친구 하나를 기억할지 모르겠는데. 로버트 쇼어햄이라고."

"로비 쇼어햄? 물론 기억하지요."

"과학자 친구였지요. 일류 과학자."

"그랬죠. 쉽게 잊힐 사람이 아니었어요. 웬일로 갑자기 그 사람을 떠올렸는지 궁금하네."

"공무 때문이지."

"그렇게 말하다니 재밌네요. 며칠 전에 나도 똑같은 생각을 했거든요."

"무슨 생각인데요?"

"지금 그 사람이 필요하다는 생각. 그 사람 같은 인재가 필요해요. 쇼어햄 말고 그런 사람이 또 있다면."

"쇼어햄 말고는 없지. 들어 봐요, 마틸다. 사람들은 당신한테 잘 터놓지 않소. 남한테 안 하는 이야기를 당신한테는 하잖소. 나도 그랬고."

"나도 그 이유가 항상 궁금합디다. 내가 잘 알지도 못하고 이해도 못하는 이야기를 나한테 막 털어놓는 것이. 그런데 그건 당신보다 로비의 경우가 더 심했어요."

"그래도 나는 해군 기밀은 누설하지 않잖소."

"뭐, 로비도 연구 기밀을 누설하지는 않아요. 그냥 막연한 정도로만 이야기했을 뿐이지."

"그래요, 하지만 한때는 당신한테 연구 얘기를 조금 하긴 했잖소?"

"가끔 엉뚱한 이야기로 나를 놀라게 만드는 걸 좋아했죠."

"좋아, 그럼. 본론으로 들어가지. 그때, 그 불쌍한 친구가 말을 제대로 할 수 있었을 때, 혹시 프로젝트 B에 대해 이야기한 적 있소?"

"프로젝트 B라."

마틸다 클렉히튼은 잠시 생각에 잠겼다.

"어디선가 들어 본 것 같긴 한데. 당시에 이 프로젝트 저 프로젝트, 이런저런 실험 이야기를 하도 많이 해서요. 근데 당신이 알아야 할 것이, 로비가 떠들어 댄 이야기 중에 내가 제대로 알아들은 건 하나도 없었다는 거예요. 로비도 내가 못 알아듣는 줄 알면서 떠들어 댄 거지. 근데 로비의 이야기는…… 아, 뭐라고 표현하면 좋을까. 사람을 쏙 빠져들게 하는 데가 있었어요. 마치 어떻게 마법사가 관객들을 감쪽같이 속이면서 모자에서 토끼 세 마리를 빼내는지 설명해 주는 것 같았지요. 프로젝트 B라. 맞아, 아주 오래전에 들은 적이 있어……. 로비는 그 일로 한창 들떠 있었어요. 그래서 내가 만날 때마다 이렇게 묻곤 했지. '프로젝트 B는 어떻게 되어 가고 있어요?'"

"그럴 줄 알았어. 당신은 항상 빈틈없는 사람이었지. 다른 사람들이 요새 뭘 하고 지내나, 무엇에 관심이 있나, 꼼꼼히 기억하곤 했잖소. 상대방이 말하는 내용을 전혀 못 알아들어도 어쨌든 관심 있게 들어 줬지. 한 번은 내가 신종 함포가 나왔다고 신나게 떠들어 댔는데, 당신은 속으로는 지루할 텐데도 그 얘기가 듣고 싶어 죽겠다는 태도로 눈을 반짝거리며 들어 줬어."

"당신 말대로 나는 빈틈없는 사람이고 다른 사람 이야기도 잘 들어 주니까요. 비록 상대방이 하는 말을 이해할 머리는 없어도."

"어쨌거나, 로비가 프로젝트 B에 대해 뭐라고 이야기했는지 좀 더 듣고 싶소만."

"뭐라고 했냐면…… 아, 이제 와서 정확하게 떠올리기가 어렵군요. 그 프로젝트 얘기가 나온 건 당시 인간의 뇌를 가지고 하던 실험 이야기를 한 다음이었어요. 왜, 우울증에 시달려서 만날 자살만 꿈꾸거나 걱정과 신경 쇠약이 너무 심해서 불안 장애까지 앓는 사람들 있잖아요. 당시 사람들이 프로이트 학설을 논하면서 많이 언급했던 그런 증상들을 앓는 사람들 말이에요. 그런데 로비의 말로는, 부작용이 심각하다고 했어요. 일단 환자들이 행복해하고 온순해지고 전처럼 쓸데없이 걱정을 한다거나 자살 충동에 시달리지는 않았는데, 대신 뭐랄까, 지나치게 걱정이 없어진 거예요. 위험을 전혀 예상하지 못하거나 알아채지 못해서 차에 치이거나 그 비슷한 사고를 당하게 된 거죠. 내가 설명을 잘 못하고 있는 것 같은데, 그래도 무슨 소린지 다 이해하죠? 어쨌든, 로비는 그런 부작용이 프로젝트 B에서 문제가 될 거라고 했어요."

"혹시 그보다 더 자세한 이야기는 없었소?"

"내 덕분에 그 아이디어가 떠올랐다고 했어요."

마틸다 클렉히튼이 불쑥 말했다.

"뭐라고? 그 말은 과학자가, 그것도 로비 같은 일류 과학자가 당신한테서 그런 복잡하고 과학적인 아이디어를 얻었다는 거요? 당신은 그쪽 분야는 문외한이잖아."

"물론 그렇죠. 그래도 내가 사람들에게 상식을 환기시켜 준 적은 여러 번 있었다고요. 똑똑할수록 상식이 부족한 경우가 많거든. 사실 진짜로 위대한 사람들은 우표의 구멍 같은 단순한 아이디어를 생각해 낸 사람이에요. 아니면 아담 뭐더라…… 맞다. 도로를 그 검은색 물질로 포장해서 농부들이 농장에서 해안까지 곡식을 더 편리하게 운반하고 더 큰 수익을 낼 수 있게 해 준 미국인 맥 아덤스 같은 사람이요. 그런 사람들이 잘난 일류 과학자들보다 훨씬 인류에 도움이 된다고요. 과학자들이 발명해 내는 건 주로 인류를 파괴하는 것들이지. 로비에게도 그렇게 말했어요. 물론 좋게 말했죠. 농담처럼. 그때 로비가 세균전이며 생화학전 실험에서 얼마나 놀라운 성과를 이뤘는지, 그리고 태아 발달 초기에 태아를 어떻게 변형시킬 수 있는지, 그런 이야기를 하고 있었거든요. 또 훨씬 더 끔찍한 독가스를 발명해 냈다는 둥 하면서, 사람들이 어째서 핵무기 반대 시위를 하는지 모르겠다고 하는 거예요. 지금까지 발명된 무기들에 비하면 핵폭탄은 솔직히 애들 장난감에 불과하다고. 그래서 내가 그랬지요. 로비 같은 천재 과학자들이 좀 더 현명한 것을 발명해 내는 게 훨씬 보탬이 되겠다고. 그랬더니 로비가 그 특유의 반짝거리는 눈빛으로 나를 바라보면서 '어떤 게 현명한 발명인데요?' 하고 묻는 거예요. 그래서 내가 대답했죠. '세균전 무기나 끔찍한 독가스 대신 사람들을 행복하게 해 주는 걸 발명하는 게 어때요?' 로비한테는 그렇게 어려운 일도 아닐 거라고 부추기면서 이렇게 말했어요. '전에 인간 뇌의 앞부분인가 뒷부분을 조금 떼어 내는 실험 이야기를 했잖아요. 실험 대상이 된 사람들의 성향에 엄청난 변화가 왔다고 그랬죠. 완전히 다른 사람이 됐다고. 지나친 걱정을 안 하게 됐다고 했나? 아니면 자살 충동이 사라졌다고 했던가? 어쨌든, 뼈인지 근육인지 신경인지를 조금 떼어 내거나 아니면 내분비선 같은 것을 조금 조작해서 사람을 변화시킬 수 있다면, 사람의 기질을 그렇게 크게 변화시킬 수 있다면, 사람들을 그냥 기분 좋게 만들거나 아니면 조금 졸리게 만드는 건 왜 못해요? 그런 약이 있다고 쳐 봐요. 수면제 말고, 그냥 잠깐 졸면서 기분 좋은 꿈이나 꾸게 하는 그런 약이요. 24시간쯤 기분 좋게 자다가 일어나서 밥 먹고 또 자는 거예요.' 이렇게 설명하면서, 그런 거야말로 훨씬 유익한 발명이라고 열변을 토했지요."

"그게 프로젝트 B가 된 겁니까?"

"물론 로비는 프로젝트 B가 뭔지 나한테 말을 안 해 줬어요. 그냥 어떤 아이디어가 떠올랐다고 막 흥분하고 좋아하면서, 그게 나 때문에 떠오른 아이디어라고 했을 뿐이지. 그렇게 좋아한 걸 보니 내가 한 이야기 중에서도 분명 기분 좋은 얘기였겠죠. 왜냐하면 어떻게 하면 더 끔찍한 방법으로 사람을 죽일까, 뭐 그런 말은 내가 한 적이 없거든. 심지어 나는 사람들이 눈물을 흘리는 것조차 싫어하니까. 최루탄 같은 것 때문에. 웃음 가스라면 몰라. 맞아요, 웃음 가스 이야기는 했어요. 충치를 뽑을 때 가스를 3번쯤 들이마시게 하면 아픔도 잊고 한바탕 웃고, 좋지 않겠느냐고. 설마 그렇게 쓸모 있으면서 효과는 더 길게 가는 걸 못 발명하겠느냐고. 왜냐하면 웃음 가스는 겨우 50초 정도밖에 효과가 없잖아요? 한번은 내 남동생이 충치를 빼러 간 적이 있었는데, 하필이면 환자용 의자가 창문과 아주 가까이 붙어 있었대요. 내 동생이 마취가 된 상태인데도 어찌나 심하게 웃었는지, 자기도 모르게 한쪽 다리를 쭉 뻗었다가 그대로 창문을 쾅 부숴 버렸다지 뭐예요. 당연히 유리창은 산산조각이 났고, 치과의사는 펄펄 뛰며 화를 냈대요."

"당신 이야기에는 항상 요상한 일화가 따라온다니까. 아무튼 로비 쇼어햄이 당신 충고를 듣고 그걸 발명하기로 결정했다 이거요?"

"아니, 뭘 연구하기로 했는지는 나도 몰라요. 수면 가스나 웃음 가스는 아닌 것 같아요. 어쨌든 뭔가 발명하기로 한 건 맞아요. 사실, 이름도 정확히 말하면 프로젝트 B가 아니었어요. 따로 이름이 있었죠."

"어떤 이름인데요?"

"한두 번 언급한 적이 있는 것 같아요. 자기가 붙인 프로젝트 이름을. '벤저스 식품' 비슷한 이름이었어요."

마틸다가 기억을 더듬으며 말했다.

"소화 불량에 먹는 약 이름이랑 비슷해요?"

"소화제랑 아무 상관없는 이름이었어요. 냄새를 맡는 종류였던 것 같아요. 아니면 갑상선이랑 관계있든가. 너무 여러 가지 이야기를 해서 그때 무슨 얘기를 했는지 정확히 기억이 안 나요. 벤저스 식품. 벤, 벤, 벤으로 시작하는 건 분명한데. 기분 좋은 단어가 연상되는 이름이었고."

"그 정도밖에 기억이 안 나요?"

"그 정도예요. 그 이야기를 나눈 건 딱 한 번이었는데, 한참 후에 로비가 와서는 내 덕분에 어떤 아이디어가 떠올라서 프로젝트 벤 어쩌고를 진행하게 됐다고 했어요. 그 후로 가끔가다 내가 프로젝트 벤을 아직도 추진 중이냐고 물어봤는데, 어떤 때는 막 짜증을 내면서 중간에 문제가 생겨서 일단 프로젝트를 제쳐 놓고, 뭐라 그랬더라…… 다음 몇 단어는 무슨 외계어 같았어요. 아마 내가 그대로 옮겼어도 당신도 못 알아들었을걸. 어쨌든 결국에는…… 이런, 세상에, 그게 벌써 팔구 년 전 일이네. 로비가 어느 날 찾아오더니 '프로젝트 벤 기억나요?' 그러는 거예요. 그래서 내가 당연히 기억난다고, 잘 진행하고 있냐고 물었죠. 그랬더니 로비가 완전히 그만두기로 했다고 그러는 거예요. 안됐다고 해 줬죠. 포기하게 돼서 유감이라고. 로비가 그러더군요.

'내가 원하는 실험 결과를 낼 수가 없어서 그러는 게 아니에요. 사실 원하는 결과가 가능하다고 확신해요. 어디서 잘못됐는지 알아냈거든요. 그때 말한 문제가 뭔지 밝혀냈고, 그 문제를 어떻게 해결할지도 이미 알고 있어요. 리사하고 같이 그 문제를 연구 중이에요. 그래요, 성공할 수 있어요. 실험을 좀 해 봐야 알겠지만, 충분히 성공 가능성이 있어요.'

그래서 내가 물었죠. '그런데 뭐가 마음에 걸려서 그래요?' 로비가 이렇게 대답하더군요. '그것이 사람들을 어떻게 망가뜨릴지 걱정돼서 그래요.' 나는 그 연구 결과가 사람들을 죽이거나 불구로 만들까 봐 그러냐고 물어봤어요. 로비는, 그런 게 아니라고 했어요. 로비는…… 아, 이제야 기억이 나네. 로비는 그 연구를 '프로젝트 벤보'라고 불렀어요. 맞아. '베네벌런스(자비심)'에서 따온 이름이었어요."

"베네벌런스! 베네벌런스? 자선이라는 이름을 붙였단 말이오?"

제독이 깜짝 놀라 외쳤다.

"아뇨, 아뇨. 내 생각엔 사람들을 자비롭게 만들겠다고 그런 이름을 붙인 것 같아요. 자비로운 마음이 들게 한다는 뜻에서."

"인류에게 평화와 온정을 가져다 주겠다고?"

"뭐, 그런 식으로 표현하지는 않았는데."

"그건 종교 지도자들이나 쓰는 표현이긴 하지. 설교한 대로만 하면 세상이 당장 낙원으로 변할 것처럼, 교회에서 실컷 그렇게 떠들어 대지. 하지만 로비는 설교하려고 든 게 아니었겠죠? 순전히 물리적인 방법으로 그런 효과를 낼 수 있는 연구를 해 보겠다고 제안한 거겠지."

"바로 그거예요. 그러면서 로비는 이런 말도 했어요. 어떤 연구가 사람들에게 득이 될지 아닐지는 미리 예측할 수가 없다고요. 어떻게 사용하면 인간에게 유익하지만 또 다른 식으로 사용하면 해가 된다고. 페니실린이랑 술포나미드(감염 치료에 효과적인 합성 화학 물질—옮긴이), 심장 이식 그리고 여자들을 위한 알약 같은 것을 예로 들었던 게 기억이 나요. 물론 그 당시에는 피임약은 아직 안 나온 때였지만. 아무튼, 무슨 말인지 알죠? 처음에는 효과가 좋은 것 같아서 기적의 약이다, 기적의 가스다, 놀라운 신무기다, 어쩌고저쩌고 하다가 효과가 나타남과 동시에 어느 순간 뭔가 잘못되어 버리는 거예요. 그러면 사람들은 그것이 애초에 발명되지 않았더라면 하고 바라게 되죠. 로비는 그런 얘기를 하고 싶었던 것 같아요. 좀 복잡한 이야기이긴 해요. 내가 로비에게 '위험을 감수하기 싫다는 건가요?' 하고 물었더니, 로비는 이렇게 대답했어요. '맞아요. 그게 문제예요. 왜냐면 그 위험이 어떤 것일지 전혀 짐작도 못하겠거든요. 우리 못난 과학자들이 만날 저지르는 실수죠. 멋모르고 무작정 위험을 감수하겠다고 나서는데, 사실 우리가 감수해야 할 것은 연구 결과에 따르는 위험이 아니라 그 결과를 가지고 사람들이 훨씬 더 엄청난 짓을 저지를 수도 있다는 위험이거든요.' 내가 '당신 또 핵무기니 원자 폭탄이니 그런 얘기를 꺼내려고 그러는 거죠?' 했더니 로비가 벌컥 화를 내면서 '핵무기나 원자 폭탄은 집어치워요. 이건 그 수준을 한참 초월했어요.' 이러는 거예요.

그래서 내가 물어봤어요. '사람들을 온순하고 자비롭게 만들겠다는데 도대체 걱정할 게 뭐가 있어요?' 그랬더니 로비가 정색을 하고 말하더라고요. '당신은 이해 못해요, 마틸다. 죽었다 깨어나도 이해 못할 거예요. 심지어 내 동료 연구자들도 이해 못하는걸요. 정치인들이 이해하리라고는 바랄 수도 없고요. 그렇기 때문에 이것이 감수하기에 너무 큰 위험이라는 거예요. 연구를 계속하든 안 하든, 먼저 한참을 진지하게 고민해 봐야 해요.'

그래서 사람들을 원래대로 되돌릴 수 있는데 웬 걱정이냐고 물었어요. '웃음 가스처럼 원래대로 되돌아오는 게 아닌가요? 아주 잠깐 동안 자비로운 기분이 들게 했다가 곧 다시 정상으로…… 아니, 비

정상이라고 해야 하나? 하여튼 돌아오는 게 아니냐고요.' 그런데 그게 아니라는 거예요. '효과는 영구적일 겁니다. 왜냐하면 이것이 영향을 주는 부분이…….' 그렇게 시작해서 줄줄 설명을 하는데, 또 내가 못 알아듣는 말들이었어요. 왜, 긴 단어하고 숫자가 나오는 그런 설명 있잖아요. 공식도 나오고 무슨 분자 구조가 어떻게 바뀐다는 둥, 그런 얘기. 내 생각엔 아마 크레틴병(선천성 갑상선 기능 저하증 — 옮긴이) 환자들한테 적용하는 방법하고 비슷한 거였던 것 같아요. 갑상선제인지 뭔지를 주사하든가 아니면 뭔가 몸에서 빼내든가 해서 병의 증상을 멈춘다나. 어느 쪽인지 생각이 안 나네. 하여간 비슷해요. 어쨌든 신체의 무슨 내분비선 같은 것을 추출하든가 적출하든가, 하여간 뭔가 극단적인 방법을 써서 사람들을 영구적으로……."

"영구적으로 자비롭게 만든다? 그 단어가 확실해요? 베네벌런스?"

"예, 왜냐하면 거기서 따와서 '벤보'라고 지었거든요."

"그건 그렇고, 동료들은 로비가 연구에서 발을 빼는 것을 어떻게 생각했어요?"

"로비가 포기하는 걸 안 사람이 몇 명 안 됐던 것 같아요. 리사 뭐라더라? 그 오스트리아 여자가 일단 알고 있었고. 로비하고 같이 연구를 쭉 해 왔거든요. 그리고 리덴털인지 뭔지 하는 청년이 있었는데, 결핵으로 죽었어요. 그런데 로비가 워낙에 다른 동료들은 조수에 불과하고 무슨 연구인지도 잘 모른다는 식으로 얘기를 했어요. 아, 왜 물어보는지 알겠네."

마틸다가 불쑥 말을 돌렸다.

"로비가 누구한테 발설하지는 않았을 거예요. 아마 공식 같은 걸 적은 기록을 전부 파괴하고 연구 자체를 깨끗이 포기했던 것 같아요. 그리고 얼마 안 있어서 뇌졸중으로 쓰러졌고, 지금은 그 불쌍한 양반, 말도 제대로 못할 지경이지. 몸 한쪽이 완전히 마비됐거든요. 듣는 건 어느 정도 가능하더군요. 음악도 들어요. 이제는 음악 듣는 게 인생의 전부가 됐어요."

"평생 해 온 연구도 끝난 거요?"

"친구들이 문병을 가도 안 만날 정도니까, 뭐. 동료들 얼굴을 보는 게 괴로울 거예요. 그래서 항상 핑계를 대고 돌려보내곤 하죠."

"살아 있군. 아직 살아 있어. 주소 알아요?"

"여기 어디, 주소록에 있어요. 예전 살던 집에 계속 살고 있어요. 스코틀랜드 북부 어디. 하지만 이걸 알아 줬으면 해요. 그 사람은 한때 위대한 과학자였어요. 그런데 지금은 전혀 딴사람이 됐어요. 거의 죽은 사람이나 다름없어요. 어느 모로 보나."

"그래도 언제나 희망은 있는 거요. 그리고 신념도. 믿음도."

"그리고 자비심도요."

레이디 마틸다가 덧붙였다.

프로젝트 벤보

존 고틀립 교수는 맞은편에 앉은 훤하게 잘생긴 아가씨를 뚫어져라 쳐다보았다. 그러다가 특유의 원숭이 같은 제스처로 귀를 벅벅 긁었다. 사실 생김새도 원숭이 같았다. 턱은 돌출됐는데 머리는 전혀 안 어울리게 고상하게 치켜들고 있었고, 체격은 왜소해서 쪼그라들어 보였다.

"젊은 아가씨가 미국 대통령의 서한을 전달하는 건 매일 있는 일이 아니지요."

고틀립 교수가 이렇게 운을 떼더니 쾌활하게 덧붙였다.

"하지만 대통령이라고 해서 현명한 행동만 하는 건 아니니까. 그래, 무슨 일입니까? 최고 권력 집단을 대표해서 온 것이 맞지요?"

"제가 교수님을 찾아뵌 것은 프로젝트 벤보에 대해 아시는 대로 말씀해 달라고 부탁하기 위해서입니다."

"당신, 진짜로 리나타 체르코프스키 백작입니까?"

"법적으로는 그렇다고 볼 수 있죠. 하지만 메리 앤이라는 이름을 더 자주 사용합니다."

"예, 그건 따로 받은 편지에서 읽었습니다. 프로젝트 벤보에 대해 알고 싶다 이거지요. 흠, 그런 게 있기는 있었죠. 그런데 현재는 프로젝트가 완전히 사멸돼서 매장되어 버렸고, 그 프로젝트를 주도한 사람도 같은 운명을 맞은 걸로 알고 있습니다."

"쇼어햄 교수님을 말씀하시는 거죠?"

"그렇습니다. 로버트 쇼어햄. 우리 시대 가장 뛰어난 천재 중 한 명이었죠. 아인슈타인이나 닐스 보어 같은 과학자들과 견주어도 부족함이 없을 사람이었습니다. 안타깝게도 로버트 쇼어햄은 제 명을 다 살지 못했어요. 과학계에 크나큰 손실이지요. 셰익스피어 작품에서 레이디 맥베스의 죽음을 두고 뭐라고 했지요? '그녀는 더 있다 죽었어야 했어.'라고 하지요."

"쇼어햄 교수님은 살아 계세요."

"아, 확실합니까? 하도 오랫동안 소식이 없어서요."

"불구가 됐어요. 스코틀랜드 북부 지방에 살고 계시죠. 몸이 마비돼서 말씀도 못하고 잘 걷지도 못하세요. 하루의 대부분을 앉아서 음악만 들으며 보내시지요."

"아, 상상이 가는군요. 뭐, 그 정도라니 다행입니다. 음악이라도 들을 수 있다면 아주 불행하지는 않은 거죠. 그런데 그걸 빼고는 한때 천재였다가 천재성을 잃어버린 사람에게 꽤나 가혹한 상황이군요. 휠체어에 앉아 죽어 가는 거나 다름없으니까."
"프로젝트 벤보라는 것이 있기는 있었나요?"
"그렇습니다. 쇼어햄은 그 프로젝트에 열정을 바쳤지요."
"교수님께 그 프로젝트에 대해 이야기를 했었나요?"
"초기에는 나를 포함한 몇몇 동료에게 이야기를 했어요. 아가씨는 과학자가 아니지요?"
"아뇨, 전······."
"그냥 정보 요원이겠죠. 당신이 아군이기를 바랍니다. 지금으로서는 기적이라도 일어나길 바라야겠지만, 솔직히 프로젝트 벤보에서는 건질 것이 없을 겁니다."
"왜요? 쇼어햄 교수님이 연구에 모든 것을 바쳤다고 하셨잖아요. 그 정도면 뭔가 굉장한 것을 발명해 냈을 텐데요. 아니면 위대한 발견을 했거나."
"맞습니다. 이 시대 가장 위대한 발견이 됐을 겁니다. 그런데 뭐가 잘못됐는지 나도 모르겠습니다. 이런 일은 흔하죠. 연구가 술술 잘 풀리다가 마지막 단계에 가서 갑자기 문제가 발생하는 겁니다. 실패한 거예요. 의도한 대로 안 되니 연구자는 절망해서 손을 놓게 되고요. 아니면 쇼어햄처럼 하든가."
"어떻게 했는데요?"
"프로젝트를 완전히 파괴해 버렸어요. 사소한 연구 자료까지 철저히. 본인 입으로 나한테 그렇게 말했죠. 공식이며 실험 기록이며, 자료를 전부 불태웠어요. 그리고 3주 후 쇼어햄은 뇌졸중으로 쓰러졌고요. 미안합니다만, 보다시피 나는 당신을 도와줄 수가 없습니다. 애초에 나는 연구의 세세한 부분까지는 알지도 못했어요. 연구 주제만 알았을 뿐이지요. 그것조차 기억이 안 나네요. 한 가지 빼고는. '벤보'가 '베네벌런스'에서 따온 이름이라는 거요."

후아니타

앨터마운트 경은 구술을 하고 있었다.

한때 쩌렁쩌렁 울리며 듣는 이들을 압도하던 목소리가 이제는 부드럽게 변했지만, 그래도 의외로 여전히 특별한 호소력이 있었다. 과거의 그림자에서 희미하게 배어 나오는 듯하면서도, 압도적인 목소리로는 결코 표현해 내지 못할 감동적인 흥분이 서려 있었다.

받아쓰기를 하는 것은 제임스 클릭이었다. 간간이 말이 끊길 때마다 쓰는 것을 멈추고 앨터마운트 경이 말을 충분히 고를 수 있도록 참을성 있게 기다렸다.

앨터마운트 경이 입을 열었다.

"이상주의는 언제든 대두할 수 있습니다. 주로 사회적 불의에 대한 자연스러운 반발이 점점 강해질 때 그렇습니다. 천박한 물질주의에 대한 자연스러운 반감의 표출입니다. 젊음의 자연스러운 이상주의는 현대적 삶의 그 두 가지 양상, 즉 불의와 천박한 물질주의를 파괴하고자 하는 욕망에서 양분을 얻어 점점 더 극대화됩니다. 그러나 악덕을 파괴하고자 하는 욕구는 때로 파괴 자체를 즐기는 경향으로 변질되곤 합니다. 폭력이나 가학 자체를 즐기는 것으로 변할 수 있다는 말입니다. 이 모든 것은 외부적 요인, 즉 리더십의 재능을 타고난 사람들에 의해 심화되거나 강화될 수 있습니다. 이러한 근본적인 이상주의는 성인기에 접어들기 전 단계에 주로 경험하는 것입니다. 그것은 새로운 세상에 대한 욕구로 이어져야 하며 또 충분히 그럴 수 있습니다. 또한 인류에 대한 사랑과 온정으로 발전해야 마땅합니다. 그러나 한번 폭력 그 자체를 즐기는 법을 배운 사람들은 결코 어른이 되지 못합니다. 남들보다 뒤처진 발달 단계에 그대로 고착되어 평생 그 상태로 머물게 되는 것입니다."

거기까지 말했을 때 벨이 울렸다. 앨터마운트 경이 손짓을 하자 제임스 클릭이 인터폰 수화기를 집어 들었다.

"로빈슨 씨가 왔답니다."

"아, 그렇군. 들어오라고 하게. 이건 나중에 이어서 하도록 하지."

제임스 클릭이 받아 적던 공책과 연필을 내려놓고 일어났다.

로빈슨 씨가 방에 들어오자 제임스 클릭이 의자를 하나 더 가져왔다. 거구의 로빈슨 씨가 편히 앉을 수 있을 정도로 큰 의자였다. 로빈슨 씨는 고맙다는 뜻으로 미소를 지어 보이고 앨터마운트 경 옆에 앉았다.

앨터마운트 경이 운을 뗐다.

"그래, 새로운 소식이라도 있소? 도표라도? 이번엔 동그라미인가? 아니면 또 물방울?"

왠지 재미있어하는 표정이었다.

"그런 건 아닙니다."

로빈슨 씨가 놀림에 아랑곳 않고 대답했다.

"강물의 흐름을 알아냈다고 할까요……."

"강? 어떤 강 말이오?"

"돈이라는 강물입니다."

자기 전문 분야인 돈 이야기가 나올 때마다 습관적으로 쓰는, 미안해하는 듯한 말투로 로빈슨 씨가 대답했다.

"돈의 흐름은 강물과도 같습니다. 어디에서부턴지 흘러와서 분명 어디론가 흘러가니까요. 가만히 보면 아주 흥미롭습니다. 물론 관심이 있을 경우에만 그렇지요. 돈의 흐름에서 하나의 이야기를 읽을 수가 있거든요. 무슨 소린지 아시죠?"

제임스 클릭은 무슨 소린지 영 못 알아듣는 표정이었지만 앨터마운트 경이 재촉했다.

"알고말고. 계속하시오."

"자금이 스칸디나비아에서 흘러들고 있습니다. 그리고 바이에른에서도요. 또 미국에서도, 동남아시아에서도, 중간에 자잘한 지류까지 합류해서……."

"그래서, 어디로 간다는 건가?"

"주로 남아메리카로 흘러들고 있습니다. 거기에서 이제는 안정적으로 자리를 잡은 유스 그룹 군대의 본부에 지원금으로 흡수되는 겁니다."

"흡수돼서 자네가 보여 준 동그라미 네댓 개, 무기와 마약, 화생방전 미사일과 금융을 대표하는 집단의 자금으로 쓰인다는 거로군?"

"그렇습니다. 저희는 이제 그 몇 개 집단을 누가 조종하는지도 거의 파악했습니다."

"동그라미 J는요? 후아니타 말입니다."

제임스 클릭이 물었다.

"그건 아직 확실치 않습니다."

"그 문제라면 제임스가 몇 가지 추측을 제시했네. 나야 제임스가 틀렸기를 바라지만, 잘못 짚었기를 진심으로 바라네. J라는 이니셜은 참 아리송해. 상징하는 게 뭔가? 정의(Justice)? 심판(Judgement)?"

"그보다는 냉혹한 살인자죠. 한마디 덧붙이자면, 여성 살인마가 남성 살인마보다 더 냉혹한 것으로 알려져 있습니다."

앨터마운트 경이 제임스의 말에 수긍했다.

"역사적 사례도 많지. 야엘은 시스라를 안심시켜 재운 다음 잠든 시스라의 머리에 말뚝을 박아 죽였지. 유디트는 홀로페르네스 장군을 유혹해 그 머리를 베고 이스라엘 동포들에게 박수를 받았고. 그래, 자네가 뭔가 제대로 짚었을 수도 있겠군."

"그렇다면 제임스는 후아니타가 누군지 짐작한다는 말이군요? 재미있어요."

로빈슨 씨가 끼어들었다.

"흠, 어쩌면 제가 틀렸을 수도 있지만, 그동안 의심이 들게 만드는 단서가 몇 가지······."

"그렇죠. 우리 모두 짐작만 계속해야 했지요. 그러니 뜸들이지 말고 누군지 그냥 말하는 게 좋겠는데요, 제임스."

"리나타 체르코프스키 백작입니다."

"어째서 리나타라고 생각했습니까?"

"그동안 그 여자가 다닌 곳들과 접촉한 사람들 때문입니다. 그녀가 활동한 장소나 시기가 어떤 일들과 묘하게 일치해요. 바이에른에도 다녀왔지요. 거기에서 샬로테도 만났지요. 게다가 스태퍼드 나이까지 데려가지 않았습니까. 그 점이 저는 가장 의심스럽습니다."

"두 사람이 한편이라고 믿는 건가?"

앨터마운트 경이 물었다.

"제 입으로 그렇게 말하는 게 기분 좋지는 않습니다. 스태퍼드 경에 대해 별로 아는 것도 없으니까요. 하지만······."

제임스 클릭은 망설였다.

"그래. 스태퍼드 나이는 의심할 만한 구석이 있긴 있었지. 처음부터 의심을 받았고 말이야."

앨터마운트 경이 말했다.

"헨리 호샴에게서요?"

"일단 헨리 호샴이 있고, 파이커웨이 대령도 100퍼센트 믿지는 못했던 것 같네. 하여튼 스태퍼드 나이는 처음부터 감시 대상이었어.

본인도 알고 있을 걸세. 그 친구, 바보가 아니거든."

제임스 클릭이 사납게 내뱉었다.

"또 1명 나왔군요. 참 웃기죠. 애써 키우고 믿어 주고 우리가 하는 일, 우리 비밀까지 말해 줬는데 결국엔 이렇게 배신을 당한다니까요. 처음엔 이렇게 말하죠. '내가 전적으로 믿을 수 있는 사람은 매클린 혹은 버기스 혹은 필리(모두 영국 정부를 배반한 스파이 조직인 케임브리지 파이브의 멤버들 ― 옮긴이), 자네밖에 없어.' 이번에는 스태퍼드 나이였군요."

"그런데 알고 보니 스태퍼드 나이는 후아니타라는 가명을 사용하는 리나타에게 이미 세뇌를 당한 사람이었다, 이거군요."

"프랑크푸르트 공항에서 만난 일도 가만 보면 미심쩍잖습니까."

제임스 클릭이 계속해서 주장했다.

"둘이 같이 샬로테도 만나러 갔고요. 제가 알기로는 그 후로 리나타와 함께 계속 남아메리카에 있었답니다. 말이 나왔으니 말인데, 리나타도 그렇죠. 지금 어디 있는지, 누구 아는 사람 있습니까?"

"로빈슨 씨가 알고 있을걸. 그렇지 않소, 로빈슨 씨?"

앨터마운트 경이 말했다.

"지금 미국에 있습니다. 제가 듣기로는, 워싱턴이나 아니면 그 근처에서 친구들과 함께 잠시 머물다가 시카고로 갔고 그다음엔 캘리포니아, 그다음엔 텍사스 오스틴에 일류 과학자를 만나러 갔다고 합니다. 하여튼 마지막으로 들은 바는 그랬습니다."

"거기서 뭘 하고 있는데요?"

"아마 정보를 입수하려고 뛰어다니고 있겠지요."

로빈슨 씨가 참을성 있게 대꾸했다.

"무슨 정보요?"

로빈슨 씨는 한숨을 푹 쉬고 대답했다.

"그걸 지금 알면 얼마나 좋겠습니까. 우리가 입수하려고 그렇게 애를 태우고 있는 그 정보겠지요. 그걸 손에 넣으려고 우리 대신 뛰고 있는 것 아닙니까. 하지만 진실은 아무도 모르죠. 어쩌면 적을 위해 뛰고 있는 건지도."

그러고는 앨터마운트 경을 향해 고개를 돌리며 말을 이었다.

"오늘 밤 스코틀랜드로 가실 예정이지요?"

"그렇다네."

"저는 반대하고 싶습니다."

제임스 클릭이 걱정스러운 표정으로 앨터마운트 경을 보며 말했다.

"요새 건강이 별로 안 좋으셨잖습니까. 비행기를 타든 기차를 타든, 똑같이 굉장히 힘들 겁니다. 먼로나 호샴에게 맡기시면 안 되겠습니까?"

"내 나이에는 몸 사려 봤자 크게 좋아질 것도 없어. 그러니 죽어도 일을 하다가 죽고 싶네."

앨터마운트 경은 씩 웃으며 로빈슨 씨에게 말했다.

"우리랑 같이 가는 게 어떻소, 로빈슨."

스코틀랜드로

I

공군 소령은 도대체 무엇 때문에 이 난리인가 호기심이 생겼다. 사실 소령은 단편적인 정보만 제공받는 것에 익숙해져 있었다. 아마 정보국이 그렇게 지시하는 거겠지 하고 짐작할 뿐이었다. 기밀이 새어 나갈 가능성을 애초에 차단하려는 속셈이었다. 소령은 이런 임무를 맡은 것이 처음이 아니었다. 이상한 곳으로 이상한 사람들을 데려다주면서 전적으로 필요한 사실 외에는 아무것도 묻지 않도록 신중하게 입단속을 해야 하는 임무. 이번 비행의 승객들은, 일부는 아는 사람들이었지만 처음 보는 얼굴도 섞여 있었다. 소령은 먼저 앨터마운트 경을 알아보았다.

'쇠약해질 대로 쇠약해진 노인이지.'

소령은 속으로 생각했다. 의지 하나로 생명줄을 여태 놓지 않고 있는 것 같았다. 그 곁의 매처럼 날카로운 얼굴을 한 남자는 아무래도 앨터마운트 경의 경비견 역할을 맡은 사람인 듯했다. 자신의 안위는 팽개치고 오직 주인의 보호에만 신경을 쓰면서 절대로 주인 곁을 떠나지 않는 충실한 경비견. 아마 강장제, 각성제 등의 온갖 약물이 든 구급상자를 꼭 들고 다니겠지. 소령은 그들이 왜 의사를 대동하지 않은 건지 궁금했다. 그랬다면 조금 더 안심할 수 있을 텐데. 노인의 얼굴은 마치 해골 같았다. 그러나 그냥 해골이 아니라 고귀한 해골이었다. 대리석으로 만들어져 있어 꼭 박물관에 모셔 놓아야 할 것만 같은 해골. 소령은 헨리 호샴도 잘 알았다. 정보국 요원 중에 알고 지내는 사람이 꽤 되었기 때문이다. 먼로 대령은 평소보다 덜 사납게 보였지만 오늘따라 무슨 걱정거리라도 있는 것 같았다. 한마디로 기분이 별로 안 좋아 보였다. 그리고 노란 얼굴에 거구의 남자가 있었다. 외국인인 듯했다. 혹시 동양인인가? 동양인이 무슨 용무로 스코틀랜드 북부로 가는 비행기에 탄 거야? 소령은 먼로 대령에게 정중히 물었다.

"준비 다 되셨습니까? 차가 대기 중입니다."

"거리가 얼마나 되나?"

"27킬로미터 정도 됩니다. 길이 조금 험하긴 한데 못 견딜 정도는 아닙니다. 차 안에 담요도 몇 장 준비해 뒀습니다."

"지시는 받았겠지? 들은 그대로 읊어 보게, 소령."

소령이 지시 사항을 말하자 먼로 대령은 고개를 끄덕거렸다. 일행이 탄 차가 멀어지는 것을 지켜보며 소령은, 저 사람들이 도대체 왜 쓸쓸한 황무지 저편에 있는 오래된 저택에 가려는 건지 궁금했다. 찾아오는 친구나 방문객도 없이 병자 혼자서 은자처럼 숨어 사는 곳인데. 호샴은 왜 가는지 알고 있겠지. 호샴은 이것저것 다 꿰차고 있는 사람이니까. 뭐, 그래 봤자 나한테 말해 줄 리는 없지만.

일행을 태운 차는 조심조심 천천히 나아갔다. 그리고 마침내 자갈이 깔린 진입로에 들어서서 대문 앞에 멈춰 섰다. 묵직한 돌로 쌓아 만든, 조그만 탑이 딸린 건물이었다. 커다란 현관문 양쪽에 등불이 낮게 드리워져 있었다. 벨을 누르거나 사람을 부르지 않았는데도 저절로 현관문이 열렸다.

문 안쪽에는 60살쯤 돼 보이는 스코틀랜드 여자가 엄격하고 완고해 보이는 얼굴로 서 있었다. 운전사가 일행이 내리는 것을 도와주었다.

제임스 클릭과 호샴이 앨터마운트 경을 부축해 현관 계단을 올라갔다. 그러자 늙은 스코틀랜드 여인이 옆으로 비켜서며 앨터마운트 경에게 공손하게 무릎을 굽혀 절했다.

"안녕하십니까? 주인님께서 기다리고 계십니다. 오실 줄 알고 방을 따뜻하게 준비해 놓았습니다."

그때 또 다른 사람이 홀에 나와 합류했다. 늘씬하고 키가 훌쩍 큰, 50살에서 60살 사이 정도 되어 보이는 여자로, 여전히 미모가 대단했다. 검은 머리는 가운데 가르마를 타 단정하게 빗어 넘겼고, 이마가 높고 콧날은 오똑했으며, 피부는 햇볕에 탄 듯 갈색이었다.

"노이만 양이 잘 안내해 주실 겁니다."

스코틀랜드 여인이 말했다.

"고마워요, 재닛. 방마다 벽난로가 꺼지지 않았는지 다시 확인하도록 해요."

노이만 양이 말했다.

"알겠습니다."

앨터마운트 경이 먼저 노이만 양과 악수를 했다.

"안녕하시오, 노이만 양."

"안녕하세요, 앨터마운트 경. 먼 길 오시느라 힘드셨겠어요."

"비행이 생각보다 편안했습니다. 이쪽은 먼로 대령입니다. 이쪽은 로빈슨 씨, 제임스 클릭 경, 그리고 정보국 요원 호샴 씨고요."

"호샴 씨는 몇 년 전에 만나 뵌 적이 있습니다."

"저도 기억합니다. 루슨 재단에서였지요. 그때 벌써 쇼어햄 교수의 비서로 일하고 계셨었죠, 아마?"

"처음엔 연구실 조교였다가 나중에 개인 비서로 일했어요. 지금도 필요할 경우 교수님 비서 역할을 하고 있고요. 비서도 비서지만, 간호사 1명이 반드시 이 집에 상주해야 합니다. 가끔 사람이 바뀌는 일도 있긴 하지만요. 지금 있는 엘리스 양은 겨우 이틀 전에 버드 양 대신 들어온 간호사예요. 엘리스 양에게는 교수님 방과 가까운 방을 주었어요. 우리가 머무는 방과도 가깝죠. 여러분이 충분한 개인 공간을 원한다는 건 알지만, 언제 응급 상황이 발생할지 몰라서 그러니 양해 바랍니다."

"상태가 많이 안 좋으시오?"

먼로 대령이 물었다.

"사실 통증은 없는 편이에요. 그래도 오랜만에 보시는 거라면, 마음의 준비를 단단히 하시는 게 좋아요. 몰라볼 정도로 변하셨거든요."

"안내하기 전에 한 가지만 더 말씀해 주시오. 사고 체계는 많이 손상되지 않았소? 우리가 하는 얘기를 듣고 이해할 정도는 되오?"

"그럼요. 완벽히 이해하세요. 그런데 몸의 반이 마비돼서, 상태가 아주 좋을 때 빼고는 대체로 발음을 정확히 못 하시고 도움 없이는 걷지 못하십니다. 두뇌 활동은 제가 보기에 전과 다름없는 것 같아요. 한 가지 달라진 점은, 전과 달리 굉장히 쉽게 피곤해하신다는 거예요. 혹시 음료라도 드실 분 계신가요?"

"괜찮소이다. 오래 기다릴 수가 없어서 그렇소. 우리가 여기까지 달려온 것도 이것이 워낙 급한 일이라 그런 거고. 그러니 지금 안내해 주면 고맙겠습니다. 우리가 온 건 알고 있겠지요?"

앨터마운트 경이 말했다.

"예, 알고 계십니다."

리사 노이만이 대답했다.

그러고는 일행을 2층으로 안내해, 복도를 따라 난 방들 중에서 중간 크기 정도 돼 보이는 방의 문을 열었다. 벽에 태피스트리가 걸려 있고, 여기저기 수사슴의 머리가 매달려 있는 것으로 보아 과거에 이 집이 사냥용 별장으로 사용되었던 것 같았다. 가구나 방 구조를 개조한 흔적은 거의 없었다. 방 한쪽 구석에 커다란 전축이 놓인 것이 눈에 들어왔다.

벽난로 옆 의자에 키가 큰 남자가 앉아 있었다. 머리가 연신 좌우로 흔들렸고 왼쪽 손도 미세하게 떨렸다. 얼굴 한쪽의 피부는 마치 누가 잡아당긴 것처럼 축 늘어져 있었다. 한마디로 만신창이라고 표현해도 좋을 모습이었다. 한때 키가 훤칠하고 체격도 단단하며 강인했던 사람이 이렇게 변하다니. 그래도 잘생긴 이마와 그윽한 눈매, 선이 굵고 단호해 보이는 턱은 그대로였다. 짙은 눈썹 아래 두 눈에서는 지성을 읽을 수 있었다. 입에서 무슨 소리가 흘러나왔다. 목소리가 그렇게 약하지는 않았다. 희미하게나마 알아들을 수 있는 소리였다. 그러나 발음이 명확하지 않았다. 말하기 능력이 완전히 상실된 것은 아니어서 어느 정도 대화가 가능한 것 같았다.

리사 노이만이 옆에 서서 입술을 읽으면서 필요한 경우 통역을 했다.

"쇼어햄 교수님이 여러분을 환영하신답니다. 앨터마운트 경, 먼로 대령님, 제임스 클릭 경, 로빈슨 씨 그리고 호샴 씨, 모두 만나 뵙게 되어 반갑다고 하십니다. 저더러 교수님의 청력이 좋은 편이라고 전해 달라고 하시는군요. 여러분이 하시는 말씀은 다 알아들으실 수 있습니다. 어려움이 있으면 제가 도와드리면 됩니다. 교수님은 저를 통해서 말씀하시면 되고요. 교수님이 또박또박 말씀하시기 힘들어지시면 제가 입술을 읽으면 되고, 또 그게 어려우면 수화로 주고받으면 됩니다."

"그럼 최대한 간결하게 이야기해서 조금이라도 덜 피곤하게 해드려야겠군요, 쇼어햄 교수님."

먼로 대령이 말했다.

의자에 앉은 남자는 고개를 까딱 숙여 알아들었다는 표시를 했다.

"몇 가지는 노이만 양에게 대신 질문하면 되니까요."

쇼어햄이 옆에 선 노이만에게 손짓을 했다. 입에서도 희미한 소리가 흘러나왔다. 다른 사람들은 전혀 알아들을 수 없는 소리인데도 노이만 양은 조금도 머뭇거리지 않고 바로 통역했다.

"여러분이 교수님께 하고픈 이야기는 제가 전달하면 되고 또 제가 설명할 수 있는 부분은 전적으로 저에게 맡기겠다고 하십니다."

"제가 보낸 편지는 받으셨겠죠."

먼로 대령이 말했다.

"그렇습니다. 쇼어햄 교수님은 편지를 받으셨고 그 내용도 이해하셨습니다."

노이만 양이 대답했다.

그때 간호사가 문을 조금 열더니 문 밖에서 낮은 목소리로 물었다.

"제가 뭐 가져올 것이나 도와드릴 일은 없나요, 노이만 양? 손님들이나 교수님이 필요하신 거라도 있나 해서요."

"지금 당장은 없어요. 고마워요, 엘리스 양. 그래도 복도 맞은편 방에서 기다려 줬으면 해요. 혹시 엘리스 양의 도움이 필요할지도 모르니까요."

"물론이죠. 잘 알겠습니다."

간호사는 물러나며 조용히 문을 닫았다. 먼로 대령이 다시 말을 이었다.

"시간 낭비하지 않겠습니다. 쇼어햄 교수님께서는 분명 최근 동향을 파악하고 계시겠지요?"

"물론이죠. 흥미가 있는 분야는요."

노이만 양이 대답했다.

"과학계 동향은 꾸준히 좇고 있습니까?"

로버트 쇼어햄이 고개를 좌우로 약하게 젓더니 직접 대답했다.

"그쪽으로는 관심 끊었습니다."

"그래도 지금 세계 정세가 어떻게 흘러가고 있는지는 알고 계시죠? 젊음의 혁명이라는 운동이 완전히 세계를 휩쓸고 있다는 것도 아시겠고요. 완전 병력을 갖춘 청년들 중심의 군대가 권력을 장악해 가고 있어요."

노이만 양이 대꾸했다.

"교수님은 충분히 정세를 파악하고 계세요. 제 말은, 정치적인 면으로 그렇다는 거예요."

"지금 세계는 소수의 무정부주의자들이 퍼뜨리는 폭력과 고통과 혁명이라는 교리와 이상하고 기가 막힌 철학 사상에 완전히 장악당한 상태입니다."

교수의 수척한 얼굴에 답답하다는 표정이 떠올랐다.

로빈슨 씨가 갑자기 입을 열었다.

"교수님도 다 알고 계시는 것 같은데요. 시시콜콜 설명할 필요 없습니다. 모르는 게 없는 분이니까요."

그러고는 쇼어햄 교수에게 직접 물었다.

"블런트 제독을 기억하십니까?"

이번에도 교수는 고개를 까딱했다. 미소처럼 보이는 것이 비틀린 입가에 희미하게 떠올랐다.

"블런트 제독은 교수님이 어떤 프로젝트를 추진하면서 진행하신 연구를 기억하고 있습니다. 보통 이런 걸 프로젝트라고 하는 것 맞죠? 프로젝트 벤보."

그 순간 교수의 눈에 경계의 빛이 떠오른 것을 모두가 알아챘다.

"프로젝트 벤보. 아주 오래전 일을 끄집어내시네요, 로빈슨 씨."

"교수님의 프로젝트였지요?"

로빈슨 씨가 캐물었다.

"맞아요, 교수님의 프로젝트였어요."

이제 노이만 양은 자신 있는 태도로 아까보다 더 당당하게 쇼어햄 교수를 대변하고 있었다.

"핵무기를 사용할 수도 없고 폭탄이나 독가스, 어떤 종류의 화학 무기도 사용할 수 없는 이 상황에서 당신들이 추진했던 프로젝트, 프로젝트 벤보만이 도움이 될 수 있습니다."

말이 끝나자 침묵이 내려앉았다. 아무도 감히 입을 열지 않았다. 그러다가 갑자기 쇼어햄 교수의 입에서 알아들을 수 없는 기묘한 소리가 흘러나왔다. 노이만 양이 통역했다.

"교수님께서는 물론 동의하세요. 지금 같은 상황에서 벤보가 성공적으로 효과를 볼 수도 있다는 것에는……."

그러자 교수는 노이만 양을 향해 돌아앉아 뭐라고 이야기했다.

노이만 양이 전달했다.

"저더러 설명하라고 하십니다. 프로젝트 B, 후에 프로젝트 벤보라고 불린 그 연구는 교수님이 수년간 모든 것을 바쳐 추진했지만 결국 교수님 나름의 이유가 있어서 포기하게 된 연구라는 것을요."

"프로젝트를 구체화하는 데 실패했기 때문인가요?"

"아뇨, 실패하지 않았어요. 우리는 성공했어요. 저도 그 프로젝트에 가담했다는 걸 이미 알고 계시겠죠. 교수님은 연구를 포기하긴 했지만 실패한 건 아니었어요. 성공했지요. 모든 것이 순조롭게 진행되고 있었어요. 연구에서 나온 결과를 여러 가지 실험으로 검증해 봤고, 결과는 대성공이었어요."

노이만 양은 다시 쇼어햄 교수 쪽으로 몸을 돌리고 이상한 암호를 주고받듯 손가락으로 입술과 귀, 입을 만지며 이야기했다.

"벤보가 어떤 작용을 하는지 설명해 줘도 되냐고 물어보고 있어요."

"설명해 주시면 저희야 고맙지요."

"교수님은 프로젝트 벤보에 대해 어디서 듣고 오셨는지도 궁금해하세요."

먼로 대령이 대답했다.

"어디서 들었냐면, 쇼어햄 교수님의 옛 친구분에게서 들었습니다. 블런트 제독 말고요. 제독은 거의 다 잊어버려서, 교수님이 과거에 프로젝트에 대해 이야기를 나눴던 또 다른 친구, 레이디 마틸다 클렉히튼을 통해 알게 됐습니다."

이번에도 노이만 양은 교수의 입술을 읽더니 희미하게 미소를 지었다.

"마틸다가 몇 년 전에 세상을 뜬 줄 알았다고 하시네요."

"정정하게 살아 있습니다. 쇼어햄 교수님의 연구에 대해 저희더러 알아보라고 한 것도 레이디 마틸다였습니다."

"교수님이 연구의 핵심을 대략적으로 설명해 주실 거예요. 그런데 그래 봤자 별 쓸모가 없을 거라고 하십니다. 노트 기록과 공식, 연구 보고서와 증거 자료 등이 전부 파괴됐거든요. 여러분의 궁금증을 만족시킬 유일한 방법은 프로젝트 벤보의 개요를 설명해 드리는 것일 텐데, 그 정도는 제가 알기 쉽게 설명해 드릴 수 있습니다. 먼저, 경찰이 폭도나 데모대 등을 진압하는 데 사용하는 최루탄의 효과는 이미 알고 계시죠? 최루탄 연기는 눈을 자극해 고통스럽게 눈물을 흘리게 하고 비강을 자극해 따갑고 부어오르게 만들죠."

"그것과 비슷한 것이라는 말씀입니까?"

"아니요, 전혀 달라요. 하지만 같은 용도에 쓰려고 만들어졌지요. 일단의 과학자들이 사람들의 주된 반응이나 감정만이 아니라 아예 정신적 성향까지 바꿀 수 있지 않을까 하는 생각을 하게 됐어요. 한 사람의 성질을 바꾸는 것은 이미 가능합니다. 성적 흥분제의 효과는 이미 입증된 바 있지요. 성적 흥분의 최고조 상태에 이르게 만드는 겁니다. 그 밖에도 다양한 약물과 가스가 있고 또 수술로도 같은 효과를 얻을 수 있습니다. 이중 어떤 방법으로도 아주 쉽게 사람의 정신 상태를 바꿔 놓을 수 있습니다. 갑상선 수술로 활력을 높이는 것도 가능하고요. 교수님이 하시려는 말씀은, 그와 비슷한 효과를 내는 어떤 방법이 있다는 것입니다. 갑상선 수술인지 아니면 새로 만든 가스를 이용해서인지는 밝히지 않으시려고 하지만, 어쨌든 사람의 인생관을, 쉽게 말하면 한 사람이 다른 사람 혹은 자기 인생을 대하는 방식을 바꾸는 방법이 있어요. 강력한 살인 충동에 휘둘리는 사람이라도, 혹은 병적으로 폭력 성향이 강한 사람이라도, 프로젝트 벤보를 통해서 완전히 다른 상태, 정확히 말하면 완전히 다른 사람으로 변할 수 있습니다. 그렇게 폭력적이던 사람이 나중에는…… 적당한 단어는 하나밖에 없는데, 프로젝트 이름에서 이미 짐작하셨겠죠. 자비로운 사람이 되는 거예요. 다른 사람들에게 자비를 베풀고 싶어 하고 한없이 친절을 베풀고, 뿐만 아니라 타인에게 폭력을 행사하거나 고통을 입히는 것을 끔찍하게 혐오하게 됩니다. 벤보는 엄청나게 넓은 지역에도 적용이 가능합니다. 충분한 양을 생산하면, 그리고 성공적으로 살포하면, 한 번에 수백수천 명에게 영향을 줄 수 있어요."

"효과가 얼마나 지속됩니까? 24시간? 그보다 더 오래?"

먼로 대령이 물었다.

"이해를 못하셨군요. 효과는 영구적이에요."

"영구적이라고요? 한 사람의 성질을 변화시켜 놓고서요? 한 사람의 체성분을, 그러니까 물리적 구성 요소를 변화시켜 본성이 바뀌었는데, 그걸 다시 되돌릴 수 없다 이건가요? 이전 상태로 되돌릴 수가 없다, 영구적 변화로 받아들여야 한다 이 말씀이신가요?"

"예, 아마 처음에는 의학적 발견에 가까웠겠지만, 쇼어햄 교수님은 전쟁이나 대규모 반란, 폭동, 혁명, 무정부 소요 사태에 사용할 무기를 염두에 두고 개발하신 거였어요. 의학적 치료제의 개념으로 한정시킨 게 아니라요. 벤보는 실험 대상을 행복하게 만드는 게 목적이 아니에요. 실험 대상이 다른 사람들의 행복을 바라도록 만드는 거예요. 교수님 말씀으로는, 사람이 살면서 일생에 한두 번은 그런 감정을 느낀다는 거예요. 사람들은 살면서 특정한 한 사람, 아니면 주변의 여러 사람들이 편안하고 행복하고 건강해지기를 염원합니다. 그런데, 어쨌든 사람들이 그러한 감정을 느끼는 게 가능하고 실제로도 느끼니까, 우리는 사람의 몸속에 그러한 욕망을 컨트롤하는 성분이 있다고 생각한 거예요. 그리고 일단 그 성분이 작용하도록 자극하는 데 성공하면, 그것이 영구히 작용하도록 만들 수도 있다고 믿었죠."

"놀랍군요."

로빈슨 씨가 말했다. 그리고 감격에 들뜬 것이 아니라 다소 심각한 어조로 말을 이었다.

"놀라워요. 그런 것을 발견하다니. 그걸 상용화하면 얼마나 엄청난 효과를 얻을 수 있을까. 그런데 왜⋯⋯?"

쇼어햄 교수가 의자 등받이에 기대고 있던 머리를 천천히 돌려 로빈슨 씨를 바라보았다. 노이만 양이 말했다.

"교수님께서, 로빈슨 씨가 눈치가 가장 빠르다고 하시네요."

"하지만 그건 완벽한 해결책이잖아요. 우리가 찾던 해결책이에요! 잘됐어요."

제임스 클릭이 들뜬 표정으로 외쳤다.

그러나 노이만 양은 벌써 고개를 젓고 있었다.

"프로젝트 벤보는 파는 것이 아니고 선물로 드릴 수도 없습니다. 이미 파괴된 지 오래예요."

"못 도와주겠다는 뜻입니까?"

먼로 대령이 놀란 표정으로 되물었다.

"예. 쇼어햄 교수님께서 안 되겠다고 하십니다. 교수님은 그것이……."

노이만 양은 말을 멈추고 교수를 바라보았다. 쇼어햄 교수는 고개와 한 손으로 요상한 제스처를 취하더니 알아들을 수 없는 거친 몇 마디를 내뱉었다. 노이만 양은 잠시 머뭇거리다가 말을 이었다.

"저 대신 교수님이 말씀하시겠답니다. 교수님은 우려하고 계세요. 과학이 승리에 도취되어 실수를 저지르는 것을요. 과학자들이 발견하고 알게 된 것들, 발견해서 세상에 알린 것들. 기적의 약물이라고 선전했지만 끔찍한 결과를 초래한 약물들. 사람을 살리지만 죽이기도 하는 페니실린. 심장 이식술 같은 건 지나친 기대를 심어 줬다가 환자가 사망하면 그 가족들에게 너무 큰 실망을 안겨 주지요. 교수님은 핵분열을 발견한 시대, 인류를 멸망시킬 새로운 무기를 발명한 시대를 사셨어요. 방사능이 가져온 재앙과 산업 발달이 가져온 끔찍한 오염의 시대를요. 그래서 교수님은 무분별하게 사용될 경우 과학이 또 한번 큰 재앙을 초래할까 봐 우려하고 계세요."

"하지만 이건 득이 됩니다. 모두에게요."

먼로가 항변했다.

"그런 것은 과거에도 많았어요. 항상 처음에는 인류에 굉장한 도움이 되는 것으로, 놀라운 기적으로 받아들여지죠. 그런데 얼마 안 있어 부작용이 생겨요. 최악의 경우 인류에 득이 아닌 재앙을 가져다주지요. 그래서 교수님은 포기하기로 하셨어요. 이렇게 말씀하시네요······."

노이만 양은 손에 든 종이를 보며 교수의 메시지를 낭독했고, 옆에서 쇼어햄 교수는 동의한다는 듯 연신 고개를 끄덕거렸다.

나는 처음에 목표했던 것을 이룬 것으로, 즉 원하던 발견을 한 것으로 만족합니다. 그러나 결과물을 유포하지는 않기로 했습니다. 그것은 파괴되어야 마땅합니다. 그래서 파괴했습니다. 따라서 여러분의 요청에 대한 나의 대답은 '노'입니다. 언제든 사용할 수 있는 자비라는 건 없습니다. 한때 그런 것을 생산해 낼 수도 있었지요. 하지만 이제 모든 공식과 제조 방법, 내 메모와 연구 과정을 기록한 자료는 전부 사라졌습니다. 재로 변했어요. 내 발명품을 내가 직접 태워 버렸습니다.

II

로버트 쇼어햄은 쉰 목소리로 기를 쓰고 말을 했다.

"나는 내 발명품을 깨끗이 파괴해 버렸습니다. 그래서 내가 어떻게 연구에 성공했는지 아무도 모릅니다. 연구를 도와준 사람이 한 명 있었는데, 그 사람도 죽고 없습니다. 연구가 성공하고 1년 뒤 결핵으로 사망했지요. 당신들도 어서 가 주세요. 나는 당신들을 도와줄 수 없습니다."

"하지만 교수님의 지식으로 세상을 구할 수도 있는데요!"

그러자 교수는 이상한 소리를 냈다. 웃음소리였다. 심신이 망가진 자의 기묘한 웃음소리.

"세상을 구해. 세상을 구한다고! 그런 허황된 말을! 당신네 세계의 젊은이들도 자기들이 세상을 구하는 거라고 믿고 있다는 걸 모르시오! 그들도 세상을 구한답시고 폭력과 증오로 날뛰고 있는 겁니다. 하지만 그들은 방법을 모르고 있어요! 하지만 자기들 스스로 해야 합니다. 진심에서, 마음에서 우러나와서 해야 해요. 우리가 강제로 그렇게 만들 수는 없어요. 그건 안 됩니다. 강요된 선함? 강요된 친절? 그런 건 있을 수 없어요. 그렇게 만들어 봤자, 그건 진짜가 아닐 겁니다. 아무 의미도 없어요. 자연에 거스르는 짓입니다."

교수는 천천히 덧붙였다.

"신의 뜻에 거스르는 행위라고요."

애써 또박또박 발음한 마지막 한 마디는 아무도 교수 입에서 나오리라고 예상치 못한 말이었다.

쇼어햄 교수는 방문객들을 천천히 둘러보았다. 이해를 구하는 눈빛이었지만, 동시에 이해할 리가 없다는 포기의 빛도 어려 있었다.

"내가 만들었으니 내가 파괴할 권리도 있습니다······."
"나는 동의 못합니다."
로빈슨 씨가 불쑥 말했다.
"지식은 지식입니다. 교수님이 탄생시켰고, 교수님이 생명을 주었다 해도, 교수님께 그것을 파괴할 권리는 없습니다."
"당신에게도 의견을 말할 권리는 있겠지. 하지만 결국에는 사실을 사실로 받아들일 수밖에 없을 거요."
"아니오."
로빈슨 씨가 뱉은 한 마디에는 힘이 들어가 있었다.
리사 노이만이 분노한 얼굴로 휙 돌아보았다.
"아니라니, 그게 무슨 뜻이에요?"
눈에서 불꽃이 번쩍했다. 미인이군. 로빈슨 씨는 속으로 생각했다. 아마 평생 로버트 쇼어햄을 사랑했을 것이다. 사랑에 빠져 같이 연구를 하고 이제는 곁에 남아 자신의 지성을 빌려 주면서 동정이 아닌 정말로 순수한 의미의 헌신을 하고 있는 것이다.
로빈슨 씨가 다시 입을 열었다.
"살다 보면 이런저런 것들을 알게 되지요. 내 수명이 그리 길 것이라고는 기대하지 않습니다. 어쩌면 나는 처음부터 너무 많은 것을 손에 쥔 사람이었는지도 모르죠."
그러면서 로빈슨은 한숨을 쉬며 자신의 출렁이는 배를 내려다보았다.
"하지만 나는 남들이 모르는 것을 몇 가지 알고 있습니다. 내가 옳다는 걸 당신도 알고 있습니다, 쇼어햄. 내가 옳다고 인정할 수밖에 없을 겁니다. 당신은 양심적인 사람입니다. 자신의 연구 업적을 파괴할 사람이 아니에요. 파괴하려고 했지만 할 수 없었겠죠. 어딘가, 안 보이는 곳에 잘 숨겨 놨을 겁니다. 아마 이 집은 아니겠죠. 이건 어디까지나 내 추측일 뿐인데, 당신은 연구 기록을 대여 금고나 은행 금고에 보관해 두었을 겁니다. 노이만 양도 알고 있겠지요. 당신은 노이만 양을 신뢰하니까요. 사실 세상에서 당신이 믿는 사람은 노이만 양밖에 없을 겁니다."

듣고 있던 쇼어햄 교수가 물었다. 이번에는 모두가 알아들을 정도로 분명한 목소리였다.

"당신 누구요? 뭐 하는 작자요?"

"그냥 돈을 아는 사람이라고 해 두죠. 돈과 돈에 딸려 오는 모든 일들을. 사람들과 각 사람의 특징, 습관 같은 것들. 의지만 있으면 당신은 숨겨 둔 연구 기록을 다시 끄집어낼 수 있습니다. 똑같은 연구를 다시 하라는 얘기가 아닙니다. 그보다는, 이미 머릿속에 다 들어 있을 테니까요. 이미 당신의 세계관을 이야기하셨지요. 그게 완전히 틀렸다는 게 아닙니다.

사실 그 생각이 옳을 겁니다. 인류에게 이로운 것들은 다루기가 참 조심스럽지요. 불쌍한 베버리지(빈민 구제에 힘쓴 영국의 경제학자 겸 사회 개혁가 — 옮긴이) 양반, 가난으로부터의 자유, 공포로부터의 자유, 하여튼 자유와 구제를 목 터져라 외치며 자기 생각대로 계획을 세우고 실행만 하면 지상 낙원을 이룰 수 있다고 믿었죠. 하지만 지상 낙원 따위, 오지 않았습니다. 내 장담컨대, 당신의 벤보인지 뭔지, 무슨 식품 이름 같은 그것도 이 세상을 지상 낙원으로 만들지는 못할 겁니다. 자비도 다른 것들과 마찬가지로 부작용의 위험이 있습니다. 효과라면 고통과 아픔, 사회 혼란, 폭력, 마약 중독 따위를 지금보다 훨씬 줄일 수 있다는 정도겠지요. 예, 지금보다 훨씬 줄여 줄 겁니다. 그리고 어쩌면 아주 중대한 변화를 초래할지도 모릅니다. 어쩌면, 어쩌면이라고 했습니다. 사람들을 달라지게 만들지도 모르지요. 젊은 사람들을요. 벤볼레오인지 뭔지, 이번엔 무슨 청소기 이름 같네요. 암튼 그것은 우선 사람들을 자비롭게 만들겠죠. 그리고 예, 저도 인정합니다. 어쩌면 사람들을 겸손한 체하고 잘난 체하고 자기 만족에 빠지게 만들지도 모르죠. 하지만 이런 가능성도 있습니다. 만일 강제로 사람들의 성향을 바꿨는데 그 사람들이 정말로 죽을 때까지 바뀐 성향 그대로 남아 있다면, 백에 하나, 아니 만에 한둘은 자신에게 강요된 행동에 자부심이 아닌 수치심을 느낄 수도 있지요. 그러면 죽기 전에 기를 쓰고 자기 자신을 바꾸려고 들겠죠. 그리고 그런 사람은 새로 맛을 들인 폭력적인 습관에서 결코 벗어나지 못하게 될 겁니다."

듣고 있던 먼로 대령이 말했다.

"대체 무슨 소리를 하는 겁니까?"

노이만 양이 대꾸했다.

"헛소리니까 신경 쓰실 필요 없어요. 그냥 쇼어햄 교수님의 요구에 따라 주세요. 교수님은 자신이 이룬 연구 업적을 마음대로 처리

할 권리가 있어요. 아무도 그러지 말라고 강요할 수 없다고요."

앨터마운트 경이 입을 열었다.

"아니. 우리는 당신을 설득하거나 고문할 생각이 없소. 어디에 숨겼는지 억지로 털어놓게 할 생각도 없고. 당신이 옳다고 생각하는 대로 하시오. 당신 생각을 존중하겠소이다."

"에드워드?"

로버트 쇼어햄이 갑자기 불렀다. 그런데 다시 발음이 불분명하게 나오자, 이번에는 손으로 열심히 말을 하기 시작했다. 노이만 양이 재빨리 통역했다.

"에드워드? 에드워드 앨터마운트 경, 맞으시죠?"

쇼어햄이 다시 수화를 했고 노이만 양이 또 한 번 전달했다.

"교수님이 앨터마운트 경께, 한 치의 망설임도 없이 진심으로 프로젝트 벤보의 행사권을 넘기기를 바라시는 거냐고 여쭙는데요. 교수님은······."

노이만 양은 말을 멈추고 교수의 말을 주의 깊게 들었다.

"교수님께서 공인 중에 믿을 수 있는 사람은 오직 앨터마운트 경밖에 없다고 하십니다. 정말로 넘기기를 바라신다면······."

그런데 그때 제임스 클릭이 자리에서 벌떡 일어섰다. 그리고 몹시 초조한 표정으로 번개처럼 빠르게 앨터마운트 경 곁으로 다가갔다.

"이런, 제가 얼른 조치를 취해야겠군요. 많이 안 좋으신 것 같은데. 상태가 안 좋습니다. 노이만 양, 조금 물러나 주십쇼. 제가, 제가 응급처치를 해야 하거든요. 여기 약이 있습니다. 전에도 여러 번 해 본 적 있어서 잘 압니다……."

그러면서 손을 주머니로 가져가 주사기를 꺼냈다.

"이걸 즉시 놓지 않으면 늦습니다……."

제임스 클릭은 벌써 앨터마운트 경의 팔을 꽉 붙잡고 소매를 걷어붙인 다음 주사 놓을 부위를 꼬집고 있었다.

그사이 다른 1명이 재빠르게 움직였다. 호샴이 방 저편에서 먼로 대령을 밀치고 달려온 것이다. 그는 한 손으로 제임스 클릭의 손을 꽉 잡고 다른 손으로 주사기를 빼앗았다. 클릭이 몸부림치며 빠져나가려고 했지만, 호샴의 힘을 당해 낼 수 없었다. 먼로도 곧 달려와 거들었다. 먼로 대령이 말했다.

"당신이었군, 제임스 클릭. 당신이 배신자였군. 충성스러운 사도인 척하더니 사실은 다른 데 충성하고 있었어."

그러는 사이 노이만 양이 달려가 문을 열고 외쳤다.

"간호사! 빨리 와요."

당장 나타난 간호사가 쇼어햄 교수를 바라보자 쇼어햄은 자기는 됐다고 손짓을 하며 아직도 세 사람이 엎치락뒤치락 하고 있는 방 저편을 가리켰다. 그런데 그 광경을 보고도 간호사는 유니폼 주머니로 손을 가져갔다.

쇼어햄이 더듬더듬 말했다.

"아픈 건 앨터마운트 경이에요. 심장 마비야."

"심장 마비는 무슨. 이건 살인 미수야."

먼로가 격하게 소리쳤다.

"이놈 좀 잡고 있어요."

먼로는 클릭을 호샴에게 떠맡기고 방 저편으로 잽싸게 달려갔다.

"코트먼 부인, 당신 언제부터 간호사였어요? 볼티모어에서 우리를 따돌린 후로 행방이 묘연해져서 걱정했잖아요."

밀리 진은 아직도 주머니에서 뭔가 꺼내려 하고 있었다. 마침내 주머니에서 손을 뺐을 때, 그 손에는 자동 권총이 들려 있었다. 밀리 진이 쇼어햄 쪽을 흘긋 보는 순간 먼로가 한 발 앞서 그 앞을 막아섰고, 리사 노이만도 쇼어햄이 앉은 의자 앞에 버티고 섰다.

제임스 클릭이 외쳤다.

"앨터마운트를 처치해, 후아니타. 빨리 앨터마운트를 죽여."

밀리 진이 총을 휙 들어 겨누고 발사했다.

제임스 클릭이 감탄했다.

"잘했어!"

앨터마운트 경은 고전적인 교육을 받은 사람이었다. 그는 제임스 클릭을 바라보며 희미하게 중얼거렸다.

"제이미, 에트 투 브루테(브루투스, 너마저)?"

그러더니 의자에 힘없이 축 늘어졌다.

III

매컬록 박사는 이제 어떻게 할지, 무슨 말을 해야 할지 몰라 불안하게 주위를 두리번거렸다. 오늘 밤 일은 매컬록에게 전혀 생소한 종류의 경험이었다.

리사 노이만이 다가와 매컬록 옆에 음료수 잔을 내려놓았다.

"뜨거운 토디(위스키에 뜨거운 물과 설탕, 레몬을 탄 음료 — 옮긴이)예요."

"천사가 따로 없네요, 리사."

매컬록은 고마운 얼굴로 인사를 대신하고 술을 마셨다.

"이게 다 어찌 된 일인지 물어보고 싶지만, 분위기를 보아하니 물어봐 봤자 아무도 대답을 안 해 줄 것 같군요."

"교수님은 괜찮으신 거죠?"

"교수님이요?"

매컬록 박사는 노이만 양의 걱정 어린 얼굴을 따스한 눈길로 바라보며 대꾸했다.

"괜찮다마다요. 오히려 더 좋아진 것 같은데요, 뭘."

"저는 혹시 충격으로······."

"난 괜찮아. 사실 충격 요법이 필요했던 것 같아. 아주 오랜만에, 뭐랄까 진짜 살아 있는 기분이 드는군."

말하면서도 쇼어햄은 믿기지 않는다는 표정이었다.

매컬록이 리사에게 말했다.

"목소리에서 더 힘이 느껴지지 않아요? 사실 이런 경우 환자의 가장 큰 적은 바로 본인의 무감각이거든요. 교수님이 원하는 건 다시 일을 시작하는 것입니다. 두뇌 회전에 따르는 자극이요. 물론 음악

감상도 좋긴 하죠. 마음을 가라앉혀 주고 삶에 즐거움을 주니까요. 하지만 쇼어햄 교수님처럼 특별한 지성을 가진 사람은 자신에게 삶의 정수나 마찬가지인 정신 활동에 가장 목말라할 수밖에 없습니다. 가능하다면 다시 일하게 해 주세요."

그래도 확신이 안 간다는 표정으로 바라보는 노이만 양에게 매컬록 박사는 격려하듯 고개를 끄덕여 주었다.

"매컬록 박사님. 오늘 밤 일에 대해 도리상 어느 정도 해명을 해 드려야 할 것 같습니다. 비록 아까 말씀하셨듯이 상부에서는 극비 방침을 고수하려고 하겠지만요. 앨터마운트 경의 죽음은……."

먼로 대령은 여기서 머뭇거렸다.

"사실 총에 맞아서 사망하신 게 아닙니다. 사망 원인은 쇼크였습니다. 주사를 맞았다면 즉사하셨을 겁니다. 스트리크닌이 들어 있었거든요. 아까 그 젊은이가……."

"제가 아슬아슬한 타이밍에 주사기를 빼앗았군요."

호샴이 끼어들었다.

"줄곧 훼방꾼이었던 겁니까?"

"예, 7년 동안 신뢰와 애정을 줬더니 이렇게 배신하네요. 앨터마운트 경의 가장 오래된 친구의 아들이었거든요……."

"그런 일이 왕왕 있지요. 그리고 그 여자는 한패입니까?"

매컬록 박사가 물었다.

"예. 가짜 자격증으로 이 일자리를 얻어 들어왔어요. 살인 혐의로 경찰에서 수배 중이었습니다."

"살인이요?"

"예. 남편인 미국 대사 샘 코트먼을 살해했습니다. 대사관 계단에서 총으로 쏘아 죽인 다음, 복면을 쓴 젊은 남자 몇 명이 남편을 덮쳤다고 아주 그럴듯하게 진술했지요."

"남편을 살해한 동기가 뭡니까? 정치적 이유예요, 아니면 개인적인 이유였어요?"

호샴이 거들고 나섰다.

"남편에게 수상한 행적을 들켰나 봅니다. 제 생각엔 남편이 처음에는 불륜을 의심했던 것 같습니다. 그런데 그만 벌집을 건드린 겁니다. 알고 보니 스파이 활동과 음모에 아내가 적극 가담하고 있었던 거예요. 코트먼은 어쩔 줄 몰라서 당황했을 겁니다. 좋은 사람이긴 한데 약삭빠르지는 못하거든요. 반면 밀리 진은 대번에 눈치를 채고 빨리 행동했죠. 남편 추모식에서 그 여자가 얼마나 그럴듯하게 눈물을 뽑던지, 감탄이 절로 나오더군요."

"추모……"

갑자기 쇼어햄 교수가 불쑥 끼어들었다.

모두들 놀라서 교수를 돌아보았다.

"내가 발음하기 힘든 단어군. 추모라. 리사, 당장 연구를 다시 시작하도록 하지."

"하지만, 로버트……."

"나는 다시 태어났어. 그렇게 걱정되면 내가 전처럼 몸을 사려야만 되는 건지 의사 선생님께 물어보라고."

리사가 답을 구하는 표정으로 매컬록을 쳐다보았다.

"일 안 하고 계속 이 상태로 계시면 수명이 그만큼 줄어들고 다시 무감각 상태에 빠질 겁니다……."

"바로 그거요. 유, 유행, 요새 의학계의 유행이지. 죽, 죽어 가는 사람한테도 계속 일하라고 하는 것……."

매컬록 박사가 껄껄 웃음을 터뜨리며 자리에서 일어섰다.

"뭐, 틀린 말은 아닙니다. 도움이 될 약을 보내 드리겠습니다."

"약 안 먹겠소."

"드셔야 할 겁니다."

문간에서 박사는 걸음을 멈추었다.

"궁금해서 그러는데, 경찰이 어떻게 그렇게 빨리 출동했지요?"

먼로가 대답했다.

"앤드루스 공군 소령이 일찌감치 파악하고 연락해 놓은 덕분입니다. 딱 적절한 순간에 나타났지요. 우리도 밀리 진이 접근할 줄은 예상하고 있었지만 이미 집 안에 있을 줄은 몰랐거든요."

"자, 나는 가 보겠습니다. 지금까지 내가 들은 이야기가 다 사실입니까? 당장이라도 꿈에서 깨어나는 거 아니에요? 최신 스릴러 소설을 읽다가 깜빡 잠이 든 거 아닌가. 스파이에 살인에 조직의 배신자, 첩보 전쟁, 은둔한 과학자……."

중얼거리면서 매컬록 박사는 방에서 나가 버렸다.

침묵이 흘렀다.

이윽고 쇼어햄 교수가 천천히 힘을 주어 말했다.

"다시 연구를 시작합시다······."

그러자 리사가 여느 여자처럼 대꾸했다.

"조심해야 하잖아요, 로버트······."

"조심은 무슨. 시간이 얼마 안 남았을지도 모르는데."

쇼어햄 교수가 다시 입을 열었다.

"추모······."

"무슨 말씀을 하시려는 거예요? 아까도 그러셨잖아요."

"추모? 맞아. 에드워드를 위해. 에드워드의 추모식이라니! 항상 순교자의 얼굴을 하고 있다고 생각했는데 결국에는······."

쇼어햄은 잠시 말을 잃고 생각에 빠졌다.

"고틀립을 만나 보고 싶군. 이미 죽었을지도 모르지만. 같이 일하기 딱 좋은 친구지. 그 친구하고 리사, 당신하고 은행 금고에서 자료를 도로 꺼내 와서······."

"고틀립 교수는 살아 있습니다. 텍사스주 오스틴에 있는 베이커 재단 연구소에서 일하고 있죠."

로빈슨 씨가 일러 주었다.

"무슨 연구를 하자는 거예요?"

리사가 물었다.

"당연히 벤보지! 에드워드 앨터마운트를 추모하기 위해. 벤보를 위해 죽었으니까. 안 그래요? 죽음을 헛되이 해선 안 돼요."

에필로그

스태퍼드 나이 경은 세 번째 전보를 보냈다.

ZP 354XB 91 DEP S. Y.

다음 주 목요일 오후 2시 30분 로어 스톤튼(잉글랜드 월트셔에 위치 — 옮긴이)에 있는 성 크리스토퍼스 교회에 결혼식 예약해 두었음. 평범한 영국 국교회. 만약 로만 가톨릭이나 그리스 정교회를 원할 경우 답장으로 알려 주기 바람. 지금 어디 있는지 그리고 결혼식에서 어느 이름을 쓰기를 원하는지. 고집 센 장난꾸러기 5살짜리 조카가 신부 들러리 시켜 달라는데 귀여워 죽겠음. 조카 이름은 시빌. 우리 둘 다 외국은 실컷 돌아다녔으니 신혼 여행은 국내로 가는 게 좋겠음. 프랑크푸르트행 승객이.

스태퍼드 나이에게 BXY42698

시빌에게 들러리 역할을 허락하겠음. 마틸다 할머님을 제1 들러리로 추천. 정식 청혼은 아니지만 받아들이겠음. 영국 국교회와 신혼 여행지도 만족. 판다도 참석할 것을 요망. 이 전보가 도착할 때쯤에는 여기 없을 테니 어디에 있는지 말 안 하겠음. 메리 앤이.

"저, 어때요?"

스태퍼드 나이가 초조하게 거울을 들여다보며 물었다. 결혼식에 입을 예복을 입어 보는 중이었다.

레이디 마틸다가 대꾸했다.

"초조한 신랑처럼 보인다. 신랑들은 결혼 직전에는 다 그래. 좋아서 어쩔 줄 모르는 신부들하고는 영 딴판이지."

"안 오면 어쩌죠?"

"올 거다."

"기분이, 속이 아주 이상해요."

"그건 네가 거위 간 요리를 한 접시 더 먹어서 그런 거겠지. 원래 신랑들은 다 떨게 마련이야. 그렇게 안절부절못할 거 없어, 스태피. 밤이 되면…… 아니, 교회에 도착하면 괜찮아질 거야."

"그러니까 생각나는데……."

"반지 사는 걸 잊은 게냐?"

"아뇨, 아뇨. 할머니를 위해 깜짝 선물을 준비했는데 말씀드린다는 걸 잊었어요."

"아이고, 고맙구나, 얘야."

"오르간 연주자가 다른 교회로 갔다고 하셨죠?"

"그래, 다행이지 뭐냐."

"제가 새 연주자를 구했어요."

"세상에, 스태피, 어떻게 그런 생각을 다 했니! 어디서 만났는데?"

"바이에른에서요. 목소리가 정말로 천사 같은데……."

"목소리는 좋아서 뭐 하니. 오르간 연주를 잘해야지."

"오르간 연주도 해요. 다방면으로 재주 있는 친구죠."

"근데 어쩌다가 바이에른에서 영국까지 올 생각을 했다니?"

"모친이 돌아가셨거든요."

"저런, 우리 교회 오르간 연주자도 같은 일을 당했어. 아마 오르간 연주자 어머니들은 다들 몸이 약한가 보다. 할머니는 필요 없다니? 내가 잘 돌봐 줄 수 있는데."

"아마 할머니가 생기면 그 친구도 좋아할 거예요."

그때 갑자기 문이 벌컥 열리면서 분홍색 꽃무늬 잠옷 바람에 천사 같은 얼굴을 한 꼬마아이가 뛰어 들어왔다. 그리고 열광적인 환대를 기대하는 양 예쁜 목소리로 말했다.

"저 왔어요."

"시빌, 아직 안 자고 뭐하는 거니?"

"제 방은 재미없어요……."

"너, 또 못된 장난을 쳐서 유모를 화나게 했구나? 무슨 장난을 한 거냐?"

시빌은 천장 쪽을 보면서 낄낄거리며 대답했다.

"애벌레가 들어왔지 뭐예요. 털도 달린 거요. 그래서 집어서 유모의 여기에 집어넣었어요."

그러면서 시빌은 손가락으로 가슴 한가운데, 의류업계 용어로 '가슴골'이라 불리는 부위를 가리켰다.

"유모가 화내는 것도 당연하지. 어이구."

레이디 마틸다가 대꾸했다.

그때 마침 유모가 들어오더니, 시빌 양이 잔뜩 들떠서는 잠자리 기도도 안 하고 잠자리에 들려고도 하지 않는다고 일러바쳤다.

시빌이 레이디 마틸다에게 다가가 옆에 딱 붙어서 졸랐다.

"틸다 할머니, 할머니하고 같이 기도할래요……."

"그래라, 그럼. 하지만 끝나면 자러 가야 한다?"

"예, 틸다 할머니."

시빌은 당장 무릎을 꿇고 두 손을 꼭 맞잡은 다음, 먼저 한숨을 폭 쉬고, 끙 신음을 하고, 킁킁거리고, 카악 목을 가다듬으며 신께 다가가는 예비 절차를 거치고 나서야 겨우 기도를 시작했다.

"하느님, 싱가포르에 계신 엄마 아빠랑 틸다 할머니랑 스태피 아저씨랑 에이미랑 주방장이랑 엘렌이랑 토머스랑 우리 집 개들이랑 내 조랑말 그리즐이랑 나랑 제일 친한 마거릿이랑 다이애나랑, 제일 안 친한 조운한테 축복을 내려 주시고, 제가 예수님처럼 착한 아이가 되게 해 주세요. 아멘. 그리고 또, 하느님, 유모가 저한테 화 안 내게 해 주세요."

시빌은 벌떡 일어서더니 '내가 이겼지' 하는 표정으로 유모를 흘끔 보고는 밤 인사를 하고 방에서 냉큼 나가 버렸다.
"누가 저 아이한테 벤보 이야기를 해 줬나 보네."
레이디 마틸다가 말했다.
"그건 그렇고, 스태피, 네 들러리는 누가 하는 거냐?"
"깜빡 잊었어요. 신랑 들러리가 꼭 있어야 해요?"
"보통은 있지."
스태퍼드 나이 경은 북슬북슬한 인형을 번쩍 집어 들었다.
"그럼 판다가 제 들러리입니다. 시빌도 좋아하지. 메리 앤도 좋아하지……. 안 될 게 뭐 있어요? 게다가 판다는 처음부터 저와 함께 했다고요. 프랑크푸르트에서부터……."

〈끝〉

옮긴이 | 허형은

1977년 서울 출생. 숙명여자대학교 한국사학과 졸업. 현재 인트랜스 번역원 소속 전문번역가로 활동 중. 옮긴 책으로는 『죽음의 닥터』, 『헤드크러셔』, 『삶은 문제 해결의 연속이다』, 『반듯한 인재를 위한 품성 리더십』, 『꿈을 꾸는 구두장이』, 『미국 최고의 교수들은 어떻게 가르치는가』, 애거서 크리스티 전집 『테이블 위의 카드』 등이 있다.

애거서 크리스티 전집
프랑크푸르트행 승객

3판 1쇄 찍음 2025년 6월 27일
3판 1쇄 펴냄 2025년 7월 4일

지은이 | 애거서 크리스티
옮긴이 | 허형은
발행인 | 박근섭
편집인 | 김준혁
책임편집 | 정미리
펴낸곳 | 황금가지

출판등록 | 2009. 10. 8 (제2009-000273호)
주소 | 135-887 서울 강남구 신사동 506 강남출판문화센터 5층
전화 | **영업부** 515-2000 **편집부** 3446-8774 **팩시밀리** 515-2007
홈페이지 | www.goldenbough.co.kr

ⓒ ㈜민음인, 2025. Printed in Seoul, Korea
ISBN 978-89-8273-766-4 04840
ISBN 978-89-8273-700-8 04840 (set)

㈜민음인은 민음사 출판 그룹의 자회사입니다.
황금가지는 ㈜민음인의 픽션 전문 출간 브랜드입니다.